매트릭스

MATRIX
by Lauren Groff

매트릭스

로런 그로프 장편소설 | 정연희 옮김

문학동네

일러두기

1. 주석은 모두 옮긴이주이다.
2. 본문 중 고딕체는 원서에서 이탤릭체나 대문자로 강조한 부분이다.

내 모든 자매들에게

차례

1부

1

그녀는 말을 타고 홀로 숲에서 나온다. 열일곱 살, 흩뿌리는 3월의 찬비, 마리는 프랑스 사람이다.

1158년, 세상에는 사순절 후반의 고단함이 깃들어 있다. 곧 부활절이 올 테고, 올해 부활절은 이르다. 들판에서는 씨앗들이 더 자유로운 공기 속으로 뛰쳐나갈 준비를 하며 거무스름하고 차가운 흙 속에서 몸을 푼다. 그녀는 이 수녀원을 처음 보는데, 습한 계곡의 언덕마루에 희끄무레하고 냉담한 자태로 서 있고, 바다에서 끌려온 구름은 언덕을 휘감은 채 끊임없이 비를 뿌리고 있다. 이곳은 연중 대부분 습한 땅에서 싹을 틔우는 식물들로 뒤덮여 에메랄드와 사파이어 빛깔이고 양과 되새와 도롱뇽이 천지에 깔렸으며 연약한 버섯이 비옥한 토양을 뚫고 나오지만, 지금은 늦겨울이라 모든 것이 회색이고 온통 음지다.

그녀의 늙은 군마는 침울하게 타박타박 걷고, 쇠황조롱이는 그녀의 뒤쪽에 실린 상자 위에 올려둔 고리버들 바구니 안에서 바르르 몸을 떤다.

바람이 잦아든다. 나무도 뒤척임을 멈춘다.

마리는 자신이 그곳을 통과하는 것을 그 시골 지역 전체가 지켜보고 있다고 느낀다.

그녀는 키가 큰 거인 처녀이며, 팔꿈치와 무릎은 흉측하게 튀어나왔다. 가는 비가 모여 실개울을 이루더니 물개 가죽 망토 위로 흘러내리고 녹색 머릿수건이 검어진다. 앙주 왕가*의 특징이 도드라지는 얼굴에는 어떤 아름다움도 담겨 있지 않고, 영민함과 아직은 억눌리지 않은 열정만이 엿보일 뿐이다. 얼굴이 젖었지만, 이건 눈물이 아니라 빗물이다. 개들 앞에 던져졌어도 그녀는 지금껏 운 적이 없다.

이틀 전에 알리에노르 왕비가 마리의 방 입구에 나타났다. 풍만한 가슴에 머리칼은 금발인 왕비는 흑담비 모피가 덧대어진 푸른색 로브 차림에, 귀와 손목과 반짝거리는 묵주에는 보석이 주렁주렁 달려 있었다. 향수 냄새는 누구라도 기절시킬 만큼 강렬했다. 왕비의 의도는 늘 상대를 놀라게 해서 마음을 무장해제시키는 것이었다. 왕비의 여인들이 미소를 숨긴 채 왕비 뒤에 서 있었다. 이 반역자들 중에는 마리와 피가 절반 섞인 자매, 마리처럼 사생아로 태어난 왕의 자식, 아버지의 그릇된 욕망이 낳은 결과도 있었다. 하지만 거짓 웃음을 짓고 있는 이 피조물은 궁정에서 인기를 어떻

---

* 12세기와 13세기에 잉글랜드왕국을 지배한 왕가로, 잉글랜드 전역 외에도 프랑스의 절반, 아일랜드와 웨일스 일부 지역을 통치했다.

게 이용하는지 잘 알아서, 마리가 친해지려고 다가가자 얼굴이 하얗게 질려 달아났다. 그녀는 언젠가 웨일스의 공주가 될 터였다.

마리는 한쪽 다리를 뒤로 빼며 어설프게 인사했고, 알리에노르는 콧구멍을 씰룩거리며 미끄러지듯 방안으로 들어왔다.

왕비는 알려줄 소식이 있다고, 오 얼마나 기쁜 소식인지 모르겠다고, 참으로 다행이라고, 방금 교황의 특별 허가를 받았다고, 오늘 아침 이곳에 그 소식을 가져오려고 말이 어찌나 빠르게 달렸는지 불쌍하게도 심장이 터져버렸다고 말했다. 지난 몇 달 동안 자신이, 그러니까 왕비가 직접 애를 쓴 덕에, 르멘에서 여기로 불쑥 찾아온 이 불쌍한 사생아 마리가 마침내 왕립수녀원의 부원장이 되었다는 소식이었다. 참으로 잘된 일 아닌가. 이제 마침내 그들은 왕의 핏줄인 이 특이한 절반의 자매를 처리할 방법을 알게 된 것이었다. 이제 마침내 그들은 마리가 쓰일 곳을 찾아낸 것이었다.

아이라인을 짙게 그린 왕비의 눈이 잠시 마리에게 머물더니 이어 정원이 내다보이는 높은 창문으로 옮겨갔는데, 덧창이 밖을 향해 열려 있어 마리가 까치발을 하면 밖에서 사람들이 걸어가는 모습이 보였다.

입을 움직일 수 있게 되자 마리는 잠긴 목소리로, 왕비의 관심이 여기까지 미친 것은 영광스럽고 감사할 일이오나, 오 아니, 자신은 수녀가 될 수 없다고, 자격이 되지 않는다고, 게다가 어쨌거나 자신은 신의 소명 같은 건 아예 받지 못했다고 말했다.

그리고 그것은 사실이었는데, 그녀는 이 종교를 갖도록 양육되긴 했으나, 그 풍부한 신비주의와 전례에도 불구하고 늘 약간은 바보 같다고 느꼈다. 왜 아기는 태어나자마자 죄가 있고, 왜 그녀는 보이지 않는 권능의 존재에게 기도를 올려야 하며, 왜 신은 삼위일체이고, 왜 자신의 핏속에서는 위대함이 뜨겁게 느껴지는데 단지 최초의 여자가 갈빗대에서 만들어지고 열매를 먹은 뒤 권태로운 에덴동산을 잃었다는 이유로 모자란 존재라 여겨져야 하는가? 터무니없었다. 그녀의 신앙은 어린 시절 아주 일찍부터 삐뚤어지기 시작하여, 서서히 더 휘다가 그 자체로 기하학적 구조를 이루었고, 마침내 고유의 각을 가진 당당한 것이 되었다.

하지만 열일곱 살의 나이에, 웨스트민스터 궁정의 이 남는 방에서, 마리가 우아하고 이야기를 사랑하는 왕비와 지위가 같을 수는 없었다. 체구는 작지만 모든 빛을 흡수하는, 마리의 머릿속에 있는 모든 생각과 마리의 폐에서 나오는 모든 숨을 흡수하는 왕비와는.

알리에노르는 그저 마리를 쳐다보기만 했고, 르멘을 떠나온 뒤로 마리는 자신이 그렇게 작게 느껴진 적이 없었다. 여장부 같은 여섯 이모들은 죽거나 결혼하거나 수녀원에 갔고, 어머니는 마리의 손을 잡아 자신의 양쪽 가슴 사이에서 자라는 달걀 모양의 것에 갖다댄 뒤 커다란 미소를 지으며, 하지만 눈에는 눈물이 그렁그렁한 채 오 아가, 용서해다오, 이제 나는 곧 죽는단다, 하고 말했다. 그 크고 강한 몸이 순식간에 해골로, 퀴퀴한 숨으로 줄어들었고, 곧 아무 숨도 나오지 않았다. 마리는 자신의 모든 생명력을 어머니의 갈빗대로 밀어넣고 모든 기도를 바쳤지만, 어머니의 심장은 뛰지 않았다. 높고 바람 부는 매장지에서 열두 살의 마리가 느낀 쓰라린 아픔. 그리고 어머니가 자신의 죽음을 비밀에 붙여야 한다고, 마리는 강간으로 태어난 사생아 처녀일 뿐이라 권리라곤 하나도 없으니, 집안의 늑대들이 그 소식을 들으면 당장에 영지를 뺏어갈 거라고 해서 그뒤로 혼자 외로이 보내야 했던 두 해. 마리는 그 두 해 동안 그 땅에서 쥐어짜낼 수 있는 만큼 최대한 돈을 쥐어 짜내면서 외로이 지냈다. 그리고 먼 다리에서 들려온 말발굽소리, 이어 루앙으로 이동, 그리고 해협을 건너 합법적으로 출생한 이복 자매가 있는 웨스트민스터 왕궁까지. 마리는 그곳에서 엄청난 식 욕과 세련되지 않은 행동과 어설프고 뼈대가 굵은 몸으로 모두를 깜짝 놀라게 했다. 그리고 왕의 핏줄이라면 누릴 수 있는 대부분의 특권을 그런 개인적인 결점 때문에 잃고 말았다.

알리에노르는 마리가 자신의 호의를 거절하자 비웃고 조롱했다. 하지만 하지만 하지만. 마리는 자신이 정말로 언젠가 결혼할 수 있 으리라 생각했는가? 촌스럽고 흉악범처럼 생긴 주제에? 다른 사 람보다 키가 머리 세 개만큼 크고, 큰 소리로 시끄럽게 쿵쿵거리며 돌아다니고, 목소리는 끔찍이 낮고, 손은 거인 손에, 논쟁을 일삼고 검술을 연마하는 그녀가? 누가 마리를 배우자로 삼겠는가? 아름다 움은 어디에서도 찾아볼 수 없고, 심지어 여성적인 기술이라곤 조 금도 없는 피조물을? 아니다, 아니다, 이렇게 하는 편이 더 낫다, 이번 일은 이미 오래전 가을에 결정된 것이고, 집안 전체가 동의했 다. 마리는 넓은 영지를 경영하는 법을 알고, 네 가지 언어로 글을 쓸 수 있으며, 회계장부를 관리할 수 있다. 그녀는 아직 여리고 어 린 처녀지만 어머니가 돌아가신 뒤 이 모든 일을 놀랍도록 잘해냈 다. 너무 잘해내서 세상 전체가 이 년 동안 마리를 그녀의 죽은 어 머니로 알고 속아넘어갈 만큼. 물론 그러니까 하려는 말은, 마리가 부원장으로 가게 될 수녀원이 너무 가난해서, 슬퍼라, 지금 이 순 간에도 사람들이 굶어죽어간다는 것이다. 그곳은 알리에노르의 즐거움이었다가 꽤 여러 해 전에 관심 밖으로 밀려나, 그뒤로 줄곧 심각한 가난으로 고통받아왔다. 또한 여전히 질병이 만연해 있다. 게다가 왕비는 왕립수녀원의 수녀들을 굶어죽게 하거나 끔찍한 기침으로 죽게 만들 수는 없었다! 그러면 왕비의 평판이 나빠질 것이었다.

가장자리를 검게 칠한 왕비의 차가운 눈이 마리를 꿰뚫어보았다. 마리는 뒤를 돌아볼 용기가 나지 않았다. 왕비는 마리에게 믿음을 가지라고, 그러면 언젠가 꽤 괜찮은 수녀가 될 거라고 말했다. 눈이 있는 사람이라면 마리가 신성한 처녀성을 지킬 운명인 것을 알아볼 수 있을 거라면서.

그 말에 귀부인들이 웃음을 터뜨렸다. 마리는 그들의 조잘거리는 조동아리를 콱 닫아버리고 싶었다. 알리에노르가 반지를 잔뜩 낀 손을 내밀었다. 그리고 그것이 신의 바람이자 왕비의 바람이기에, 마리는 새 삶을 사랑하는 법을 배워야 한다고, 거기서 최선을 끌어내는 법을 배워야 한다고 부드럽게 말했다. 마리는 왕실의 호위와 알리에노르의 축복을 받으며 내일 출발할 것이다.

마리는 달리 뭘 해야 할지 몰라, 자신의 크고 거친 손으로 왕비의 작고 하얀 손을 잡아 입을 맞추었다. 소녀의 가슴속에서 이런저런 갈망이 요동쳤다. 그 보드라운 살을 입안에 넣고 피가 나도록 깨물고 싶었다. 그 손목을 단도로 탁 잘라 보디스* 안에 성유물처럼 넣고 영원히 간직하고 싶었다.

왕비가 홱 돌아서서 다시 나갔다. 마리는 어지럼증을 느끼며 침

---

* 상체를 조여서 입는 조끼 형식의 여성용 상의.

대로, 하인 세실리에게로 갔고, 세실리는 마리의 머리와 입술과 목에 입을 맞춰주었다. 세실리는 개처럼 솔직하고 충직했다. 세실리는 부글거리며 왕비는 더럽고 음탕한 남부인일 뿐이라고, 처음 왕비 자리에 앉은 것은 성질이 나서 날뛴 프랑스 암퇘지 한 마리 때문이었다고,* 두번째는 잉글랜드 장어 요리를 먹다 목이 막혀서였다고,** 누구든 노래 한 곡만 불러주면 그녀와 잠자리를 같이 할 수 있고, 로맨스곡을 불러주면 직접 치마도 걷어올린다고, 서로 닮은 자식이 하나도 없는 것은 다 이유가 있어서고, 악마가 왕비의 머릿속에 악한 생각을 집어넣은 거라고, 오 세실리는 정말로 음험한 이야기를 여럿 들었다면서 알리에노르를 비방하는 말을 중얼거렸다.

마침내 마리가 충격에서 벗어나 하인에게 조용히 하라고, 방안에 왕비의 향수 냄새가, 지켜보는 유령이 아직 떠돈다고 말했다.

그러자 세실리는 깨끗한 얼굴을 눈물범벅 콧물범벅으로 만들면서 흉한 얼굴로 울기 시작했고, 이어 두번째 한 방을 날렸다. 세실리, 자신은 마리와 함께 수녀원에 가지 않겠다고 말한 것이다. 주인 아가씨를 사랑하지만, 자기는 너무 어린데다 죽은 눈빛의 수녀들과 영원히 산 채로 묻히기엔 살날이 너무 많이 남았다면서. 이 골반을 보라고, 이걸 보면 자기는 결혼할 운명이고 건강한 아기 열 명은 낳을 수 있을 거라고, 게다가 무릎이 약해서 온종일 무릎

---

* 알리에노르가 루이 7세가 되는 프랑스의 왕자와 결혼하게 되었을 때 루이의 형인 필리프가 갑자기 달려든 암퇘지 한 마리 때문에 말에서 떨어져 사망했다
** 알리에노르는 루이 7세와 이혼한 뒤 헨리 2세의 아내가 되는데, 헨리 2세의 형인 잉글랜드 왕의 장자가 장어를 먹다 목이 막혀 죽은(과식으로 죽었다는 말도 있다) 바람에 헨리 2세가 즉위했다.

을 꿇고 기도할 수 있는 몸이 아니라고. 마멋처럼 온종일 일어서고 앉기를 반복할 수는 없다. 그렇다, 아침이 밝으면 세실리와 마리는 헤어지게 될 것이다.

그리하여 마침내 마리는—태어나자마자 우정을 맺었던 세실리, 르멘에 있는 집안 영지에서 일하던 요리사의 딸이자 이 순간까지 마리의 모든 것이었던 투박한 여자, 애인이자 자매이자 하인이자 기쁨이자 앙글르테르* 전체에서 유일하게 사랑하는 영혼인 세실리를 떠나—혼자서 산 죽음 속으로 보내지리라는 것을 깨달았다.

하인은 오 다정한 마리, 오 마음이 찢어진다고 거듭거듭 말하며 울었다.

그 말에 마리는 세실리에게서 떨어져나오며, 그건 분명 가장 불충한 형태로 찢어진 마음일 거라고 말했다.

그러고는 자리에서 일어나 열린 창문으로 안개의 망토를 걸친 정원을 물끄러미 내다보았고, 자기 안에서 해가 저무는 걸 느꼈다. 그녀는 여름에 왕비 개인소유의 나무에서 몰래 살구를 따먹고 남겨둔 씨를 입안에 집어넣었다. 가을과 겨울에 그 쓴맛을 빨아먹는 게 좋았다. 가슴속 풍경으로 황혼의 찬바람이 불어왔고, 어둠에 잠긴 모든 것이 이상한 분위기를 자아내며 기괴하게 변했다.

마리는 앙글르테르에 있는 알리에노르의 궁정에서 보낸 지난 시간을 채워주고, 또 그녀의 힘들고 외로운 마음을 곱고 반짝거리는 빛으로 어루만져준 그 찬란한 사랑이 썰물처럼 빠져나가는 것을 느꼈다. 웨스트민스터의 궁정에서 보낸 첫날, 거기 앉아 분위기

---

* Angleterre. 프랑스어로 잉글랜드를 말한다.

에 압도된 채 저녁을 먹을 때 입술에 닿았던 소금의 맛이 마리는 아직도 기억났다. 그리고 마침내 류트와 오트보이*의 연주가 시작되었고, 문 쪽에서 알리에노르가 배가 나오고 젖가슴이 커진 만삭 임신부의 모습으로 나타났다. 그날 이 하나를 뽑아 오른쪽 뺨이 벌게져 있었고, 아주 작은 보폭으로 걸어서 백조가 물위를 미끄러지는 것 같았는데, 그녀는 마리가 작은 아이였을 때부터 꿈속에서 보고 사랑한 것과 똑같은 얼굴을 하고 있었다. 방안의 모든 빛이 작은 바늘구멍으로 빨려들어가 오로지 알리에노르만 비추었다. 그 순간 마리는 마음을 빼앗겼다. 그날 밤 그녀는 방으로 돌아가, 침대에서 이미 코를 골고 있는 세실리의 손을 잡고 흔들어 급하게 깨웠다. 마리는 알리에노르가 부탁만 했다면 성배를 찾아 떠났을 테고, 여자인 걸 감추고 말을 타고 전쟁에 나가 사람을 죽이고도 슬퍼하지 않았을 것이며, 머리를 숙이고 잔학 행위를 견뎠을 것이고, 나병** 환자들 사이에서 인내하며 살았을 것이다. 알리에노르가 부탁했다면 이중 뭐라도 했을 것이다. 왜냐하면 모든 좋은 것은 알리에노르에게서 비롯하니까. 음악과 웃음과 기사도적 사랑. 그녀의 아름다움에서 아름다움이 나오고, 아름다움은 신의 은혜가 외부적 징표로 나타난 것임을 모두가 안다.

심지어 쓰레기처럼 버려진 지금도 침울하고 눅눅한 수녀원을 향해 말을 달리면서 마리는, 수치스러운 마음으로, 자신이 여전히 그렇게 할 거라고 생각한다.

---

* '오보에'의 옛말.
** '한센병'이 옳은 표현이나, 이 병에 이름을 붙인 의학자 한센은 19세기 사람이므로 소설의 시대적 배경을 고려해 나병이라는 표현을 사용했음을 밝혀둔다.

그녀는 흩뿌리는 비와 추위 속에서 이곳의 가난한 모습에, 언덕 꼭대기에 꼼짝없이 들어앉은 건물들의 희끄무레한 형체에 깜짝 놀란다. 잉글랜드 전역이 프랑스보다 가난한 것은 사실이다. 도시들은 더 작고 어두우며 오물도 더 많고, 사람들은 뼈가 앙상하고 동상에 걸렸다. 하지만 이곳은 잉글랜드 내에서도 유독 더 비참하다. 버려진 별채 건물들과 무너져가는 울타리, 작년 건초를 태우는 연기가 가득한 정원. 그녀의 말이 터벅터벅 걸어간다. 쇠황조롱이는 기분이 별로인 듯 찍찍거리더니 날개 밑의 깃털을 고른다. 마리는 천천히 교회 경내에 가까워진다. 그녀가 이곳에 대해 아는 것은 여기가 성인聖人으로 시성된 왕족 여성에 의해 몇 세기 전에 지어졌다는 것과 그 죽은 성인의 손가락뼈가 지금은 종기를 고친다는 것뿐이다. 덴마크의 침략 당시 이곳은 약탈과 노략의 장소가 되었고, 수녀들은 강간당했으며, 여전히 사방의 늪지에서는 주술적 상징이 새겨진 두개골이 이따금 발견되었다. 아주 깊이 새겨져 두개골에까지 흔적이 남은 것이다. 마리가 하룻밤 휴식을 청한 여인숙에서 식사를 가져온 젊은 여자에게 수녀원의 이름을 주저하며 말하자, 젊은 여자는 낯빛이 하얘지면서 영어로 뭔가를 빠르게 말했다. 알아들을 수는 없었지만, 목소리의 어조로 보아 여기 시골 사람들은 그 수녀원을 어둡고 이상하고 애처로운 장소, 두려움을 일으키는 장소로 보는 것이 분명했다. 그래서 마리는 호위를 시내에서 돌려보내고, 여기 산 죽음의 장소에 혼자 도착했다.

　지금 마리는 주목나무 아래, 흩뿌리는 빗속에서 반짝이는 갓 만들어진 검은 무덤 열네 개를 헤아린다. 나중에 그녀는 거기 묻힌 시신이 살에 퍼렇게 멍이 들고 폐에 물이 차 익사하는 이상한 질

병에 걸려 숨을 거둔 지 몇 주밖에 안 된 열두 명의 수녀와 두 명의 아동 평수녀*의 것임을 알게 된다. 일부 수녀들은 여전히 병을 앓고 있어, 밤중에 씨근거리고 컥컥 기침을 한다.

갓 만들어진 무덤 위에는 잘라낸 호랑가시나무 가지가 놓여 있고, 가랑비 속에서, 이제 모든 색깔을 잃은 광대한 세상에서 희미한 빛을 내는 것은 붉은 베리뿐이다.

모든 것이 회색일 거라고, 마리는 생각한다. 그녀의 남은 인생은 회색일 거라고. 회색 영혼, 회색 하늘, 3월의 회색 땅, 회색 같기도 하고 흰색 같기도 한 수녀원. 불쌍한 회색 마리. 그 순간 수녀원의 높은 문 안에서 회색의 작은 수녀 두 명이 모직 수녀복을 입고 나타난다.

마리가 가까이 다가가니 한 수녀는 크고 온화하고 늙지 않은 얼굴을 하고 있는데, 눈 안쪽이 구름이 낀 것처럼 하얗게 변해 큰 파도 같은 느낌을 준다. 마리는 수녀원에 대해 들은 것이 별로 없지만, 이 여인이 수녀원장 엠이라는 것은 충분히 알겠다. 눈이 먼 것에 대한 위로로 그녀에게는 내면의 음악이 주어졌다고 했다. 마리는 수녀원장이 좋은 쪽으로, 멋지게 미쳤다는 말을 들었다.

또 한 수녀는 노르스름하고 신맛이 나는 과일인 모과를 닮았는데, 이상하고 비가 많이 오는 이 지역의 사람들은 그 과일을 항문에 빗대 오픈 아스**라고 불렀다. 신이 그 안에 이 과일을 끼워넣으면 꼭 맞겠다고 생각했을 거란 의미였다. 이 여인이 부수녀원장 보

---

* 수녀원에서 수녀가 아닌 신분으로 일반적인 노동을 하는 아동 평신도를 말한다.
** open arse. '뚫린 엉덩이'라는 뜻.

좌인 고다였다. 그녀는 전 수녀원장과 전 부수녀원장이 숨통을 막는 그 병으로 죽었을 때 급하게 선출되었는데, 남은 수녀들 중에 그럭저럭 알아볼 만한 손글씨로 라틴어를 쓸 수 있는 유일한 사람이었기 때문이다. 왕비가 제시한 지참금은 수녀들이 한동안 목숨을 부지하기에 충분했다. 고다는 알리에노르에게, 사생아인 마리를 받아들이는 게 좋겠다고 마지못해 써 보냈다. 고다는 편지를 쓰면서 중대한 실수를 했다.

마리는 문 옆에 말을 세우고 내리면서 통증을 느낀다. 다리를 움직이려고 하지만, 이틀 동안 서른 시간 말을 탔고, 지금은 공포와 두려움 때문에 뼈가 없어진 느낌이다. 그녀는 진흙과 말똥이 섞인 진창에 미끄러져 순식간에 수녀원장의 발치에 엎어진다. 엠은 하얀 눈으로 아래를 내려다보고, 땅에 엎어진 새 부수녀원장의 희미한 형체를 알아본다.

수녀원장은 말한다기보다 노래하는 목소리로, 자기는 새 부수녀원장의 겸손이 경의를 뜻하는 것 같다고 말한다. 감사하게도, 바다의 별이신 동정녀 마리아가 기침병과 굶주림에서 비롯한 이 슬픔 이후 수녀원을 인도하고 치유하려고 이렇듯 겸손하고 자기를 내세우지 않는 왕의 혈육을 보내주신 거라고. 수녀원장은 허공을 향해 공허한 미소를 짓는다.

고다가 마리를 일으켜세우면서, 이 여자는 참으로 어설프고 미련하기 짝이 없는데다 거인이고 정말로 독특하게 생겼다고, 하지만 옷은 아주 고급이니, 혹은 지금은 옷을 망쳤으나 전에 고급이었으니, 앨필드가 깨끗하게 빨면 다시 새것처럼 될 수 있을 거라고 중얼거린다. 물론 누군가가 그걸 팔아야 하고, 팔면 소매만으로도 일주일 치 밀가루를 살 수 있을 거라면서. 그렇게 말하며 고다는 마리를 거위 다루듯 홀로 몰아넣고, 수녀원장이 그 뒤를 따른다. 고다는 구석에서 얼쩡거리다 누가 자기를 험담하는 것을 엿듣고 앙심을 품은 채 두고두고 괘씸해하는 사람의 분위기를 풍긴다.

이곳 창에는 유리가 전혀 없고, 오로지 가는 띠 같은 빛을 들이는, 밀랍천으로 막은 나무 덧문뿐이다. 바깥의 냉랭한 공기는 어찌된 영문인지 화구에 나뭇가지 몇 개를 넣고 조그맣게 불을 지핀 크고 긴 방 안에서 더욱 매섭게 느껴진다. 바닥은 반짝거리는데, 골풀 매트가 깔려 있지 않고 차갑고 깨끗한 돌이 깔려 있다. 모든 문에서 고개가 빠끔 나와, 마리를 쳐다보고 물러난다.

나방이다, 마리는 생각한다. 어쩌면 마리가 정신착란에 빠진 건지도 모른다.

고다는 손톱으로 진흙을 긁어 바닥으로 떨어내고, 마리의 더러워진 머릿수건을 벗기면서 일부러 핀으로 머리를 찌른다. 하인이 김이 나는 물이 담긴 대야를 가져온다. 수녀원장이 무릎을 꿇고 마리의 꽁꽁 언 발에서 진흙이 묻은 쓸모없는 슬리퍼와 긴 양말을 벗기고 발을 씻겨준다.

발이 다시 살아나면서 마리는 콕콕 찌르고 타는 듯한 통증을 느낀다. 눈먼 수녀원장의 부드러운 손길에, 마리는 이제야 충격이 사그라드는 것 같다. 이 무색의 장소는 사후 세계일지 모르지만, 수녀원장의 손길에 마리는 자신이 다시 인간이 되어간다고 느낀다.

낮은 목소리로 그녀는 수녀원장에게 발을 씻겨준 것에 대해 감사하다고, 자신은 그런 친절을 받을 자격이 없다고 말한다.

하지만 고다는 마리가 특별해서가 아니라고, 모든 방문자는 여기서 발을 씻는다고, 마리는 아무것도 모르냐고, 그게 이곳의 규정이라고 비아냥거린다.

수녀원장이 고다에게, 가서 취사 담당을 시켜 저녁식사를 수녀원장실로 가지고 오게 해달라고 말한다. 고다가 투덜거리면서 자리를 떠난다.

수녀원장은 마리에게 부수녀원장 보좌는 신경쓰지 말라고, 고다가 야심이 있었는데 마리의 출현으로 좌절해서 그렇다고 말한다. 고다는 당연히, 잉글랜드 최상류 귀족 집안의 딸로, 버클리 가문이라고 했나, 스윈턴 가문이라고 했나, 멜드레드 가문이라고 했나, 아무튼 왕위를 훔친 건방진 노르만 씨족의 사생아 수녀가 위계질서에서 자기 대신 그 자리에 앉은 걸 받아들이지 못하는 거라고 말이다. 하지만 당연히, 알리에노르가 마리를 그 자리에 앉히라고 요구했으니, 왕비의 의지가 그러한데 자기가 뭘 할 수 있겠느냐고, 엠은 말한다. 게다가 고다는 그 역할을 끔찍이 못해낼 게 뻔하다. 고다는 수녀들을 이끄는 것보다 자기가 돌보는 동물들을 이끄는 데더 적합하다. 수녀들하고는 싸우거나 호되게 꾸짖기만 한다. 수녀원장은 한때는 흰색이었을 부드러운 천으로 마리의 발을 톡톡 닦아준다.

그녀는 맨발의 마리를 어두운 계단으로 안내한다. 마리의 발에 닿는 돌은 차갑다. 수녀원장실은 작고, 양피지 문서와 책들이 고다가 쌓아둔 자리에 아무렇게나 놓여 있다. 하지만 창문은 투명한 뿔을 끼운 비싼 것으로, 밀랍 같은 빛이 실내로 들어와 방안이 은은하게 밝다. 쇠황조롱이는 이미 자작나무로 피운 작은 불 근처 높은 대 위에 앉아 몸을 덥히고, 작고 푸른 불꽃은 하얀 나무껍질을 야금야금 먹어들어간다. 탁자 위에 음식이 차려지고, 버터를 얇게 펴 바른 단단하고 거무스름한 호밀빵, 부르고뉴에서 더 좋은 시절에 가져온 다행스럽게도 물을 타지 않은 포도주, 그리고 각각의 그릇에 얇게 썬 순무 네 장을 넣은 수프가 놓인다. 수녀원장이 마리에게 그들은 지금 굶주리고 있다고, 슬프게도 수녀들이 굶어죽는다고, 하지만 고통은 영혼을 정화하고 그것을 통해 이 경건하고 온순한 여인들은 신이 보기에 더욱 경건한 모습이 된다고 말한다. 적어도 오늘밤 마리가 먹을 건 있다고.

수녀원장이 구름처럼 뿌연 눈동자로 마리를 바라보지만, 시선은 마리의 머리 너머를 향한다. 그녀가 마리에게 수녀원에서 지내는 수녀 생활에 대해 무엇을 아는지 묻는다. 마리는 아무것도 모른다고 솔직히 대답한다. 음식은 맛이 없다. 아니면 맛을 음미할 새도 없이 너무 빨리 먹어치웠다. 마리는 여전히 배가 고프고, 뱃속에서는 꼬르륵 소리가 난다. 그 소리를 들은 수녀원장이 미소를 짓더니 자기 빵과 버터를 마리에게 밀어준다.

음, 수녀원장은 마리가 틀림없이 빠르게 습득할 거라고, 왕비가 이 아이에게 지성이 부족하다는 말은 전혀 하지 않았다고 말한다. 그리고 하루하루의 일과를 설명한다. 여덟 시간을 기도에 바친다. 깊은 밤에 조과, 새벽에 찬과, 이어 제1시과, 제3시과, 제6시과, 총회, 제9시과, 만과, 회독會讀*, 종도**, 취침. 종일 일하고 침묵하고 묵

---

* 성서나 종교적인 책을 모여서 읽는 것.
** 가톨릭에서 새벽부터 저녁까지 시간에 따라 나누어 올리는 기도를 성무일도라고 하며, 조과, 찬과, 제1시과, 제3시과, 제6시과, 제9시과, 만과(저녁기도), 종도(끝기도)로 이루어진다.

상한다. 허리를 숙이는 모든 행위는 기도다. 성무일도도 기도고, 고된 육체노동도 기도다. 수녀들의 침묵도 기도고, 귀기울여 듣는 독서도 기도고, 겸손도 기도다. 그리고 기도는 당연히 사랑이다. 순종, 의무, 복종. 이 모든 것은 사랑의 현현이며, 위대한 창조주를 향한다.

수녀원장은 조용히 미소를 짓더니 곧 높고 떨리는 목소리로 노래를 부르기 시작한다.

하지만 아니다, 사랑은 굴욕이 아니라, 사랑은 지극한 행복이다, 마리는 그렇게 생각하고, 그래서 언짢아진다. 적게 먹었는데도 소화가 잘 안 되는 것 같다. 수녀의 삶은 그녀가 예상한 것만큼 나빠 보인다.

수녀원장은 노래를 멈추고, 마리가 그 작은 쇠황조롱이와 트렁크 안에 있는 것을 지금은 보관하고 있어도 되지만, 서원이 끝나면 가져온 건 전부 수녀원의 소유가 될 거라고 말한다. 마리는 이것이 누구도 허락받지 못한 큰 친절이란 걸 이해할 만큼 이곳에 대해 충분히 잘 알지 못한다.

바깥에서 종이 울리고, 비에 젖은 밤이 내린다. 종도 시간이다. 수녀원장이 나가면서 마리더러 그 방에서 쉬고 있으라고 한다. 마리는 소성당에서 들려오는 〈시므온의 노래Nunc dimittis〉*를 듣다가 잠이 든다. 마리가 깨어났을 때, 엠이 다시 마리 앞에, 성무일도의 찬양이 끝나고 달아오른 얼굴로 서 있다.

---

* 루가복음 2장 29절에서 32절을 말한다. 성모마리아가 아기 예수를 성전에서 하느님께 봉헌할 때 노인인 시므온이 불렀던 노래로. 4세기부터 성무일도 종도에 포함되었다.

목욕할 시간이라고, 엠이 부드럽게 말한다.

마리는 고맙지만 목욕은 필요 없다고, 11월에 했다고 말하자 수녀원장이 웃고는 몸을 청결히 하는 것 또한 기도의 한 형태이며 수녀원에서는 모든 수녀가 매달 한 번, 하인들은 두 달에 한 번 목욕을 한다고, 신이 몸에서 냄새가 나는 걸 싫어하기 때문이라고 말한다.

이제 구석에 모인 그림자 중에서 더 짙은 그림자가 떨어져나오는데, 턱 아래쪽으로 길고 하얀 털이 나고 얼굴은 통나무에서 파낸 것 같은 늙은 수녀. 목욕할 준비가 되었다고, 그 수녀가 불평과 분노가 밴 목소리로 말한다. 영어 억양이 너무 강해서 그녀가 하는 프랑스어는 돌멩이를 씹는 것처럼 들린다. 마리는 움찔한다.

수녀원장이 흠칫 놀라, 하소연하듯 자기는 사람들이 난데없이 튀어나와 자기를 놀라게 하는 게 싫다고 말한다. 그러고는 마리에게, 이 사람이 마지스트라, 수련 수녀들의 지도 수녀라고 말한다. 이름은 웨부아다. 이 상황이 아주 이상하긴 해도, 마리가 타운에 있는 대성당에서 처녀로서 급하게 서임되어 엄연한 부수녀원장이라는 신분으로 수녀원에 왔지만, 서원하고 정식 수녀가 될 때까지는 수련 수녀의 신분이다. 웨부아는 수련 수녀를 능숙하게 다루는 편이다. 방법은 거칠지만, 잘 따르면 모든 수련 수녀가 빠르게 배워서 놀랍도록 짧은 시간에 서원을 한다.

마지스트라가 고개를 끄덕인다. 하지만 마리와 수녀원장을 향한 반감이 뿜어져나오는 게 느껴진다. 영적인 바람이 분다. 그녀의 걸음걸이는 심장박동처럼 강약이 있는데, 성장기에 발이 말의 발굽에 밟혀 뼈가 부서지고 신경이 파괴되었기 때문이다.

그녀가 수녀원에 왔을 때 내가 그 발을 봤습니다, 오 수십 년이 지났군요, 내가 씻겨줘야 했지요, 완전히 뭉개져 공포 그 자체였어요, 수녀원장이 말한다. 악몽에나 나올 법한 형체였죠.

지금까지도 지옥불처럼 아픕니다, 웨부아가 뿌듯하게 말한다.

그리고 세 여인은 어두운 회랑을 통과해 세면장으로 향하고, 마리의 맨발바닥에는 차갑고 젖은 돌이 닿는다. 그곳에는 들판에서 일하다 성무일도를 하러 돌아온 수녀들의 목소리와 진흙이 아직 그득하다. 가장 안쪽에 있는 큰 목조 통에서 김이 유령처럼 피어올라 싸늘하고 축축한 공기 속으로 들어간다. 가까이 다가가자 약초 냄새가 너무 강해서 마리는 입으로 숨을 쉰다. 몸이 고단해 그렇게 하지 않으면 냄새 때문에 기절할 것 같아서다. 약초는 궁정에 퍼져 있는 이와 벼룩을 잡기 위한 것이라고, 웨부아가 단어들을 앞니로 물어뜯듯 말한다. 그녀는 마리의 옷을 수녀들이 배설하는 변소에 둘 테고, 밤에 오줌의 암모니아가 그 벌레들을 죽일 것이다.

이제 수녀 두 명이 마리의 남은 옷을 벗긴다. 마리의 어머니가 입던 구름처럼 풍성한 실크 드레스를 잘라 통을 줄인 옷, 그리고 속옷까지. 마리는 분노로 활활 타오른 채 길쭉한 팔로 몸을 가린다. 웨부아가 허리를 굽혀 마리의 은밀한 부위를 유심히 들여다보고 차가운 손으로 만져보더니 새 부수녀원장은 체격이 아주 크고 손도 아주 크고 목소리도 아주 깊고 얼굴도 전혀 여자 같지 않아 정말로 여자가 맞는지 확인할 필요가 있었다면서, 이제 마리 스스로 밝힌 대로 여자가 맞으니 궁금증이 풀렸다고 말한 뒤 마리의 어깨를 밀어 욕조 안에 들어가게 한다.

마리는 두 팔을 툭 떨어뜨리고 웨부아의 얼굴을 물끄러미 바라보고, 늙은 마지스트라는 한 걸음 뒤로 물러선다.

수녀원장이 온화하게, 오 마지스트라가 이 아이에게 불필요한 폭력을 행사했다고 말한다. 그러고는 물을 받아놓은 욕조로 부드럽게 손짓하면서, 추운 날씨를 견디며 오랫동안 말을 탔으니 목욕이 당연히 호사스럽게 생각될 거라고 부드럽게 말한다. 마리가 안으로 들어간다. 발목, 종아리, 무릎, 허벅지, 외음부, 배, 가슴과 겨드랑이, 목까지 후끈하다. 약초의 고약한 냄새가 콧구멍을 타고 올라와 머릿속 깊이 침투한다.

웨부아 수녀와 수녀원장은 삼베천을 손에 두르고 비누를 묻혀 거품을 낸 뒤 마리의 피부를 문질러 회색 벌레들을 떼어내고, 어떤 부위는 피가 나도록 문지른다. 뜨거운 물 속에서, 그 따뜻하면서도 위압적인 분위기 속에서, 고단하고 화나 있던 몸이 마리를 배반한다. 절대 울지 않으리라, 더는 궁정 생활도, 세실리도, 미래도, 색깔도, 멀리서 바라볼 알리에노르도 없는 이 모든 상실을 힘을 내서 견디리라 맹세했건만, 마리는 울음이 터져 물속에 얼굴을 담근다. 그리움이 보이지 않는 친구처럼 그녀와 동행하는 것 같다. 그녀는 모래 색깔의 땋은 머리칼이 젖은 채찍처럼 변해갈 때도 울고, 따뜻하고 기분좋은 물에서 나와 찬 공기로 들어갈 때도 울고, 긴 수건으로 거인처럼 골격이 큰 몸이 닦일 때도 울고, 옷이 입혀질 때도 운다. 가슴에서 밑단까지 갈색의 큰 얼룩이 있는 리넨 속원피스가 입혀지는데, 죽은 수녀가 입던 것임이 분명하다. 라벤더향과 누군가의 체취가 나는 헐렁한 양모 원피스는 간신히 무릎을 덮는다. 웨부아는 화난 목소리로 수녀원장에게 길이가 너무 짧다고 말한다. 스카풀라*도 당연히 너무 짧다. 당연히 그 모든 것 아래 입는 속원피스도 너무 짧아서, 불쌍한 다리가 겨울 막바지의 사악한 날씨에, 진눈깨비와 성난 바람에 노출되어야 한다.

수녀원장이 한숨을 쉰다. 그리고 루스에게 내일 남는 수녀복 중 가장 상태가 안 좋은 것을 잘라 양모 원피스와 스카풀라 밑단에 대고 기우라고 말한다. 마리는 추운 날씨에 대비할 수 있게 긴 양말 세 켤레를 받을 것이다. 고통스럽겠지만, 고통은 인간의 운명이며, 고통받는 매 순간 지상의 몸이 천상의 왕좌에 더 가까워질 것이다.

수녀원장이 두 손으로 직접 마리의 머리에 수련 수녀가 쓰는 하얀 머릿수건을 씌워준다. 코이프**와 윔플***, 그리고 베일까지. 그러는 동안 웨부아는 거친 손길로 긴 양말 세 켤레를 신겨준다. 그리고 귀에 거슬리는 높은 목소리로 발에 맞을 만큼 충분히 큰 나막신은 없을 것 같다고 말한다.

수녀원장이 불쌍한 아이에 대해 뭐라고 중얼거리다 곧 음, 자신이 뭘 할 수 있겠느냐고 말한다. 왕비가 아직 마리의 지참금을 보내지 않아 나눠 쓸 것이 거의 없고, 당장 마리의 나막신을 만들 돈도 없다. 그러자 웨부아는 마리가 맨발로 다녀서는 안 된다고, 수녀원에서는 하인도 맨발로 다니지 않는다고, 신임 부수녀원장을 신발도 신지 않고 돌아다니게 하는 것은 끔찍한 죄라고 말한다. 수녀원장은 참으로 맞는 말이라고, 그러면 여기 올 때 신었던 신을 신으면 될 거라고 말하지만, 웨부아는 마리가 신고 온 것은 새끼

---

* 어깨에 걸치는 겉옷.
** 머리 꼭대기와 뒤쪽, 옆쪽을 감싸도록 만들어진 천 가리개.
*** 중세에 쓰던 머릿수건의 일종으로, 목과 턱을 감싸고 머리 꼭대기를 덮는다.

염소 가죽으로 만든 바보 같은 궁정 슬리퍼라며, 그건 아무짝에도 쓸모없다고 말한다. 부수녀원장인 마리가 그 신을 신고 파종을 감독하러 질퍽대는 봄의 들판에 나간다면, 마리의 발은 얼마 되지 않아 얼고 축축해질 테고 마리는 진흙에서 몸을 타고 올라가며 퍼진 냉기 때문에 죽을 거라고 말한다. 그러면 그들은 다른 모든 것에 더해 죽은 왕의 사생아인 이 수녀의 거대한 몸을 어떻게 처리할지 고민해야 할 것이다. 이제 수녀원장의 목소리에서 노래가 사라지고, 그녀는 날선 목소리로 웨부아에게 그렇다면 마지스트라가 밤의 기도에 신발의 기적을 내려달라는 내용을 보태야 할 거라고, 하지만 그 기적이 일어날 때까지 마리는 지금 이 수녀원에서 당연히 최악의 결핍은 아닌 자신의 운명을 견뎌야 할 거라고 말한다. 이곳의 여자들 사이에 존재하는 해묵은 적대감을 마리는 확인한다. 뭉개진 발과 뿌연 눈 중 어떤 것이 더 큰 고통인지에 대한 세력 다툼이 있다. 쓰러진 나무의 나이테처럼, 몇십 년 동안 쌓인 그 적대감이 훤히 보인다.

수녀원장이 돌아서서 어둠 속을 당당히 걸어가고, 나머지 두 사람은 벽을 짚으며 주춤주춤 걸음을 옮긴다. 수녀원장이 자신의 방으로 가는 계단을 다시 올라가면서, 아래를 내려다보고 신임 부수녀원장인 마리에게 잘 자라고, 내일 양피지 문서와 회계장부를 정리하는 일을 시작할 거라고 말한다.

마리는 웨부아를 따라 소성당으로 간다. 거기에는 타고 있는 밀랍 초가 하나만 남았다. 곤경에 처한 수녀원은 모든 장식물을 팔았고 지금 남은 것은 목조 조각상 하나뿐이다. 비쩍 마른 몸에 상처와 가시관과 피와 갈빗대, 그녀가 외우고 있는 그 오래된 이야기.

그들은 밤의 검은 계단을 통해 공동 침실로 올라가고, 거기엔 단 하나의 등불만이 밝혀진 채, 혹 오늘밤이 부활의 천사들이 뿔 나팔을 불고 그들은 날아올라 천국의 품에 안길 준비를 해야 하는 밤인지 모르기에 수녀복을 완전히 갖춰 입고 몇 개의 열로 놓인 좁은 침대에 누워 잠든 스무 명의 수녀들을 비추고 있다. 지켜보고 있는 눈들이 있는 것을 느끼지만, 마리의 눈에 보이는 얼굴들은 진짜로든 가짜로든 잠든 모습이 온화하다. 저만치에서 소곤거리는 소리, 컥컥 기침하는 소리가 들린다. 바람이 덧창 틈새로 불어 들어오고, 공동 침실 실내에는 땅에 닿기도 전에 녹아 없어지는 눈송이가 보인다. 마리는 웨부아가 손짓하는 침대에 눕는다. 마리는 이런 침대 틀에 눕기에는 너무 키가 커서, 몸을 아래로 밀어내려 무릎을 굽히고 다리를 바닥에 놓고서야 편안해진다. 바닥에 닿은 발뒤꿈치에서 느껴지는 한기가 혹독하다.

오, 마음이 너그럽고 선하고, 우렁찬 웃음소리로 어떤 순간이든 기분을 더 좋게 만들어주고, 버베나*처럼 목이 가는 어머니가 있었다면. 하지만 어머니는 돌아가신 지 오 년이 넘었다. 혹은 마리의 몸을 덥혀주고, 막연하게나마 자신이 느낀 바를 말해주고, 이 지독하고 혹독한 곳에 대한 증오를 마리 혼자 견디지 않아도 되게 같이 나눌 세실리가 있다면. 세실리는 이곳을 어떻게 생각할까? 아이였을 때 두꺼운 햇살이 틈새로 쏟아져들어오는 먼지가 자욱하고 냄새가 심한 닭장에서 암탉 밑으로 손을 집어넣어 달걀을 꺼내, 여자애들이 미사 놀이를 하듯 지저분한 앞치마를 제의로 삼고 아주 근

---

* 줄기가 가는 마편초과의 화초.

엄한 얼굴을 한 채 재를 담은 통을 향로처럼 흔들면서 단조로운 어조로 아무 말이나 지껄이며 암탉이 품고 있던 것이라 아직 온기가 남은 달걀을 마리의 입안에 깨뜨려 넣어주던 세실리. 몸과 피가 하나로 섞인 그것을 마리는 성호를 긋고 삼켰지만, 너무 진득해서 목구멍으로 잘 넘어가지도 않았다. 그리고 벗기던 당근 껍질을 씹던 세실리의 숨이 마리의 얼굴에 닿고, 세실리의 단단하고 작은 혀가 마리의 턱에 묻은 노른자를 핥는다. 두번째 이단 행동, 입술에 입술이 닿는다. 세실리의 몸은 솔직하고 모르는 게 없다. 하인들 사이에 사생활이란 없고, 세실리는 그들에게서 그런 기술을 배웠다. 열기, 머리카락에 지푸라기가 붙은 이 땅딸막하고 보조개가 팬 여자아이 안에서 발견되는 새로운 것. 마리의 몸을 누르는 세실리의 몸에서 느껴지는 맥박.

마리는 자신의 두 손을 꽉 잡지만, 그 손은 차고 앙상하다. 세실리의 손이 아니다.

서서히, 공동 침실이 수녀들의 호흡과 몸의 열기로 따뜻해진다. 밖에서는 바람이 외로이 울부짖는다. 마리의 몸이 떨리다가 멈춘다. 마리는 결코 다시는 잠들지 않을 거라고 생각한다. 그러다 잠이 든다.

그녀는 즉시 생생한 꿈을 꾼다. 기억 하나, 부두는 젖어 수증기가 피어오르고, 저만치 바다는 햇빛이 반사되어 찬란하다. 고통을 일으키는 건조한 열기와 어망에 걸려 조용히 비명을 지르는 물고기들, 사람들 무리, 테라코타 항아리를 머리에 인 여자들, 소금의 바다에서 훈제된 사체가 풍기는 썩은 피 냄새. 저 아래 아이들은 무성한 덤불숲 같은 다리들 사이로 헤엄을 치고 있다. 어디서나 십자군 원정대의 하얀색 튜닉과 붉은 십자가가 보인다. 알아들을 수 없는 언어로 말하는 시끄러운 목소리들, 먼 데서 들려오는 피리 소리, 숲이 신음하고 파도가 찰싹이는 소리. 마리의 엉덩이 아래로 강한 어깨가 느껴지고, 여인의 손이 아이의 허벅지를 단단히 잡아주는데, 오 그 여인은 그녀의 엄마다. 험악한 표정의 사람들이 원형으로 빙 둘러서 있다. 원의 드러난 중심에, 벌거벗은 몸에 기름을 발라 반짝반짝 빛이 나는 여자가 햇빛을 받으며 서 있다. 아주 아름답다. 풀어헤친 굽슬굽슬한 검은 머리칼이 허리까지 내려오고, 겨드랑이와 사타구니에서 연기가 난다. 목에 은색 목걸이를 한 것을 보니, 노예다. 얼굴에는 경멸의 표정이 떠올라 있고, 그녀는 모여든 군중을 보지 않고 그들 위로 먼 하늘을 본다. 누군가가 뭐라고 외치자 음악소리가 시작되고, 공중에서 여자의 보드라운 배 쪽으로 아슬아슬하게 채찍이 내려온다. 휙. 벌거벗은 여자는 고양이처럼 도도하게, 천천히 뒷걸음질로 자기 무릎 높이의 나무상자 안으로 들어간다. 그녀는 몸을 구부리고, 이제 모습이 보이지 않는다. 이내 상자 뚜껑이 닫히고, 그녀 위에서 탕탕 망치질을 한다. 이제 누군가가 검을 들어올리는데, 햇빛이 반사되어 번쩍거린다. 요란한 함성과 함께 검이 상자 안으로 밀어넣어지고, 마리는 숨이 멎는다. 빨간 웅덩이가 생겨 점점 커지고 있을 것이다. 보지 마, 하지만 마리는 본다. 적어도 아직은 웅덩이가 만들어지지 않았고, 곧 또 한 자루의 검이 휙 허공을 가른 뒤 상자 안으로 밀어넣어진다. 한 자루, 또 한 자루, 빠르게, 더 빠르게. 꿈결처럼 멍하니 보고 있던 마리의 얼어붙은 정신이 녹자 거기 버둥거림이, 공포가 있다. 누군가는 그것을 멈춰야 한다. 이것을 멈출 권위의 존재는 어디 있는가. 상자에는 이미 검 자루가 숭숭 꽂혀 있다. 이제 쉿, 어머니의 목소리가 들린다. 쉿, 얌전히 있어, 그냥 눈속임이야. 검들이 천천히 뽑힌다. 뚜껑이 들린다. 정지된 긴 시간 동안 숨막히는 공포가 흐른다. 그리고 마침내 여자가 누워 있던 낮은 위치에서 천천히 일어난다. 아주 아름답고, 여전히 번들거리고, 여전히 원한과 증오로 가득하다. 여자는 살아 있고, 피부는 상처를 입지 않았으며, 부드럽고 완벽한 몸 어디에도 검에 베인 자리는 없다. 그녀의 모든 피는 여전히 피부 안에 담겨 있다. 모자가 돌고, 동전이 채워진다. 마리의 떨림이 뼛속에서 바깥으로 물결처럼 퍼져나가고, 사랑하는 어머니의 목소리가 다시 귓가에 들린다. 괜찮아, 우리 아가, 저 불쌍한 여자는 저 안에서 작은 뱀처럼 꿈틀거리며 몸을 감는단다.

마리가 눈을 뜨니 눈앞에 웨부아가 거대하고 검은 구름처럼 선 채, 일어나세요, 이 게으름뱅이, 하고 말하며 나막신의 발끝으로 마리의 다리를 툭툭 차고 있어, 마리는 무릎이 아프다. 일어나세요, 덩치 크고 나약한 불평쟁이, 조과 시간입니다. 일어나세요, 일어나, 일어나라고. 귀족 혈통에 빼빼 마르고 사랑스럽지 않고 어둠의 심장을 지닌 사생아에 가짜 부수녀원장, 일어나, 일어나, 일어나라고. 마지스트라 웨부아는 마리의 사악한 심장에서 신에 대한 사랑이 전혀 보이지 않으니, 거기 강제로 그 씨앗을 심거나, 마리가 고해성사를 받지 못한 채 죽는 것을 보고야 말 것이다.

마리는 공포를 느끼며 일어나 창문으로 검은 하늘에 뜬 살진 달과 어둠이 삼킨 모든 풍경을 바라본다. 그녀 앞으로, 어둠 속에서 얼굴이 보이지 않는 수녀들이 등불 하나에 의지해 밤의 계단을 내려가 사라진다. 여전히 꿈의 생생한 여운 속에서 수녀복이 내는 사각사각 메마르고 차가운 소리를 들으며, 마리의 머릿속에는 저 아래 죽음의 만찬을 즐기러 천천히 원을 그리며 내려오는 맹금의 날개가 떠오를 뿐이다.

2

마리가 밤의 계단을 내려온다. 눈부시게 빛나는 낮의 세상에서 어두운 방안으로 들어간 것 같다. 주위에는 그녀가 잃어버린 것의 파편이 유령처럼 환하게 떠 있을 뿐, 아무것도 보이지 않는다.

웨부아는 마리를 긴 성당 의자에 밀어 앉히고 자기도 그 옆에 앉는다. 마리 옆으로 다른 수련 수녀가 앉아 있다가, 손등으로 마리의 손등을 어루만지며 위로한다. 마리는 퉁방울눈에 뻐드렁니인 이 소녀를 슬쩍 바라본다. 나중에 그녀는 이 여자가 스완넥이라는 걸 알게 된다. 스완넥의 반대쪽 옆에 앉은 수련 수녀는 자그마한 체구의 루스인데, 그녀의 눈은 늘 작은 농담을 하는 것 같다. 둘 다 앞으로 마리와 깊은 우정을 나누는 친구가 될 것이다.

피곤한 마리에게는 소성당 가장자리에 드리운 그림자들이 형태를 위협적으로 바꾸는 것처럼 보인다.

조과는 노래로 하는 기도라는 것을, 그녀는 알게 된다. 그것은 또한 추운 밤에 낯선 이들 옆에서 몸을 벌벌 떠는 것이다. 영원히 끝나지 않을 것만 같다. 초가 불꽃을 깜박거리고, 바람은 원시적인 시골을 가로지르며 울부짖는다. 가슴속에서 통증이 느껴지는데, 주먹으로 그녀 몸안의 모든 살을 쥐어짜는 고통과 같다. 마리는 아파서 거의 소리를 지를 뻔한다. 그녀를 안전하게 지탱해주던 감각의 마비가 사라졌다. 온몸이 욱신거린다.

그리고 잠시 그녀의 시야에서 소성당이 흔들리다 사라지고, 줄곧 그래왔던 것처럼 왕비의 궁정이 다시 눈앞에 나타난다. 그녀는 여전히 그 안에 굳건히 존재하는 것 같고, 큰 홀은 따뜻하다. 하인들은 빠르게 날아다니는 반딧불이처럼 초에 불을 붙이고, 그들이 자리를 옮기면 타오르는 불꽃에 어둠이 쫓겨난다. 마스티프와 얼라운트*와 그레이하운드 종의 개들이 안으로 들어오고, 플래터에 담겨 테이블로 날라지는 맛좋은 음식냄새가 마리의 코를 찌른다. 이제 화사하고 좋은 옷을 입은 귀족들이 혼자 혹은 무리를 지어 등장한다. 귀부인들의 나지막하고 행복한 목소리가 들리고, 류트는 구석에서 연주를 시작하고, 두 사람의 목소리가 어우러지며 어느 기사의 슬픈 사랑을 노래한다. 마리는 이 새롭고 전율을 일으키는 사랑에서 전형적인 서사 구조를 알아보고, 그것이 허공에서 옷감처럼 펼쳐지는 것을 본다. 결혼은 사랑하지 않는 것에 대한 핑계가 되지 않고, 질투하지 않는 자는 사랑하는 것이 아니며, 누구도 두 개의 사랑에 묶일 수는 없다는 것. 사랑은 늘 커지거나 작아지고, 쉽게 손에 넣은 사랑은 경멸스럽고, 손에 넣기 힘든 사랑은 사

---

* 마스티프의 조상견으로 추정되는 견종으로 지금은 멸종되었다.

랑을 귀하게 만든다. 테이블 위에는 목을 비틀어놓은 구운 백조고기와 양고기, 수북이 쌓인 식빵, 둥근 치즈, 무화과 돼지고기 파이가 놓여 있고, 시간차를 두고 에일과 포도주가 나온다. 그리고 기쁨의 선물처럼 가장 놀라운 것은 파슬리를 넣고 구워 녹색으로 만든 돼지머리에, 뒤쪽에 꼬리털을 꿰매 붙인 구운 공작의 몸통을 이어붙여 만든 코카트리스*로, 장뇌와 아콰 비타이**를 흠뻑 묻힌 입안에 헝겊을 넣고 불을 붙여 괴물이 녹색 불을 뿜어낼 수 있게 연출했다. 소리, 환한 빛, 색깔, 따스함.

그리고 식탁 머리에 모여 앉은 이들의 중심에, 마리 삶의 위대한 사랑의 존재가 빛나는 모습으로 앉아 있는데, 빛이 너무 환해 마리는 인간의 형체는 보지 못하고 그저 광휘만 볼 수 있을 뿐이다.

그 순간은 사라진다. 그리고 다시 한번 마리는 유령과 그림자들 속에 있고, 바람은 건물 처마에서 노닌다. 이 수녀원 건물의 오래된 벽조차 너무 가난하여 그들을 움켜잡은 질병과 굶주림에 체념한 듯하다.

수녀들이 우르르 일어나서 다시 조용히 밤의 계단을 올라, 차갑게 식은 침대로 간다. 스완넥은 절뚝거리는 웨부아를 앞세워 침대로 걸어가고, 마리의 손을 잡아 앞서지 못하게 한다. 그녀가 마리의 귓가에, 마리가 와서 아주 기쁘다고, 엠은 무능하다고, 고다는 동물을 돌보는 데나 걸맞다고, 누군가는 책임을 져야 하는데 마리를 오게 한 동정 마리아에게 감사하다고 속삭인다.

---

* 성경과 전설 속에 등장하는 상상의 괴물.
** 라틴어로 '생명수'라는 뜻으로, 농축 알코올을 가리킨다.

다시 잠들지만 어느새 찬과 시간이 되고, 그들은 어둠 속에서 반쯤 꿈결에 일어나 노래를 부른다. 그리고 하인들이 길어온 찬물에 손을 씻으려고 세면소로 달려가고, 변소로 가서 오줌과 똥을 싸고, 덧창으로 조금씩 비쳐 드는 빛으로 하루가 시작될 때 제1시과에 맞춰 다시 소성당으로 간다. 식당에서 각자 할일을 배정받는데, 이곳에서는 고통이 성스러움의 증거이므로 가장 약한 수녀가 가장 힘든 일을 받는다. 웨부아는 수련 수녀들을 소성당으로 데려가 얼어붙을 듯 차가운 물로 바닥을 문지르라고 한다. 마리는 평생 뭐하나 문질러본 적이 없다. 이렇게 손이 아픈데, 왜 세실리가 그녀를 미워하지 않았는지 모르겠다. 그리고 첫 식사, 검은 빵을 한 입 먹고, 소에서 짜낸 여전히 온기가 남은 우유를 마신다. 제3시과. 덥힌 방에서 묵상을 마치고, 수녀들은 각자 소리 내어 책을 읽지만, 마리는 주어진 것이 아무것도 없어서 외우고 있는 시를 읊조린다. 제6시과. 시편, 언제나 시편이다. 칸트릭스*의 떨림 있는 목소리로 시작된다.

고다가 시무룩하게 발을 끌며 다가온다. 수녀원장실에서 마리를 찾는데, 고다는 자신이 받아쓰기를 완벽히 잘할 수 있는데 왜 그러는지 이유를 모른다. 부수녀원장 보좌는 분노의 옷을 입은 채 달걀을 모으러 간다.

수녀원장의 작고 하얀 방의 따스함에 마음이 편안해져, 마리는 불쑥 등받이 없는 의자에 앉는다. 수녀원장이 희미한 미소를 띠며 뭐라고 말하기 시작하고, 마리는 그것이 알리에노르에게 보내는

---

* 성가대의 여성 선창자.

편지를 받아쓰라는 말인 것을 뒤늦게 깨닫는다. 마리는 급히 양피지와 펜을 찾지만 그럴 필요가 없었던 게, 수녀원장의 편지는 너무 이상하고 흐름이 뚝뚝 끊기고 매장식과 유황에 관한 이야기만 많아서, 마리는 아무것도 받아쓰지 않다가 핵심만 잡아내 수녀들이 굶어죽어가고 있으니 마리의 지참금을 즉시 보내달라고 요구하는 편지를 라틴어로 짧고 차갑고 공손하게 쓴다. 자신의 사랑은 인사말에만 새겨넣는다. 수녀원장은 마리가 그 편지를 다시 읽어줄 때 만족스러운 미소를 짓고, 마리의 받아쓰기가 참으로 정확하다고, 자기 말을 단어 하나 틀리지 않고 써주어 기쁘고 놀랍다고 말한다.

맨 먼저 알리에노르에게 편지를 썼고, 다음으로는 간신히 그럴 엄두가 났을 때 엉망진창인 회계장부를 살폈다. 마리는 그 모든 일에 구토가 날 것 같다. 남자 농노들의 가족들과 수녀원 영지의 소작농들이 신임 부수녀원장을 만나려고 동쪽 문에 줄을 섰다. 그래도 긴 하루는 아직 절반도 지나지 않았다.

마리는 하얗고 따뜻한 방의 바닥에 누워 있고 싶다. 비참하고 질퍽거리고 악취 나는 이곳에 있으니 이 육신의 감옥을 떠나고 싶고, 죽어서 어머니에게 가고 싶고, 더이상 존재하지 않고 싶다.

하지만 마리는 그러는 대신 일을 계속하고, 엠은 씨근씨근 부드럽게 코 고는 소리를 내며 잠들어 있다. 파리 한 마리가 덧창에 바삭거리는 몸을 자꾸 부딪친다.

노동 시간에는 대화가 금지되어 있지만, 곧 마리는 중얼거리는 소리를 듣는데, 아마 아래층 실크 방적실에 있는 여자들일 것이다. 마리는 환기를 위해 뚫어놓았을 바닥의 구멍을 찾아내 그리로 다가가 쭈그리고 앉아 귀를 기울인다.

누군가가 지금 무슨 이야기를 하고 있는데, 오, 투구의 바이저* 뒤로 금작화가 꽂혀 있었고, 그 때문에 그 더럽혀진 불쌍한 소녀의 어머니는 누가 자기 딸을 강간했는지 알게 되었다는 내용이다. 그 말에 마리는 그들이 지금 자신의 어머니 이야기를, 마리의 출생 배경을 이야기하고 있다는 사실을 깨닫고 서늘한 충격을 받는다. 맞는다니까, 목소리가 열을 올리며 말했다. 열세 살밖에 안 된 처자였는데, 키가 크고 아름답고 아무것도 모르는 순진한 아가씨가 어느 따뜻한 날 들판에 나가 양귀비꽃 화환을 만들면서 몽상에 빠져 있었대. 그때 금속이 절거덩거리는 소리가 들렸고, 미처 달아나기도 전에 머리채를 붙잡혀 말의 안장 머리 위로 들어올려진 거야. 그렇지, 군대가 멀지 않은 곳에 진을 치고 있었어. 처녀가 들판에 아무도 없이 홀로 있는 모습이 몹시 유혹적이었던 거지. 그 처녀는 비틀거리며 성으로 돌아가 기억나는 대로 말했고, 그러니까 금작화만 말했고, 그러자 어머니는 격분하여 가문의 검을 들고 말을 달려 군대의 진영으로 가서 끔찍한 소동을 일으켰어. 금작화는 플랑타 주네, 그렇지, 플랜태저넷이야. 멜루신의 후손. 자식들을 데리고 인간 세상에서 살다가 목욕할 때 꼬리가 풀려나온 걸 들키는 바람에 인간으로 사는 걸 영원히 포기하고 창문을 통해 날아가버렸다는 그 요정 여왕 말이야. 아무튼 그러고 아홉 달 뒤 플랜태저넷 가문의 남자가 일으킨 성폭행의 결과가 바로 우리의 신임 부수녀원장 마리라는 거지. 따라서, 그렇지, 우리 신임 부수녀원장이 지금 왕의 반쪽짜리 여동생이자 사생아가 된 사연이 그거야. 강간이

---

* 투구에서 얼굴을 가리는 덮개.

라는 끔찍한 얼룩에 의해. 왕족의 피가 흐르지만 그런 불명예가 섞여버렸으니 얼마나 묘한가 말이야!

마리는 토할 것 같다. 그녀에게 자기애가 조금이라도 남아 있었다면 달아났겠지만, 그녀는 발끈하여 귀를 구멍에 바짝 대고 그들이 그녀에 대해 또 무엇을 알고 있는지 엿듣는다.

누군가가 조그맣게 〈아베마리아Ave Maria〉를 읊조리기 시작한다.

그 순간 다른 누군가가 잽싸게, 부수녀원장은 노르망디와 브르타뉴와 아주 가까운 르멘 출신이라고 잽싸게 말한다. 중간 정도 규모의 영지로, 나쁘지 않은 곳이라고, 로마시대 길과 강을 옆에 끼고 있는 아주 예쁜 곳이라고. 지금 말하는 사람은 자신이 먼 친척이라 직접 들어 안다며, 마리의 집안은 여장부들로 유명한데, 과부인 마리의 할머니에게 일곱 명의 딸이 있고, 마리가 태어나면서 지나치게 드센 여자들이 여덟 명이 되었다고 했다. 그리고 그 여자가 말하길, 사실 자신이 소녀였을 때 자기 집안 여자애들은 자라서 그 친척들처럼 되면 목을 졸라 죽여버릴 거라는 말을 들었다. 그들은 하나같이 거칠고, 다리를 쫙 벌리고 말에 올라탄 채 시골 지역을 날듯이 누비고 다녀 입방아에 오르고, 검 싸움과 단검을 쓰는 기술을 배우고, 아라비아어와 그리스어까지 모두 여덟 개의 방언을 할 줄 알고, 그 많은 먼지투성이 원고는 또 뭐며, 여자들이 한다는 대화가 시끄럽고 독선적이고 부자연스럽고, 다투고, 피 흘리고, 전투용 도끼를 다루는 법을 익히고, 아주 이상하고 아주 상스럽다. 하지만 지금 자기는 그렇지 않다. 아니, 아니, 자신과 친자매들은 아주 여성스럽다고, 그 목소리가 거들먹거리며 말한다.

그러자 마리는 커다란 뱀처럼 구불구불 힘차게 흐르던, 르멘에 있는 자신의 강이 또다시 그리워진다. 작은 금빛 새들이 쪼르르 날아다니던 초록 들판. 자신이 아주 작고 집안이 괴롭힘을 받지 않았을 때, 마리가 기억하는 할머니와 이모들은 거대했고, 이야기와 노래는 끊임없이 흘러나왔으며, 책장에는 책이 가득 꽂혀 있었다.

하지만 그 순간 달콤하고 부드러운 목소리를 가진 누군가가 외친다. 오 자기도 그 집안에 대한 이야기를 들었다면서, 그들은 마녀라고, 진짜라고, 푸른 달이 뜨면 늑대-여자로 변해 하인들에게서 어린 여자아이들을 훔쳐내 사냥할 때 옆에서 뛰는 주둥이가 뾰족하고 이빨이 날카로운 개-소녀로 키운다고.

아니라고, 앞서 말한 목소리가 딱 잘라 말한다. 그건 거짓말이라고. 사실 그 집안은 신앙심이 깊은 집안으로 알려져 있다고. 사실 네 명의 큰 여자애들과 아주 작은 아이였던 마리가 왕비의 귀부인 부대와 함께 십자군 원정에 나갔다고.

우리 부수녀원장이 십자군 원정에? 달콤하고 부드러운 목소리가 놀라며 말한다. 마리의 눈앞에 비잔틴제국에서 귀부인 부대가 쏟아지듯 언덕을 내려가는 장면이 다시 보인다. 여성스럽지 않게 두 다리를 쩍 벌린 채 말을 타고, 소리를 지르고, 검을 뽑고, 풀어헤친 머리칼은 뒤에서 나부끼고, 모두 흰색과 붉은색의 튜닉을 입은 채 긴 함성을 지르며 두려움을 일으킨다. 그러자 다른 수녀들이 경외감을 느끼며 수런거리는데, 십자군 원정에 나갔던 사람들의 몸에는 거룩한 순례자의 모습이 나타나고, 그들의 피부에는 신성한 혈흔이 묻어 있어야 하기 때문이다. 마리는 이모들을, 말 등에서 공중제비를 넘어 내려올 수 있는 유페미를, 흰색 송골매를 쌍으로 데리고 다니는 오노린을, 금색 부츠를 신고 맹렬한 아름다움을 지닌 위르쉴을, 강인하고 잘 웃고 생동감 넘치는 어머니를 떠올린다. 그때는 모두 어린 아가씨들이었으나, 십자군 원정을 통해 최대한의 모험과 신의 은총을 붙잡았다.

그 순간 마리의 환시는 알이 깨지듯 더 크게 열려 더 멀리 지평선에서 발갛게 빛나는 비잔티움제국의 트라케 평원을 본다. 마리가 작은 아이였을 때의 어느 밤이다. 모두가 편안한 잠에 빠져 있을 때, 소녀는 일어나 자신의 손에 쥐면 검이나 다름없는 단도를 꽂은 띠를 두르고 신발도 신지 않은 채 위험하고 어두운 바깥으로 나갔다. 그리고 전속력으로 달려 모닥불 옆을 지나고, 간발의 차이로 그녀를 잡지 못한 뻗은 손들을 지나쳐 독수리가 꼭대기에 올라앉은 천막에 이른다. 어머니와 이모들은 그 천막을 보고 포도주에 독을 풀고 단도로 목을 가르고 활줄로 목을 조르는 것에 대해 속닥거렸고, 마리는 그렇게 소곤거리면서 자기를 흘끔거린 것에서 그게 자신과 관련이 있다는 것과 복수가 자신의 몫이라는 것을 희미하게 깨달았다. 천막 앞에 다다른 마리는 땅에 헐겁게 박힌 고정 핀을 발견하고 단도를 이용해 뽑아낸 뒤 천막의 입구를 통해 안으로 들어갔다. 한 개의 등만이 불을 밝히고 있었다. 바닥에는 잠든 몸들이 빼곡히 누워 있고, 개들은 문 쪽에서 고개를 들고 킁킁 그녀의 냄새를 맡았지만 목 안에 울음을 담고 짖지 않았다. 그녀는 단도를 뽑아들고 침대로 걸어갔다. 두 개의 커다란 형체가 보였다. 멀리 있는 형체는 두껍고 축축한 소리로 코를 골았고, 더 가까이 있는 형체는 한참 보니 사람의 몸인데, 모피 침대 덮개 위로 한쪽 젖가슴이, 그리고 긴 목과 윤이 나는 헝클어진 머리칼과 가장자리를 검게 칠한 한쪽 눈이 보였다. 그 눈이 뜨인 채 그녀를 바라보고 있었다. 여자다. 그 순간 마리는 경이감을 느꼈고, 그 느낌은 주먹으로 가슴을 치는 것처럼 강력했다. 첫사랑이었다. 그 여인이 속삭이는 목소리로 마리가 악마인지 물었고, 곧 단도와 작은 얼굴을 보고 상황을 파악한 뒤, 아니, 그냥 흉측한 두꺼비 같은 아이구나, 하고 혼잣말을 했다. 마리는 가까이 다가갔다. 여자가 벌거벗은 채 일어나 앉더니 마리의 얼굴을 보고 아, 이 아이가 그 유명한 사생아인가보다, 닮은 건 분명히 알겠는데 플랜태저넷 가문의 그 유명한 아름다움은 흔적도 찾아볼 수 없으니 참으로 신기한 일이로다, 하고 말했다. 그리고 마리를 두고 참 묘하게도 건장한 피조물이야, 여자아이로 태어나다니 안됐어, 라고 덧붙였다. 그러고는 실크로 만든 로브를 걸쳐 몸을 가린 뒤 마리에게 손을 뻗어 마리의 손에 들린 단도를 빼앗았다. 그리고 건조하게, 자기는 어쨌거나 부부의 천막으로, 교회가 허락한 따분하고 시시한 침대로 돌아가야 한다고 말했다. 여자는 마리의 손을 잡고 마리를 이끌며 잠든 이들을 지나가고, 그녀를 보자 겁을 먹고 피하는 파수견들을 지나갔다. 그녀의 형체 주위를 강력한 힘이 두껍게 에워싸고 있었다. 밤 속을 걸어, 아직 깨어 있는 천막 안의 누구에게도 들리지 않을 만큼 충분히 멀어졌을 때 여인이 낮은 목소리로 저 무시무시한 여인들 중 누가 마리의 엄마인지 물었다. 금색 부츠를 신은 아름다운 여자인지, 새들을 데리고 있는 여자인지, 원숭이 얼굴을 한 여자인지, 너무 뚱뚱해서 걸을 때 땅이 흔들리는 여자인지. 그래서 마리는 자신의 어머니는 뚱뚱하지 않고 아주 강인하다고 말했고, 그러자 그 여인이 알겠다고, 소녀의 가슴은 분명 충직하고 용감할 거라고, 소녀는 어머니에게 저질러진 안타까운 죄를 복수하러 왔을 거라고 말했다. 하지만 생각이 어리석고 모자랐다고. 마리가 찾아온 텐트에는 마리가 찾는 사람이 없는데, 그 겁쟁이는 십자군 원정을 거부하고 멀리 집에서 피둥피둥 살찐 몸으로 게으르게 지내고 있기 때문이라고. 아니, 아니, 이 천막은 마리가 그저 한 알의 씨앗이었을 때 마리의 보잘것없는 이익에 반대하는 목소리를 냈던 어느 친구가 쓰는 것이라고. 그저 씨앗, 유채씨*, 하.

그리고 그 여인이 말했다. 게다가 진짜 숙녀는 자기 손에 직접 피를 묻히지 않고 다른 사람들에게 부드러운 영향력을 발휘해 최악의 일을 대신 시킨다는 걸 마리도 알고 있지 않느냐고.

그러고는 마리의 머리를 손바닥으로 살짝 때리더니, 날아갈 만큼 빠르게 달아나라고, 이교도에게 붙잡히면 팔려가서 바닥 청소를 하거나 개가 먹고 남긴 음식을 먹어야 할지도 모른다고 말했다. 여인이 마리를 밀었고, 마리는 휘청휘청 세 걸음을 걷고 뒤를 돌아보았는데, 여인은 이미 밤 속으로 사라진 뒤였다. 마리는 놀랍고 신기한 마음으로 자신의 텐트로 달려갔고, 대야에 더러워진 발을 씻었다. 발을 닦을 수건이 없었다. 마리는 젖은 발로 모피 이불 안으로, 엄마의 열기가 뿜어져나오는 곳으로 기어들었고, 엄마는 아이의 얼음 같은 몸을 느끼고 잠결에 마리를 꼭 끌어안아주었다. 그리고 반쯤 깨서는 마리에게 어디 갔다 왔느냐고 물었다. 마침내 완전히 깨어 코를 킁킁거리며 일어나 앉더니 도대체 왕비의 향수 냄새가 나는 이유가 무엇이냐고 물었다.

---

* 유채씨는 영어로 'rapeseed'이며, 'rape'가 강간이라는 뜻이라 중의적으로 사용된 것이다.

이것이 마리가 당시에는 프랑스, 나중에는 잉글랜드의 막강한 섭정이었고, 열 아이의 어머니이며, 독수리 중의 독수리, 권력 배후의 권력이었던 알리에노르와 처음 만난 순간이었다. 마리는 죽는 순간까지 왕비의 이 초기 모습을 가슴속에 박고 살아갈 것이다. 처음 문 갈고리를 평생 살 속에 깊이 박고 살아가는 늙은 메기처럼.

마리가 가슴속에서 느낀 것은 사랑이었다. 단단하고 날카롭고 고정된 사랑.

하지만 알리에노르는 마리를 영원히 떠나보내고, 자신은 저 먼 궁정의 세계로 사라져버렸다. 어머니, 집, 궁정, 그 모든 상실 중에서 지금 당장은 이것이 가장 견딜 수 없는 상실이다. 마리는 너무 슬퍼서 자신에 대해 숙덕거리는 그 어떤 이야기도 더는 귀에 들리지 않는다.

마리는 일어서서 창문 쪽으로 걸어가고, 덧창을 열어 바람에 마모된 회색 풍경을 본다.

그리고 너무 추워지자 덧창을 닫고 돌아서고, 엠이 더는 자고 있지 않다는 걸 눈치챘다. 수녀원장이 희뿌연 눈을 뜨고 온화하게 말한다. 그들이 사실인지 아닌지도 모르는 이야기를 하더라도 용서하라고. 그들에게 나쁜 마음은 없다고. 마리는 아무 말도 하지 않는다.

그러자 수녀원장은 온화한 얼굴에 한가득 미소를 지으며 한쪽 팔을 들어올리고, 그 팔이 다시 내려오는 순간 때마침 성무일도 시간을 알리는 종들이 크게 울리며 그들을 불러모은다. 마치 그녀가 그 통통하고 파리한 손으로 하늘에서 소리를 불러낸 것처럼.

3

나중에 마리는 수녀원에 도착한 직후의 나날을 칙칙하고 검었다고 기억할 것이다. 그때를 돌이켜보면, 불이 환히 밝혀진 방에서 창문을 통해 밤을 내다보는 것과 같았다. 보이는 것은 달처럼 허공에 걸린 자기 얼굴밖에 없었다.

수녀들은 몹시 굶주려, 어두운 공동 침실 안에 보이는 얼굴은 살가죽을 벗겨낸 두개골 같았다. 수프를 끓일 때도 한 번 삶은 고기를 나중에 수프를 만들 때 또 쓰려고 다시 건져냈다. 손톱은 하늘의 차가운 파란색이었다.

그러다 수녀원에 도착하고 일주일 뒤 제3시과 때 마리는 암울한 어둠 속에서 노래하는 척하다가 갑자기 자신이 어떻게 해야 하는지 깨닫는다.

알리에노르가 가장 좋아하는 화폐의 형태는 이야기다. 노래를 통해 주고받는 사랑 이야기.

마리가 끌린 것은 브르통 라이*로, 행의 운율을 맞추는 것에서, 그리고 전체적으로 갑작스러우면서 아름답다. 무릎에 놓인 그녀의 손이 떨리기 시작한다. 라이 모음집을 써서 궁정에서 사용하는 세련되고 음악적인 프랑스어로 번역할 것이다. 직접 쓴 시를 불을 붙인 화살처럼 사랑하는 이에게 보낼 것이고, 그것이 날아가 꽂히면 그 잔인한 심장에도 불이 붙을 것이다. 알리에노르의 마음이 누그러질 것이다. 마리는 다시 궁정으로, 누구도 굶어죽지 않을 그곳으로 돌아와도 좋다는 허락을 받을 것이고, 거기에는 항상 음악과 개와 새와 삶이 있을 것이다. 황혼 무렵 정원은 연인들과 꽃들과 은밀한 대화로 가득할 것이고, 마리는 언어들을 익히거나 연회장에서 대화중에 불의 꼬리처럼 튀어나오는 새로운 생각들에 대해 들을 수 있을 것이다. 여기서 줄곧 말하는 성부와 성자와 성령의 삼위일체만이 아니라, 이 끝없는 노동과 기도와 굶주림만이 아니라.

마리는 의식이 끝나자 소성당에서 뛰쳐나가 트렁크를 뒤지고 동전을 꺼내 하인에게 찔러주면서, 시내에 가서 시를 쓰는 데 필요한 초와 양피지와 잉크와 밀랍판을 사오라고 한다. 그리고 거위의 화를 돋우면서 깃털 하나를 뽑고, 그 깃털을 깎아 펜을 만든다. 그녀는 움직이고 숨쉬고 수녀들이 먹어야 하는 만큼 소량의 음식을 먹는다. 밤이 되자 공동 침실에서 들리는 소리가 잦아들고, 마리는 모두 깊이 잠들기를 기다렸다가 맨발로 일어나 살금살금 밤의 계단을 지나서 아래로 내려간다.

세상은 밤이 깊어 파랗다. 별들은 비난하듯 날카롭다. 헛간 안은

---

* 켈트족 이야기에 기반한 짧은 로맨스 설화시로, 8음절의 2행 연구로 이루어진 시.

채찍처럼 불어대는 매서운 바람도 없고 동물이 뿜어내는 체온 덕에 따뜻하다. 마리는 마비된 감각이 풀릴 때까지 얼굴을 말의 목에 대고 누르고, 늙은 군마가 고개를 돌려 그 축축하고 부드러운 코를 마리의 뺨에 대고 킁킁거린다. 그녀는 지붕 밑 방에서 잠든 하인들을 깨우지 않으려고 조심하면서 필요한 것을 꺼내고, 더욱 깊은 어둠 속 쥐들이 갉작거리는 곳으로 가서 돌벽에 붙여둔 몇 개 남지 않은 마지막 귀리 자루에 앉는다. 그리고 부싯돌로 쳐서 불을 붙인 건초로 초에 불을 붙이고, 건초에 붙은 불은 발로 밟아 끈다. 더 깊은 어둠 속에서 자신을 쳐다보는 쥐들의 반짝거리는 녹색 눈동자와 함께 그 작은 동강 빛으로 그녀는 시를 쓴다.

매일 낮시간 동안 그녀는 밤에 쓸 시구를 떠올린다.

수녀원의 생활은 꿈이다. 그녀가 쓰고 있는 시들은 세상이다.

마리는 우트르메르에서 본 천막에 대해 시를 쓰는데, 그건 여전히 그녀의 머릿속을 떠나지 않는 장면이다. 천막 위에는 왕실을 상징하는 자주색의 커다란 뭔가가 순수한 금색 독수리와 함께 세워져 있고, 안에는 값비싼 모피 위에 알몸으로 드러누운 여인이 있다. 그리고 불쌍한 마미 수녀에 대한 시도 쓰는데, 마미 수녀는 새 신부로 신혼집에 도착한 날 질투가 난 사냥개에게 물어뜯겨서 코가 없다. 그리고 마미는 혹시라도 코 없는 아기가 태어날까봐 처녀인 채로 수녀원에 보내졌다. 그녀는 불쌍한 아동 평수녀 아델리자가 한 말도 시에 써넣는데, 아델리자는 과수원에서 누구보다 무자비한 수녀 에디스가 던진 썩은 사과에 맞았다. Tels purchace le mal d'altrui dunt tuz li mals revert sur lui! 타인에게 행한 악이 그 악을 행한 자에게 되돌아가기를! 마리는 오래된 라이를 수정하여 본래의 의미로도, 그리고 왕비의 할머니인 당제뢰즈의 이야기로도 이중적으로 읽힐 수 있게 한다. 당제뢰즈는 제멋대로 살았던 이름난 미인으로, 이미 누군가의 어머니이자 아내였지만 사랑에 빠져 대단한 간통을 하고 사과도 없이 달아났다. 마리는 십자군 원정이 실패로 끝나고 어머니가 우트르메르에서 마리를 끌고 집으로 돌아왔을 때 입에 빨간 꽃을 물고 달아나던 족제비도—족제비였나 아니면 여우였나? 그녀는 족제비로 하기로 한다—기억해내서 쓴다. 그리고 요정 멜루신에 대해서도 쓰는데, 멜루신의 기묘한 피는 그녀의 혈관 속에서도 박동하고 있다. 왕비에 대해서도, 왕비는 너무도 아름답고 완벽한 교육을 받았으며 자연이 관심을 쏟아부어 만든 완벽하게 조화로운 몸을 가졌다고 쓴다. 우아하고 유혹적인 자태, 아름다운 얼굴, 반짝거리는 눈, 관능적인 입술, 완벽한 코, 윤기가 흐르는 금발, 공손한 태도, 달콤한 말, 장밋빛이 감도는 뺨. 온 세상 어느 여자와도 견줄 수 없다.

그리고 자신이 비밀스럽게 가장 사랑하는 라이에서, 마리는 처음 본 환시에 대해 쓴다. 마리의 어머니가 죽기 전, 이모들도 죽거나 어디론가 시집보내지기 몇 주 전에, 남아 있는 이모인 위르쥘이 작은 가족 소성당에서 기도를 올리기 시작했다. 마침내 그녀는 마리의 어머니에게 찾아와 울면서, 자기는 강제로 결혼하느니 차라리 죽어버리겠다고 했다. 자기는 사냥꾼이 된다고 해도 아무렇지 않다고. 칼이 살을 찌르고 들어와도 괜찮지만, 먹이가 되지는 않을 거라고. 칼이 몸안으로 들어왔다가 나가는 것을 누워서 가만히 보고만 있지는 않을 거라고, 그녀는 말했다. 그러자 마리의 어머니가 미소를 삼키며 조용히, 걱정하지 말라고, 이미 퐁트브로 수녀원에 보낼 지참금을 마련해두었다고, 거기서 위르쉴을 수련 수녀로 받아주기로 했다고 말했다.

떠나기 이틀 전 밤, 위르쉴은 마지막으로 마리를 사냥에 데려갔다. 쌀쌀한 4월의 밤에, 그들은 일어나 숲속 작은 연못으로 걸어갔고, 어둠 속에서 동물들이 물을 마시러 내려왔다. 거기서 마리와 위르쉴은 나무 발치에 앉아 생각이 녹아내리도록 내버려둔 채 그들이 앉은 나무의 뿌리와 더 비슷해졌고, 그렇게 그들 안에 있는 인간의 일부를 지웠다. 그들은 한참 동안 아무 생각 없이 앉아 있었고, 긴 새벽을 알리는 가장 이른 기척이 느껴지고 따뜻한 수면에서 안개가 한 겹씩 벗겨져 올라갈 때, 마리는 작은 연못의 가장 먼 끝에서 사슴의 형체를 보았다. 사슴의 배에 새끼가 입을 대고 있는 것을 보니 암사슴 같았는데, 머리에 뿔이 달렸고 몸색깔이 더없이 순수한 흰색이라 이 세상 짐승이 아닌 듯 보였다. 안개가 모여 살을 이룬 듯한 이 피조물을 보면서 마리는 숨을 참고 미동도 하지 않았다. 이모가 봤다면 암사슴은 이미 죽었을 테고, 실패에서 풀려난 실처럼 피가 물속으로 흘러들어갔을 것이다.

그 순간 하얀 암사슴이 고개를 들고 연못 건너편에 있는 마리를 쳐다보았다. 사슴의 온전한 전체가 소녀를 쳐다보았다. 사슴은 마리의 중심에 있는 무언의 영역을 향해 뭔가를 말했다. 시간이 정지했다. 숲이 지켜보았다. 이어 사슴이 돌아서더니 폴짝 한 번 뛰어 관목숲 안으로 사라졌고, 새끼도 뒤따라 폴짝폴짝 뛰어갔다. 위르쉴은 다음날 퐁트브로로 갔다. 마리는 그 사슴을, 그 경외감과 신비로움을 가슴속에 간직하다 마침내 시로 풀어냈다.

마리는 며칠 동안 라이를 쓴 뒤 깨끗하게 옮겨 적는다. 열띤 상태로 쓰고 잠은 거의 자지 않아 피부는 투명해지고, 피부 아래 비축된 얼마 없는 지방은 사라진다. 굶주려서 막대를 매듭으로 묶어놓은 듯한 모양새로 헛간으로 돌아가 동강 초의 펄럭거리는 불빛 아래 시를 쓴다. 낮 동안 회계장부를 정리할 때는 머리를 조금만 쓰고, 수녀원의 삐걱거리고 방치된 설비에 대해 알게 되어도 거의 신경쓰지 않는다.

몸을 숙일 때마다 여드름이 흉측한 고름이 되어 터지고 하루의 절반만 지나도 윔플이 기름에 젖어 바꿔 써야 하는 불쌍한 율라리아 수녀는 마리를 지켜보다, 이제 신임 부수녀원장의 얼굴에서 밝게 타오르는 두 눈만 보인다고 말한다.

스완넥은 마리의 피부 또한 활활 타오른다고, 소성당에서 긴 의자에 같이 앉는 두 사람의 몸을 덥힐 만큼 많은 열을 뿜는다고 말한다.

루스는 자기 생각에는 마리가 곧 죽을 것 같다고, 자기는 예언가 집안에서 태어났는데 마리의 얼굴에 죽음의 손자국이 빛나는 게 보인다고 말한다.

마리는 시선집에 담을 서문을 쓴다. 신이 주신 이해와 웅변의 재능을 받은 사람들은 침묵하거나 그 재능을 숨겨서는 안 되며, 그것을 돌려주어 사람들의 감탄 아래 꽃피우도록 해야 한다. 서문에서 마리는 그 시가 진짜 대상을 향하게 하지 않고, 약간 빗겨가게, 권력은 더 대단해도 다른 것은 훨씬 부족한 그녀의 반려자를 향하도록 돌린다. 라이가 왕비의 마음을 움직이는 데 실패한다면, 이 헌사에 대한 왕비의 광기어린 질투가 마리를 다시 궁정으로 불러들일 것이다.

그녀의 작은 양피지 모음이 완성되고 그걸 최대한 아름답게 다듬었을 때, 마리는 어느새 성수태고지절, 즉 성모영보대축일 만찬이 하루 앞으로 다가왔음을 깨닫는다. 그녀가 수녀원에 온 뒤로 몇 주가 지난 시점이다. 그녀는 트렁크에서 동전을 좀더 꺼내고, 허락 없이 제6시과를 건너뛰고 말을 타고 시내로 간다. 세상은 사방이 온통 초록이다. 그녀는 빵을 만들 부드러운 밀가루와 케이크를 만들 꿀을 충분히 살 것이고 만찬을 위해 도살할 어린 암소도 한 마리 살 것이다. 그러지 않으면 다음날은 견과류와 말린 베리와 고다가 울부짖는 어린 암소로부터 떼어내 어깨에 메고 부엌으로 날라온 사산된 송아지로 차려진 초라한 축일이 될 것이기 때문이다. 송아지를 구워서 입안에 사과를 넣어 내면 누구도 그렇게 비참하게 생각하지 않을 거라고, 부수녀원장 보좌가 얼굴에 공포를 띤 취사 담당에게 딱딱거리며 말한다. 마리는 축하하는 기분으로 원고를 가슴에 단단히 끌어안고 말을 달린다. 타운에 도착한 그녀는 편지를 동봉한 그 책을 자신이 살 수 있는 가장 질 좋은 가죽으로 포장하고, 바로 그날 전속력으로 아주 먼 거리를 이동하여 웨스트민스터 궁정까지 전달될 수 있도록 엄청난 액수의 돈을 지불한다. 그러면 그 책이 왕비의 손에 들어가, 그날 당장은 아니더라도 반드시 자신을 구해줄 것이라고 마리는 확신한다. 그 선물을 보내느라 써야 하는 동전에 그것을 받는 이의 모습이 새겨져 있어, 비록 실제 인물은 아니지만 마리는 웃는다.

그리고 마리는 거의 가쁜 숨을 몰아쉬며 기다린다. 알리에노르가 고개를 숙이고 그 시들을 읽다가, 마침내 마리를 온전히 보는 것을, 온전히 알아보는 것을 상상한다. 마리는 사랑 때문에 죽을 것만 같다. 혹은 아마도 반드시 자신을 찾아올 영광 때문에. 알리에노르가 마리의 빛이 흘러들어가는 컷글라스* 같은 것이기에. 왕비는 원고의 필사본을 만들어 자신이 사랑하는 사람들에게 나눠줄 것이고, 누구든 처음 마리의 시를 읽는 사람은 마리의 찬란한 빛으로 충만해질 것이다.

왕비가 나서주면, 왕비의 사랑이 돌아오면 자신은 영원히 살아갈 수 있으리라고, 마리는 술에 취한 기분으로 생각한다.

마리는 새해의 성모영보대축일에, 최초의 창조가 일어난 이날에, 천사가 강림하여 마리아의 귀에 그 말을 속삭이고 마리아를 신성으로 채워준 이날에, 태양이 따스하게 솟아오르는 것을 지켜본다.

그녀는 흥분해서 수녀원장이 시키는 일은 어떤 것도 할 수 없어, 수녀원장이 허공에 대고 채권자에게 보낼 엄중한 편지를 불러주는 동안 벽장에서 『사랑Amores』**을 꺼내 읽는다. 하지만 그 책은 오늘 그녀에게 아무것도 말해주는 것이 없다. 페르페르 에트 오브두라, 돌로르 히크 티비 프로데리트 올림.*** 그 책은 가슴에 아무런 희망이 없는 다른 여자에게 말하고 있을 뿐이다.

그래서 마리는 수녀원장의 말을 받아쓰던 중에 일어서서 작은 쇠황조롱이를 어깨 위에 앉히고, 질책하느라 높아진 수녀원장의

---

* 무늬가 세공된 유리.
** 로마 시인 오비디우스의 연애시집.
*** '인내하고 버텨라, 그러면 그 고통도 언젠가 너에게 쓸모가 있을 것이다'라는 뜻의 라틴어.

목소리를 무시한 채 마구간으로 간다. 그리고 말에 안장을 채운 뒤 언덕 아래 겨울 호밀이 자라는 들판으로 타박타박 내려간다. 들판에 이르자 매를 자유롭게 풀어준다. 타운으로 가는 길을 따라 들판과 숲을 통과해 달리면서 자신을 데려가려고 오는 사람은 없는지 살핀다. 하지만 길에 나타나는 전령은 없고 나무들 사이로 타운이 보이자, 그녀는 고삐를 당겨 말을 세우고 다시 걸음을 돌린다. 뒤에서 들려오는 말발굽소리는 없는지 귀를 기울이면서. 하지만 돌아가는 길에도 내내 아무도 나타나지 않는다. 정원에서 일하고 있던 수녀들이 소나무담비 가족처럼 일어서서 그녀가 오는 것을 지켜본다. 늘 할일이 있는데 기분 전환을 한답시고 말을 타고 나가는 것은 어처구니없는 일이기 때문이다. 분명 웨부아가 마리에게 잔인한 보복을 할 것이다.

화창한 하늘에 구름이 끼더니 폭우가 쏟아지기 시작한다. 마리는 쇠황조롱이를 부르려고 휘파람을 불고 또 불지만, 새는 돌아오지 않는다. 비가 너무 세차게 쏟아지자 더이상 휘파람을 불 수도 없어, 말을 마구간 안으로 데리고 들어가 털을 빗겨주고 뾰족하게 깎은 막대기로 발굽에 묻은 진흙을 긁어낸다. 종소리가 제9시과를 알린다. 소성당에서 긴 의자 아래 고인 물웅덩이에 수녀복이 닿자 마리는 그 냉기에 몸서리를 친다. 나중에 웨부아는 마리가 달아났다는 이유로, 조심성 없이 흠뻑 젖어 돌아왔다는 이유로, 마리의 손이 붓고 피가 나고 잘 움직이지 않을 때까지 채찍으로 때린다. 하지만 마리는 자신이 얼마나 빨리 이곳을 빠져나갈 수 있을까 생각하느라 거의 아픔을 느끼지 못한다.

그리고 마리는 수녀복이 젖어 몸이 떨리고 손이 욱신거리는 채로 대축일 만찬의 맛좋은 냄새가 솔솔 흘러나오는 식당으로 간다. 수녀들은 먹을 때 말을 하면 안 되지만 기뻐서 소곤거리고, 마침내 수녀원장이 일어서서 그 온화한 얼굴에 드문 분노의 표정을 떠올린 채 말한다. 이제 그만. 조용히 하세요. 그러자 그들은 말없이 부드러운 빵과 고기와 케이크와 구운 순무를 먹고, 그보다 더 배부를 수 없을 때까지 먹고 또 먹는다. 불쌍한 아동 평수녀 아델리자는 밖으로 뛰쳐나가 토하지만, 다시 배를 채울 시간이 없을까봐 미친 듯이 뛰어들어온다. 음식은 충분하지만, 시간은 빠듯하다. 그날 쪽문에서 거지들에게 나눠주는 음식은 엄청나다.

비는 그쳤지만 땅은 흠뻑 젖었고, 춥고, 길에는 진흙이 두껍게 쌓였다.

만과.

종도. 그녀는 귀가 아플 정도로 귀를 기울인다. 하지만 전령은 여전히 나타나지 않는다.

종도가 끝나고, 소성당 바깥 회랑에는 부엌일을 하는 농노가 기다리고 있다. 마리가 밖으로 나오자 그녀가 마리의 손에 지저분한 헝겊을 덥석 쥐여준다. 마리는 헝겊을 통해 새의 가벼운 몸을 느낀다.

처음에 마리는 쇠황조롱이를, 자신의 작고 선하고 열렬한 친구를 잃었다는 데서 엄청난 고통을 느낀다. 그러나 이내 묘한 행복감이 솟구친다. 마리가 쓴 시에는 수놓인 헝겊에 싸인 죽은 나이팅게일을 이용해 메시지를 주고받는 연인들의 이야기가 나오는데, 어쩌면 이것이 그녀가 그토록 바라는 그 메시지일지도 모르기 때문이다.

그래, 마리는 생각한다. 그것을 위해서라면 나의 새마저도 희생시킬 수 있다.

그녀가 헝겊을 펴보니 예상했던 대로다. 더 큰 매에게 죽임을 당해 찢기고 피를 흘린 새의 사체. 쇠황조롱이는 긴 겨울 동안 실내에서 지내면서 느리고 둔해졌다. 하지만 아무리 찾아도 농노가 건넨 지저분한 헝겊 안에 편지는 없다.

하인이 경건한 목소리로 뭐라고 말한다. 고다가 앞으로 나서서 프랑스어로 통역한다. 농노가 말하길, 집으로 돌아가는 길에 하늘에서 크고 사납고 눈빛이 매서운 매 한 마리가 일찍 뜬 은빛 달에서 화살이 날아오는 것처럼 급강하하더니 발톱으로 쇠황조롱이를 낚아채는 걸 보았다고, 어찌나 꽉 움켜쥐었는지 작은 새의 피가 땅에 밀알처럼 흩뿌려지더라고, 그래서 핏방울을 쫓아갔더니 부수녀원장의 쇠황조롱이가 그 길에 떨어져 있는 것을 발견했다고, 그렇다면 고명하신 부수녀원장이 그 새에게 무슨 일이 일어났는지 알고 싶어하실 거라 생각했다는 것이었다. 숲에 사는 흉포한 악마 새를 애완용으로 키우는 것은 부자연스러운 일이지만, 좋은 가문의 사람들에게는 묘한 욕망이 있어서 그런 것에 대해 이렇다저렇다 해봐야 소득은 없다. 슬퍼라, 교회의 모든 성직자는 물이 위로 흐르지 않고 아래로 흐르는 것처럼 판단의 흐름 또한 그렇다는 것을 알고 있기 때문이다. 농노는 이 사이의 벌어진 틈을 드러내며 마리를 향해 미소를 짓는다.

마리는 아주 낮은 목소리로 부수녀원장 보좌님, 이 여인에게 고맙다고 전해주세요, 하고 말한다. 내일 자신을 찾아오면 1페니를 주겠다고.

하지만 이 말에 여자는 항의하는 것 같고, 고다가 거칠게 말하자 여자는 마리에게서 헝겊을 낚아채 마리의 손에 죽은 새를 떨어뜨린 뒤 뭐라고 중얼거리며 어둠 속으로 사라진다.

고다가 턱을 내밀고 말한다. 저 여자가 2페니를 달라고 해서 당신은 너무 탐욕스러우니 한푼도 받지 못할 거라고 말해줬다고.

다른 수녀들은 이미 공동 침실로 돌아간 뒤다. 눈먼 수녀원장과 마리만 함께 서 있다. 수녀원장은 손을 올려 부수녀원장의 얼굴을 만지고, 얼굴이 젖어 있는 것을 느낀다.

수녀원장이 아, 그러니 이제 마리는 의무를 방치하고 복종하지 않는 사람에게 무슨 일이 일어나는지 깨달았을 거라고 말한다.

마리는 그렇다고, 하지만 자신의 목소리가 줄어든 건 증오 때문이라고 말한다.

수녀원장은 벌을 주기 위해 부수녀원장을 면계실로 보낼 생각이었다고 말한다. 벌은 다섯 번의 매질, 그리고 제1시과와 제3시과 사이에 탈곡하지 않은 보리 위에 무릎을 꿇고 앉아 있는 것이었다. 하지만 그녀는 이제 마리가 충분히 고통을 겪었다고 생각한다. 게다가 보리를 낭비할 수는 없다. 불쌍한 작은 새. 수녀원장은 밤에 그 새가 작게 노래하는 소리를 점점 좋아하게 되었다.

마리는 알겠다고 말한다.

웨부아가 문밖으로 조용히 나간다. 그녀는 마리의 자매들이 이미 자리에 들기 시작했는데 마리의 침대는 아직 비어 있으니, 매질을 당하고 싶지 않으면 마리도 얼른 들어가 자는 게 좋을 거라고 말한다.

마리는 알겠다고 말한다. 말없이 웨부아를 따라 안으로 들어간다. 그리고 눕는다. 그녀가 차고 아리는 손을 덥히려고 소매 안에 넣는다. 그리고 밤새 귀를 기울이며, 바람에 주목나무의 가지들이 부대끼는 소리를 달려오는 말발굽소리로 착각해 두 번 속아넘어간다. 하지만 아니다. 아무도 오지 않는다. 그리고 아무도 오지 않을 것이다. 그녀를 집으로 데려가줄 사람은 아무도 없을 것이다.

주위 수녀들은 한 번 만찬을 즐겼음에도 굶어죽어가고, 이곳 생활의 회색빛과 비참함 때문에 슬픔은 두 배가 된다. 마리는 그렇다면 그냥 죽어버릴까 아주 심각하게 고민한다.

마리는 찬과 시간에 가서 앉아 있지만, 듣지 않는다.

그녀는 게으름은 죄라는 것을 안다. 절망스럽다.

증오는 더욱 나쁘다. 마리의 증오는 자칫 방심하면 그녀의 사지를 찢어놓을 것이다.

그녀는 수녀원에서 달아날 생각을 한다. 혼자 숲속으로 달아나 손으로 짐승을 잡아먹고 개울물을 마시면서 야생인이 되거나 여자 산적이 되거나 나무 둥치의 쑥 들어간 구멍에 자리를 잡고 은둔자가 되는 것이다. 하지만 이 섬에조차 남은 야생지는 얼마 없고, 어느 곳이건 결국 사람들이 사는 마을에 너무 가까워지고 만다. 아니, 그녀는 여자라는 사실과 지나치게 큰 키라는 대단한 그물에 잡혀 있으니 쉽게 발각될 테고, 영어를 잘 못하니 감옥에 갇힐 것이다. 어머니가 돌아가시고, 어머니 집안의 늑대들이 사생아 여자아이가 그런 재산을 물려받는 것은 용납하지 않을 터라 마리가 어머니인 척하며 모든 일을 처리하던 시절에, 마리는 이미 비밀리에 외로운 나날을 보내며 꼼짝없이 갇혀 살았다. 마리는 고립의 두 해를 보내면서 운명이라는 새장에 갇혀 있었고, 그 고립감을 조금이라도 완화해준 사람은 바쁜 세실리였다. 마리는 다시는 그런 영혼의 사막에서 살고 싶지 않았다. 그녀는 다른 사람들 없이 혼자 잘 지낼 수 있는 사람이 아니다.

마리의 마음속으로, 왕비가 정원에서 발견하여 작은 알에서부터 직접 키운 애완용 나이팅게일이 날아들어온다. 그 궁정에는 사람들이 늘 북적여 심지어 어떤 귀족들은 큰 홀에서 어깨를 맞대고 자기도 했지만, 그 새에게는 자기만의 방이 있었다. 새는 종일 창문과 횃대 사이를 오가며 날아다녔고 입을 벌려 노래했으며, 그러면 왕비와 귀부인들이 그 노래를 들으며 즐거워했다. 하지만 마리는 나이팅게일—르 로시뇰, 르 로스틱*—에 대해 잘 알고 있었는데, 행복한 어린 시절의 길고 뜨거운 여름밤에 강물이 샤토** 옆으로 쉬쉬거리며 흘러갈 때 창문을 통해 이 새의 야생종이 노래하는 소리를 종종 들었기 때문이다. 그녀는 붙잡힌 새의 노래는 참을 수 없었다. 붙잡힌 새는 영감에 사로잡혀 떠난 비행의 경험을 노래하지도 않고, 다른 새들의 심장에서 훔쳐온 낯선 곡조를 노래하지도 않고, 몇 개의 같은 곡을 몇 개의 같은 방식으로 노래할 뿐이었다. 새의 상상력은 맞붙은 방 안의 벽들, 창문을 통해 보이는 가장 작은 치아 같은 하늘 한쪽, 실내의 답답한 공기, 왕비가 손으로 하나씩 먹여주는 벌레들로 제한되었다.

---

* 프랑스어로 나이팅게일과 같은 말로, 같은 제목의 시(브르통 라이)는 마리 드 프랑스가 쓴 시 중 가장 유명한 시로 알려져 있다.
** '성'이라는 뜻의 프랑스어.

특히 궁정에서 요구하는 것들 때문에 질식할 것처럼 느껴질 때 마리는 종종 두 손으로 그 새를 잡고 목을 툭 꺾어버리고 싶었다.

그리고 그 슬픈 피조물의 노래에 귀를 기울일 때 눈시울이 촉촉해지는 귀부인들—궁정과 방과 소성당 사이를 끝없이 빙빙 돌고, 말을 타고 들판을 달릴 생각은 아예 없고, 싸우거나 사냥을 하거나 논쟁을 하지도 않고, 위대한 죽은 철학자들의 책을 읽지도 않고, 물살이 발목을 붙잡아 저만치 던져버리는 강물에서 벌거벗고 수영을 하지도 않고, 오로지 바느질을 하거나 궁정의 사랑과 간통과 은밀한 고통의 이야기에 한숨만 쉬는—을 보면서, 마리는 또한 뼈가 드러나 보이는 귀부인들의 목을 자신의 큰 손으로 꺾어버리는 상상을 했다.

새벽에 창문으로 들어온 빛이 흰색 회반죽을 바른 소성당의 서쪽 벽을 비추자, 마리는 손가락 끝에서 불을 느낀다. 그리고 이 불은 그녀를 다시 몸의 솔직한 진실로 돌려놓는다. 그녀의 몸은 나무로 된 긴 소성당 의자에 앉아 있다. 골반은 웨부아와 스완넥의 골반뼈와 맞닿아 있다. 코는 그들의 피부 냄새를 맡고, 혀는 치아에 묻은 잠의 맛을 느낀다. 칸트릭스의 목소리 너머로 흔한 개똥지빠귀가 바깥 산사나무 위에서 노래하는 소리가 들리는데, 그 나무는 바로 어제 바르르 몸을 떠는 하얀 꽃의 레이스 옷을 입었다.

지금 그녀는 공중에서 들리는 이 두번째 새의 노래를 눈으로 볼 수 있는데, 작은 부리에서 빠져나온 노래는 거침없이 위로 올라가지만, 드넓은 한낮으로 들어간 노래는 곧 바람을 타고 사라진다.

주위에서 수녀들이 모두 노래를 부르고 있어서, 마리는 더욱 바짝 집중해야 한다. 수녀원장의 희뿌연 눈은 열띤 감정을 드러내며 감겨 있지만, 은방울 같은 목소리는 높이, 주변 사람들보다 단연코 더 높이 올라간다.

그리고 마리는 이 노래 역시 파장의 형태로 볼 수 있다.

노래는 하얀 숨을 뿜는 수녀들의 입에서 나와 올라가고, 올라가면서 확장되고, 높고 하얀 천장에 부딪혀 한자리에 모였다가 서서히 무거워져 다시 벽과 기둥과 창문을 타고 폭포처럼 쏟아지기 시작한다. 노래는 다시 방울방울 돌바닥을 타고 흘러 수녀들이 나막신을 딛고 있는 자리에 이르고, 신발의 나무 굽을 타고 올라가 그들의 부드럽고 살아 있는 피부에 이르고, 핏속으로 들어가 몸속을 흐르면서 더 위로, 냄새나는 내장과 폐에서 나오는 숨을 통과하며 저절로 정화된다. 그리고 그들의 몸을 통해 올라간 노래는 그들의 입을 통해 떠나면서 강력한 기도가 되고, 그들을 통해 새로이 쏟아질 때마다 그 힘이 두 배가 된다.

그리고 그 기도가 귀에 들릴 만큼 강력해지는 것은, 소성당의 사면 안에 갇혀 있음에도 불구하고 일어나는 일이 아니라, 소성당 안에 갇혀 있기 때문에 일어나는 일이라는 것을 그녀는 알겠다.

방안의 새가 부르는 노래가 야생의 새가 부르는 노래보다 더 귀한 것은, 아마도 공간 자체가 그렇게 만들기 때문일 것이다.

아마도 야생의 새에게 더 좋은 노래를 부르게 하는 자유로운 공기는 사실상 그 기도가 닿는 범위를 제한할 것이다.

이 깨달음은 아주 작은 것이다. 놀랄 만큼 작은 것이다. 그럼에도 그것을 위해 살아갈 가치는 충분할지도 모른다.

그렇다면 좋다, 마리는 쓰라린 마음으로 생각한다. 그녀는 이 비참한 곳에 머물 것이고, 자신에게 주어진 삶을 최고로 살아낼 것이다. 그녀는 이 세속의 차원에서 자신을 고양하기 위해 할 수 있는 모든 일을 다 할 것이다. 자신을 쫓아낸 자들이 스스로 한 일을 후회하게 만들 것이다. 어느 날 그들은 그녀 안에 담긴 위엄을 보고 경외감을 느낄 것이다.

알리에노르에 대한 사랑은 여전히 살아 있지만, 그녀는 그것을 가슴 깊이 묻는다. 그 사랑은 삶 속에서 다시 타오르겠지만, 다시 또다시 담요로 덮어 꺼야 하고, 그것은 증오의 형태가 될 테고, 다시 타올라 사랑이 될 테고, 다시 꺼져 슬픔이 되어 그녀를 텅 비울 것이다.

마리는 주위를 둘러보면서 두꺼운 모직 수녀복에 눌려 미세하게 드러나 보이는 여인들의 척추 마디를 세세히 바라본다.

그녀는 뼈마디가 드러난 자신의 앙상한 손을 내려다보고, 절망으로 마비된 감각을 마저 떨쳐낸다.

공동 침실의 가늘고 서늘한 불빛 속에서, 마리는 수녀들이 밖으로 나오는 것을 돌아보고, 다시 일하러 가려는 그들을 막는다. 어쨌거나 자신이 부수녀원장이고, 그들보다 서열이 위다. 웨부아가 마리에게 침묵하라고 지시를 내리려 하지만, 마리가 웨부아를 아주 날카로운 시선으로 쏘아보며 웨부아마저 침묵시킨다.

휴식시간에, 마리는 미리 세워둔 계획을 그들에게 말하고, 그들을 몇 개의 무리로 나눈다. 자신이 이곳을 통제할 거라고, 그녀는 단호하게 말한다.

먼저 그녀는 실크를 방적하는 수녀들을 연못으로 데려가 대마로 만든 줄과 대변 무더기에서 파낸 벌레들로 송어를 낚는 법을 가르쳐주면서, 그녀가 네 살 때 했을 만큼 이토록 쉬운 일에 대해 구역질이 난다며 꽥꽥 소리를 지르다니 창피한 줄 알라고 말한다. 들판에서 일하는 수녀들에게는 새로 돋은 부드러운 쐐기풀 잎을 따모으고 버섯을 찾으라고 하는데, 깬 상태로 악마와 밝은 색깔로 기이하게 일렁거리는 별이 가득한 악몽을 꾸고 싶지 않다면, 눌렀을 때 물크러지는 버섯은 절대 안 된다고 말한다. 이렇게 하면 그날 저녁에 적어도 물고기와 수프를 먹을 수 있을 것이다.

다음으로 그녀는 셀라트릭스*에게로 급히 이동하고, 같은 수련 수녀인 루스와 스완넥이 뒤따른다. 거기서 마리는 식자재 창고에 들어가게 해줄 것을 요구하고, 셀라트릭스와 그녀의 하인들이 남몰래 허기를 채울 꿍꿍이로 베이컨 옆구리살과 맛좋은 에일 한 병을 따로 챙겨놓은 것을 발견한다.

베이컨? 마리가 말한다. 내가 읽은 규정에 따르면, 네 다리 짐승을 먹어서는 안 된다는 금지 조항이 있던데요.

고다가 문 쪽에서 조롱하듯 콧방귀를 뀌고 말한다. 이렇게 많은 이들에게 빵만 먹이는 건 불가능합니다. 기근이 극심하던 시기에 우리가 목숨을 부지한 것은 오직 내가 관리하는 동물들 덕분이었어요.

마리는 생각한다. 진실로, 이 혹독하고 습기 찬 곳에서 적어도 베이컨의 위로 없이 살 수 있을 것 같지는 않다고. 그렇다면, 좋다. 그녀는 그것을 허용할 것이다.

하지만 이제 셀라트릭스는 튼튼한 두 팔을 교차한 채 화가 섞인 방어적인 목소리로, 수녀원에서 고기를 내놓는 게 전례없는 일은

---

* 식자재 창고 책임자.

아니다, 다른 수녀원에서도 금요일만 제외하고 매일 네 다리 짐승의 고기를 식탁에 내놓는다, 자기는 그저 다른 셀라트릭스들이 하는 대로 하고 있는 것뿐이다, 라고 말한다.

아. 다른 셀라트릭스들도 자매 수녀들이 굶어죽어가는데 자기들만 먹으려고 식량을 따로 챙겨둔다고? 마리가 묻고, 루스는 나중에 그 순간 마리의 얼굴이 무섭고 돌 같고 사람 같지 않았다고 말할 것이다. 그러자 땅딸막하고 목소리가 크고 하인들이나 자기보다 아래인 수녀들을 잘 때리는 셀라트릭스가 겁을 먹고 움츠러든다. 마리는 소리를 지르지는 않는다. 대신 셀라트릭스를 강등시켜 들판에서 일하게 한다. 들판에서 일하는 수녀들은 대체로 잉글랜드 사람이고 단연코 귀족 혈통의 프랑스인이 아니다.

마리는 코가 뜯겨나간 뒤로 허기를 느끼지 않고 정의와 공정의 맥락을 따라서만 움직이는 사고를 가진 코 없는 마미 수녀를 셀라트릭스의 위치로 승격시킨다. 그녀는 마리가 수녀원을 다스리는 마지막 나날까지 가장 훌륭하고 사려 깊은 셀라트릭스로 남을 것이다.

아주 짧은 시간이 지난 뒤, 마리는 다시 힘을 내서 트렁크를 뒤지고 동전을 찾아낸 다음 끔찍하지만 아마도 정직할 고다를 타운에 보내 정원을 다시 사용할 수 있게 될 때까지 수녀원 식구들을 먹여 살릴 밀가루와 돼지고기와 거위고기를 넉넉히 사오게 한다. 그리고 고다는 타운에 가면 마리가 신을 큰 나막신을 사와야 한다. 마리는 발바닥이 차가운 돌에 물어뜯기는 느낌이 지긋지긋하기 때문이다. 마리는 부수녀원장 보좌에게 자신의 발 길이를 표시해둔 막대기를 건넨다.

고다는 막대기와 동전을 받아들고 그것을 쳐다보더니 화가 나서 부들거린다. 그리고 침을 튀기며 말한다. 마리가 줄곧 이 돈을 갖고 있었다면 왜 더 일찍 쓰지 않았느냐고, 왜 몇 주 동안 수녀들의 고통을 덜어주지 않았느냐고.

마리는 속으로 생각한다. 오 맙소사, 그건 그녀가 이 돼지우리 같은 수녀원에서 뒤떨어지고 어리숙하고 아무것도 아닌 수녀들과 함께가 아니라, 궁정에서 훨씬 더 많은 시간을 보내기 위해 돈을 모아야 한다고 생각했기 때문이었다고. 하지만 마리는 얼굴에 모욕적인 기색이 나타나지 않을 때까지 표정을 가라앉히고, 다른 일이 많아서 마음이 복잡했다고 말하는데, 그것 역시 사실이 아닌 것은 아니다.

마리는 수녀원장실로 올라가 뿔을 끼운 덧창을 통해 들어오는 햇빛 속에 앉고, 그러자 자신이 불을 밝힌 초의 심지가 된 것 같다. 다음으로 해야 할 일이 시야에 온전하고 투명하고 아주 크게 들어온다.

마리는 오후 동안 회계장부를 붙든 채, 엠이 지역 상류층의 비위를 맞추려고 수녀원에 귀속된 많은 땅에 대해 체납된 소작료를 회수하지 않고 방치한 내역을 추적한다. 수녀원장이 구석에서 미소를 띤 채 흥얼흥얼 노래한다. 마리가 목소리에 노여움을 담아 땅을 빌린 자들이 그렇게 오래 돈을 내지 않고 상황을 모면하게 둔 이유가 뭔지 묻자, 엠은 자신은 눈이 멀었고 당시에는 사방에서 부도덕한 하류층 사람들에게 시달리고 있어서, 소작인들에게 토지 사용료를 달라고 고소하면, 마리도 알다시피 모든 상류층 사람들이 연결되어 있기 때문에 수녀원에 들어오는 선물이 말라버릴 테고, 한 사람에 대한 공격은 모두에 대한 공격으로 비칠 거라고 믿어서 그 랬다고 말할 뿐이다.

수녀원장은 이것이 실질적인 지혜인 것처럼, 친구를 잃는 것보 다는 소작료를 잃는 게 더 낫다고 말한다.

마리는 존경하는 수녀원장께서 정녕 수녀원장의 보살핌을 받는 수녀들이 먹고살 수 있는 수단보다, 선물로 받는 후추 몇 파운드와 마차 몇 대 분량의 땔나무를 선택했다고 말하는 것이냐고 묻는다.

하지만 수녀원장은 자신이 무엇을 바라서 그런 것인지 말한 뒤 에 혼자 생각하더니, 자기 마음은 노래로 가장 잘 설명할 수 있다 면서 높고 은방울 같은 목소리로 노래를 부르기 시작한다.

마리는 겉에 신는 긴 양말을 귓구멍에 최대한 쑤셔넣은 다음 고 개를 숙이고 일한다. 그날 오후 마리는, 수녀원의 땅이 자신들의 것이라고 주장하면서 수녀원에 내야 하는 사용료를 내지 않기로 한 모든 소작인 중에서 가장 악독한 가족을 골라낸다. 그들의 것이 아니라 굶어죽어가는 수녀들의 것인 땅에서 상류층인 척 살고 있 는 가족이다.

밤에, 마리 내면의 목소리가 마리는 이 일을 할 수 없다고, 그녀 는 어디에도 어울리지 않고 누구에게도 사랑받지 않는 그저 열일 곱 살 여자, 심지어 아직 진짜 수녀도 아니고 세련되지도 않은 어 린 여자일 뿐이라고, 그리고 그녀의 수녀복은 창피하게도 다른 색 깔의 양모로 기운 것이고, 얼굴에서는 아름다움이라곤 찾아볼 수 없으며, 팔은 그저 여자의 팔일 뿐이라고 속삭인다. 그런 그녀가 어떻게.

음, 마리는 자신이 정말로 이 일을 해낼 수 없다면 일어날 수 있는 최악의 일은 죽는 거라고, 그 목소리에 답한다. 그리고 지금은 그게 그렇게 슬픈 일은 아닐 거라고, 그렇지 않느냐고. 하지만 아동 평수녀 아델리자의 얼굴이 초췌하고 파랗고 애처롭게 그녀 앞에 머물러 있다. 분노가 마리 안에서 들끓기 시작한다. 적어도 시도는 해봐야 한다.

그래서 그녀는 일어서고, 수녀들의 군대가 그녀를 뒤따른다. 지금은 그들도 마리가 검의 거룩한 정의를 아는 십자군 원정자라는 이야기를 모두 들었기 때문이다. 그들은 아주 이른 새벽에 농장에 도착한다. 최대한 가장 왕족다운 자세로 군마에 올라탄 마리의 모습은 무시무시해 보인다. 그녀가 문을 두드린다. 하지만 잔심부름꾼은 하품을 하면서 문을 열다가, 이상하고 키가 너무 큰 수녀가 거기 서 있는 것을 보고 다시 문을 쾅 닫는다.

마리는 아주 침착하게 말 위에 펄쩍 올라타고, 말을 뒤로 돌려 루스 수녀에게 다시 문을 두드리라고 말한다. 가족 중 차림새가 단정치 못한 여자가 문을 열고 당신 때문에 식구들이 다 깼다고 소리를 지르지만, 마리는 그 여자 옆으로 천둥처럼 말을 달려 홀 안으로 들어간다. 거기엔 가족과 하인들이 사지를 뻗고 누워 아직 잠들어 있다. 마리는 그 집 식구들이 겁에 질리고 혼란에 휩싸인 채 멍들고 피를 흘리며 부엌에서 빠져나와 숲으로 달아날 때까지 챙겨온 수녀원장 지팡이로 사방을 후려친다. 그리고 격투가 일어날 경우에 대비해 마리의 지시로 수녀원의 모든 하인과 일꾼들이 팬과 삽을 들고 기다리는 가까운 나무숲에서, 마리는 오랫동안 수녀원에 신의를 지켜왔고 앞에 나서서 싸워도 될 만큼 강인한 여섯 명의 거의 장성한 자식을 둔 가난한 과부를 불러낸다. 마리는 그들을 그

영지의 적법한 거주자로 지정한다. 마침내 마리는 명예를 실추한 그 가족의 집 각각의 방에서 가져온 물건을 손이 무거워질 때까지 수녀들과 하인들에게 한가득 안겨준다. 그 가족이 모아둔 모든 은제품, 모든 접시와 그림, 심지어 반쯤 곰팡이가 슨 원고와 서재에서 찾은 식물 표본집까지. 수녀원은 굶주린 입들을 먹이느라 값진 것은 거의 다 팔았고, 수녀들이 묵상할 책도 몇 권 남지 않았기 때문이다. 마리는 또 염소와 닭은 물론이고, 젖을 짤 수 있는 소도 과부에게 줄 한 마리만 제외하고 모조리 데려간다.

그날 부수녀원장 마리는 불같이 화난 모습으로 채무를 이행하지 않은 나머지 소작인들에게도 말을 타고 달려가는데, 수녀복 아래로는 금색 수가 놓인 소매가 삐져나와 있고 얼굴은 플랜태저넷 가문의 얼굴이다. 그리고 부수녀원장 보좌인 고다가 당나귀를 타고 바로 마리의 뒤에서 동행하는데, 종종 이쪽저쪽 프랑스어로 통역할 일이 있기 때문이다. 그때쯤에 채무를 이행하지 않은 소작인들은 마리가 그 교만한 가족을 박살 낸 이야기를 이미 들었다. 젊은 부수녀원장의 출현으로 그들 앞에 암울한 새날이 닥친 것을 다 알고 있다.

내야 할 돈을 갚으라고 마리 앞으로 불려온 그날, 망신을 당한 소작인들이 자기들은 가난하고 자식들이 너무 많다며 울어도 마리는 전혀 자비를 베풀지 않는다. 마침내 그들 역시 체념하고 주머니에 손을 넣어 수녀원에 내야 할 몫을 갚는다. 일부는 툴툴거리지만, 대부분은 이제 그들의 말을 들어줄 아주 강인하고 대범하고 전사 같고 왕족인 여자가 이곳에 왔다는 사실에 반쯤 자랑스러워한다. 왜냐하면 지상에 존재하는 대부분의 영혼은 자기보다 훨씬 큰 힘을 가진 자의 손안에서 안전하다고 느끼지 않으면 마음이 편하지 않다는 것이 인간의 깊은 진실이기 때문이다.

2부

수녀원에 와서 맞는 이 첫번째 봄에, 마리는 왕비의 정원에서 훔쳐온 살구씨를 심는다. 그것을 보면 자신이 잃은 모든 것이 떠올라 떨쳐버리고 싶기 때문이다. 살구씨는 약하고 가녀린 잎을 틔우고 더 크게 자라려고 몸부림을 칠 것이다. 그녀는 자신의 생명이 그 씨앗이 나무가 되는 것에 달렸다고 느낄 것이다. 마리는 살구씨가 쪼그라들어 죽기를 바라는지 아니면 무럭무럭 자라기를 바라는지 아직 잘 모르겠다.

수녀들에게 날마다 위계질서의 압박이 가해지고, 그것은 위압적이다. 마리는 홀에서 교구 상위자들의 특정한 발소리를 알아차릴 수 있게 된다. 그들은 수녀원의 여자들이 신는 나막신이 아니라 부츠를 신기 때문이다. 마리는 그들이 오는 소리가 들리면 화들짝 놀라며 일어나, 어쨌거나 아직은 엠이 수녀원장이니, 그 얼빠진 수녀원장이 그들의 요구 사항이나 규정, 돈을 털어가려는 수작, 수녀들의 시간과 노력과 기도를 바치라는 끊임없는 요구를 처리하게 두고 자기는 조용히 뒤로 빠진다. 그리고 엠은 상냥한 태도로 그 모든 요구를 수락하고, 마리에게 그 내용을 말해주는 것은 편리하게 잊는다.

음, 마리는 결심한다. 공동체의 상위자들을 개나 매처럼 보상으로 서서히 길들여 그들이 길들여지고 있다는 걸 모르게 하겠다고.

마리는 그들의 눈앞에 잘 나타나지 않는 것에 대해 질책을 받는다. 그녀는 글로 사과하면서, 자신은 글로 말할 때 덜 무례하고 좀 더 자신이 열망하는 모습에 가까워진다고 쓴다. 그리고 그녀가 그날 처리해야 했던 일의 목록을 포함시킨다. 사과나무 가지를 쳤다, 우유에서 야생 양파의 고약한 맛이 났다, 늙은 수녀의 코피가 멈추지 않았다, 농노 소녀가 개에게 물려 지금 둘 다 입가에 거품이 부글거린다, 영지에서 받을 돈이 연체되었다, 그리고 어느 하인이 세탁소 분필*을 먹다가 목에 걸렸다. 저는 그 대신 맛좋은 포도주와 케이크를 즐기고 소소한 이야기를 나누면서 제 시간을 쓸 수 있기를 간절히 바랍니다. 그녀는 분노를 순간순간 조심스럽게 내비치며, 겸손한 말투로 글을 쓴다.

그럼에도 입냄새가 고약하고 성직자용 무딘 면도날로 면도해서 뺨에 뾰루지가 돋았고 거만한 미소를 짓고 배가 많이 나온 상위자들은 계속 그녀를 찾는다. 그녀는 엠을 길에 혼자 두고 자신은 보이지 않게 계속 숨는다.

곧 그들은 파견한 사람들을 다시 도시로 불러들인 뒤 편지를 써

---

* 기름때가 묻은 곳에 분필을 발라두면 얼룩이 잘 제거된다고 한다.

보내기 시작하고, 마리는 그 편지에 복잡한 예의를 갖추고 양해를 구하며 답장을 써 보내지만, 서서히 침묵의 범위를 확장한다. 그리고 그들이 요구하는 것을 자신이 호의를 베푸는 것으로 뒤집는다.

마리의 장악은 서서히 진행되지만, 많은 시간이 흘러 그녀가 수녀원장이 될 즈음에는 이미 완성된 모습이다.

부활절 이후는, 비축해둔 마지막 겨울 식량을 먹는 시기와 정원에서 풍부한 수확을 하는 시기 사이의 가장 배고픈 시기다. 어느 소작농 가족이 굶다못해, 반나절 말을 달려 수녀원 들판에서 겨울 호밀을 훔쳐서 그걸로 빵을 굽는다. 하지만 곡식이 병들어, 혹은 악마의 저주를 받아, 그것을 먹은 어떤 이들은 거리에서 자제력을 잃고 춤을 추거나 벌거벗고 노래를 부르고, 또 어떤 이들은 공포스러운 환시를 보고 비명을 지르고, 또 어떤 이들은 몸이 뻣뻣해지고 거의 숨을 쉬지 못한다.

어떻게 해도 그 병을 몰아낼 수 없다. 기도로도 안 되고, 성수에 몸을 담가도 안 되고, 침대에 묶어놓아도 안 되고, 밤에 갑자기 뛰어나와 그들을 겁주어도 안 되고, 발목을 잡아 그들을 차가운 강물에 담그고 있어도 안 되고, 주목 가지로 머리통을 빙 둘러 때려도 안 되고, 정수리에서 발끝까지 따뜻한 거름 안에 묻어두어도 안 되고, 높은 나무에 몸을 거꾸로 매달아놓아도 안 되고, 토할 때까지 빙글빙글 돌려도 안 되고, 두개골에 작은 구멍을 뚫어 뇌에서 악성종양을 제거해도 안 된다. 수녀원 땅에 악마가 드나들어, 수녀원 땅에서 나는 음식을 먹는 사람은 악마를 몸에 넣는 거라는 소문이

퍼진다.

아, 수녀원장 엠은 음악을 듣다 이 곤경에 대해 듣고, 수녀원의 곡식이 팔리지 않게 되고 자매들이 악마의 수행원이라는 이야기가 퍼지는 게 금방이겠다고 중얼거린다. 수녀들은 이미 의심의 대상이고, 부자연스러우며, 마녀의 자매가 아닌가.

엠은 말을 준비시키라고 지시한다. 마리와 함께 말을 타고 나가 들판에서 귀신을 몰아낼 것이다.

화창한 아침, 안개가 자욱하고 풀잎의 끝이 공기를 건드린다. 마리는 바람에 휩쓸린 풍경이 텅 비워져 크고 검은 숲이 되고 수녀원에서 가장 가까운 들판으로 바짝 다가붙는 것을 지켜본다. 그 순간 나무 꼭대기 위로 인간이 만든 거대한 아치형 구조물이 희미하게 나타나는가 싶더니 눈에 띄자마자 사라진다. 마리는 놀라서 나지막이 소리를 내고, 수녀원장은 맞아요, 로마인들이 만든 거죠, 하고 말한다. 내 생각엔 물을 운반하는 용도 같은데. 그녀는 다시 노래를 흥얼거리고, 마리는 그들의 삶보다 천 년은 더 넘게 살아남은 그것을 창조한 그 대단한 사람들에게 감탄한다. 인류는 해체되어 먼지가 되었을 테고, 오늘날의 인간은 백만 년 전의 인간과 비교하면 보잘것없다. 로마인도 그리스인도 노르만족과 비교하면 다 거인들이고, 더욱 최악인 것은 왜소하고 뼈가 잘 부러지는 잉글랜드인이다. 천 년이 더 지나면 인간은 들판에서 되새김질하는 소처럼 생각이란 게 없어질 것이다. 그녀는 여러 세대 전의 위대한 자들 사이에 있기를 갈망한다. 그 시대였다면 마리도 자기와 비슷한 사람들을 찾을 수 있었을 것이다. 이렇게 외롭다고 느끼지 않았을 것이다.

그들은 황혼 무렵 병충해로 엉망이 된 들판에 다다른다. 마리와 수녀원장이 말에서 내리고 마을 사람들이 가까이 다가올 때 짧게 줄인 만과의 노래를 부른다. 그들은 가족이 숨을 헐떡이며 경직된 몸으로 누워 있는 집안으로 들어간다. 한 소녀의 눈꺼풀이 뒤집혀 있고, 그을음이 묻은 천장에서 춤추는 악마를 바라보고 있는 듯 앙상하게 야윈 얼굴에서 눈알이 툭 불거져 있다. 수녀원장은 고통스러워하는 사람들을 한 명 한 명 축복하고, 마리에게 자신을 들판으로 데려가달라고 한다. 엠은 사람들에게 불을 붙이지 않은 횃불을 들고 병든 호밀밭 주위로 빙 둘러서게 하고, 삽과 갈퀴를 쓸 줄 아는 사람은 모두 그것을 들고 있으라고 한다.

곧 놀라운 변화가 수녀원장에게 일어난다. 날카롭게 변한다. 가녀린 몸이 원래의 골격 이상으로 커진다. 그녀는 나무들 사이로 비치는 마지막 강렬한 햇살 속에 서고, 그녀의 하얀 얼굴은 1펄롱* 떨어진 사람들에게도 보일 정도다. 그녀가 두 팔을 든다. 목소리는 점점 깊고 커지고, 마리가 전에는 듣거나 읽어보지 못한 기도를 라틴어로 읊조린다. 수녀원장이 아멘이라고 외치고 고개를 끄덕이자, 마리는 횃불을 자신의 양옆에 있는 사람들에게 갖다대고, 사람들은 각각 옆에 있는 횃불에 불을 붙이러 뛰어간다. 짙어지는 어둠 속에서 불은 돌고 돌아, 들판 전체가 점점이 빛으로 에워싸인다. 마침내 수녀원장이 크게 소리를 지르며 두 팔을 내리고, 그러자 모두가 들판을 향해 횃불을 내린다. 기름진 호밀이 빠르게 타들어가

---

* 펄롱은 중세 밭고랑의 길이를 기준으로 만들어진 도량형으로, 1펄롱은 약 201미터다.

고, 토끼와 보금자리에 들었던 새들이 달아난다. 들쥐가 비명을 지르며 마리를 스쳐 달려가고, 마리는 불길이 그 작은 몸을 날름날름 먹어치우는 것을 보고 들쥐를 쫓아가 나막신으로 죽인다. 병충해를 입지 않은 들판으로 불이 옮겨붙지 않게 삽으로 제어한다. 타들어가던 불은 마침내 잉걸불이 되고, 수녀원장과 부수녀원장은 무릎을 꿇고 밤새 기도를 올린다. 다른 모두는 어둠 속에서 슬금슬금 잠을 청하러 들어간다.

두 수녀는 새벽이 오고 연기가 걷힐 때까지 불꽃 없이 타들어가는 들판에 남아 있다. 마리는 오싹한 추위를 느끼며 몸서리를 치고, 몸은 아프지 않은 곳이 없다. 그런 불필요한 고통이 그녀는 지독히 싫다. 밤에 그녀는 생각이 자꾸 고통으로 향하는 걸 막으려고 자매 수녀를 한 명씩 떠올리며 기도한다. 수녀 각각의 약점이 눈부시게 타오른다. 마리의 마음속에서 서서히, 수녀원장이 겸손을 가르친다는 명목으로 수녀들에게 각자 가장 못하는 일을 시키던 관행을 강점에 따라 배분하는 것으로 바꾸리라는 결심이 선다. 들판에서 기침하는 병든 수녀도, 젖은 빨래를 내다 걸어야 하는 약한 수녀도, 오히려 논쟁을 부추기는 고다도, 어린 암소에게 머리를 차여 죽은 친자매가 있어 겁이 나는데도 울면서 우유를 짜는 루시 수녀도 이제 더는 없다. 나약하고 하기 싫은데도 해야 해서 한 일들로 아주 많은 시간이 영원히 소실되었다. 몸으로 하는 일에서 자부심을 느낀다고 잘못된 것은 없다고, 그녀는 생각한다. 자기를 낮추어야 한다는 주장이, 그녀는 한 번도 납득된 적이 없었다. 신도 당연히, 당신이 모든 일을 좋게 해냈으니, 모든 일이 좋게 되기를 바랄 것이다.

마침내 해의 가장자리가 나타나고, 마리는 무릎을 꿇었던 수녀원장을 부축해 일으켜 그 늙은 여인을 거의 끌다시피 해서 말들이 지내는 헛간으로 데려간다.

수녀원장이 마지막 지시를 내린다. 이 들판에는 삼 년 동안 밀만 심을 것이고, 악마를 막기 위해 북쪽에 큰 나무 십자가를 세울 것이다. 그 집의 아내가 수녀원장의 차가운 손을 잡고, 몸의 떨림이 멈출 때까지 엠의 손을 쓸어준다.

그들은 수녀원에서 가져온 음식을 굶어죽어가고 있는 마을 사람들에게 나누어주고, 굶주린 배를 안고 말을 타고 그곳을 떠난다. 사람들이 들을 수 없는 거리만큼 멀어지자, 마리가 수녀원장에게 들판의 악령을 쫓아내는 법은 어디서 배웠는지 묻는다. 자신이 읽은 책 어디에도 그런 의식은 쓰여 있지 않았다고.

수녀원장은 지쳐서 창백하다. 그녀가 미소를 짓고 말한다. 오 당연히 내가 만들어낸 거죠. 의식은 그 자체로 카타르시스를 끌어냅니다, 마리. 신비한 행위는 신비한 믿음을 만드는 법이지요. 그러더니 수녀원장은 뚱뚱하고 작은 말의 잔잔한 흔들림에 잠잠해지고 곧 잠이 든다.

이 일에서 마리는 밤의 진정한 목적을 얼핏 깨닫는다. 이 세상의 여자들은 쉽게 공격의 대상이 되고, 그들이 무너지지 못하게 막는 것은 오로지 평판뿐이다. 자기 수녀들이 굶어죽어가는 것에는 꼼짝도 하지 않던 이 수녀원장이 검은 소문의 위협에는 놀라서 행동을 취한 것이다.

마리는 이제 알리에노르의 윤곽을, 알리에노르가 주변에 벽을 쌓고 또 벽을 쌓은 방식을 알 것 같다. 부와 혈통과 결혼의 벽, 친구와 첩자와 충언자의 벽, 그리고 가장 바깥의 벽이 평판인데, 그녀는 그것을 유지하기 위해 큰돈을 쓴다. 여자의 권력은 용납되는 만큼만 존재한다. 현명한 알리에노르는 그런 깰 수 없는 형식 안에서만 자유를 찾아야 한다는 것을 이해한 것이다. 마리는 언뜻 자신이 작은 형체로 벽을 타고 오르는 환시를 본다. 오 언젠가 그녀는 왕비의 성벽을 타고 넘는 길을 찾을 것이고, 언젠가 그 안에서 바람을 피할 것이다.

그 순간 마리는 자신이 그토록 싫어하는 이 수녀원에서 지내는 동안 알리에노르를 본보기로 삼아 지상에서 자신의 목적을 이루어야겠다고 생각한다. 주변에 부와 친구들과 좋고 투명한 평판의 벽을 쌓고, 그 안에서 자신의 나약한 수녀들을 안전하게 보호할 것이다. 마리는 왕비의 모습으로 자신을 만들어갈 것이다. 수녀원장이 코를 골고, 말이 방귀를 뀌고, 새벽이 밝아온다. 마리의 마음은 도약해 내달리며 계획을 세운다.

마리는 예수승천대축일에 정식 수녀가 된다. 그 전날 밤에 그녀는 잠을 설치면서 꿈을 꾸었다. 꿈에서 어린 시절의 큰 강이 뜨거운 여름 태양 아래 갑자기 얼어붙었고, 그 찬란한 햇빛이 그녀의 눈에 반사되어 그녀를 눈멀게 했다. 잠에서 깨어나 짧은 수련 수녀 생활을 끝내는 아침을 맞이하면서, 그녀는 마음이 들뜨고 뜨겁고 불안하다. 미사 전례를 귀로 들으면서, 그리고 자신을 향해 열띤 미소를 보내는 수녀들의 얼굴을 보고 기쁨을 감지하면서, 그녀는 몹시 불안해진다. 지나치다, 그녀는 시선을 아래로 깔고 손에 있는 것만 보려고 한다. 한 손에는 잘 접은 수녀복이, 반대쪽 손에는 불을 붙이지 않은 초가 있다. 루스와 스완넥이 더없이 엄숙하게 옷을 벗고 수녀복을 입을 때 마리도 따라 그렇게 하고, 이제 그들은 불을 붙인 초를 들고 제단으로 돌아간다. 오, 그녀는 간절하게, 촛불이 바람에 꺼지지 않게 해달라고 기도하고, 마침내 아키페 비르고 크리스티 벨라멘 비르기니타티스*, 라는 말과 함께 성수가 뿌려지고 축복이 내려진다. 그리고 그녀의 머리 위에 검은 베일의 묘한 무게가 얹힌다. 죽음의 색깔, 그녀는 생각한다. 밤의 색깔, 절망의 색깔. 하지만 그녀는 손을 펴고 반지의 선물을 받는다.

신부新婦들을 위한 사흘의 묵언 기간이 지나고, 성대한 만찬이 열린다. 마리와 다른 두 명의 새 수녀도 축하식 자리의 한복판에 얼굴을 붉힌 채 앉아 있다.

그녀는 일시적인 세상에서 영원의 세상으로 옮겨갔다. 자신의 삶을 이 지저분하고 끔찍한 장소에, 잘 알지도 못하는 이 여자들에게 바쳤다. 사실 그녀 안에 변화가 일어났고 뭔가 미묘한 것이 생겨났지만, 그것을 만지려고 할 때마다, 돌려서 찬찬히 보려고 할 때마다 잡히는 것은 아무것도 없다.

하지만 밤에 공동 침실에서 그녀 안에 의심이 슬그머니 일어난다. 자신을 산 죽음에 내어주는 참담한 실수를 한 것 같다는 아주 쓰라리고 아주 어두운 감정이. 눈물이 눈가에서 관자놀이로 떨어져도 그녀는 그냥 그대로 있고, 눈물은 이내 옷감의 원천이 된 양털 냄새와 실을 잣고 천을 짠 손 냄새가 깃든 옷에 스민다.

---

* '받으소서, 예수의 동정녀 어머니시여, 이 처녀성의 베일을'이라는 뜻의 라틴어.

이제 마리는 늘 발버둥을 치지만, 따라잡을 수가 없다. 수녀원에 있는 시간이 길어질수록 시간의 물레는 더 빨리 돌아간다.

숨을 쉴 공간이 없다. 마리의 발버둥은 처음 몇 해 동안은 단순히 수녀들을 살리기 위한 것이었다. 종일 말을 타고 귀족이나 소작인을 찾아갔고, 들판으로 말을 달렸다. 쥐들이 귀리의 낟알을 먹어치우고, 어린 암소에게 갑상선종이 생겨 양어깨 사이가 쪼그라들고, 수확한 사과의 절반이 사과꽃을 툭툭 꺾는 늦은 한파로 소실되고, 치즈는 뒷맛이 쓰다. 누군가가 마리를 찾고, 늘 그녀를 찾고, 말 등에 올라앉아 있을 때를 빼면 혼자 있는 시간이 없다. 잠은 아주 조금 잔다. 깨면, 마음은 이미 달려가고 있다. 이제 조과 시간이 끝나도 침대로 돌아가지 않고, 그 시간 동안 더 큰 세상에서 친구들의 인맥을 일구기 위해 편지를 쓴다. 어느 가족이나 결혼을 거부하는 딸이나 조카가 있고, 어느 가정이나 수녀원에서 만든 꿀이나 비누, 에일, 사랑하는 죽은 이를 위한 기도를 환영하기에, 그녀는 그런 은혜를 베푼다.

앨필드 수녀가 연주창으로 사망한다. 가엾어라, 목 안이 부어 질식했다.

마리는 다른 시신을 본 경험이 있었다. 어머니의 시신도 보았고, 십자군 원정중에 참을 수 없을 만큼 목이 타서 펄펄 끓기 전의 세균에 오염된 물을 떠 마신 이모 유페미의 시신도 보았다. 유페미는 사흘 동안 똥을 지렸고, 나흘째 되던 날 간이침대에 누운 그녀의 치마는 허리 위로 걷어올려져 있고 파리 한 마리가 그녀의 눈위를 기어가고 있었다. 죽은 것이다. 그리고 여자들이 십자군 원정을 포기하고—그들의 삶에 예루살렘은 없을 것이다—프랑스로 돌아가는 배를 기다리고 있을 때, 자기 머리 위에 송골매들을 데리고 다니는 이모 오노린이 무심결에 손을 뻗어 다리에 물린 자리를 긁었는데, 그들이 목욕탕에 가서 옷을 벗을 때까지 그 실수가 얼마나 큰 것이었는지 아무도 알지 못했다. 시녀가 자기 언어로 비명을 지르면서 그것을 떼어냈고, 오노린의 다리는 고름이 생기고 썩어서 노랗고 검고 붉게 변해 있었다. 평생 아주 과묵하던 그 이모는 덥고 구역질나는 여인숙에서 사흘 동안 광분하면서 욕설을 쏟아냈고, 그들은 그녀를 조용히 시키기 위해 입에 재갈을 물려야 했다. 그녀의 숨이 가슴에 덜컹 걸린 순간, 그녀의 새들이 큰 날개를 치며 곡을 하는 두 여인처럼 비명을 질렀다. 그리고 오노린 역시 죽었다.

그럼에도 마리는 목에 크고 검은 혹이 난 앨필드를 보자 충격을 받았고, 그 여인의 몸을 씻길 때 배에 힘을 주고 숨을 참아야 했다.

앨필드가 조짐인 것처럼, 바로 그날 오후 마리는 궁정에서 익명의 누군가로부터 마틸다 황후가 위중하다는 소식을 알리는 짤막한 편지를 받는다.

마틸다 황후를 알아요? 엠이 믿기지 않는다는 듯 말한다. 나는 그분을 늘 좋아했지요. 여전사시죠. 일화도 많고! 한번은 붙잡히지 않으려고 꽁꽁 언 강 위로 밤새 달아난 일도 있으셨지요. 오 나는 그런 이야기들이 너무 좋고, 그런 반역적인 황후를 사랑합니다. 엠이 콧노래를 부르며 행복해한다.

그분을 아느냐고요, 아니요, 마리가 말한다. 저는 그분을 모릅니다. 그분은 제 부친의 아내입니다. 그러니까 그분은. 어떤 의미에서 는 제 계모인데, 하지만. 음, 염두에 두지 마십시오. 그분을 찾아간 건 제가 어머니의 땅에서 쫓겨난 뒤였어요.

그리고 마리는 수녀원장에게 어머니 집안의 사람들이 어머니의 영지에서 자신을 쫓아내려고 찾아왔다고 말한다. 자신은 사생아라 그 땅을 소유하는 것이 허용되지 않아서, 집안의 보물을 트렁크에 넣을 수 있는 만큼 넣어 새와 함께, 말과 함께, 세실리와 함께, 고아 가 된 아픈 가슴을 안고 달아났다고. 그들은 밤중에 시골을 통과했 고, 그 길은 굉장히 아름다웠다.

루앙까지는 너무 금방이었다. 도시는 등을 구부리고 의심하는 눈초리로 음흉하게 쳐다보는 듯했다. 거리에는 자주색을 띤 큰 짐 승의 번질거리는 내장이 놓여 있었고, 아주 큰 똥개가 그것을 지키 느라 이빨을 드러냈다. 케빌리 왕립공원 안에 마틸다 황후의 궁전 이 있었다. 굉장히 작고, 지나치게 깔끔했다.

안으로 들어가자 벽걸이 천은 좀먹었고, 가구는 육중한 느낌에 색깔이 짙었다.

한참을 기다린 끝에, 마침내 황후가 드레스를 사각거리며 들어 왔다. 얼굴에 작은 눈, 코, 입이 가운데로 몰려 있는 말린 옥수수 껍 질 같은 여자였다. 알리에노르 왕비가 프랑스 침대에서 잉글랜드 침대로 갈아탄 즈음에 왕비에게 필요한 더 미묘한 국정 운영 기술 을 가르친 사람이 이 황후—알리에노르의 새 시어머니이자 마리 의 거의 아무것도 아닌 계모—였다. 마리는 작고 몸을 떠는 그런 여인이 군대를 이끌고, 동맹을 맺고, 로마와 런던에서 황후가 되고, 포위된 상황을 견디고, 패배를 인정하지 않으려고 꽁꽁 언 강을 걸어서 건넜다는 사실이 무척 놀라웠다. 바람만 세게 불어도 나뭇잎처럼 공중제비를 돌 것처럼 보이는데. 어쩌면 콧바람만으로도.

황후 마마, 마리는 그렇게 부를 참이었는데, 그 늙은 여인이 마리에게 앉으라는 말도 없이 먼저 이렇게 말했다. 나는 네 계모가 아니다, 계모는 절대 아니다. 마리는 자신과는 피가 전혀 섞이지 않은, 강간으로 태어난 사생아 소녀다. 음, 황후는 누군가에 대해 사생아라고 편견을 갖지는 않는다. 가장 뛰어난 사람들 중에 사생아가 있고, 사실 자신의 형제자매가 대부분 사생아다. 사실 형제자매 중 가장 뛰어난 사람들이 사생아다. 하지만 자신은 돈을 낭비하고 싶지는 않았다. 돈을 쓰고 싶지도 않았고 써달라고 청하지도 않았지만, 그, 음, 반역의 시대에 조금이라도 돈을 가진 사람은 자신이 유일했기에 돈을 써야 했다. 처음에 마리의 어머니가 자신이 죽고 없을 때를 대비해 도움을 청하는 글을 써 보냈을 때 황후는 마리를 거두어 옆에 두려고 생각했지만, 지금 마리를 여기 불러놓고 보니 그러지 않은 게 참으로 다행스럽다. 머리카락에 나뭇잎을 붙이고 다니고, 솔직히 모욕감을 일으키는 고약한 냄새를 풍기는 촌뜨기 중에서도 촌뜨기. 얼굴을 볼 수 있게 더 가까이 오라, 황후가 말했다. 아니, 햇살 속에 서서 황후를 향해 돌아서야 한다. 오 이 아이에게 축복을 내리소서, 주의 다정한 어머니시여, 마리는 안 되겠다, 도저히 안 되겠어, 이렇게 키가 커서는, 솔직히 불쾌감을 일으킨다. 평범한 여자보다 머리 세 개는 더 크고, 정수리가 들보에 닿겠구나, 왜가리처럼 뼈밖에 없고. 날개를 치고 하늘로 날아오를 것만 같다. 아니다, 마리를 앙글르테르로 보내기로 한 것은 옳은 결정이었다. 분명히 말하면,. 단연코 황후가 없었다면 나라를 멧돼지들과 켈트족과 악마에게 완전히 빼앗겼을 것이다. 그 끔찍한 곳을 구해낸 사람이 바로 황후였다. 아니, 아니, 황후 자신은 노년에 접어들었기에 마리를 데리고 있기란 불가능했고, 마리를 가르쳐 숙녀가 되게 할 수도 없었는데, 마리가 그 유명한 여성스럽지 않은 이모들에게 늘 노출되어 있었기 때문이다. 그 무시무시한 사람들. 황후의 며느리인 알리에노르, 오, 그애가 마리에게 교양을 빨리빨리 가르칠 수 있을 테니 얼마나 다행스러운 일인가. 알리에노르가 촌뜨기를 참지 못해 얼굴에 백합 뿌리로 만든 분가루를 발라주고 눈가에 아이라인을 그려주고 흉측한 몸에 고급 드레스를 입혀주겠지만, 지금 마리는 흉측하고 낡은 드레스를 입고 허우적거렸고, 그건 그냥 우스꽝스러워 보였다. 참으로 고귀한 피의 낭비로구나, 참으로 황후의 자식들과 공유한 피의 낭비로구나. 아니, 마리는 아마도 턱을 빼면, 키와 코와 이마와 머리칼과 아마도 눈을 빼면 형제자매와 나눈 것이 아무것도 없다. 정녕 마리는 정략결혼은 하지 못할 것이다. 가망이 없다. 마리가 보석을 두른 상상을 해보라! 허수아비를 치장한 꼴이라니, 불가능하다, 하하하하하. 오, 황후가 말했다. 충격에서 회복하려면 포도주를, 그것도 많이 가져오라고 해야겠다. 이 아이는 소 세 마리를 주둥이에서 꼬리까지 먹어치우고도 거위 한 마리를 더 먹을 수 있을 것 같구나. 황후는 문을 향해 음식을 가져오라고, 네 사람이 배불리 먹을 수 있을 것보다 더 많이 가져오라고 소리쳤다. 황후가 짜증을 내며 마리에게 왜 서 있는지 물었다. 마리는 자리에 앉았다. 긴 침묵의 기다림, 벽난로에서는 통나무가 타닥거렸다.

마침내 황후가 침묵을 깨고, 자신이 성급했고 생각을 더 깊이 했어야 한다고 말했다. 누가 알겠는가, 이 세상에서 무엇이 가능하고 불가능한지 늙은 황후가 말할 이유가 뭐가 있겠는가, 마리가 어떤 바보를 홀릴지도 모르는 일이다. 이 세상에 어떤 독특한 취향이 존재하는지는 누구도 모를 일이다. 오, 자신이 목격한 짝짓기의 사례를 말해줄 수도 있는데, 돼지 같은 얼굴에 등에 혹이 난 클로틸드가 어느 날 갑자기 공작부인이 되었다. 곱사등에 돼지 얼굴이 공작부인이라니! 그것 말고도 더 있다. 그러니 마리도 결혼해서 좋은 혈통의 귀족 자식들을 낳을 수도 있는 것이다. 마리의 혈관 안에도 결국은 형제자매들처럼 요정 멜루신의 피가 흐르고, 그들 모두 눈에 보이는 마력을 가졌다. 표면 아래 반짝거리는 뭔가를. 월장석 같은 것. 마리 역시 그 뭔가로 반짝거렸고, 황후는 그제야 표면 아래 은은한 빛을 내는 위험한 뭔가를 본 것이었다. 그리고 노부인의 눈이 마리의 얼굴에 더 익숙해질수록, 물론 마리에게는 아름다움이라곤 전혀 없지만, 솔직히 정말로 아주아주 못생겼지만, 눈에 띌 만큼 추하지만, 마리의 눈은 전혀 흉측하지 않은 것을 알 수 있었다. 눈에는 불꽃이 가득했다. 그리고 그건 아무것도 아닌 게 아니라, 내면의 불이었다. 오 마리가 여자로 태어난 것은 얼마나 안타까운 일인가. 물론 그녀의 자식들에게는 안타까운 일이 아니다. 아니, 아니. 자식들에게는 아주 잘된 일이었다.

음식이 차려지고, 하인이 물러가고, 그들은 먹었다. 황후가 입안 가득 음식을 넣고 먹다가 갑자기, 마리가 최근에 고아가 된 사실을 깜박 잊고 있었다고 말했다. 음, 황후도 마찬가지로 고아였다. 고아가 되는 것은 너무도 외로운 일이다. 마리의 어머니는 감탄할 만한 면을 별로 갖추지 못했지만, 집요했고, 그래서 그들 가족이 마침내 마리를 받아들이기로 한 것이라고.

마리는 조용히, 자신의 어머니는 최고의 여인이었다고 말했다.

황후는 심기가 상한 듯 흥 소리를 냈고, 씹던 빵 조각을 마리에게 뱉었다. 그리고 곧바로, 마리의 어머니는 최고의 여인은 단연코 아니었다고, 오 아니라고, 훨씬 훨씬 더 훌륭한 여인들이 있다고 말했다. 하지만 괜찮은 여자였다고, 적어도 더럽혀진 여자치고는 괜찮았다고. 심지어 처녀 때는 매혹적이었다고. 너무 매혹적이어서 자기 것이 될 수 없는 사람을 유혹했다고. 음, 뭐 유혹한 건 아니었을지도 모르지만, 여자의 피가 종종 더 뜨거운 건 사실이고, 모두가 그건 안다고. 이브의 죄는 욕정이었다고. 아니, 마리의 어머니에게 잘못이 있다면 매혹적이면서 바보였다는 거라고. 충분히 빨리 달리지 않은 잘못. 황후 역시 매혹적이었고, 자신의 아름다움에 관한 노래도 있었지만, 적어도 바보는 아니었고, 자기는 빠르게 달릴 줄도 알았다고. 황후는 누구도 잡지 못할 만큼 아주 빠르게 달렸고, 그래서 단 한 번도 더럽혀지지 않았다. 마리는 못생겼지만 황후는 그런 일이 마리에게도 일어날 수 있다는 걸 마리가 알기 바랐다. 가끔은 아름다움 때문이 아니라, 피를 뒤흔드는 힘 때문에 그런 일이 일어났다. 황후는 마리가 마리의 어머니보다 좀더 황후 자신 같기를 바란다고 말했다. 마리가 빨리빨리 달리는 법을 알기 바란다고.

황후는 기다렸다. 아주 느리게, 마리는 자기는 정말로 빨리 달린다고 말했다.

마리는 황후 자신만큼 빨리 달릴 수는 없을 거라고, 그 늙은 여인이 눈빛을 초롱초롱 빛내며 말했고, 마리는 늙은 황후가 도보 경주에 대한 도전을 원한다는 걸 느끼며 머릿속이 어질했다. 횃불로 밝힌 루앙의 거리로 나가 치마를 걷어올리고 발밑으로 어둠이 빠르게 밀려오는 흙길에서. 마리가 이기면 목이 날아갈 수도 있었다.

마리는 아니라고, 황후의 말씀이 옳다고, 자기는 단연코 황후만큼 빠르지는 않다고 말했다.

황후는 미소를 지었다. 마리가 지략을 얼마간 쓸 줄 안다는 게 다행스러웠다. 그런 점을 알게 된 것은 좋았다. 오, 음, 좋다, 그렇다면 자신이 마리를 도울 것이다. 솔직히 이 아이의 얼굴만 봐도 싫을 거라고 추호의 의심 없이 믿고 있었지만, 이 아이가 싫지 않다는 게 자기도 놀랍다. 하지만 어쨌거나 앙글르테르에 있는 궁정으로 이 아이를 보낼 때 무장 호위단을 딸려 보낼 것이다. 그것이 황후가 이 아이를 위해 해줄 수 있는 것이었다. 이미 충분히 많은 것을 해주었지만.

마리는 고맙지만 하인과 함께 둘이서 해협을 건너갈 수 있다고 말했다. 어쨌든 루앙까지도 그렇게 왔다고.

황후가 소녀처럼 웃었고, 마리가 보니 황후의 위쪽과 아래쪽 앞니가 없고 어금니가 썩어 검게 변해 있었다. 바보 같은 아이로구나, 황후가 말했다. 이제 온 세상이 마리가 황후의 손님이며 앙글르테르 왕의 핏줄인 것을 다 안다고. 쳐다볼 만한 외모는 전혀 아니지만, 그럼에도 몸값을 요구할 만큼의 가치는 있다고. 그렇거나, 아니면 한 가문을 왕좌에 더 가까워지게 하려는 술책으로 강제 결혼을 시키거나. 이런 사실을 이해하지 못하다니, 마리는 여전히 어린아이라고.

마리는 숨을 들이쉬고 내쉰 뒤 황후에게 자신을 보호해주어서 감사하다고 겸손하게 말했다.

황후가 일어서며, 음, 친족의 친족에게 약간의 친절을 베풀어야 마땅하지 않겠느냐고 말했다. 그러고는 자신의 말재간에 웃다가, 느닷없이 자기는 이제 그만 잠을 자러 가야겠다고 말했다. 그리고 자신의 건조하고 작은 손으로 마리의 뺨을 가볍게 때려 애정을 표현했다.

황후는 실크 드레스를 사각거리고 좀약냄새를 풍기면서 사라졌다. 이때가 마리가 '출생부터 위대하고, 결혼으로 더 위대해지고, 자식으로 가장 위대해진' 이 여인을 마지막으로 본 순간이었다. 황후가 영원한 보상을 받으러 떠난 뒤 루앙 대성당에 있는 묘석에는 이렇게 적힐 것이다.

마리는 편지를 옆으로 밀어놓는다.

아니라고, 지금 마리가 수녀원장에게 말한다. 마틸다 황후는 위중할 수가 없다고, 죽을 수가 없다고. 황후는 마리의 마음속에서 영원히 살 것이다. 다만 해가 지나면서 자만과 신랄함으로 힘을 잃어가다, 벼룩의 크기만큼 줄어 뛰고 물다 소멸하여, 마침내 치마의 풍성한 주름 속으로 사라질 거라고.

하지만 수녀원장은 줄곧 듣고 있지 않았다. 구스베리 타르트를 먹을 수 있다면 뭐라도 할 텐데, 수녀원장이 아이처럼 웃으며 말하고, 마리는 한숨을 쉬며 종을 울려 수녀원장의 취사 담당을 부르는데, 취사 담당은 계단을 올라오면서 이미 투덜거리고 있다.

교구 상위자들이 마리를 점점 강하게 압박해온다. 그들이 회의를 소집하고, 마리는 수녀원장 엠을 보낸다. 엠은 어리둥절해진 그들이 그녀를 쫓아낼 때까지 노래를 부른다.

수녀원 하인 한 명이 마차를 훔쳤다가 3리그* 떨어진 곳에서 체포된다. 마리는 싸워서 교수형을 막고, 한쪽 눈을 도려내고 여인의 아름답고 부드러운 얼굴에 안대를 하는 것으로 처벌의 수위를 낮춘다. 마리는 늘 그 여자의 얼굴이 마음에 들어 손으로 쓰다듬고 싶었다.

알리에노르의 소식이 구호품을 얻으려는 사람들이 가져오는 소문이나 친구들과 첩자들이 보내오는 편지에 담긴 몇 줄을 통해 물방울 듣듯 전해진다. 지금 왕비는 아키텐에 있다, 지금 왕비는 원래 본인의 땅이라고 여기는 툴루즈를 포위하기 위해 왕의 혈육을 자극하고 있다, 지금 왕비는 포위가 실패한 것 때문에 몹시 화가 나 있다.

마리는 멀리서 보면 맑은 하늘에 검은 구름 같은 세상의 사건들이, 언젠가 속세에서 멀리 떨어져 지내는 수녀들에게까지 비와 천둥을 데려오리라는 것을 알고 있다.

그리고 건조한 봄이 오고, 파스닙과 순무가 가녀리고 쪼글쪼글한 모습으로 싹을 틔운다. 그녀는 올겨울은 배고픈 겨울이 될 거라고 생각하며 시든 식물 하나를 발로 차다가 그만 울고 싶어진다. 알리에노르가 마리의 유능함을 알아보고 그녀의 조언을 구할 일은 결코 없을 것이기 때문이다. 해마다 수녀들은 굶주림의 시기를 경

---

* 과거 유럽과 라틴아메리카에서 사용하던 거리 단위. 나라마다 차이가 있으나 1리그는 대략 4킬로미터 정도에 해당한다.

험하고, 그럴 때 마리는 먹을 것을 충분히 마련하기 위해 수녀들의 기도를 팔아야 한다. 아등바등하는 것이 그녀가 일 년 내내 온종일 하는 일의 전부일 때, 그녀가 유럽 전역에 위대한 지도자로 알려질 길은 결코 없다. 하루의 일과가 그녀의 위대함을 죽인다.

신이 그녀의 생각을 들은 것처럼, 바로 그날 식사시간의 성경 말씀은 자만하는 자에게 불명예가 따르고 지혜는 겸손한 자의 것이라는 내용의 잠언이다.

마리는 가슴속 깊이 뜨끔하여 혼자 웃는다.

마리가 부수녀원장이 되고 세번째 봄, 정원을 관리하는 폼 수녀가 버드나무 상자에 살구 묘목을 심고 비료를 주었더니 금세 마리의 키 높이로 자란다.

마리의 삶에서, 수녀원에서 보낸 다섯번째 해에 수녀들은 모두 스물여섯 명이 되고, 곧 더 많아질 것이다. 지참금 수준도 훨씬 좋아져, 힘들여 노력한 만큼 서서히 마리의 유능함이 알려지고, 마리의 묘하게 긴 얼굴과 여장부다운 태도는 귀족들에게 딸을 맡겨도 되겠다는 확신을 준다. 마리가 고작 스물한 살인 것을 알면 그들은 주춤하겠지만, 키와 금욕적인 생활과 걱정하며 보낸 세월 때문에 마리는 훨씬 나이들어 보인다. 이따금 침대나 책상에서 너무 일찍 일어나면 그녀는 졸려서 정신이 멍하다. 잠을 자면 돈에 대한 꿈을 꾸는데, 돈이 충분히 많았던 적이 없기 때문이다. 꿈속에서 돈은 손에 쥐면 녹아버린다.

올해 마리는 실크 방적 작업을 중단시킨다. 그 대신 필사실을 만든다. 새로 들어온 네 명의 수련 수녀 전부 글을 읽고 쓸 줄 안다. 새의 날개를 타고 요리조리 날아다니는 요정과 달에서 자신의 어머니 얼굴을 보는 재주가 있는 기타Gytha 수녀는 읽고 쓸 줄 모르지만, 작은 삽화를 아주 멋지게 그리고 그것에 선명한 색깔을 입힌다. 마리는 창문이 있는 방을 비우고 그 안에 서서 작업하는 책상을 만들어 배치한 뒤, 수녀들의 필사는 수도원에서 같은 일을 해서 요구하는 품값의 4분의 1이라는 이야기를 조용히 퍼뜨린다. 여자들은 필사가가 될 수 없고, 그 일을 할 만큼 유능하거나 현명하다고 여겨지지 않기 때문이다. 일 년 만에 필사로 벌어들이는 돈이 실을 잣고 천을 직조하여 실크로 십 년 동안 벌어들인 돈보다 더 많아지고, 성탄절에 나눠줄 구호품에는 심지어 얼어죽을 정도로 가난한 사람들을 위한 품질 좋은 양모로 만든 튜닉 열두 벌이 포함된다.

하지만 수녀원에 오고 일곱번째 해에, 마리의 작은 성과를 지워버리려는 듯, 여름에 불쾌한 공기가 떠돌더니 아동 평수녀가 하나둘씩 죽어간다. 지참금도 적고 용모도 단정치 않아 사랑받지 못한, 몇 명 남지 않은 이 귀족 혈통의 딸들이 악령을 봤기 때문인지, 아니면 창문으로 들어온 찬바람 때문인지 몰라도 병들어 가냘프게 울다가 스러진다.

그러던 어느 날 마리는 토탄냄새가 나는 가축우리 같은 집에 초대되어 식사를 대접받다가, 주근깨가 돋고 눈썹이 긴 여섯 살짜리 아이가 아래로 줄줄이 여섯 동생을 보살피는 것을 본다. 울필드, 울필드의 딸 울필드다. 기억이 닿는 한 울필드의 가계를 거슬러올라가면 색슨족의 그림자까지 뻗치지만, 부계는 누가 알겠느냐고, 어머니가 어깨를 으쓱한다. 그들은 어머니의 성인 스래셔를 쓴다. 울필드 네가 여섯 살이 채 넘지 않았는데 어떻게 일곱 아이가 가능하지? 곱슬곱슬하고 헝클어진 빨간 머리의 어머니가 마리에게 주려고 완두콩 포티지를 한 국자 떠서 깨끗하지 않은 그릇에 담는 동안 마리가 소녀에게 묻는다. 울필드는 부드럽게, 어머니는 개처럼 세쌍둥이를 둘 낳았다고, 울필드 자신만 혼자 맏이로 태어났다고 말한다. 그리고 그 아이는 마리의 영어가 아직 서툴기 때문에 영어와 라틴어를 섞어 말하려고 한다. 이 작은 아이는 교회에서 용케 대화가 가능할 정도의 라틴어를 익혔다.

마리는 속눈썹이 길고 짙은 이 아이를 한참 바라보면서 뛰어난 머리와 막대한 권력과 집안에 전해지는 지식을 지닌 아동 평수녀들의 모습을 서서히 머릿속에 그린다. 유리 불기, 신발 만들기, 통 만들기, 목공 같은 가족 사업을 배웠거나, 밀랍판 없이도 계산을 할 수 있거나, 언어를 배울 수 있거나, 자라서 강한 힘을 지닌 수녀가 되거나 수녀원이 필요한 물자를 조달하는 상인이 되거나, 더 높은 계급의 사람과 결혼하여 마리가 꿈꿔온 대로 유럽 전역의 조용한 힘을 지닌 권력자들의 방에 심어둘 첩자가 될 여자아이들이 있다면.

마리가 소녀에게 라틴어로 수녀원에 오는 게 어떻겠느냐고 묻는다. 하지만 울필드는 얼굴이 어두워지면서 자기는 그러고 싶은 생각이 전혀 없다고 말한다. 마리는 다시는 배고플 일이 절대 없고 동생들과 뒤엉켜 자지 않고 혼자만의 침대에서 잘 수 있다고 말하지만, 울필드는 싫다고 또 한번 단호하게 말하고, 마리는 소녀의 완강한 의지에 빙그레 웃는다.

마리는 다른 여자아이 셋을 더 찾아 계획대로 준비한다. 대장장이의 딸인 열세 살짜리 소녀, 구두 수선공의 딸인 열두 살짜리 소녀, 그리고 키가 굉장히 크고 혼자 맥주통을 들어올릴 만큼 힘이 센 아홉 살짜리 소녀. 마리는 혼자 말을 타고 울필드를 데리러 가고, 울필드의 어머니는 딸아이를 보낸다는 생각에 눈물을 흘리지만, 수녀원에서의 삶이 자신이 딸에게 줄 수 있는 어떤 삶보다 수준이 더 높다는 사실에 동의한다. 소녀는 밤을 통과해 수녀원으로 가는 길 내내 마리의 군마 안장 머리에 앉아 부들부들 떨지만 마음이 강하여 울지 않는다. 부엌에서 사과 케이크가 자꾸 없어지기 시작한다. 개의 뒷다리 하나를 배에 닿게 올려 묶어놓아서 개가 세 발로 깡충깡충 돌아다니면서 울고, 그것 말고도 여기저기 소소하고 짓궂은 장난의 흔적이 나타나자 마침내 마리는 울필드를 자신의 무릎에 끌어 앉히고, 울필드 스스로 말썽쟁이가 되려고 한다는 것을 안다며 악마가 몸에 들어온 건 아닌지 묻는다.

그러자 울필드는 자기는 먹을 게 충분한데 가족은 그렇지 않아서 기분이 좋지 않다고 말한다. 소녀의 표정은 안타까워하는 게 아니라, 사나워 보인다.

마리는 울필드의 가족에게 매년 성탄절에 햄과 큰 통으로 밀가루를 보내고, 가을에는 사과를 큰 통에 담아 보내겠다고, 그러면 되겠느냐고 묻는다.

그러자 어깨에서 긴장이 풀리고, 소녀는 한동안 말없이 마리의 가슴에 머리를 기대고 있다가, 마침내 그러면 된다고 무겁게 말한다. 당분간은.

마리는 다른 아이들보다 울필드를 더 사랑해서는 안 된다고 혼잣말을 하지만, 그 소녀를 보면 미소가 지어지고, 그건 어쩔 수가 없다.

시간이 압축되고, 성큼 앞으로 나아간다. 이제 수녀는 서른세 명, 아동 평수녀는 네 명이다. 금요일마다 마리는 정어리와 연어 요리를 준비하게 한다. 마침내 수녀원이 그 정도는 감당할 수 있게 되어서다. 그녀는 귀족을 회유해 수녀원 주위의 땅을 수녀원에 기부하게 하는데, 그들이 죽은 척 배를 드러내고 항복할 때까지 집요하게 접근하고 모호하게 협박한다.

마리는 자신에게 온 편지에서, 알리에노르가 결혼을 파기하고 아키텐의 자기 땅에서 산다는 소식을 읽는다. 수녀원장의 첩자들이, 왕비가 자식들의 마음속에 잉글랜드 왕에 대한 반역을 꾀할 것을 부추긴다는 말을 전해온다. 왕비의 자식들은 가만히 있지 못하고, 말을 타고 돌아다니면서 동맹을 맺고 약정을 체결한다. 파리와 런던의 거리에서 왕비에 대해 부른다는 노래가 마리에게 전달된다. 큰 독수리가 날 준비가 되지 않은 새끼 독수리들을 너무 일찍 둥지에서 내쫓는다는 내용이다.

마침내 살구나무에 열매가 열렸다. 마리가 살구를 따서 파이에 넣어 굽지도 않고 날것으로 먹자 취사 담당이 발끈한다. 오 안 됩니다, 안 돼요, 부수녀원장님, 우리는 여자이지 **동물**이 아닙니다, 그녀가 말한다. 동물이라는 말에, 마리는 이제는 많이 늙은 착하고 용기 있는 자신의 말을 생각한다. 그 짐승은 얼마나 조용하고 충직하며 사랑스럽고 인내심이 많은가. 그 순간 마리가 지켜보는 데서, 부엌일을 하는 그 바보 같은 처자가 파스닙을 집으려고 끓는 물에 손을 집어넣었다가, 심한 화상을 입어 벌겋게 된 손에서 김이 나는 것을 멍청히 쳐다보고 있다.

마리는 그 처자가 엉엉 울기 전에 부엌을 가로질러 화상 입은 손을 설거지물에 쑥 집어넣어주며 생각한다. 정말로 우리는 동물이 아니라고, 하지만 우리가 동물보다 더 낫다고 생각하는 것은 어리석다고. 당연히 동물이 신에 더 가깝다. 동물에게는 신이 필요하지 않기에.

새로 들려오는 소식은, 알리에노르가 잉글랜드에 대항해 봉기한 죄로 달아나려다 납치되어, 처음에는 샤토 드 시농에 붙잡혀 있다가 해협 건너편으로 끌려오고, 왕비가 몹시 경멸하는 아주 습하고 이슬비가 흩뿌리는 이 나라에서 성과 집을 여기저기 옮겨가며 붙잡혀 있다는 것이다.

마리의 가슴속에 가장 처음 이는 불길은 기쁨이다. 마리는 지금 자유로운 사람이고, 자기 땅의 주인이며, 영지와 하인들을 감독한다. 지금 새장에 갇힌 사람은 알리에노르다.

그리고 그 순간이 지나가자, 마리는 알리에노르를 가두는 것이 얼마나 불가능한 일인지 깨닫는다. 그들은 분명 알리에노르의 허깨비만 붙잡아두었을 뿐 실체는 가두지 못했을 것이다. 마리는 에우리피데스의 희곡을 떠올리는데, 트로이의 진짜 헬렌은 긴 전쟁

중에 포위된 도시에 있지 않았고, 거기 있는 헬렌은 여신이 만들어낸 허구로 대체되었다. 진짜 헬렌은 유혈이 낭자하고 죽음의 악취가 풍기는 그곳에서 멀리 떨어진 이집트의 햇살과 꽃 속에서 살고 있었다.

마리는 왕비에게 편지를 쓰지만, 답장은 받지 못한다. 편지는 납치한 자의 변덕에 따라 여기저기 끌려다니는 왕비를 뒤쫓기만 할 뿐이다. 마침내 마리는 왕비가 수녀원에서 북쪽으로 30리외* 떨어진 성에 있다는 소식을 듣고, 거기 수녀원 땅에 긴급히 갈 일을 만든다. 그녀는 알리에노르의 기분을 좋게 해줄 것들을 가져가는데, 달콤한 향이 나는 약초, 수녀원에 마지막으로 남은 실크, 비누, 포도주, 기타 수녀가 인류 최초의 부모를 파란색으로, 뱀을 빨간색으로 칠해서 망쳐놓지 않은 손바닥 크기의 간편한 기도서가 그것이다. 마리는 왕비를 다정하게 대하면서 자신의 자유를 설명하는 법을 연습한다. 자신이 선물로 쓴 시를, 당연히 영혼의 선물인 그것을 알리에노르가 거절한 것에 대해 최선의 태도를 유지하면서도 아직 자기 마음이 다 풀리지 않았음을 보여주는 법을 연습한다.

이따금 수녀원 영지로 말을 타고 나갈 때 그러듯, 마리는 안장머리의 뿔에 몸을 기댄 채 숨이 가빠지고 자기 안의 뭔가가 부서질 때까지 말의 걷는 동작이 자기 몸에 쌓이도록 내버려둔다.

그러고 나면 늘 더 차분해진다.

그곳에 다다른 그녀는 서른두 살의 다 자란 숙녀가 아니라 열다

---

* 과거 유럽에서 쓰던 거리 단위로 영국의 '리그'에 해당한다. 나라마다 차이가 있지만 1리외는 대략 4킬로미터다.

섯 살 소녀처럼 심장이 두근거리지만, 결의가 굳고 결연하고 씩씩한 모습으로 앞으로 걷는다. 얼굴에는 한껏 권위를 실어 오만한 표정을 짓는다. 하지만 그녀를 맞이한 것은 당혹스러움이다. 부수녀원장님, 그들이 말한다, 왕비 마마는 바로 몇 시간 전에 성에서 급히 다른 곳으로 이동하셨는데, 어디로 가셨는지는 아직 전해듣지 못했습니다.

마리는 속상하고 참담한 심정으로 수녀원으로 돌아온다.

입으로 말하지 않은 것을 이해하는 기묘한 재능을 가졌고, 또 마리의 지독한 사랑에 대해 알고 있는 루스 수녀가 마당에서 말의 굴레를 잡아주며 마리의 얼굴을 쳐다본다. 부수녀원장이 말에서 내려오자 루스가 화가 나서 말한다. 만난다고 해도, 그분이 부원장님을 여기서 구해주진 않을 겁니다. 부원장님은 여기서 우리하고 같이 살아야 해요.

마리가 뭐라 항의하려고 입을 벌리지만, 루스가 말한 것이 진실이라는 사실이 그녀의 가슴속 어딘가에 내려앉는다.

지혜로운 자는 영예를 물려받지만, 어리석은 자는 수치심을 얻을 뿐이라고, 마리가 마침내 뜨겁게 달아오른 얼굴로 말한다.

웨일스에서 자매 한 명이 새로 온다. 이름은 네스트, 수녀원에서만 안식을 찾을 수 있는 깊은 슬픔을 지닌 젊은 과부다. 입술이 크고 두껍고 왼쪽 콧구멍 근처에 있는 점이 아름다움을 망쳐놓았지만 사랑스러운 얼굴이다. 하지만 긴장한 탓인지 야윈 어깨가 아래 턱에 닿을 정도로 너무 올라가 있다. 그녀의 웨일스어는 알아듣기가 좀 어렵고, 처음엔 혼자 하루하루를 보내지만, 성기실聖器室 담당 수녀가 목에 뚱뚱한 나비처럼 불룩 튀어나온 갑상선종이 생기자, 네스트는 들판으로 나가 작은 청록색 풀을 뜯어다가 부엌에서 걸 쭉해질 때까지 끓인다. 그것을 한 달 동안 마시자 갑상선종이 가라 앉아 성기실 관리 수녀의 긴 목은 다시 매끈해지고 눈도 더이상 퉁 방울눈이 아니다.

마리가 그 수련 수녀를 부른다. 처음에 마리가 프랑스어로 말하 고, 이어 아직 서투른 영어로 말하고, 잘하지 못하는 웨일스어로 몇 단어를 말해도 그 긴장한 여인은 아무 말이 없다가, 네스트가 성무일도를 라틴어로 노래할 수 있다는 걸 기억해내고 마리가 라 틴어로 말하자 네스트의 눈동자에 지성의 불길이 번득인다. 네스 트는 몸을 앞으로 숙인 뒤 빠르게 말하고, 그녀의 높고 앙상한 어 깨가 떨린다. 두 사람은 제3시과가 될 때까지 약초와 습포제와 체 액의 균형에 대해 대화를 나누고, 마침내 마리는 약에 대한 지식에 서 네스트가 자신보다 뛰어나다는 사실에 마음이 놓인다. 그들이 기도하러 내려갈 때, 마리는 네스트에게 방금 그녀를 위해 인퍼매 트릭스* 자리를 만들기로 했다고 말하고, 수녀원 식구 모두의 신체 적 치료에 대한 책임을 전적으로 네스트에게 맡긴다. 토지와 수녀 들 사이의 소소한 싸움과 관련하여 일어나는 끊임없는 문제에 더 해 고름이나 골절상, 충치, 임종 때 목에서 나는 꾸륵 소리, 토사, 설사, 광란까지 책임지는 것은 부수녀원장에게는 큰 부담이다. 게 다가 고다가 치료를 책임지고 있었을 때는 사람들 몸에서 벌레를

---

* 치료소 책임자.

빼내는 것밖에 한 일이 없었다.

네스트는 받아들인다. 몇 주가 지나지 않아 그녀는 치료소 옆에 넓은 약초 정원을 가꾸는 계획을 세운다.

마리는 네스트가 곁눈질로 자신을 슬그머니 쳐다보는 것을 알아차리지만, 이유를 알아낼 시간은 없다. 마리는 가뭄이 들거나 병충해를 입으면 수확량이 늘 너무 적고 홍수가 지거나 겨울이 길어지면 수확량이 늘 너무 많은 땅과 씨름하고, 이 처녀들이 모인 수녀원이 사사로운 부의 원천이 되리라고 믿는 듯한 신임 교구장에 대항해 여전히 열심히 싸운다. 마리는 부패에 맞서기 위한 유일하게 논리적이고 타당한 방책은 그와 유사한 부패뿐이라고 생각해서, 수녀원이 진 막대한 빚을 보여주는 회계장부를 만들기로 하는데, 물론 빚도 거짓이고 장부도 가짜다.

마리가 불타고 있는 숲 전체와 싸우기 위해서는 작은 불들을 사용해야 하는 거라고 말하자, 고다는 마리의 머릿속으로 무슨 생각이 지나가는지 모르겠다고, 부수녀원장 당신은 정말로 이상한 사람이라고 쏘아붙인다.

그렇게 탐욕의 무리가 쫓겨나가자 곧바로 메뚜기떼가 몰려와 밀을 먹어치운다. 마리는 만들지 못하게 된 빵 때문에 속으로 울지만, 자매들이 이 세상에서 평화를 누릴 수 있도록 감정을 다스리며 수녀들에게는 일부러 차분한 얼굴을 보여준다.

웨부아 수녀는 머릿속에서 시간이 오락가락하고, 그래서 이제 치료소에서 지내야 한다.

아동 평수녀인 울필드는 마리의 턱 높이로 자랐다. 성장기 소녀치고는 키가 큰 편인데, 마리만큼 빠르게 암산할 수 있고 삼 개 국어로 유창하게 글을 쓴다.

아가타 수녀는 수확철에 들판에서 뭔가에 발이 걸려 넘어지면서 돌에 관자놀이를 부딪혀 죽는다.

그리고 엘지바는 수련 수녀 토르케리가 유제품 제조실에서 접시를 핥고 있는 새끼 고양이를 바라보는 모습을 생각하며 회랑을 지나간다. 토르케리는 고양이처럼 생긴 얼굴을 신선한 우유 가까이 대고 분홍색 혀끝으로 우유를 찍어보고, 엘지바는 탁자 건너에서 우유의 불순물을 제거하면서 그 혀가 자기 온몸의 피부 안쪽을 위아래로 부드럽게 핥는 것만 같아 어쩌지 못하고 눈을 감는다. 눈을 떴을 때, 토르케리는 여전히 그 자리에서 허리를 숙인 채 웃고 있다. 그리고 라일러스 역시 버터를 만드는 자리에서 동작을 멈추고 달아오른 얼굴로 입을 벌린 채 그 모습을 지켜보고 있다.

이제 수녀는 마흔 명이 되었다. 마리는 서른다섯 살이다. 그녀가 부수녀원장이 된 지 십팔 년이 지났다.

그럴 리가 없다고, 그녀는 생각한다. 습하고 냄새나고 진흙 때문에 지저분하지 않은 곳이 없는 이 앙글르테르의 촌구석에서 그녀가 살았던 다른 어느 곳에서보다 더 오래 산 것이다. 하지만 그녀는 거칠고 호전적인 이모들과 끊임없이 들리던 음악소리와 이야기소리, 종일 사냥을 하고 돌아와 지친 몸으로 숨을 헐떡거리며 배를 끌고 불가로 가는 개들—살가죽에서 진드기가 비처럼 떨어졌다—이 있던 르멘의 샤토가 훨씬 더 생생히 기억난다. 혹은 가로수길에서 나무들의 품으로 숨어드는 연인들과 정원의 작은 인공동굴, 음식이 가득 차려진 식탁, 강에서 밀려온 짭조름한 안개 속에서 실크 드레스에 반짝이는 보석을 달고 있는 모든 아름다운 귀부인들이 있는 궁정이.

마리는 이방인의 시선으로 수녀원을 바라본다. 이제 돌은 마모되어 회색보다 흰색이 더 많이 보이고, 울타리는 깔끔하고, 들판은 풍요롭다. 이곳은 아주 오래전에 그녀가 처음 왔을 때의 그 비참하고 애처로운 장소가 아니다.

시장에서 그녀는 가축 이야기를 하는 여자들의 대화를 엿듣는데, 그들은 특이한 영어로 올봄의 새끼 양은 수녀원의 수녀들만큼 행복하고 통통하다고 말한다.

마리는 깜짝 놀라서 웃는다. 십팔 년이 지나는 사이, 수녀들이 불쌍한 해골에서 봄의 양처럼 활기찬 모습이 된 것은 사실이다.

마리는 바로 거기 그 거리에서 감동해 동정 마리아에게 감사를 표하는데, 입으로만 하는 말이 아니라 가슴의 말로 하고, 그게 진심이라는 사실에 놀란다.

참 이상한 일이다, 마리는 생각한다. 그녀의 신앙이 성장한 것이다. 어쩌면 그건 곰팡이 같은 것일지도 모른다고 그녀는 생각한다.

울필드는 열여덟 살이다. 그녀가 마리를 찾아와 자신은 수도서원을 하고 수녀가 될 수 없다고, 결혼을 하고 싶다고 말한다.

마리는 조심스럽게 분노를 억누른다. 사랑하는 사람이 있니?

있어요, 울필드가 말한다. 뺨이 먼저 붉어지고 아래로 목까지 붉어진다.

마리는 돈은 있는지 묻는다.

당연히 한푼도 없죠, 흙처럼 가난할 거예요, 울필드가 웃는다.

배워서 유창하게 할 수 있게 된 그 모든 언어, 그 모든 독서가 아무 쓸모 없게 되었구나. 명쾌하게 통달한 그 모든 숫자도 마찬가지. 가슴속에서 아픔이 느껴지지만, 이제 마리도 자제하는 법을 익혔다.

이제 울필드가 수녀원의 재산을 관리하게 될 거라고, 마리가 말한다. 그렇게 되면 부수녀원장인 자신에게는 마침내 이 주변을 기어다니면서 수녀원의 재산을 훔치려고 권력을 쓰는 뱀들을 몰아낼 기회가 생기는 거라고. 그리고 울필드에게 주는 보수는 후할 터라 타운에서 멋진 집에 살고 하인들을 쓸 수 있을 거라고.

울필드는 놀라서, 여자가 재산을 관리한다는 말은 들어본 적이 없다고 말한다. 그리고 누가 자신에게 주어진 권위를 믿을 것인가?

마리가 첫 달에는 자신과 울필드가 같이 말을 타고 다닐 것이고, 그 첫 달이 지나면 모두가 울필드의 권위를 인정하게 될 거라고 말한다.

그리고 쇠가 단련되는 것처럼 은은하게 벌레 소리가 들리는 뜨겁고 고요한 8월의 나날이지만, 울필드가 그 역할에 점점 어울리게 되면서, 이번달은 마리가 지금까지 수녀원에서 경험한 가장 순조로운 달이 된다. 울필드가 상류층 사람들 사이에서 숙녀의 모습을 보여주자 마리는 엄마가 된 것처럼 자부심을 느낀다. 마리의 자부심은 들판에 나간 울필드가 대번에 가장 근엄하고 가장 엄중한 영국인으로 모습을 바꾸어 그늘에서 낮잠을 자던 게으른 자들을 깨워 일으켰을 때 두 배가 된다. 정직한 울필드. 울필드의 꼼꼼하고 양심적인 회계 관리는 전에 그 일을 맡았던 사람들이 마리의 위협에도 불구하고 수녀원을 얼마나 심각하게 약탈했는지를 보여준다.

어느 밤 마리는 몰래 빠져나가 익어가는 살구 향을 맡는다. 그리고 손에 그 설익은 과일을 들고 무게를 느끼며 신이 씨앗 안에 그토록 크고 건강한 나무를 압축해놓았다는 사실에 감탄한다. 이 열매는 줄기에서 쉽게 떨어지고, 과육은 소녀의 탄탄한 허벅지처럼 아주 살짝 눌릴 뿐이라, 마리는 어둠 속에서 그 열매의 보드라운 솜털을 뺨에 대고 문지르면서 피부 전체에서 전율이 일어나는 것을 느낀다. 그녀는 자신에게 위로가 되고 입이 되고 손이 되어준, 이제는 사라진 하인 세실리를 생각한다. 자신의 몸에 사랑의 손길이 닿고 흰 파도가 자신의 바로 중심에서 솟구쳐올라, 그렇게 몸에서 영혼이 잠시 빠져나간 것을 느낀 게 거의 이십 년 전이다. 과육의 향, 이에 닿는 부드러운 감촉. 하지만 씨앗을 깨물자 마리의 입안 오른쪽 첫번째 위쪽 어금니가 신경까지 쫙 쪼개지는 느낌이 나면서 욱신거린다.

남은 밤 동안 마리는 회개의 시간을 갖고, 찬과를 알리는 종이 울리고 사각거리는 소리와 함께 수녀들이 밤의 계단을 내려오는 소리가 들릴 때까지 얼굴을 소성당 차가운 돌에 대고 누워 있는다. 노래도 제대로 부를 수 없다. 네우마*를 보는 데 정신이 팔려 있던 수녀원장조차 뿌연 시야로 부수녀원장의 오른쪽 뺨이 부어 있는 것을 보고 거미에 물렸는지 묻는다. 마리는 그날 말을 타고 나가

---

* 중세의 성가용 기보(記譜) 기호.

세 귀족 가정을 찾아갈 생각이었으나 이렇게 부은 얼굴로는 곤란하다. 제1시과가 끝난 뒤 마리는 인퍼매트릭스를 찾아 나서고, 마침내 작은 식물 각각에게 모국어인 웨일스어로 격려하는 말을 속삭이면서 약초를 뽑고 있는 그녀를 찾아낸다.

사랑스러운 네스트가 고개를 들고, 네스트의 얼굴에는 수줍은 기쁨이 가득하다. 마리는 오래 방치되어 있던 자신의 중심, 갈빗대 아래에서 뭔가가 소용돌이치는 것 같다.

네스트는 마리에게 그때가 다시 온 것인지 묻는데, 마리의 자궁이 뒤틀리는 고통을 어머니의 마취제 제조법―열을 가한 암퇘지의 담즙, 상추, 사리풀, 독미나리, 브리오니, 벨라도나를 식초에 넣어 만든 즙―으로 완화해주었기 때문이다.

마리는 네스트의 마취제가 통증을 덜어주긴 하겠지만, 아니라고, 치통이라고 말한다.

네스트는 마리에게 안으로 들어오라고 말하고, 일어서더니 손에서 흙을 떨어낸다. 그리고 바깥에서 각자 의자에 앉아 햇볕에 뼈를 데우고 있는 수녀 셋을 지나 마리를 이끈다.

에스트리드 수녀가 엄마? 하고 말하면서 간절한 희망의 눈빛으로 마리를 쳐다본다. 해맑은 두블리나는 햇빛 속에서 춤추는 먼지를 보고 아름다운 미소를 짓는다. 마리를 영원히 수련 수녀로만 보는 웨부아는 징징대고 훌쩍거리는 애송이, 신을 모르는 부수녀원장이 오네, 하고 중얼거린다.

늙은 수녀들이 모두 바깥에 나와 앉아 있어 치료소의 침대들은 비어 있다. 작년에 채집한 약초가 걸려 있는 뒤쪽 방에는 박하, 멜리사, 벌집, 로즈메리 냄새가 짙게 풍기고 네스트의 수녀복에도 그

약초 냄새가 배어 있다. 창문은 없고, 문을 통해 들어오는 햇살과 네스트가 냄비에 넣고 약초를 달이는 곳에 잉걸불만 보인다. 네스트는 작은 점토 램프에 불을 켜고, 인퍼매트릭스가 램프를 기울여 마리의 입안을 비추고 들여다볼 때 마리는 입술과 혀에 불의 열기를 느낀다. 네스트는 부수녀원장이 많이 아픈 게 당연하다고 말한다. 이를 뽑아야 한다. 썩었다. 속상하다, 마리는 이 늦은 나이까지 치아를 하나도 잃지 않았다. 경이로울 만큼 상태가 좋았다.

마리는 얼굴을 붉히고, 인퍼매트릭스가 썩은 치아에 동물의 창자로 만든 튼튼하고 가는 실을 감아 묶을 때 네스트의 손가락에 남은 정원의 흙맛을 느낀다.

네스트는 셋을 세고 잡아당기겠다고 말하고, 마리는 눈을 감고 마음을 단단히 먹는다. 네스트가 하나, 둘까지 세고, 그 순간 날카로운 통증이 느껴진다. 마리가 다시 눈을 뜨자 실을 잡은 네스트의 모습이 보이고, 그 끝에 핏빛 검은색과 하얀색의 그루터기 같은 이가 매달려 있다.

마리는 거짓말을 해서는 안 된다는 것은 단순한 주장이 아니라 십계명의 하나로 알고 있다고 말한다.

네스트는 인퍼매트릭스가 따르는 더 깊은 차원의 십계명은 어쩔 수 없이 받아야 하는 고통보다 더 큰 고통을 주지 않는 것이라고 말한다. 그녀는 마리의 얼굴을 두 손으로 부드럽게 잡고 다시 입안을 들여다본다. 그리고 마리에게, 석잠풀을 아콰 비타이에 담가둔 항아리 물에 입을 세 번 헹구고 피가 더는 나오지 않을 때까지 대야에 뱉으라고 말한다. 그러고는 작은 붓을 들고 욱신거리는 잇몸에 꿀을 발라준 뒤 꿀이 마를 때까지 입을 벌리고 앉아 있으라고 한다.

네스트가 세번째로 마리의 입안을 들여다볼 때 마리는 네스트의 손가락이 넣어진 채로 입을 다물어버린다. 벌꿀, 흙, 약초. 마리가 네스트의 눈썹 사이 부드러운 피부에 키스한다. 네스트는 몸을 뒤로 빼지 않는다. 마리가 인퍼매트릭스의 머리를 두 손으로 감싸 쥔다. 네스트가 얼굴을 붉히고 마리의 입술에 키스한다. 네스트는 일어서서 문을 닫고, 어둠 속에서 돌아올 때는 이미 윔플과 코이프와 베일까지 다 벗은 뒤다. 네스트는 마리의 손을 잡아 자신의 짧게 깎은 머리에 갖다대고, 노련한 손가락으로 마리의 머리를 가린 것을 벗긴다. 그리고 마리를 일으켜세워 벨트를 풀고 스카풀라를 벗긴 뒤 누우라고 말한다. 인퍼매트릭스의 손이 마리의 속원피스 자락을 들치고, 마리는 곧 부드러운 피부가 자신의 안쪽 허벅지 살에 닿는 것을 느끼며 깜짝 놀란다. 그리고 네스트의 숨이 느껴지자 그것이 손이 아니라 네스트의 훨씬 보드라운 뺨이라는 것을 알아차린다. 마리는 네스트의 속눈썹이 자신의 피부에 닿는 것을 느낀다. 피부 전체가 전율한다. 이어 마리는 그 자리에서 네스트의 입술을 느끼고, 손을 느끼고, 격렬한 힘에 의해 강 중심의 급류로 떠밀리는 것을 느낀다. 거기서 마리는 놓여나고, 빙글빙글 돌고, 물 아래로 내려간다. 다시 올라왔을 때, 그녀는 몸을 떨면서 손바닥 두툼한 쪽으로 눈을 꾹 누른다. 어둠 속에서 불꽃이 날아다닌다.

마리는 인퍼매트릭스가 자신에게 옷을 입혀주는 대로 가만히 있는다. 네스트가 얼굴을 가린 마리의 손을 치우며 단호하게, 아니요, 아니요, 오 부수녀원장님, 몸이 놓여나는 것은 전혀 부끄러워할 일이 아닙니다, 하고 말한다. 그것은 체액의 분출일 뿐, 방혈과

다르지 않고, 전적으로 자연스러우며, 성교와는 아무런 관련이 없습니다. 마리는 여전히 처녀로서 신을 마주할 거라고. 단순히, 다른 수녀들보다 그런 체액의 분출이 더 필요한 수녀들이 있는 것뿐이라고. 어떤 수녀는 이틀에 한 번, 어떤 수녀는 일 년에 한 번. 네스트는 마리가 그것을 자주 필요로 하는 사람이 아닐까 종종 생각했었다고. 이따금, 음, 마리에게서 야성의 눈빛이 보였다고. 그녀는 마리에게 그것이 필요하면 다시 치료소에 오라고 말한다.

마리는 고마움을 느끼지만 말은 하지 않는다. 이런 행위가 치료를 위한 거라면 죄가 아니다. 세실리와 그런 나날을 보낸 뒤로 줄곧 자신의 영혼이 더럽혀졌다고 느꼈다. 한나절 만에 네스트가 그 기분을 씻어준 것이다.

그 순간 마리는 자신이 어디 있는지 기억해내고 슬프게 말한다. 하지만 안타깝게도, 수녀들 사이에 특별한 우정이란 있을 수 없다고. 규정에 위배된다고.

그러자 네스트는 미소를 삼키고, 이미 말했듯, 다른 수녀들도 이런 체액의 작용에서 벗어나기 위해 자기를 찾아온다고 말한다. 이 치료는 아마 마리가 믿고 있는 것보다 특별하지 않다고. 사실 일반적인 거라고.

자신과 같은 사람들이 더 있다는 사실에 마리는 웃음을 짓는다. 그녀는 입안에 새로 생긴 구멍 안으로 혀를 넣어 굴려보면서 햇살 속으로 나선다.

그리고 그 순간 마리는 치료소로 들어갈 때는 보지 못한 것, 바람에 흔들리는 나뭇가지를 아른아른 통과하는 햇빛, 보이지 않는 날개를 치며 꽃들 사이로 쏜살같이 날아다니는 벌새, 눈은 감고 턱은 햇빛을 향해 들어올린 늙은 여인들의 박박 문지른 듯한 히코리 나무 껍질 같은 얼굴을 본다. 육신에 대한 네스트의 다정한 표현이 내면의 뭔가를 흔들어놓았다. 이제 엄연한 진실이거나 분명한 것은 더이상 없고, 서로 대립되는 것도 없다. 선과 악은 함께 살며, 어둠과 빛도 그렇다. 상반되는 것이 동시에 진실일 수 있다. 세상의 중심에는 거대하고 박동하는 공포가 있다. 그 깊은 중심에서 세상은 황홀하다.

마리는 서른여덟 살이다.

농노들 사이에 갈등이 일어난 사건이 있었고, 여름이 되자 미혼의 여자 셋이 찔레나무 열매처럼 배가 불러온다. 그들은 사실 수녀가 아니고 처녀성을 서약하지도 않았지만, 마리는 이 육신들을 관리하고 통제하지 못한 것이 부끄럽다. 세상 사람들이 알면 수녀원을 어떻게 생각할까. 아주 불미스럽다. 부수녀원장 자리를 박탈당할 것이다. 다행스럽게도, 마리가 상위자들을 아첨과 유능함으로 길들여둔 덕에 그들이 감찰을 위해 수녀원에 오는 일은 더이상 없다. 그녀는 고다와 의논하고, 고다는 동물에 비유하며 출산에 대한 전문적인 지식을 설명해준다. 아이가 자라서 어른이 되는 그 정확한 순간에 대하여. 마침내 마리는 공동체 전체, 즉 오십 명이 넘는 수녀와 여든몇 명의 나머지 사람들을 정원 너머에 모이게 한다.

지금은 몹시 힘든 시기입니다, 마리가 아주 깊고 아주 큰 목소리로 말한다. 이날부터 주변 숲에 둘러싸인 이 수녀원 땅은 오로지 여자들만의 장소가 될 것입니다. 여자가 아닌 사람은 떠나야

합니다.

이곳에는 하인들도 여자만 남을 거라고, 그녀는 말한다.

거지는 성별을 막론하고 구호품을 받겠지만, 여기가 아니라 마리가 타운에 설립할 구호품 배급소에서 받게 될 거라고.

방문자는 누구든 구호품 배급소 옆에 있는 호스텔에서 묵을 거라고.

마리는 깊은숨을 들이쉬고 마지막 한 방을 날린다. 열두 살이 되면 농노의 아이는 딸이 아니면 누구도 이곳에서 지낼 수 없고, 가족과 분리되기를 원치 않는 농노가 있다면, 마리가 그들을 전부 중심 영지의 외곽에 있는 수녀원 땅으로 옮기게 하여 거기서 일하게 할 거라고.

여자가 아닌 성별로 태어나는 것은 죄가 아닙니다, 마리가 자기 앞에 고개를 숙인 사람들에게 말한다. 유감스러운 성별로 태어난 것이 새로 태어난 아기의 잘못도 아닙니다. 하지만 열한 살이나 열두 살이 되어 육체의 뱀이 깨어나 자신의 독을 퍼뜨리려고 갈망하는 시점이 되면 죄가 시작됩니다. 이것이 우리 최초의 부모에게 일어난 실제 이야기입니다. 이것이 이브를 이해하는 방법입니다.

여기저기서 우는 소리가 들리고, 일부 수녀들은 속으로 기뻐한다. 네 명의 농노만이 자식들을 데리고 더 먼 수녀원 영지로 떠난다. 그리고 자신은 남고 아이들은 보내기로 선택한 여자들을 위해, 마리는 추방되는 아이들이 타운에서 지낼 수 있도록 신앙심 깊은 네 가정을 찾아준다.

알리에노르 왕비가 친척을 수녀원에 보낸다. 스무 살인 틸드라는 이름의 여자다. 틸드의 야위고 하얀 얼굴 아래 영리한 정신과 겸손하고 경건한 영혼이 감춰져 있다. 마리는 틸드의 얼굴에서 진실한 소명을 읽고, 자신의 질투심이 번득이는 것을 느낀다. 틸드는 종종 턱에 잉크를 묻히면서 하루하루를 필사실에서 행복하게 보낸다. 마리는 그녀를 주시한다. 이 아이는 언젠가 훌륭한 부수녀원장이 되겠구나, 마리가 생각한다. 분별력, 부드러움, 그리고 열정이 보인다.

그러던 어느 날 울필드는 자신이 받아온 소작료를 마리에게 건넨 뒤 필사실에서 걸음을 멈추고 기타의 뺨에 키스한다. 그리고 설탕에 졸인 회향씨가 담긴 봉지를 그 미친 수녀의 주머니에 슬그머니 찔러넣어준다. 기타는 우울한 미소를 짓는다. 나중에, 밤이 되어 울필드가 집으로 돌아가 고단한 몸으로 가죽 튜닉을 벗는데 낡은 편지에서 오려낸 작은 그림이 떨어진다. 기이한 짐승이 그려져 있다. 인간의 미소를 지닌 녹색 호랑이나 류트를 연주하는 호저 같다. 그녀의 딸들이 벽에 모아둔 다른 그림들과 함께 언제 그것도 핀으로 꽂아둘 것이다. 가끔 밤에 잠든 딸들에게 키스하려고 안으로 들어가면, 그녀는 기타가 그린 많은 짐승 앞에 걸음을 멈추고 바라보면서, 뭔가 어린 시절에 느꼈던 것과 비슷한 감정을 느낄 것이다. 어렸을 때 수녀들이 가장 아름답고 가장 경외심을 일으키는 시편을 노래하는 것을 들으며 느꼈던 것과 비슷한 감정을, 내면에서 서서히 쏟아져나오던 황홀감을. 경외감. 이 감정을 살펴볼 시간이 있다면, 울필드는 생각한다. 하지만 아쉽게도 시간이 없다. 시간은 결코 있은 적이 없다. 아이들이 부르고, 수녀원의 일이 부르고,

몸이 배고프고 피곤하다고 부른다. 나이가 들면 신에 더 가까워질 거라고, 그녀는 꽃이 만발하고 새들이 날아다니는 정원에서 혼잣말을 한다. 그럴 거야, 언젠가는 신을 알게 될 때까지 침묵하며 앉아 있을 시간이 생길 거야, 그녀는 침대에 누워 잠들기 전에 생각한다. 그게 단지 지금이 아닐 뿐.

일. 기도. 습기와 바람만큼이나 수녀원을 구성하는 요소. 들판, 돼지, 과수원과 함께.

그리고 알리에노르는 여전히 유폐되어 있다. 새장 안에 강제로 가둬진 왕비는 마리에겐 여전히 아물지 않은 상처다. 왕비는 여전히 마리의 편지에 답장하지 않는다. 마리는 미칠 것 같다.

목소리가 크고 오만한 수련 수녀가 왔다. 눈썹이 검고 아주 커서, 꼭 얼굴 위를 애벌레가 기어다니는 것 같다. 식당에서 수신호를 굳이 배우려 하지 않고 원하는 것이 있으면 소리를 질러 달라고 한다. 양배추! 생선! 몇 주 동안 비가 내린 뒤 어느 따뜻한 날, 수련 수녀들이 버섯을 따러 바구니를 들고 숲으로 간다. 모자가 뒤집힌 모양의 작고 뾰족한 버섯이 자란 곳을 발견하자 논쟁이 일어난다. 이건 독이 있어, 나머지 수련 수녀들이 말해보지만, 새로 온 수련 수녀는 아니, 집에서 늘 이걸 따먹었어, 이거 맛있어, 하고 말한다. 그녀의 목소리는 점점 더 커지고, 급기야 고래고래 소리를 지르면서 버섯을 한 움큼 따서 입안에 쑤셔넣는다. 나머지 수녀들은 고개를 돌린다. 그들은 말없이 버섯을 따서 바구니에 채우고 또 채운다. 만과를 알리는 종이 울리고서야 그들은 그녀가 사라진 것을 깨닫는다. 마침내 그들은 이끼 낀 두 개의 큰 그루터기 사이에 몸을 구부리고 죽어 있는 그녀를 발견한다. 얼굴은 멍이 든 듯 아주 파랗고, 퉁퉁 부은 혀는 입술 사이로 나와 있다. 희끄무레한 또다른 버섯처럼.

마리는 마흔다섯 살이다. 수녀들은 총 아흔여섯 명이고, 아동 평수녀는 열두 명이다. 모두 각자 잘하는 기술이 있다. 수녀원은 부유하다.

그리고 마침내 거센 바람이 부는 어느 오후, 노래하기 좋아하고 쓸모없는 눈먼 수녀원장 엠이 임종을 앞두고 침상에 눕는다. 그녀는 그런 채로 시간을 지체하면서 몸보다는 음악으로서 존재한다.

마리는 마흔일곱 살이다. 로마에서, 파리에서, 런던에서, 그녀의 첩자들이 겁에 질려 다급하게 편지를 보내온다. 예루살렘이 다시 이교도에게 넘어갔다고.

마리는 운다. 아이로서 십자군 원정을 떠났을 때 그 도시를 보지 못한 것이 못내 속상하다. 보지 못한 채로 갈망하고 꿈꾸고, 해를 거듭하면서 그 도시는 점점 더 커져 마침내 도시들 중에서 가장 이상적인 도시, 완벽한 장소, 필멸하는 도시는 결코 흉내낼 수 없는 도시가 되었다. 삼나무, 무화과나무, 백합이 자라고 가젤이 뛰어논다. 그리고 이제 예루살렘의 함락과 함께, 그녀의 신이 만든 지상의 왕국이 소작료를 뜯어간다. 그런 소작료를 통해 거대한 악이 슬그머니 기어든다. 그녀는 밤에 어두운 구름이 다가오는 것을 느끼고 그 공포감에 한잠도 자지 못한다. 어둠 속에 던져져 있는 것이 훨씬 더 무섭다. 그녀의 환시는 닥칠 일 중 어느 것도 선명히 보여주지 않는다. 마리를 안에서부터 불살라버린 불길로 인해 이브의 저주가 마리의 몸에서 벗겨졌기 때문에 마리가 잠을 이루지 못하는 것 또한 사실이다.

깊은 내면의 불꽃이 바깥을 향해 혀를 날름거린다. 무시무시하다. 불안해진 그녀는 자리에서 일어나, 달린다.

수녀원의 연못은 어둡고, 빛이 없다. 달이 뜨지 않은 밤이다.

언덕 위 뒤쪽에 자리를 잡은 수녀원은 등을 구부리고 잠을 자면서 반쯤 지켜보는 것 같은 인상을 준다. 흙에서는 아직 열기가 올라오고, 개구리들은 자기들의 북을 두드리고, 삑삑거리며 우는 벌레는 수백만 마리는 될 듯하고, 어떤 밤새 한 마리는 음 몇 개로 노래를 부른다.

마리의 몸에 다른 존재가 들어와 몸은 열기로 감전된 듯하고, 피부 안에는 활활 타오르는 불꽃을 넣어놓은 것 같다. 그녀는 열기를 참을 수 없다. 그녀는 지금 물에서 반사되는 어둑한 빛을 향해 달리고 있다. 밤이 어둠의 덩어리처럼 빙빙 돌며 지나간다. 나막신과 밤이슬에 젖은 긴 양말을 벗자 진흙이 그녀의 발가락을 식힌다. 물은 발목에 닿은 채 치맛단을 세게 잡아당기고, 이어 무릎에 닿고, 배에 닿을 때는 부끄러워지고, 가슴과 팔에 닿을 때는 아주 시원하다. 젖은 양모가 그녀의 몸을 아래로 끌어당긴다. 소란통에 개구리들이 조용해진다. 그녀는 오로지 머리만 불타고 있고, 물은 찰싹거리며 턱밑에서 옷 안으로 들어간다. 어두운 물속에서 몸은 개의 자세가 된다. 8월의 어느 오후 빨개진 코만 수면 위로 내놓은 어린 시절의 개, 덩치 크고 멍청한 얼라운트의 모습이 떠오른다. 오래전에 죽은 개를 추억하는 마리의 웃음소리가 깊고 낮게 수면 위로 미끄러져 반대쪽 끝에서 울려퍼진다.

열기가 마리의 팔다리에서 빠져나가고, 몸은 다시 서늘해진다. 마음이 놓인다. 참을 수 없다, 이 불꽃은. 정신을 미치게 만들기에 충분하다.

그녀는 고통스럽고 옷이 너무 무겁게 느껴져서 연못가로 돌아간다.

하지만 그곳에 어떤 형체 하나가 서 있다. 손 하나가 마리의 심장을 움켜쥐는 것 같다. 무섭다. 등을 내려치는 채찍, 굶주린 배, 부수녀원장의 추락하는 품위. 될 대로 되라지. 그걸 멈춰달라고 동정 마리아에게 헛되이 기도하지는 않을 것이다. 그녀는 허우적거리며 무겁게 물을 헤치고 올라온다. 짙은 수녀복을 입은 파리한 얼굴이 뚜렷해진다. 주근깨가 돋은 둥근 뺨, 길고 파리한 속눈썹, 유서 깊은 색슨 가문의 엘지바 수녀.

엘지바가 목소리에 웃음을 담은 채 부수녀원장이 밤에 수영을 하고 싶었던 거냐고 묻는다. 영국인들의 입에 프랑스어가 남아 있다는 것이 얼마나 신기한가. 수녀원에서 삼십 년을 보냈지만 대륙에서 자란 귀는 결코 그것에 익숙해지지 않는다.

하지만 마리는 아니라고, 육체적인 고행을 한 것이었다고 말한다. 하지만 엘지바 수녀가 지켜보고 있었다는 것을 알게 된 지금은 자존심의 고행이라고.

엘지바 수녀가 손을 내밀어 마리의 무거운 몸을 호숫가로 끌어당긴다. 엘지바는 키가 아주 작아서, 음, 마리와 비교하면 모두가 그렇지만, 정수리 위치가 마리의 쇄골 높이다. 그녀가 키를 높여 마리가 윔플과 베일과 코이프를 벗는 것을 도와준다.

엘지바는 부수녀원장이 밖에서 뛰고 있다는 말을 듣고 마리가 어디로 가는지 짐작했다고 말한다. 그녀의 어머니 또한 일찍이 이브의 저주에서 벗어났다. 예전에 한번은 폭풍우가 몰아치는 날 바깥에서 어머니를 발견했는데, 보디스 안에 눈을 집어넣고 있었다고 했다.

마리의 짧게 자른 머리칼 안으로 불어오는 밤의 숨이 아주 좋다. 두피 위로 서늘한 공기가 스치고 지나간다. 엘지바가 허리를 숙여 무거워진 스카풀라의 단을 잡고 걷어올린다. 이번에는 수녀복을 걷어낸다. 아주 자유롭다. 이제 마리는 화들짝 놀라는데, 엘지바 수녀가 리넨 속원피스의 단을 잡으려고 허리를 숙이지만, 이곳에서 벌거벗는 일은 허용되지 않고, 알몸은 한 달에 한 번 목욕할 때만 드러낼 수 있기 때문이다. 밤이 지켜본다. 하지만 연못에서 나오자 온몸에 나른함이 밀려오고, 몸에서 열기가 빠져나올 때는 늘 뼈가 발라지는 느낌이다. 엘지바의 도움을 받는다고 해로울 게 뭐 있겠는가. 그래서 마리는 맨살이 드러나고 엘지바 수녀의 눈이 손가락으로 붓질을 하듯 피부를 훑어도 가만히 있는다. 엘지바의 손에 잡힌 마른 리넨이, 밤에 마리의 피부에 까슬하게 닿는다. 엘지바가 깨끗한 리넨으로 마리의 몸을 감싸줄 때 엘지바의 베일이 마리의 드러난 가슴에 닿는다.

깜짝 놀랄 일이 일어난다. 마음속 깊은 곳에서는, 정말로 놀랄 일은 아니다. 엘지바의 입술은 따뜻하고, 어둠 속에서 여기로 오는 도중에 박하를 씹어 숨결이 상쾌하고, 피부는 보드랍다.

안 돼, 마리는 생각하고, 마음을 단단히 먹지만, 이미 대답은 좋아, 라는 것을 알고 있다. 그녀는 나약하다.

엘지바의 윔플과 베일과 코이프는 이제 벗겨져 있고, 벨트, 스카풀라, 수녀복 순으로 벗으면서 웃는다. 그녀는 리넨 속원피스까지 완전히 벗는 순간을 기다릴 수 없다는 듯 마리의 큰 손을 굳은살이 박인 자신의 작은 손으로 잡아 자신의 중심에 갖다댄다. 그러자 마리의 손가락 아래로 찌릿하고 축축한 느낌이 전해지고, 숲속에서 이끼를 만질 때처럼 손가락이 쑥 깊이 들어간다. 마리의 입술이 누르는 곳에서 그녀가 작은 소리를 내고 있다. 그들은 축축하고 따뜻한 흙 위에 무릎을 꿇는다. 엘지바의 아래에서는 보리와 골파와 바다 소금과 강기슭의 진흙 냄새가 난다. 그녀의 호흡이 만드는 작은 음악이 아주 가까이서 들리고, 개구리들은 이제 물속의 소란을 잊고 다시 노래를 부른다. 마리의 손가락은 아주 노련하다. 아마도 엘지바는 수녀원에서 그렇게 숨겨진 비밀의 수녀들 중 또 한 사람일 것이고, 여기 그런 사람들이 아주 많을 것이다. 네스트가 마리를 일깨운 뒤, 마리는 어두워졌을 때 산딸기가 자라는 곳 가장자리에서 몰래 키스하는 사람들을 보았고, 밤중에 변소 옆에서 누군가가 어둠을 틈타 또다른 누군가가 몰래 빠져나오기를 기다리는 것을 보았다. 프랑스어는 동물의 몸을 말하는 데는 쓸모가 없어, 마리의 마음은 영어로 흘러간다. 손과 입과 치아와 젖가슴과 입술과 허벅지와 피부와 성기, 뜨거운 피의 감각이 담긴 단어들. 마리의 입 아래로 여자의 하얀 목에서 노래가 흘러나와 위로 솟아오르고, 그녀 안에서 빠르게 돌고, 물결이 되고, 파도 그 자체가 된다. 곧 마리의 머리 뒤쪽에서 또 한번 하얀색의 것이 모여 바깥을 향해 터져나간다. 마리의 몸은 서서히 하나씩 감각을 되찾는다. 개구리의 노

120

래, 발아래로 기분좋은 진흙, 엘지바의 입의 맛, 마비된 피부에 조금씩 감각이 되살아난다.

엘지바는 호흡을 가다듬은 뒤, 자기는 그것인 줄 알고 있었다고 말한다. 부수녀원장도 인퍼매트릭스 네스트를 찾아간다는 말을 들었다고.

잠시 마리는 수녀들이 자신에 대해 그런 이야기를 하는 장면을 상상하며 숨을 쉴 수가 없다. 방혈과 같은 체액의 방출, 인퍼매트릭스는 늘 그렇게 말했다. 다정하고 예쁘고 플러시천처럼 보드랍고 아주 숙련된 입을 가진 네스트. 어느 책을 펴봐도 여자 동성애에 대한 언급은 없는데, 그게 죄였다면 대단하고 성난 도덕주의자들이 당연히 언급했을 것이다. 마리가 직접 찾아보았지만 메아리치는 침묵뿐이었다.

다시 리넨으로 몸을 감싸고, 젖은 천을 모아서 들고, 빠른 걸음으로 어두운 땅을 지나간다. 엘지바의 냄새가 손가락에 남아 있다. 손을 씻지 마, 아무도 모를 거야. 오늘밤엔 별도 없고 달도 없는데, 그건 좋구나. 조과를 알리는 종들이 다시 울릴 준비를 하느라 침묵을 자기 안에 거둬들이는 분위기다.

엘지바가 망설이다가, 다른 모두가 각자 해야 할 일을 할 때 자기는 종종 유제품 제조실에 혼자 있는다고 속삭인다.

마리는 갑자기 버터 만드는 일에 관심이 생겼다고 말한다. 웃음. 어둠 속에 산사나무는 온몸에 바르르 떠는 하얀 꽃을 둘러 입었다. 그들은 마지막으로 빠르게 키스한다. 그리고 엘지바는 소성당으로 들어간다. 마리는 어둠 속에서 다른 수녀들이 성모마리아의 제단 앞에, 얼굴을 돌바닥에 대고 두 팔을 교차한 채 엎드려 누워 기도하며 밤의 성무일도를 기다리는 모습을 바라본다.

바라보면서 그녀는 가슴속에서 슬픔을 느끼는데, 아마 연민일 것이다. 예쁘고 주근깨가 돋은 수녀가 베푸는 것을 받는 일은 없을 것이다, 마리는 그녀에게 거짓말을 했다. 궁정 연애담을 통해 쉽게 얻은 사랑은 사랑이 아니라는 걸 배웠다. 높은 데서 아래로 흐르는 사랑, 부수녀원장에게서 유제품 담당 수녀에게로 흐르는 사랑은 선善의 법칙과는 반대다. 마리의 굳어진 심장에는 다른 관계가 끼어들 자리가 없지만, 오래전에 알리에노르와 시작한 관계는 불가능하고 멀기만 하다. 몸의 굶주림을, 이 육적이고 하찮은 욕구를 만족시키기 위해 한때는 세실리가 있었으나 이제는 네스트의 치유적인 손만이 있을 뿐이다.

얼른 안으로 들어가 부엌으로, 이어 지하 저장실로 간다. 리넨 속원피스는 없고, 다른 것은 빨고 있는 중이다. 젖은 옷이 선반형 건조대 칸칸이 펼쳐져 있는데, 왼쪽으로 가장 기본적인 수녀복이 있다. 마리의 몸길이를 감쌀 만큼 크고 긴 옷은 그것 하나뿐이다. 삼십 년 동안 여기저기 깁고 단을 보완해서 보기 흉하다. 그리고 스카풀라, 긴 양말, 머리 가리개, 얼른얼른. 종은 이미 울리고 있다. 잠에서 덜 깬 수녀들이 밤의 계단을 내려오는 발소리가 들린다.

마리는 부엌에서 달려나오면서 마지막 핀을 꽂는다. 그리고 기둥들이 어둠 속에서 벌거벗은 소녀들처럼 서 있는 회랑을 지나는데, 오 조용히 하라, 마음이여, 이런 불온한 생각은 가당치 않다, 지금은 기도를 올릴 시간이다. 그리고 그녀는 늦게 들어가 무릎을 꿇는데, 수녀원장의 빈 의자 옆자리다. 수녀원장의 의자를 사이에 두고, 촛불 하나를 켜놓은 반대쪽 자리에서 부수녀원장 보좌인 고다가 돌아보며 코를 킁킁거린다. 그녀가 마리에게서 쾌락의 냄새를, 연못의 진흙냄새를, 마리의 손가락에 묻은 냄새를 맡는다는 게 가능한가? 작은 미소. 아마 그런 것 같다. 고다는 어린 암소와 돼지들 사이에서 일한다. 동물의 몸에 대해 안다.

데우스 인 아디우토리움 메움 인텐데.* 조과.

고개를 아래로 숙인 수녀들의 얼굴, 그들은 작은 빛에 가려진 채 노래한다. 〈오소서Venite〉를 교송交誦으로 부르고, 졸음이 묻은 목소리는 점점 커진다.

그리고, 참으로 놀라운 일이 일어난다. 이것은 정녕 기적이다.

깊숙한 열기가 꺼지지 않은 채 새로이 뒤척인다. 이브의 저주가 이 육신을 떠날 때는 그 게걸스러운 불꽃이 맥동하며 안에서 바깥 피부로 빠져나간다. 하지만 이번에는 안에서 계속 맴돌아 견딜 수 없고, 새 수녀복은 이미 땀으로 흠뻑 젖어 뭔가 이상한 일이 일어나려는 것 같다. 이 불길 같은 섬광이 솟구치며 마리의 몸을 빠져나오고, 바깥을 향해 쏟아져 빛의 급류가 되고, 수녀들 각각의 머리 위로 내려온다. 그리고 열기는 떨어져 내리면서 새로운 색깔들로 변한다. 앞쪽의 긴 의자에 앉은 아동 평수녀 안으로 떨어진 열기는 작고 희끄무레한 색깔의 흔적을 남기고, 아주 어린 수련 수녀들에게는 이제 막 짙어지려는 붉은 색깔을 남기고, 불꽃을 날름거리며 나이 많은 수녀들을 향해 흘러가면서는 금빛이 짙어지고, 이브의 저주를 잃어가는 시기─겁에 질리는 시간이자 몸의 뜨거

---

* '오, 하느님 저를 도우러 오소서'라는 뜻의 라틴어.

운 체액을 풀어놓으려고 창문 밖으로 몸을 던지고 싶은 생각이 일어나는 시기―에 있는 수녀들에게 이르러서는 푸른색과 녹색이 된다. 그리고 수십 년 전에 가임기를 끝내고 고요의 시기로 들어간 허리가 굽고 이가 빠진 수녀들에게는 금색과 붉은색을 쏟아낸다. 열기는 수녀들의 머리 하나하나 위로 내려오고, 다시 그 하나하나에서 피어오를 때마다 크고 공감적이고 환한 빛이 되어 힘을 모으고, 흘러가면서 속도를 높여 붉고 하얗고 뜨겁고 시퍼런 불꽃의 소용돌이가 된다. 열기는 한 사람의 몸에서 다른 사람의 몸으로 퍼져나가며, 이 수녀원에 사는 여자들의 모든 것이 공유되듯, 공유된다. 마리는 그것이 몸에서 몸으로 옮겨가는 것을 눈으로 본다. 심지어 식당 위쪽 방에서 임종의 침상에 누운 수녀원장이 어둠 속에서 빛나는 수지 양초로 변한 모습도 보인다.

노래하는 모든 영혼이 이 세상에서 찬란한 빛을 낸다.

3부

1

마리는 황혼이 내리는 들판에 서 있다.

이 또한 겨울 호밀이다.

지금은 1188년이고 수녀원장 엠은 오랜 병에 시달리다 얼마 전에 죽었다. 마리는 엠을 잃은 뒤 수녀원장이 되었다. 선출을 위해 준비한 상자 안에는 점토로 만든 흰색 공이 가득했고 딱 하나 검은 공이 있었다. 고다는 당선자가 발표될 때 얼굴을 돌려 소매로 가렸다. 며칠 동안 부수녀원장 보좌는 거칠게 우유를 짰고, 동물들은 신음했다. 결국 다른 수녀가 그녀에게서 우유통을 부드럽게 빼앗고, 고다는 포도밭으로 이끌려 가 줄지어 늘어선 포도나무들 사이의 양쪽 끝을 오가며 한 줄을 걸을 때마다 〈마리아의 노래 Magnificat〉를 처음부터 끝까지 느리게 노래했다. 마지막 줄에 이르자 울음은 그쳤고, 평소의 모습으로 되돌아왔다. 비록 여전히 위축되어 있고, 아침에 자신의 슬픔을 짐승들의 귓가에 소곤거리지만.

친절한 고해 신부들, 그들은 눈을 껌벅이며 용서해주었고, 보속은 없었다.

이어, 마리의 수녀원장 임명식이 성대하게 치러졌다. 수녀원의 부와 권력을 보여주려면 많은 사람을 배불리 먹이는 연회를 열어야 하기에 막대한 비용이 들었다. 첫번째는 타운의 대성당 밖에서, 또 한번은 수녀원에서 그녀의 여인들, 즉 수녀들과 하인들을 위해. 마리는 비용을 계산해보고 속으로 한숨을 쉬었다. 새끼 염소와 백조를 모조리 잡아야 하고, 양념은 물론이고 포도주도 엄청나게 필요했다. 다행히 엠이 아픈 기간에 마리가 모아둔 돈이 있었다.

하지만 교구 상위자들은 연회에 쓰인 비용을 보고 불편한 기색을 드러냈고, 포도주를 취하도록 마신 뒤에는 노골적으로 분노를 표했다. 수녀원을 샅샅이 뒤져 숨겨둔 재산을 빼앗아 다시 나눠주자고 수군거렸다. 수녀원장으로서 마리가 처음 한 일이 큰 실수가 된 것이다. 마리는 미소를 띤 채 그 행사를 주재했지만, 그녀 안으로 습한 바람이 들어왔다.

행사가 다 끝나자 그녀와 같이 수련 수녀 생활을 한 루스가 마리에게 키스하고, 그들 위로 부드러운 밤이 내리자 이렇게 말했다. 마리, 내 친구, 오늘 너는 찬란한 빛 같았어. 천상의 빛.

미안하지만, 루시. 이제부터 나를 어머니라고 불러야 해, 마리가 말했고, 둘 다 웃었다.

마리가 수녀원장으로 선출되었을 때, 마지막 생리의 열기가 그녀에게서 빠져나갔다. 이제 그녀는 더이상 이브의 저주에 영향을 받지 않는다. 출혈이 멈추었고, 열네 살 때부터 그녀 안을 비틀던 칼이 마침내 자궁에서 제거되었다.

그 대신 길고 차갑고 명료한 정신이 주어졌다.

이제 그녀는 아주 멀리까지 내다볼 수 있다. 영겁의 시간을 볼 수 있다.

마리는 나중에 다른 수녀들에게는 보여주지 않고 혼자 쓰는 책에서, 땅을 뒤흔든 엄청난 첫 환시에 대해 쓸 것이다. 무슨 일이 일어나는지 생생하게 묘사할 것이다.

만과 시간 조금 전. 황혼의 햇살이 언덕 위에 걸려 있고, 태양은 환형의 금색과 음영을 만들며 사위어간다. 그녀 뒤로 수녀원은 마지막으로 자신을 불사르는 햇살 속에서 작고 하얀 모습으로 서 있다. 머리 위에서는 제비들이 활 모양을 그리며 휙휙 날아간다.

농노들은 마차를 타고 가면서 욕망의 노래를 부르는데, 아주 오래된 노래라 마리가 듣기엔 가사가 영어 같지 않다. 그리고 수녀들은 그런 세속적이고 상스러운 노래를 들어서는 안 되지만, 작업중인 건장한 수녀 수십 명은 허리를 굽히고 반쯤 미소를 지은 채 노래의 리듬에 맞춰 낫을 슥삭거리며 귀를 기울인다. 들판 위에 드리운 검은 수녀복이 그림자처럼 보인다.

마리가 몸을 바르르 떤다.

그리고 날숨과 함께 만들어진 공간에서, 온 세상이 고요해진다.

그리고 이어 그 광대함 속에서, 온 세상이 마리에게 주의를 집중한다.

번개가 그녀의 손가락 끝에 불꽃을 일으킨다. 숨보다 더 빠르게, 번개는 그녀의 손을, 팔의 살을, 내장 기관을, 생식기를, 피부를 통과해, 목안에서 들쭉날쭉하게 자리를 잡고 활활 타오른다. 숲 위로 하늘에서 황홀한 색깔들이 피어오른다. 마리의 발 아래 땅을 뒤흔드는 천둥과 함께 틈이 생기면서 하늘이 열린다. 순식간에, 마리는 온 세상을 통틀어 모든 도시의 위대함으로 만들어진 한 여인을 본다. 여인은 찬란한 광휘의 옷을 입고 있다.

여인은 머리 위에 별의 왕관을 썼고, 그것을 보고 마리는 그 여인이 동정 마리아인 것을 알아본다. 여인의 얼굴은 불타는 열두 개의 태양에 가려져 보이지 않는다.

동정 마리아는 봉오리를 단단히 맺은 포도주 빛깔의 붉은 장미를 들고 있다. 광대한 풍경 속에서 그 여인은 장미를 발치에 떨어뜨리고, 숲에 떨어진 장미 봉오리는 꽃잎을 편다. 바로 그 순간 바람이 불어온다. 꽃잎은 바람에 빙빙 돌고, 부드러운 꽃잎 하나하나가 숲의 거대한 나무들을 일정한 패턴으로 쓰러뜨린다. 마리는 그 패턴을 손으로 따라 짚어가듯 손가락에서 느낄 수 있고, 그것이 미로가 되리라는 것을 깨닫는다. 미로의 중심에서 마리는 노란 금작화가 그 가녀린 줄기에 환하게 빛나는 보름달을 보듬고 있는 것을 본다.

그 순간 동정 마리아가 얼굴을 가린 환한 베일을 한 손으로 벗고, 마리에게 복되신 마리아의 완전한 모습을 보는 것을 허락한다. 얼굴은 마리의 어머니 얼굴인데, 아주 젊고 사랑의 빛이 반짝거린다. 마리는 무릎을 꿇는다.

마침내 동정 마리아가 다시 찬란한 빛의 두건을 쓰고, 하늘에 생긴 상처를 통해 물러간다.

그녀 뒤로 하늘이 치유되어 자연스러운 진청색으로 되돌아간다.

낮이 찬란한 빛의 피를 흘린다. 마리는 다시 정신을 차리고 자신을 빙 둘러싼 딸들 속에서 흙 위에 무릎을 꿇는다.

어떤 목소리가 수녀원장은 늙었다고, 주문에 걸렸다고 소리를 지른다. 그러자 다른 목소리가 화를 내며 수녀원장은 마흔일곱 살밖에 되지 않았고 건장하다며, 이 바보 같은 사람아, 눈이 잘 안 보이는 것이냐, 수녀원장이 성스러운 환시를 본 것을 모르겠느냐고 말한다.

마리는 눈을 뜨고 딸들을 향해 미소를 짓고, 그들은 동정 마리아가 마리에게 하사한 힘과 광휘에 말을 잃는다. 마리는 그들의 놀란 마음을 피부로 느낀다.

마리는 자신은 괜찮다고, 오 정말로, 아주아주 괜찮다고 말한다.

만과를 알리는 종소리가 멀리서 들려온다. 마리는 수녀들을 집으로 돌려보내고, 농노들은 마차와 함께 새끼를 낳지 못하는 암송아지들을 데리고 곡물 창고로 터덜터덜 돌아온다. 마리는 다리가 드러나게 수녀복 치마를 걷어올리고, 덩치가 커다란데도 불구하고 재빠르고 힘차게 들판을 달린다. 과수원을 지나 수녀원장 사택으로 가서 계단을 뛰어오르는데, 취사 담당이 저녁식사는 어떻게 할 건지 물어보려고 하지만 그녀는 멈추지 않는다. 그리고 서재로 가서 자신이 본 환시를 모조리 기록한다.

양피지에 잉크로 자신이 본 것을 써넣고 나서야 그녀는 환시를 완전히 이해하고, 다시 자신의 작은 책에 그 내용을 기록한다.

환시는 그것을 기록한 뒤 멀리 떨어져서 보고, 손안에서 이리저리 돌려볼 때까지 완성된 것이 아니다.

더 넓은 세상에서 계시록에 등장하는 짐승들이 이리저리 돌아다니면서 연기와 그을음으로 땅에 검은 자국을 남기는 것을 마리는 본다. 예루살렘이 몰락하면 기독교 세계 전체가 몰락하리라는 것을 그녀는 깨닫는다. 기독교인들은 학살과 강간의 대상이 되고 노예가 될 것이다. 기독교인들의 땅 전체에서 유대인은 비난받을 것이고, 그들의 집에서 붙잡혀나와 말뚝에 묶인 채 화형을 당하고 무자비하게 살해될 것이다. 여자와 아이들은 산 채로 묻힐 것이다. 굶주림과 정복과 지진과 화재, 그리고 평원에 널브러진 시체. 보이지 않는 악의 구름이 사방에서 머리 위로 드리우고, 심지어 그들이 서 있는 공기마저 검게 만든다. 어머니로서, 구름의 형체조차 이곳에서 추방하는 것이 딸들에 대한 마리의 의무다.

그리고 마리에게 환한 빛의 선물로 내려준 환시에서, 동정 마리아는 그녀의 딸들이 세상의 영향력과 동떨어져 지내는 방법을 말해주었다.

수녀원장인 마리 자신은 수녀원에서 자라는 금작화이고, 수녀원을 떠받치고 있는 것은 오로지 마리의 힘이다.

딸들의 신앙은 달이 되어 환하게 빛나고, 어두워지는 하늘의 빛이 된다.

그리고 동정 마리아는 장미를 가지고 숲에 수녀원을 에워싸는 미로를 만들어 보이면서 마리가 해야 할 일을 가르쳐주었다.

마리는 미로를 만들어야만 한다.

수녀원은 늘 타운에서 반의반 나절이면 걸어서 쉽게 올 수 있는 거리였다. 하지만 수녀원 주위로 비밀 통로가 있는 미로를 만들면, 길은 아주 복잡해서 어떻게든 오겠다는 결의를 가진 사람들을 제외한 거의 모든 방문자를 좌절시킬 것이고, 그녀는 점점 부패하는 세상에서 딸들을 멀리 떼어놓을 수 있을 것이다.

이곳에서는 마리의 권위 말고는 누구의 권위도 존재하지 않을 것이다.

그리고 그들은 수녀원이 늘 존재해온 이 땅에 계속 살겠지만, 그녀의 딸들은 세상과 멀리 떨어져 미로에 둘러싸인 채로 안전할 것이다. 그들은 그들끼리만 오롯이 지내며 자급자족할 것이다. 여자들의 섬이 되는 것이다.

2

밤에, 마리는 가장 재능이 뛰어난 딸 네 명을 부른다.

신임 부수녀원장 틸드는 흠칫흠칫 놀라는 특징이 있고 성격은
꼼꼼하며, 겨울잠쥐의 귀엽고 깜짝 놀란 얼굴을 하고 있다. 오, 그
여인은 신을 사랑하고, 신을 갈망하며, 모든 것이 선하다고 엄격하
고 단순하게 믿는다. 이런 복잡한 세상에서 단순함을 이해하려면
뛰어난 지성이 필요하다는 걸 마리는 깨닫는다. 그녀는 틸드에게
질투를 느끼고, 감탄한다.

그리고 젊고 열성적인 아스타 수녀가 있다. 그녀는 총기가 있고
기계에 관한 머리가 뛰어나며 사물의 작동을 꿰뚫어본다. 마음은
가고자 하는 곳에 이미 가 있는 듯, 걸을 때 몸을 앞으로 기울인 채
발끝으로 아슬아슬하게 걷는다. 식탁 예절이 형편없어 식당에서
그녀 앞에 앉는 것이 보속으로 여겨질 정도다.

그리고 루스 수녀가 있는데, 마리와 수련 수녀 생활을 같이했고

넓은 시야와 훌륭한 판단력을 지녔다.

마지막으로 울필드는 수녀원의 재산 관리인으로, 타운에 있는 자기 집에서 자다가 불려왔다. 그녀에게는 총명하고 튼튼한 네 딸과 아주 멋진 집이 있다.

깊은 밤, 모두 마리의 수녀원장실에 모였다. 마리의 취사 담당이 치즈와 빵과 과일 파이와 부르고뉴에서 공수한 달고 맛있는 포도주를 내온다. 음식이 나오자 여인들은 잠을 못 잔 것이 그리 억울하지 않다.

그 순간 마리가 일어선다. 불가에 선 마리는 더욱 커 보인다. 루스는 경이롭다고 느끼며, 마리가 불이 아닌 빛으로 빛난다고 생각한다. 마리는 천천히 그날 들판에서 본 자신의 환시에 대해, 그리고 자신의 계획에 대해 말한다.

부수녀원장 틸드가 경외심에 고개를 숙이고, 저항의 기미는 전혀 없다. 틸드는 마리에게, 그리고 마리의 머리가 얼마나 빠르게 돌아가는지에 두려움을 느끼고, 이제 자신의 상위자에게서 동정 마리아가 하사한 빛이 환하게 빛나는 것을 본다.

아스타 수녀는 그렇게 어마어마한 도전을 한다는 사실에 전율을 느낀다. 기필코 풀어야 하는 퍼즐이 생긴 것이다. 그녀의 작고 뾰족한 얼굴이 흥분하여 점점 붉어지더니, 머리를 빠르게 굴려 수녀원에서 특별히 긴급한 일을 하지 않는 사람들의 일손이 모두 투입되면, 그리고 넘어뜨린 나무를 장작더미까지 날라줄 새끼를 낳지 못하는 암송아지나 말 열 마리를 살 수 있으면, 이 년 안에 완성할 수 있으리라고 말한다.

루스 수녀의 내면에서 크고 고요한 의심이 일어난다. 그녀는 오

싹해져 몸을 바르르 떤다. 하지만 그 순간 자신이 수련 수녀로 오고 몇 달 뒤에 나타난 마리를 보고 불안감을 느꼈던 때를 생각한다. 마리는 비쩍 마르고 호리호리하고 큰 체격에, 슬픔에 겨워 말이 없는 모습이었다. 그런 생각을 한 날로부터 삼십 년이 지난 지금 수녀원은 굶어죽어가던 수녀 스무 명에서 이제 거의 백 명의 수녀와 수십 명의 하인과 오두막에서 자식들을 데리고 사는 그만큼 많은 농노를 거느린 번성하고 안락한 곳이 되었다. 그리고 그 모든 기억이, 수녀들이 마리에게 진 빚의 모든 무게가, 마리가 수녀원을 다스린 삼십 년이, 그리고 수녀원의 업무를 수행한 천재적인 방식이 루스 수녀의 머릿속을 주르륵 스쳐지나간다. 마침내 그녀는 미로가 현실적으로는 불가능하다는 것을, 미로에 대한 동정 마리아의 제안이 수녀원장 마리라는 단단하고 커다란 그릇이 아니라 다른 사람을 통한 것이었다면 거의 어리석은 발상이었으리라는 것을 생각한다. 그리고 마침내 마리의 의지는 어떤 현실적인 불가능도 이길 만큼 강하고, 그 일은 루스가 반대의 목소리를 낸다 해도 기필코 이루어지리라는 결론에 도달한다.

루스는 고개를 숙여 기도한 뒤 다시 고개를 들고, 어느 쪽이냐는 질문을 받자 걱정이 가득 담긴 목소리로 찬성이라고 말한다.

수녀원장에게 반대하는 사람은 오로지 울필드뿐이다. 울필드는 수녀원에서 재산 관리인으로 일한 지 이제 십이 년이 되었고, 궂은 날씨에 습기가 스며드는 걸 방지하려고 수지를 발라 반짝거리는 특이한 가죽 튜닉과 치마를 입고 있다. 그녀는 짙은 색 머리에 피부는 햇볕에 그을렸는데, 혼란의 소용돌이를 의지력만으로 자제하는 듯한 인상을 주고, 마리보다 몸집은 작아도 뒤로 젖힌 어깨에서 마리처럼 타고난 권위가 느껴진다. 그녀가 얼굴을 찡그리면, 높은 광대뼈와 긴 속눈썹이 만들어내는 아주 아름다운 모습이 갑자기 엄숙하게 변한다. 바로 그 울필드가 이제 허리를 꼿꼿하게 펴고 일어서서 수녀원장에게 안 된다고 말하는 것이다.

이건 미친 계획이라고, 그녀는 말한다. 실패가 예정된 일이라고.

마리는 천천히 눈을 깜박이고, 방안에 있던 다른 여자들은 숨을 참는다. 안 된다, 수녀원장이 감정 없이 울필드의 말을 반복한다.

울필드는 이제야 막 수녀원장 사택을 지을 만큼 돈을 모았고, 일꾼들에게 채석장에서 돌을 캐라는 지시를 이미 내렸고, 수녀원에 쓰일 모든 돌이 거기서 채굴될 텐데, 지금 멈추는 건 대책 없는 일이라고 말한다. 그 일을 다시 시작할 만큼 돈을 모으려면 십 년은 더 걸릴 거라고.

마리는 울필드에게 아주 조용히, 자신을 사랑하지 않느냐고 묻는다.

울필드는 자신이 그녀를 아주 많이 사랑해서 마리가 실수하려 할 때 감히 말하는 것이며, 마리가 지금처럼 살인자의 얼굴을 하고 있을 때는 이 방에 있는 사람조차 다 솔직한 목소리를 내지는 못할 거라고 말한다. 하지만 수녀원장은 그녀, 울필드를 겁주지 않는다.

하지만 울필드의 목에서 맥박이 빠르게 불끈거리는 걸 보면 수녀원장이 울필드를 겁먹게 한 것은 분명하다.

침묵이 이어지고, 그 시간은 끔찍하다.

그곳에 모인 모든 여인이 몸을 앞으로 숙여야 들릴 만큼 부드러운 목소리로 마리가 말한다. 울필드가 말할 때는 마리 자신의 권위로 말하는 것이며, 그 권위는 그녀가 오로지 재산 관리인인 울필드에게만 하사한 것이라고. 하지만 마리 자신은 동정 마리아의 권위로 말하는 것이며, 동정 마리아는 그녀에게 바로 그날 위대한 환시를 내려주었다고.

당연히 울필드가 감히 동정 마리아의 뜻에 반대하지는 않을 거라고, 마리는 말한다.

그러자 울필드의 저항이 꺾인다. 그녀가 한숨을 쉰다. 그리고 순응한다. 그녀는 활활 타오르는 눈빛으로 흥분한 아스타가 이미 설계도를 그리기 시작한 탁자 위로 몸을 숙인다.

치료소 밖에는 늙은 수녀 셋이 나와 햇볕을 쬐고 있다. 한 명은 몸이 아프고, 한 명은 머리가 둔하고, 또 한 명은 시간을 오락가락한다.

에스트리드가 자다가 죽어 그 자리에 암펠리사가 들어왔는데, 암펠리사는 교미중인 뱀 한 쌍 위를 넘어가는 바람에 저주에 걸려 뇌졸중이라는 벌을 받았다. 몸의 절반이 돌이 되어버렸고, 말을 하려면 몹시 애를 써야 한다.

어느 수녀보다 순수한 혈통에 프랑스의 이름난 명문가 출신인 두블리나는 사용할 수 있는 단어를 몇 개 갖지 못한 채 태어났는데, 의뭉스러운 미소에 늘 눈을 찡그리고 불어오는 거센 바람을 쳐다보는 듯한 얼굴을 하고 있다.

그리고 웨부아가 있는데, 정박된 시간의 밧줄에서 풀려난 뒤로 점점 표독스러워진다.

발바닥에 불이 날 만큼 바쁜 부수녀원장 틸드가 그들에게 완두콩을 까라고 주었다. 지금 숲은 나무 쪼개는 소리, 수녀들의 외침 소리로 가득하고, 모든 손이 일을 해야 하기에 늙고 병든 자들에게도 여가를 즐길 시간은 없다.

웨부아는 미로를 만들기 시작한 뒤로 공동 침실에서 땀냄새가 난다고 불평한다. 잠을 잘 수도 없을 만큼 숨쉬기가 힘들다. 그리고 더이상 아무것도 깨끗하지 않다. 리넨은 끔찍하다. 식당 바닥은 진흙투성이다.

암펠리사는 어눌한 발음으로, 수녀원에 남아 일하는 사람의 수가 이렇게 적어서는 일하기가 벅차다고 말한다. 불쌍한 틸드.

그들은 잠시 깍지 까던 것을 멈추고, 부수녀원장 틸드의 머리 가리개가 창문에서 획획 날아다니는 것을 지켜본다. 부수녀원장에게는 열두 명의 하인과 수녀만이 주어졌고, 그들이 수녀원 전체 일을 도맡는다. 틸드는 버터를 만들려고 우유를 저으면서 울고, 오븐에서 빵을 꺼내러 달려가면서 운다. 정원은 잡초가 장악하지만 그걸 보면서도 어쩌지 못해 절망한다.

두블리나가 고개를 숙여 절한다. 그녀는 그 단순함 때문에 아마 수녀들 중에서 가장 완벽한 신앙심을 가진 사람일 것이다. 선함이 온몸에 퍼져 있고 한 점의 구름 없이 맑은 영혼의 소유자다. 그녀가 콩깍지를 까기 시작하는데, 손이 보이지 않을 만큼 굉장히 빠르다. 그녀는 콩깍지를 아주 잘 깐다.

암펠리사가 아동, 하고 말하는데, 어제 아동 평수녀가 오크나무가 쓰러지는 곳에 서 있다가 끔찍하게 죽었다는 말이다. 오늘 아침에 장례식을 치렀다. 암펠리사는 수의를 입힌 몸에 놓아주려고 마비가 오지 않은 손으로 백합을 땄는데, 손에서 아직 수액냄새가 난다.

웨부아가 콧방귀를 뀐다. 그녀는 다른 수녀들에게, 여기로 오는 아동 평수녀는 모두 죽는다고 말한다. 뭘 기대할 수 있겠는가. 여기저기서 굶어죽어간다. 죽음이 천지에 널렸다. 당근같이 보이지만 당근이 아닌 뿌리를 먹은 그 하인은 입에 거품을 물고 죽었다. 웨부아의 가엾고 아름다운 자매들은 폐로 숨이 들어가지 않아 몸 색깔이 파랗게 변했는데, 참으로 끔찍한 모습이었다. 그녀가 직접 무덤을 팠다. 2월의 차가운 비를 맞으며, 손에 피가 나도록. 웨부아는 두 손을 펴고 손바닥을 바라보다가, 손이 갑자기 아주 늙은 것을 보고 몹시 속이 상한 것 같다.

암펠리사는 웨부아의 이런 제스처를 보고, 웨부아가 지금 가 있는 시간은 마리가 수녀원을 다스리기 전 굶주림에 시달리던 때라는 것을 알아차린다. 암펠리사 자신이 열여섯의 나이에 수련 수녀로 오기 몇 년 전이다. 그녀는 아주 오래전의 마리는 어땠는지 궁금해서 새 부수녀원장 마리에 대한 웨부아의 의견을 묻는다.

웨부아는 코웃음을 치며 새 부수녀원장 마리는 아무것도 아니라고 말한다. 나약하다고. 덩치만 컸지 아직 애라고. 기독교 신앙을 가진 아이라면 누구나 아는 기도문도 잘 모른다고. 충격적인 일이다. 이교도로 키워진 것이다. 마리가 아동 십자군 원정자로 전쟁에 나선 것은 사실이지만, 나약해서 예루살렘은 보지도 못한 채 서약을 포기하고 집으로 돌아왔다. 실패한 십자군 원정자, 돈을 벌어 부자가 되려고 우트르메르로 가는 사람들보다 더 나쁜 경우다. 웨부아는 이따금 마리가 꿈속에서 뭐라고 크게 말하는 것을 듣는다. 궁정에서 아주 많이 사랑한 사람이 있었던 것 같다. 마리는 여전히

140

중얼중얼 자신의 사랑을 찾는다. 어떤 밤에 웨부아가 눈을 뜨면 마리의 침대가 비어 있는데, 어디로 갔는지 누가 알겠는가. 웨부아는 마리가 실연의 아픔으로 곧 죽을 거라고 생각한다. 잘된 일이지, 그녀가 말한다. 마리처럼 신앙심 없는 사람이 신성한 처녀들의 공동체에서 부수녀원장이 된다는 것은 불미스러운 일이며, 죄다.

암펠리사가 미소를 짓자 입의 절반이 위로 올라간다. 시간은 웨부아가 얼마나 틀렸는지를 증명했다.

웨부아가 마지못해, 그래도 그애가 배움이 빠르긴 하더라고 말한다. 어떤 교송을 끝까지 한 번 부르더니 다 외우더라고. 하지만 웨부아는 마리가 정식 수녀가 되어서는 안 된다고 확신한다. 마리가 신을 사랑하지 않기 때문이다.

그러자 암펠리사는 성스러운 광휘를 입지 않은 수녀원장의 모습을 상상하며 소리 내어 웃는다. 그리고 곧 머릿속에서 그들이 여전히 죄인이며, 누구도 완벽하지 않고, 심지어 어머니 마리도 그렇지 않다는 사실을 상기한다.

부수녀원장 틸드가 정원 길을 통해 날듯이 달려오는데, 숨을 헐떡이면서 콩깍지를 다 깠는지 멀리서부터 외쳐 묻는다. 그리고 아직 바구니가 절반밖에 채워지지 않은 것을 보고 거의 비명을 지른다. 그녀가 자매들에게 더 빨리 하라고 당부한 뒤 다시 뛰어간다.

두블리나는 무릎에 놓인 콩에 코가 닿을 만큼 몸을 숙이고 열심히 깍지를 깐다.

세 명의 수녀는 일을 끝낼 때까지 말이 없다. 그리고 그들은 틸드가 제9시과를 알리는 종을 치러 쏜살같이 소성당으로 달려가는 모습을 본다. 웨부아가 일어서서 한쪽 팔 밑에는 저녁식사를 위해 식당으로 가져갈 완두콩 바구니를, 반대쪽 팔에는 암펠리사를 끼고 소성당으로 걸어간다. 그녀의 정신은 시간에 대한 감각을 잃었지만, 한쪽 발이 망가졌음에도 몸은 여전히 강하다. 두블리나는 노래를 흥얼거리며 그들 뒤를 느리게 쫓아간다. 웨부아가 암펠리사를 밖에 두고 완두콩을 안으로 들고 들어간다. 암펠리사는 따뜻한 돌에 기댄 채 기다린다. 웨부아가 밖으로 나와 완두콩 바구니를 땅에 내려놓고, 암펠리사를 안아들고 들어가 긴 성당 의자에 앉힌다.

제9시과에 노래할 수녀는 몇 명 남지 않았고, 나머지는 톱밥과 연기와 새소리와 땀이 있는 숲속 소성당에 있다. 이곳에는 부수녀원장 틸드와 늙은 수녀 셋, 그리고 혼자서 동물을 돌보는 고다뿐이다. 인퍼매트릭스 네스트가 물집에 바르는 연고와 붕대를 숲에 가져가려고 돌아왔다가, 앉아서 성무일도가 끝날 때까지 조바심을 치며 기다린다. 창문으로 들어온 햇살이 거의 비어 있는 긴 나무 의자들 위로 부드럽게 떨어진다.

부재한 칸트릭스 대신 부수녀원장 틸드가 성무일도를 이끈다.

네스트는 노래하지만, 생각은 숲에 가 있다. 그녀는 멀리서 들려오는 나무 찍는 소리를 듣는다. 나무가 쪼개지고 쓰러진다. 나머지는, 그러니까 수녀와 하인과 농노 들은 벌써 자기들의 일로 돌아갔다. 그녀는 햇볕과 바람 속에서 그들과 함께 있고 싶다. 그들의 몸에 신비한 마법이 일어났다. 수녀원장이 이 공사를 선언한 뒤로 날씨가 너무 덥지 않고 매일 좋았다. 낮이 길어지면서 여인들의 힘과 인내력도 커져서 더 긴 시간을 일해도 견딜 만하다. 그들은 손에 못이 박이고 뺨에 햇볕 화상을 입은 채 돌아오고 지친 다리는 휘청거리지만, 그것은 동시에 자부심의 표시다. 종도가 끝나고 침대에 풀썩 누워 잠드는 몸도 마찬가지다. 그 시간 내내 네스트가 돌봐야 했던 상처는 경미한 것들뿐이고 사망자도 오크나무가 쓰러질 때 피하라는 소리를 듣지 않고 관목숲에서 놀던 여덟 살짜리 어린 아동 평수녀 한 명뿐이었다. 어린 여자아이들은 새끼를 낳지 못하는 암송아지와 수레를 끄는 말을 돌보는 책임을 맡았다. 짐승들이 아이들의 작은 목소리에 따라 움직이고 그애들 대부분이 서원한 정식 수녀들만큼 열심히 일하는 모습을 보는 것은 기쁜 일이다. 여자들은 빛이 나고 자신감 가득한 얼굴로 모두 아주 신속하게 일한다. 수녀원에서 타운으로 가는 지름길을 숨기는 눈가림 구조물과 감춰진 좁은 길들이 만들어지고, 마지막으로 비밀 터널이 뚫린다. 눈가림 구조물에서 구호품 배급소와 호스텔 뒤쪽의 헛간까지는 길게 뻗은 아주 작은 길만 있다. 네스트 자신도 곡괭이를 휘두르며 흥분된 빛을 드러낸다. 그리고 큰길의 땅 밑으로 숲속을 통과하는 물길을 만들고, 흙을 담은 바구니들을 운반한다. 짐승들은 안간힘을 쓰며 땅에서 통나무와 나무둥치를 끌고, 옮겨 심은 묘목은 신기하게도 한 달 만에 크기가 두 배로 자라고, 관목들은 마치 세상이 형성될 때부터 거기 있었던 것처럼 빈터를 뒤덮는다. 그리고 관목만으로 충분하지 않고 더 보충할 부분이 있는 곳에서는 눈가림 구조물이 교묘하게 설치되어, 나무나 관목이 자란 땅에 의해 다른 큰길들과 분리되어 있음에도 하나로 끊김 없이 이어지는 큰길이라는 착시를 일으킨다. 서서히 만들어지는 큰길의 노면에는 채석장에서 한아름씩 자갈을 안고 와서 깔고, 그 위에는 그만큼의 두께로 흙이 덮일 것이다. 이어 아스타와 목수 수녀와 대장장이 수녀가 고안한 기계가 등장하는데, 깜짝 놀랄 만큼 기발한 장치다. 최고로 건장한 수녀 열 명이 큰 바퀴 안에 서서 함께 걸으면 흙이 단단하고 평평하게 다져진다.

아스타가 전쟁을 좋아하는 사람이라면 무엇을 할 수 있을까. 끔찍한 죽음의 기계들을 만들 것이다. 불과 독을 멀리 날려보내는 기계, 파괴의 기계, 언제라도 폭발할 수 있는 가연성 물질을 담은 기계, 이 특이한 수녀는 새로운 발상들에 흥분해서 결과를 생각하는 것조차 잊는다. 오래된 숲에서 하루 만에 얼마나 많은 길이 닦이는지 놀랍다. 숲에서 귓불처럼 튀어나온 미로의 첫번째 부분이 이미 완성되었고, 두번째 부분의 공사가 시작되었다. 그리고 밖에서 함께 일하는 모든 여자들이 금빛 햇살 속에서, 실안개 같은 불의 연기 속에서, 상쾌한 공기 속에서, 몸의 즐거운 땀과 노력 속에서 축복받았다고 느낀다. 수녀원장도 일을 하고, 네스트는 마리의 괴력에 숨이 멎는다. 수녀원장은 새끼를 낳지 못하는 암소와 같아서, 이쪽이나 저쪽은 아니면서 동시에 양쪽인, 사나운 암소이면서 동시에 수소인 묘한 종류다. 음, 마리는 언제나 강했다. 네스트는 마리의 육신에 존재하는 힘을 지금도 자기 손 아래 움직이는 것처럼 느낄 수 있다. 엉뚱한 생각이지만, 좋은 혈통 중에는 들판에서 일하는 사람들보다 더 강하게 태어난 신체가 있는 것 같다. 그 생각에 네스트는 멈칫한다. 그렇다면 평범한 혈통 중에도 지도자 자질을 가진 사람들이 있다는 건가? 그녀는 그 생각에 소매로 입을 가리고 웃는다. 성가대석 건너편에서 웨부아가 그녀를 화난 표정으로 쏘아본다.

교독.* 기도. 축복. 네스트는 연고와 붕대를 담은 바구니를 들고 숲으로 뛰다시피 가서, 손을 다친 사람들에게 붕대를 감아 그들이 다시 일할 수 있게 해준다.

부수녀원장 틸드는 네스트가 멀어지는 것을 망연자실 바라본다. 틸드가 일하는 여인들에게 자신이 직접 음식을 가져갈 필요가 없도록, 인퍼매트릭스가 수레에 실어갔다면 좋았을 거라고 상심한 목소리로 말한다.

그러자 고다, 어떻게 봐도 상냥한 여인이 아닌 그녀가 부수녀원장의 어깨를 스치고 지나가며 조용히 하라고, 이제 잠시 앉아서 쉬라고, 고다 자신이 직접 음식을 나르겠다고 말한다. 그녀가 틸드에게 준엄하게, 더 침착해지는 법을 배워야 하고, 다른 사람들에게 일을 맡길 줄 알아야 하며, 그래야 과로로 죽지 않을 거라고 말한다. 틸드는 부수녀원장 보좌인 그녀를 본받아야 한다고, 고다는 어린 암소를 들판에 매일 데리고 나가지만 아픈 동물을 돌보는 데 시간을 더 지혜롭게 쓴다고, 왜냐하면, 오늘 아침만 해도 항문이 돌출된 돼지에게 연고를 발라주어 다른 암돼지들이 아픈 돼지가 쉴 새 없이 내지르는 비명에서 벗어나 작은 평화를 누릴 수 있게 해주었다고. 바로 그거라고, 고다는 뿌듯한 표정으로 틸드는 자신만의 기형적인 돼지를 찾아야 하고 어린 암소들을 몰고 나가는 것은 다른 사람들에게 시키라고 말한다. 이런 것이 아마 사람들이 말하는 비유일 거라고. 하지만 틸드에게 웃음을 지어 보이려고 돌아보니, 틸드는 이미 다시 쏜살같이 가버리고 없다.

---

* 예배 때 설교자와 신도가 번갈아가며 성경 구절을 낭독하는 예배 방식.

숲에서, 마리는 유폐에서 풀려난 지 얼마 안 된 알리에노르가, 왕비도 수십 년이 지났으니 당연히 나이를 먹었겠지만, 이 긴 세월 끝에 나타날지 모른다는 생각에 빠져 있다가 고개를 드는데, 저만치 새로 다져진 길을 성큼성큼 걸어오는 네스트가 보인다. 걸어오느라 뺨이 발그레 달아올랐고, 미소를 띤 모습이 정말로 예쁘다. 작은 흠이라면 코 옆의 모반母斑인데 그게 오히려 예쁜 생김새를 오밀조밀 어우러지게 만들어준다.

마리는 요즘 굶주려 있다. 음식에, 몸의 움직임에, 폐로 들어오는 이 차갑고 상쾌한 공기에, 모든 것에 굶주려 있다. 그리고 이 굶주림은 네스트를 보자마자 내면에서 강한 힘으로 솟구쳐, 마리는 그것이 지나갈 때까지 눈을 감고 숨을 참아야 한다.

수녀들은 하얀 눈바람이 불고 땅이 단단해서 파기 힘들어질 때까지 일하고, 이어 길고 어두운 겨울 묵상의 시간을 맞지만, 나무숲과 바깥공기가 그립고 원하는 대로 움직이질 못해 몸이 안절부절못한다. 밤에는 미로가 가득한 꿈을 꾼다. 그들은 아스타가 간신히 해낼 수 있으리라 예상한 것보다 더 많은 것을 해냈다. 두 개의 귓불처럼 튀어나온 숲 전체가 미로로 바뀌었는데, 미로는 타운에서 북동쪽으로 언덕까지 이어진 뒤 북서쪽으로 향한다. 그곳은 늑대들이 봄에 양을 잡아가려고 슬금슬금 돌아다니는 곳이다. 수녀들은 빵을 굽고 술을 만들고 우유를 짜는 일을 일찍 끝내고, 장작을 패서 쟁여두려고 나무가 자라는 곳으로 간다. 일을 하느라 근육이 긴장하고 다시 땀을 흘리는 기분은 얼마나 좋은가. 햇볕 화상을 입은 자리는 어둑한 실내로 들어온 뒤로 색깔이 옅어진다. 뺨에 보이던 건강한 빛은 꺼졌다. 그냥 그런 날들에는 부수녀원장 틸드가 하인들에게 수녀원 전체를 손보게 한다. 바닥과 나무로 된 부분은 전부 닦고 광택제를 발라 반들반들 윤을 내고, 고장난 것은 다 수리한다. 바깥 작업 때문에 미뤄둔 필사실 원고도 신속하게 마무리되고, 긴 시간이 걸려 필사한 성무일도서와 시편과 미사전서도 완성되어 제본까지 마치자 더이상 의뢰받은 일이 남지 않는다.

글자들이 눈앞에서 춤을 추고 모양을 바꾸는 증상 때문에 글을 배우지 못한, 하지만 거침없는 상상력으로 원고에 삽화—완벽한 악마는 푸른색이고, 순교자들은 핏덩어리를 뿜으며 죽어가는 모습이다—를 그려넣는 미친 기타 수녀는 더이상 할일이 없어지자, 생각이 민들레 포자처럼 날아가지 못하게 하려고, 귀가 있는 모든 사람에게 숲에서 열리는 비밀 회합에 대해 소곤거리기 시작한다.

그녀는 피의 서약에 대해, 세례받지 않은 아기들을 스튜로 만들고 처녀의 피를 포도주처럼 마시는 것에 대해 말한다.

제1시과가 끝나고 어느 얼어붙을 듯 추운 아침에, 기타는 수녀원장을 멈춰 세우고 숨이 넘어갈 듯 빠르게 속삭이며, 지난밤에 달빛 한 점 없이 깜깜한 숲에서 나무들이 마녀들의 뿔피리와 북 소리에 맞춰 허리를 숙이고 춤추는 것을 지켜봤다고 말한다. 마녀들은 나무가 아닌 말린 아기들의 살덩이로 피운 모닥불 앞에서 섬뜩하고 괴기스러운 한밤의 의식을 거행하려고 거기 모였는데, 달빛 한 점 없어 완전히 깜깜한 밤이었다. 기타는 나무들에게 그렇게 결백한 모습으로 위장하고 자기를 속이지 말라고, 자기는 나무가 악마의 도구라는 것을 아주 잘 알고 있다고 말했다. 그녀는 숨을 헐떡인다. 그녀의 치아에는 파란색 줄이 있다. 청금석 색깔로 물든 붓끝을 뾰족하게 하려고 입으로 빨아댄 탓이다.

마리는 조심스럽게, 기타가 전날 밤에 본 것은 아마 실제로는 바람과 진눈깨비의 눈폭풍이었을 거라고, 그것이 나무를 흔들어놓았고 바람은 여러 짐승의 목소리로 울부짖는다고 말한다. 다른 사람들이 기타가 미쳤다고 말하는 부분에서, 마리는 그 밑에 파묻힌 진실을 볼 수 있다.

그리고 바로 그날 아침, 마리는 그 미친 수녀에게 다시 일을 주어 소성당 벽에 불그스름한 머리칼을 치렁하게 늘어뜨린 위대한 막달라 마리아의 그림을 그리게 한다. 사도들의 사도Apostola Apostolorum, 마리가 좋아하는 성인이자, 마리의 생각에는 교회의 진정한 반석이다. 그 성인의 얼굴이 서서히 나타난다. 금박의 후광이 드리워진, 길고 앙상하고 아름답지 않은 수녀원장 마리의 얼굴이다. 어딘가 말상 같은 느낌이 있다. 기타는 일하면서 혼자 노래를 부른다. 마리는 당황하여 살로 된 자신의 얼굴이 활활 타오르는 것 같다. 이곳엔 작은 망원경도 없고, 반짝거리게 닦아 광을 낸 깡통도 없기에, 기타가 그녀의 얼굴을 회반죽 위에 그릴 때까지, 자신의 거대한 힘 안에 살던 마리는 자신에게 아름다움이 크게 결여되었다는 기억 자체를 잊고 살았다.

다른 수녀들도 뭔가를 한다. 리넨과 양모천을 짜고, 바구니를 고치고, 가죽을 다듬는다. 꽁꽁 언 냇물을 굽어보는 위치에 자리한 양조장에서는 새로운 종류인 그루이트* 에일을 만드는 실험을

---

* 맥주맛을 쓰게 하고 향을 풍부하게 만드는 허브 혼합물.

한다.

그리고 물건을 만드는 수녀들이 지어놓은 쉼터가 있는 정원 담벼락 너머에서는, 신이 나서 발끝으로 콩콩 뛰는 아스타 수녀와 대장장이 수녀와 목수 수녀가 봄에 사용할 더 좋고 더 빠른 기계를 만든다. 그들은 손으로 뭔가를, 그러니까 신발과 유리와 자기로 된 물건을 만드는 수녀들의 도움을 받는다. 암소나 암말 두 마리가 원으로 빙빙 돌면 작동하는 톱은 세 명의 수녀가 손을 맞잡고 빙 둘러설 만큼 큰 나무를 몇 분 만에 넘어뜨릴 수 있다. 그리고 멍에를 씌운 짐승 한 마리만 있으면 활활 타오르는 장작더미 속으로 나무들을 쏟아넣을 수 있는 썰매도 만든다. 울퉁불퉁한 땅에서도 쉽게 이동하는 큰 쇠바퀴가 달린 손수레도 만든다.

강림절, 성탄절, 주현절 같은 기념일은 어둠 속에서 반짝반짝 빛나는 불빛 같다.

그리고 추운 어둠이 물러난다. 땅이 완전히 녹고 대지에 초록이 다시 돋기 전, 사순절이 오기 전 회색빛 속에서, 그들은 복되신 동정 마리아가 그들에게 내려주신 일로 즐겁게 되돌아간다.

마리의 손에서 피가 난다. 그녀는 방금 물푸레나무가 체념한 듯 한숨을 쉰 다음 3월의 여린 햇살 속에서 요란한 소리를 내며 쪼개진 뒤 우아하게 쓰러지는 것을 지켜보았다.

다람쥐들이 홍수처럼 땅을 가로질러 달려가고, 새들은 무성한 나뭇가지 틈새로 똥을 싼다.

그리고 바로 그 순간 동정 마리아의 두번째 환시가 마리에게 나타난다.

그후에, 돌아서서 꽁꽁 언 땅 위를 날고, 겨울 호밀 들판을 가로지르며 더 높이 날아오르고, 마침내 과수원을 지나 사람이 몇 명 없는 적막하고 고요한 수녀원에 다다랐을 때 마리는 계단을 오른 뒤 수녀원장실의 추운 대기실로 들어가 책상 앞에 선다. 그리고 자신이 본 것을 쓰고, 마지막으로 혼자만 보는 환시의 책에 라틴어로 옮겨 적는다.

바다의 별이자 지혜의 권좌이자 정의의 거울이신 성모님이 은총으로 내려주신 두번째 선물.

내가 도끼를 들고 숲속에서 나무가 쓰러지는 것을 보며 서 있는데, 머리가 몹시 욱신거리며 뜨거워지더니, 이어 뱀 같은 번개가 팔다리를 통해 스르륵 들어왔다.

내 뒤쪽 숲에서는 햇살이 점점 강해졌다. 햇살이 내 딸들과 짐을 끄는 짐승들 위에 올라앉은 어린아이들의 머리 위로 떨어졌다. 마치 신비한 손이 개입한 것처럼 조금 전까지 움직이던 모든 것이 동작을 멈추고 그 자리에 고정되었다. 삽으로 퍼서 던진 흙과 날리던 톱밥이 공중에서 정지되었다. 나는 돌아보았다. 그리고 그 순간 무릎을 꿇었는데, 두 여인이 숲에 길을 내야 할 자리에 서 있었고, 그들의 신성한 광휘가 너무 밝아 나는 얼굴을 가렸다.

한 여인은, 나뭇가지에서 풍성한 잎이 돋고 꽃들이 처음으로 피고 바람이 땅 위로 달콤하면서 차갑게 불어오는 초봄의 연녹색 가운을 입었다. 머리와 소매는 에메랄드와 사파이어와 진주로 장식했고, 한쪽 젖가슴에는 피가 흐르는 상처가 금색으로 빛나고 있었는데, 그건 모성의 슬픔을 상징하는 상처였다.

이분이 내게 이 환시를 내려주신 신의 어머니이자 마리아, 복되신 동정녀였다.

그리고 그분은 두번째로 내게 얼굴을 보이기로 하신 것이었다.

같은 밝기의 광휘에 휩싸인 여인이 그분의 손을 잡고 있었는데, 핏빛 붉은 옷을 입었고, 목과 손목은 다이아몬드와 은으로 장식했으며, 이마에는 최초의 정원에서 그녀를 쫓아낸 천사가 지팡이로 낸 상처가 루비색으로 빛나고 있었다. 이 여인이 이브, 모든 인류 최초의 어머니였다. 그리고 그분은 반대쪽 손에 크리스털로 만든 갈빗대를 들고 있었는데, 자신이 갈빗대에서 만들어졌기 때문이며, 그것을 통해 자신이 단순히 흙으로 만들어진 최초의 인간보다 더 개선된 존재임을 보여주었다. 돌덩이에서 그냥 끄집어낸 금보다 수작업으로 돌을 녹여 태양을 닮은 빛을 내도록 강화시킨 금이 더 완벽하지 않은가?

여인들은 말없이 사랑 가득한 얼굴로 나를 그윽이 바라보았다. 그리고 내가 마침내 시선을 돌리지 않고 그들을 응시할 용기가 생겼을 때, 그들은 서로 맞잡은 손을 들고 키스했다. 두 여인이 입을 맞대어 키스하게 하라.

그렇게 그들은 둘 사이에 존재한다고 말해지던 전쟁이 세상에 분열과 갈등과 불행의 씨앗을 심으려는 뱀이 만들어낸 거짓말임을 보여주었다.

나는, 지혜가 생긴 것은 이브가 맛본 금지된 열매를 통해서이고, 그 지혜로 성모마리아의 자궁에서 만들어진 열매와 세상에 주어진 선물의 완벽함을 이해할 능력이 생겼다는 것을 알았다.

그리고 이브에게 그런 결점이 없었다면 성모마리아의 지극한 순수함은 존재하지 않았을 것이다.

그리고 죽음의 집인 이브의 자궁이 없었다면, 생명의 집인 성모 마리아의 자궁도 없었을 것이다.

최초의 매트릭스*가 없었다면, 모든 매트릭스 중에서 가장 위대한 매트릭스인 살바트릭스**는 있을 수 없다.

그리고 내가 이 모든 장면을 생생하게 지켜보는 가운데 두 여인은 하나의 형체가 되어 겨울의 죽은 관목숲 위로 올라갔는데, 느리고 반짝거리는 띠 모양의 빛 속에서 함께 하늘로 올라갔다.

그리고 그들이 떠난 뒤에 남은 것은 아침의 자욱한 공기와 콧속에 머무는 몰약향, 처음 깨어난 새가 부르는 달콤한 노래였다. 내 딸들은 묵묵히 일하고 있었으나 겨울의 새들은 모든 것을 보았기에, 여인들이 사라졌을 때 말없이 경이의 광경을 지켜보던 새들은 정신을 차리고 목청껏 환희의 노래를 불렀다.

그리고 이 두번째 환시를 써내려가는 동안 나는 그 안에 담긴 경고의 메시지를 보았다. 나는 그것이 왕비가 느닷없는 슈보시***를 나설 때 이곳에 들를 거라는 뜻으로 이해한다. 그리고 우리는, 내 수녀원 수녀들은 그에 대비해 하나로 뭉쳐 스스로 단단히 지켜야 한다.

---

* matrix. 매트릭스는 어떤 형체가 생성되고 만들어지는 모체라는 뜻을 갖고 있으며, 따라서 자궁을 뜻하기도 한다. 이 작품에서 작가는 'matrix'의 'trix'를 여성형 접미사로 사용하고 있다.

** salvatrix. '구원하다'라는 뜻의 라틴어 동사 'salvare'와 'trix'의 합성어로, 남성형 구원자 'salvator'의 여성형이다.

*** chevauchée. 공격하는 측의 군대가 상대방의 지역을 돌아다니며 약탈과 방화 등을 벌이는 습격 방식을 말한다.

마리가 루스 수녀를 부른다. 마리의 오랜 친구인 그녀는 미로를 만드는 일에 대한 두려움을 감추지 못하고 마리를 끊임없이 책망했기에, 두 사람 모두 긴장을 풀기 위해 마리는 루스를 타운의 대성당 옆 수녀원 건물로 보내, 하인을 여섯 명만 데리고 객원 마지스트라이자 구호품 배급 책임자를 맡으라고 지시했다. 그 건물은 마리가 막 부수녀원장이 되었을 때 수녀원의 소유가 된 것인데, 어느 수련 수녀가 가져온 변변찮은 지참금이었고, 당시에는 쥐가 돌아다니는 곡식 창고에 불과했다. 마리만이 그 건물의 잠재성을 알아보고 수녀원장 엠이 팔지 못하게 막았다. 마리가 그 건물의 완공에 필요한 돈을 모으는 데 오 년이, 증축하기까지는 더 많은 시간이 걸렸지만, 마침내 준비가 끝났을 때 그 건물은 모든 방문객과 구호품을 받아가려는 사람들을 수녀원의 땅과 울타리 밖에서 수용할 수 있게 되었다. 사람들은 더이상 아침에 숲과 들판을 통과해 언덕에 있는 수녀원까지 먼길을 걸어올 필요가 없어졌다.

더이상 쪽문을 움켜잡는 손은 없다. 더이상 몰래 연못에서 송어를 잡는 일도, 숲에서 사슴을 잡는 일도 없다. 울타리를 친 수녀들의 땅을 위협하는 일도 더는 없다.

루스는 추위 때문에 벌게진 얼굴로 들어오고, 예전보다 더 통통해진 모습인데, 그것은 그녀가 귀족 집안의 저명한 방문객들, 순례의 길을 걷고 있는 신앙심 깊은 자들에게 맛있는 음식을 대접하는 일을 맡고 있기 때문이다. 그녀는 최고급만이 어울린다고 판단하고, 호밀빵이 아닌 수녀원에서 만든 하얀 식빵, 포도주가 아닌 수

녀원에서 만든 에일을 대접한다. 날마다 구운 고기가 나온다. 치즈
도 갓 만든 게 아니라 숙성된 치즈다. 마리는 루스의 요구를 다 들
어준다. 그들이 젊었을 때 굶주림의 시간을 보낸 뒤로 루스는 음식
에서 아주 큰 기쁨을 발견했다.

왕비가 올 거라고, 마리는 루스의 두 손을 꼭 잡으면서 말한다.
알리에노르는 늘 우아한 미식가였고 한 번도 사순절을 좋아한 적
이 없으니 분명 사육제 무렵에 올 것이다. 동정 마리아에게 감사
하게도, 올해 부활절은 빠르지 않다. 루스가 숙박을 제공해야 하는
수행원단도 데려올 텐데, 규모가 커서 수십 명에 이를 것이다. 호
스텔에는 엄청난 부담이 될 거라고, 마리가 미안해하며 말한다.

루스는 얼굴이 발그레해지면서 한숨을 쉬지만, 준비해보겠다고
말한다.

마리는 왕비가 루스에게 미로를 통과해 수녀원으로 가는 비밀
통로를 보여달라는 요구를 하겠지만, 단호하고 지혜롭게 대처하여
결코 알려줘서는 안 된다고 말한다.

루스가 감히 하찮은 필멸의 인간이 어떻게 왕비에게 할 수 없다
는 말을 하겠느냐고 약간 퉁명스럽게 말한다.

마리는 그러는 사람은 없다고 말한다. 대신 전령들이 타운에 들
어오고 있다는 소식이 들리자마자 곧바로 가장 잘 달리는 말을 보
내 수녀원장인 자신을 데려오게 하고, 그러는 사이 누군가는 왕비
의 발을 아주 천천히 씻기고 잘 닦아준 뒤 맛있는 음식과 뜨거운
고급 포도주를 넉넉히 대접하고 있으라고 한다.

루스는 잠시 생각해본 뒤 불행히도 그들의 수녀원은 왕립수녀
원이라고 말한다. 마리는 수녀원장이 되면서 왕의 봉신封臣이 되었

다. 그러니 왕비가 수녀들의 은밀한 통로를 보지 못할 이유가 대체 무엇인가? 왕비는 어쨌거나 섭정자다. 마리는 수녀원장이지만 일개 신하에 불과하다.

마리는 건조하게 앙글르테르의 왕비는 강력한 인물이니 결코 비밀을 지킬 수가 없다고 말한다. 비밀을 지킬 수 있다 해도, 그녀는 충분히 다시 유폐될 가능성이 있고 그것은 너무나 두려운 일이므로 결코 혼자 오려 하지 않을 것이다. 믿을 수 없는 것은 수행원단의 시선이다.

이제 마리는, 몸은 간절히 밖으로 나가 수녀들과 함께 도끼를 휘두르고 싶지만, 하루하루 편지를 쓰며 보내고, 울필드를 시켜 각지에 그 메시지를 전달하게 한다.

그리고 왕비가 도시에 가까운 시골에서 목격되었고 선견대도 없이 여기저기 빠르게 돌아다닌다는 소식이 들리자, 마리는 숨겨진 작은 길과 터널을 통해 타운으로 말을 달린다. 왕비가 자신의 계획이 방해받은 것에 짜증을 내며 휙 들어올 때, 마리는 이미 구호품 배급소의 응접실 난롯가에 땀을 흘리며 앉아 있다. 수녀원장은 얼굴을 가면으로 가렸다. 마리가 자신의 키와 체격을 오롯이 드러내며 웅장한 모습으로 일어서서, 알리에노르가 그만 자리에 앉으라고 명령을 내릴 것을 예상하며 느리게 아첨하는 말을 시작한다. 하지만 왕비는 중단시키지 않는다. 마리는 왕비의 날카로운 시선이 자신을 휙 훑는 것을 느낀다.

문간의 어둑한 불빛 속에서 알리에노르는 젊어 보였지만, 지금 불가로 다가온 모습은 분을 바른 피부 아래로 가는 주름이 보이고 등은 굽기 시작했다. 향수 냄새가 너무 강해서 전방을 맡은 공격

부대 같다.

그리고 마리의 귀에 세상은 고요하다. 들리는 소리는 자신의 심장이 뛰는 소리뿐이다. 마음속은 어쩔 줄 몰라 허둥댄다. 가장 아름다운 여인에게서 아름다움이 빠져나갔다면, 가장 우아한 여인에게서 우아함이 빠져나갔다면, 그것은 신의 은혜 또한 빠져나갔다는 뜻인가?

알리에노르는 뜸을 들이지 않고 곧바로, 음, 몇십 년이 지나는 사이에 마리가 큰 산 같은 여인이 되었다고 말한다. 그리고 왕비는 마리에게 앉아도 의자가 부서지지 않는다면 앉으라고 말한다. 이제는 흉악범 꼴을 벗어난 것 같다, 안 그런가 마리? 한때는 무서워 보일 만큼 앙상한 아이였는데. 오, 세상에, 오.

마리는 미소를 짓는다.

왕비가 그녀를 본다. 그러더니 생각에 잠긴 목소리로 아니지, 몇십 년이 지나는 사이 스핑크스가 된 모양이야, 하고 말한다.

마리는 이제 수녀원 사람들은 잘 먹고 있다고, 이곳은 소녀 시절 마리가 알리에노르에게 내쫓겨 왔을 당시의 굶주린 장소가 아니라고, 아동 평수녀들이 굶어서 파랗게 변하고 시들어 죽던 그 시절의 장소가 아니라고 말한다. 그들은 충분히 잘 먹지만, 물론 어느 수녀도 뚱뚱하지 않다. 거의 모든 수녀가 굉장한 근육을 가지고 있다. 아마 왕비는 단순히 여자의 힘에 익숙하지 않은 것일 테다. 아니면 알리에노르의 귀부인 부대 이후로 시간이 많이 지나 다 잊은 것인가? 어쩌면 왕비가 외치는 소리에 부서져버릴 만큼 나약하지 않은 여자는 뚱뚱해 보일지도 모른다. 적어도 왕비처럼 세련되고 기품 있는 사람이 보기에는.

왕비는 그 말이 들리지 않는 것처럼, 생각에 잠긴 목소리로 말한다. 마리가 작았던 적이 있었다는 말이 아니라, 그 시절에는 단순히 뼈에 붙은 살이 없었다는 말이라고. 지금 마리는 수녀복 아래로 갑옷 같은 몸을 가지고 있다. 그래, 마리가 크고 늙은 외뿔소가 되었구나, 그녀는 그렇게 말한다. 쇠로 된 가죽에 사나운 외뿔을 가진 동물, 그렇게 들은 것 같다고. 외뿔소. 그래, 그게 정확해.

마리는 코로 숨을 들이쉬고, 왕비가 얼마 전에 남편과 사별한 것에 대한 자신의 위로를 받아주시길 바란다고 말한다. 피가 흐르는 궤양, 아주 고통스러운 일이었다. 마리는 그 소식을 누구도 자신에게 편지로 알려주지 않은 것이, 자신이 친척이 아닌 것처럼 스스로 알아내야 했다는 것이 의아하다. 물론 마리는 친동생이 아니고, 사생아일 뿐이다. 그리고 왕비가 친척인 마리에게 편지를 써서 알려줄 수 없을 만큼 몹시 바빴던 것도 분명하다.

절반의 동생. 그것도 오로지 결혼을 통해 성립된, 알리에노르가 단호하게 말한다. 그렇다, 사실, 그녀는 늘 바쁘다. 하지만 남편을 잃은 것에 대해 조금도 슬픈 마음이 들지 않으니 위로를 받아들이는 것은 잘못된 것으로 느껴진다. 두 분 사이에는 진짜 사랑이 존재했다, 마리는 그걸 안다. 어린 마리가 궁정에서 지낼 때 직접 보았다. 심지어 한때는 대단한 사랑이었다. 음, 솔직히 앙글르테르에서 침실의 의무가 전혀 부담되지 않았다고는 결코 말할 수 없지. 그렇게 말하고 왕비는 숨이 넘어갈 듯 빠르게 웃는다.

하지만 알리에노르는 곧바로, 독수리를 새장 안에 넣고 십 년 넘게 가둬두면 새장 문이 열리자마자 당연히 주인의 눈을 쪼아버리려 할 테지, 하고 말한다.

마리는 음, 이제 상황이 정리되어 왕비가 오랜 유폐에서 풀려났고, 이제 그녀의 가장 사랑스러운 새끼 독수리가 앙글르테르의 왕좌에 앉지 않았느냐고 말한다. 감옥에 갇혀 지낸 세월은 만회되었다. 하지만 유폐된 시간 동안 왕비를 잡아 가둔 사람들이 왕비에게 아주 잔인하게 굴었다고 들었다. 그들은 왕비에게서 흰바다매를 뺏어갔다. 왕비가 따뜻함을 누리지 못하게 하여 그 아름다운 얼굴에 동상이 생기게 했다. 마리는 유폐 생활을 하는 왕비를 종종 생각했는데, 왕비가 아주 가까이 있고, 수녀원의 안락함이 왕비의 괴로움을 달래줄 수 있게 된 이후로 더욱 그랬다. 사실 새장에 갇힌 왕비로 사는 것보다 여기서 수녀가 되는 편이 왕비에게 훨씬 나았을지도 모른다.

알리에노르는 눈을 빠르게 여러 번 깜박이고, 마리는 속으로 웃는다. 빠른 깜박임은 늘 이 여자의 마음을 들여다보는 창문이었다. 이어 왕비는 마리가 자신을 종종 생각했다니 의아하다고, 자기는 마리를 거의 생각하지 않았다는 걸 고백해야겠다고 말한다. 생각했더라도 자기가 알던 마리의 모습, 궁정에 처음 왔을 때의 아주 이상한 그 모습만을 떠올렸다고. 팔꿈치밖에 안 보이고, 문간에 머리를 부딪히고, 크고 깊은 목소리로 논쟁에 툭툭 끼어들고, 냄새나고 촌스럽고, 온 세상이 마리의 쿵쾅거리는 발걸음 앞에 달아나던 때. 마리는 그때 참으로 형편없는 꼬락서니였다. 어린 마리가 궁에 오기 전에는 마리를 어디론가 시집보낼 계획이었지만, 바로 그때 마리가 숨을 헐떡이며 진지하고 특이한 모습으로 날아든 것이었다. 사랑스럽지 못한 얼굴. 그런 피조물을 결혼시킬 수는 없었다.

왕비는 자신이 수녀원으로 은퇴할 때가 되더라도 이 질색인 땅에 지어진 보잘것없고 우중충한 곳이 아니라, 큰 퐁트브로 수녀원으로 갈 거라고 덧붙인다.

음식이 나온다. 마리는 왕비에게 앉으라는 표시를 한다. 지나치게 가열된 분위기를 식히기 위해, 마리는 왕비를 기분좋게 해줄 심산으로 알리에노르에게 줄 우화집을 만들었다고 말한다. 수녀원의 삽화가가 광증에 걸려 풀밭에서 악마를 보고 뜨거운 양파 수프가 토해낸 악령을 보지만, 그녀의 그림은 참으로 훌륭하다. 마리는 수녀원장 엠이 쇠락했을 때, 고통스러워하는 그 늙은 여인의 곁을 지키는 밤 동안 그 이야기들이 섬광처럼 떠올랐다. 마리는 우화집에서 라이를 쓸 때와는 아주 다른 새로운 스타일을 시도했는데, 이제 그녀는 더이상 힘들고 쓰라린 사랑에 대해 쓰지 않는다. 삼십 년이 넘는 시간이 지난 지금은 가슴속에서 자매 수녀들에 대한 사랑만을 느낄 뿐이다. 그녀의 스타일이 변화한 것은 당연히 이런 진실이 반영된 것이었다.

아무튼 그 책에는 두루미와 늑대에 관한 이야기가 있다고, 마리가 말을 잇는다. 왕비는 그 이야기를 아는가? 모른다고? 늑대가 뼈를 씹다가 목구멍에 걸린다. 그 짐승은 고통스러워하며 왕국에 있는 모든 동물을 소집하여 누구든 자기 목에 걸린 뼈를 뽑아달라고 요구한다. 두루미만이 충분히 긴 목을 가졌다. 물론 두루미는 당연하게도 자기 머리를 그 날카로운 이빨 사이에 집어넣는 걸 꺼린다. 마침내 늑대는 두루미에게 자기 입안 깊이 머리를 집어넣으면 멋진 보물을 주겠다고 말한다. 그래서 용감한 두루미는 머리를 집어넣고 뼈를 뽑아낸다. 고통에서 풀려난 늑대는 두루미에게 이제 보물을 가져가라고 말한다. 그리고 그 보물은 두루미의 목숨이라고.

두루미는 잡아먹히지 않은 것을 다행으로 여겨야 한다고.

왕비는 웃으면서, 재미있는 이야기로군, 하고 말한다.

그들은 한동안 말없이 먹고, 왕비는 자기 몫의 흰색 꿩고기를 배불리 먹고 뒤로 기대앉아 포도주를 마시면서 이야기를 시작한다. 왕비는 마리의 미로에 대한 소문에 온 세상이 놀랐다고 말한다.

마리는 그것은 참으로 기술 공학의 위업이라고 뿌듯하게 말한다. 어떤 과업이 주어졌을 때 여자들이 어디까지 해낼 수 있는가! 여자들의 능력은 한계가 없는 듯하다.

아, 하지만 수녀원장은 왕비의 어조를 오해한 것이다. 군대를 끌고 와 이곳에서 수녀들을 쫓아버릴 거라고, 그들에게 본때를 보여줄 거라고 말하고 다니는 귀족들이 있다. 수녀들이 마법을 쓴다는 소문도 퍼져 있다. 이런 상황에서 마리가 요정 멜루신의 후손이라는 사실은 마리에게 이득이 되지 않는다. 어떤 사람들은 수녀들이 이곳에 상상할 수 없을 만큼 어마어마한 재산을 감추고 있다고 말한다. 왕비가 가장 호전적인 사람들을 달래야 했다. 왕비가 그들을 협박하고 달래는 처지가 되었다. 그건 지치는 일이다.

마리는 마시던 포도주를 내려놓는다. 그리고 그 이야기는 전부 알고 있다고, 자신에게도 첩자가 있어 누가 무슨 말을 하고 다니는지 다 안다고 말한다. 가난한 삶에 자신을 바친 경건한 처녀들의 공동체에 전쟁을 일으키겠다는 이 모든 말이 얼마나 어리석은가. 아무리 줄여 말해도 불경스럽다. 수녀원은 생계를 유지하는 데 쓰지 않는 것은 구호품으로 나눠준다. 그들은 가난할 대로 가난하다.

그 말이 사실이냐고, 왕비가 소리 내어 묻는다. 여기로 말을 타고 오면서 이 타운의 가난한 사람들이 옷을 잘 입은 것을 보았다고. 다른 지역의 상인 계급보다 더 잘 입었더라고. 그리고 마리가 큰 창문에 유리를, 깨끗하고 투명한 원형 유리를 납틀에 끼워 전체적인 인상이 구획이 나눠진 벌집 같아 보이는데, 지금 그리로 햇살이 쏟아져들어온다. 돈이 얼마나 많이 들어갔겠는가. 왕비가 수녀원에서 받는 세금을 더 올려야 할지도 모른다. 어쩌면 전쟁을 위한 군대 소집에 필요한 부담금을 이곳에서 더 징수할 수도 있을 것이다.

마리는 유리는 여기 수녀 한 명이 만들 줄 알아서 값이 싸고, 이곳의 가난한 자들은 앞으로 긴 세월 동안 같은 신발만 신고 같은 튜닉만 입어야 할 거라고 말한다. 미로를 만드는 큰 작업을 하다보니 수녀원이 다시 가난해졌다. 그리고 마리는 이번 방문을 위해 미리 준비한 회계장부를 들고 왕비에게 숫자들을 보여주는데, 정말로 상황이 심각해 보인다.

왕비는 마리에 대한 또다른 비난을 들었다고, 수녀원장이 이기적으로 성유물을 소성당에 보관하고, 그것이 일으키는 기적이 필요할지 모르는 다른 사람들과 공유하지 않는다고 하더라고 말한다.

마리는 성자들의 치아와 뼈를 모아둔 것을, 성십자가의 파편들을 생각한다. 앙글르테르에만도 성십자가의 그런 파편이 아주 많아서, 황야지대 어딘가에 성십자가로 골고다 언덕을 하나 통째로 만들어도 될 정도다. 수녀원의 성유물 가운데 진실한 빛이 반짝이는 건 몇 개 없는 것 또한 사실이다. 그 가치의 대부분은 세팅에 있다. 장식된 상자, 손가락뼈나 어금니가 담긴 그 성구함에. 아, 생각해보면 이 일로도 크게 잃을 것은 없을 것이다. 마리는 숙고한 뒤 만성절*에 수녀원 수녀들이 주변 토지를 소유한 신앙심 깊은 신자들에게 주는 수녀원의 선물로, 성유물을 대성당으로 옮기는 행진을 할 수도 있겠다고 말한다.

알리에노르는 참으로 관대하나 만성절은 한참 뒤라고 말한다.

마리의 가면이 흘러내리고, 마리는 미소를 지으며 이 좋은 계획을, 그들이 관대하고 자비롭게 시골의 평민에게 베푸는 이 큰 은혜로운 계획을 주변에 퍼뜨리려면 시간이 필요할 거라고 말한다.

알리에노르가 한숨을 쉰다. 그리고 한동안 조용히 포도주를 마신다. 그녀 역시 긴장이 풀려, 마리가 이 작고 어리석은 일을 포기하기를 진심으로 바란다고 말한다. 사람들은 이 미로를 공격 행위로 보고 있다. 스스로 연애나 결혼 상대가 되기를 거부한 여자들은 모든 순종의 법칙을 거스르는 것이다. 그 때문에 마리의 적들이 격분한 것이다.

마리는 존경을 담은 어투로 잘 알아들었다고, 자애로운 섭정자시여, 하고 말한다. 하지만 그 말씀이 명령은 아니라고 생각한다고.

알리에노르는 마리를 쳐다보고, 마음을 누그러뜨리고, 시선을 돌린다. 명령은 아니라고. 아마도 경고일 거라고. 하지만 마리가 경고를 받았는데도 두려워하지 않는 것을 알겠다. 수녀원장은 고집을 꺾지 않을 것이다.

음, 그렇다. 아주 오래전에 마리를 이 왕립수녀원에 심은 사람이 왕비이고, 지금 이 수녀원의 원장으로서 자신은 왕의 봉신이며 봉신의 지위에 수반되는 모든 권리를 가졌음을 안다고 마리는 말한다. 왕권의 보호를 받으리라는 기대도 그중 하나라고. 지금까지 마

---

*모든 성인의 축일이라고도 한다.

리는 훌륭한 봉신이었으며, 신속하게 세금을 내고 전쟁에 필요한 자금을 헌납했다. 그녀의 충직함은 의심의 여지가 없다. 그리고 땅을 가진 모든 귀족과 마찬가지로, 마리에게는 자신의 땅을 침입자들로부터 확고히 지켜낼 자유가 주어졌다.

알리에노르는 모두 다 맞는 말이라고 천천히 말한다. 귀족들에 대한 이야기는 접어두자. 그건 단지 서두로 꺼내본 말이었다. 이제 왕비는 허리를 숙이고 본격적으로 이야기를 시작한다. 왕비의 첩자들이 로마에서도 무력 개입을 거론하고 있다는 소식을 전했다. 그들은 마리가 위계질서를 무시하고 본인이 교구 주교와 동등한 줄 안다고 말한다. 마리가 자기들의 전령이 수녀원 땅에 오는 것은 막으면서, 본인은 타운 교회의 모든 고위 성직자를 만난다는 것이다. 마리는 심지어 교회에도 적이 있다. 그리고 마리도 알고 있듯, 파문은 신앙인 공동체에서는 치명적인 일이 될 것이다. 미사도 드리지 못한다. 고해성사도 하지 못한다. 성무일도를 노래하지도 못한다.

이 말에 마리의 가슴속에서는 번개가 치는데, 왕비의 말이 맞고, 노래가 없다면 수녀원은 춥고 습하고 끔찍한 장소가 될 것이기 때문이다.

왕비가 말한다. 게다가 마리의 딸들 중에 슬퍼서 죽는 사람도 있을 텐데, 그들은 고해성사도 받지 못하고 죽을 것이다.

마리는 자기도 이 소문을 들었다고 말한다. 로마에서 들리는 이야기는 더욱 골치 아프다고, 분명 그렇다고. 하지만 마리는 그 소문은 소문 이상은 아닐 거라고 확신한다. 마리는 로마의 방식대로 싸우기 시작했다.

알리에노르는 이 말에 웃는다. 그리고 묻는다. 무엇으로, 기도로? 말이 되는 소릴. 기도는 아름다운 것이다. 왕비 자신도 매일 기도한다. 하지만 그런 협박에 대해서라면, 마리는 기도보다 더 강력한 무기가 필요할 것이다. 마리는 아주 오랫동안 세상과 단절되어 살았기 때문에 모르고 있는 것 같지만, 세상과 전쟁을 하려면 세상의 무기가 필요하다.

긴 침묵이 흐르자 알리에노르는 시선을 오롯이 마리에게 돌리고, 마리는 침착하게 왕비를 쳐다본다. 왕비는 희미한 미소를 지으며, 물론 자신이 마리를 이곳에 보낸 것은 잘한 일이라는 게 이미 입증되었고, 신이 시킨 일을 한 것에 대해 사과하지는 않을 거라고 말한다.

마리가 길어지는 침묵 속에서도 아무 말 하지 않자, 마침내 왕비가 몸짓으로 조바심을 드러낸다. 그러자 수녀원장은 한발 물러나 마침내 말한다. 그렇다, 그들은 기도를 이용하고 있다. 기도는 어느 수녀원이든 수녀원이 생산할 수 있는 가장 좋은 것이다. 기도라면 차고 넘쳐서 그들의 기도로 넉넉한 성직록聖職祿을 받아도 될 정도다.

하지만 마리는 그들은 또한 금으로 싸우고 있다고 말한다. 이렇게 말하기 유감스럽지만, 상당히 많은 양의 금으로. 마리는 거리에서 사람들이 부를 노래나 이야기를 의뢰할 것이다. 런던과 파리와 로마의 거리가 수녀들의 경건함과 수녀원의 힘과 마리 자신의 성스러움과 그들이 이룬 미로의 위대한 기적에 대한 노래와 소문으로 가득하게 만들 것이다. 그녀는 웃는다. 돈과 이야기. 정보와 동조. 그런 전쟁에 진정한 방어란 있을 수 없다. 마리에게 이런 것을 가르친 사람이 바로 알리에노르였다.

알리에노르는 잔을 꼭 쥐고 포도주를 비우며 생각에 잠긴다. 그리고 부드럽게 말한다. 음, 이제, 마리는 참으로 영리한 아이가 되었다.

마리는 스스로에게 아주 단호하게, 진정해, 하고 속으로 말하는데, 아이였던 것은 수십 년 전의 일이고, 칭찬을 받자 날아갈 듯 기분이 좋아졌기 때문이다. 예전에 마리는 자신의 영혼을 양피지에 옮겨 적었으나 왕비에게 무시당했다. 마리는 이제는 오래전 일이 된 그때의 아픔을 떠올리며 생각에 잠기고, 그러자 미움과 사랑의 그 오래된 장미가 그녀 안에서 꽃봉오리를 맺고 다시 피어난다.

그날 밤 마리는 왕비가 그렇게 가까이, 호스텔의 벽 하나를 사이에 두고 있다고 생각하니 잠이 오지 않는다. 마리는 조과에 맞춰 대성당에서 잠을 깨고 찬과 시간까지 기도하며 그곳에 그대로 있는다. 그녀는 수녀들의 목소리를 사랑하지만, 대성당 사제단 성가대가 부르는 다성음악을 들으니 온몸에 전율이 일어난다. 이런 음악은 천사들의 노래에 더 가깝게 느껴진다.

제1시과에 맞춰 성가대가 노래를 부르는 도중에 왕비가 시녀들과 함께 들어온다. 왕비가 기도하고 일어서는 사이 유리창에는 햇살이 가득해지고 수행원단은 준비를 마쳤다. 그녀의 말이 기다리고, 왕비는 희끄무레하고 냉랭한 공기 속으로 나선다. 타운 사람들이 걸음을 멈추고 믿기지 않는다는 표정으로 위대하고 악명 높은 알리에노르를 쳐다본다. 반세기 넘게 어두운 겨울 불가에서 나누던 이야기와 이 나라에 떠도는 노래 속에서 전설 같은 존재였던 왕비가, 지금 기적이 일어나 추상적인 이야기 밖으로 나와 육화된 것이다. 왕비는 대성당 계단에 서 있고, 왕비의 숨도 추운 공기 중에서 살아 있는 모든 이의 숨처럼 하얗다. 왕비의 첫번째 시녀가 뭐라고 속삭이자 왕비가 마리를 돌아본다. 그리고 미소를 짓는다.

왕비가 자신이 그 세월 동안 마리를 전혀 생각하지 않았다는 건 거짓말이었다고 말한다. 수녀원에 자신에게 정기적으로 보고하는 첩자를 심어두었다. 왕비는 마리에게 깊은 감명을 받았다.

마리는 놀라서 머리 회전이 느려지고, 머릿속으로 모든 수녀를 획획 넘겨보지만, 약점을 보인 사람이나 전령들과 접촉했을 것 같은 사람은 떠오르지 않는다. 마리는 아직 뭐라 말할 수가 없다.

왕비는 마리의 놀란 모습을 보며 웃는다. 오, 걱정할 것 없다, 첩자는 마리의 일꾼 중 하나다. 수녀원장은 대체로 수녀들의 사랑을 받고 있다. 수녀원에서는 드문 일이다. 여자들이란 참으로 불평 많은 집단이자 더 약한 성性이다. 다른 수녀원들은 죄다 예민하고 말썽이 많다.

마리는 왕비의 **대체로**라는 말을 나중에 생각해보려고 일단 미뤄둔다.

왕비는 선물을 두 가지 남겼으니 나중에 확인해보라고 마리에게 말한다. 그녀는 젊은 여자처럼 가뿐히 말 위에 올라탄다. 그리고 마리에게 그 두 선물을 모두 사용하라고 말한다. 기쁨이 마리의 몸속을 부드럽게 통과하고, 마리는 기쁜 표정을 억누르며 왕비에게 고맙다고, 왕비의 여행길에 신의 가호가 함께하길 기도하겠다고 말한다.

수행원단이 먼저 출발한다. 왕비의 흑담비 모피 망토는 햇살을 붙잡아 밤색과 푸른색과 검은색 불꽃을 일으키고 머리에 쓴 두꺼운 금관은 거리의 모든 햇빛을 한데 모아들여 왕비의 모습은 강렬하다. 세상 모든 것이 진흙과 돌과 연기, 오물 속을 뒤지는 돼지들인데 왕비만이 더 고상한 물질로 만들어졌다. 소매 속에서 마리의 손이 떨린다.

호스텔에는 안도의 분위기가 감돈다. 방을 채웠던 몸들이 사라졌다. 청소할 것이 많다. 창문으로 들어오는 햇살 속에서 젊은 여자 하인들이 서로 발목을 내밀어 벌레에 물린 발간 자국을 보여준다. 수행원단이 벼룩을 데려온 것이다. 루스는 거의 춤을 추며 앞으로 나온다. 그리고 마리의 손을 잡고 선물이 있는 곳으로 끌어당긴다. 마리에게 남겨진 선물 하나는 수녀원장 지팡이다. 편지에 이 지팡이는 왕비가 마리의 선출 소식을 듣고 특별히 제작한 것이라는 내용이 적혀 있다. 수녀원장 엠의 지팡이는 물푸레나무 목재에 은으로 선 세공을 하고 둥글게 굽은 끝부분은 뿔로 된 것인데, 그것도 충분히 좋지만 마리의 손에는 좀더 무거운 것이 필요했다. 새 지팡이는 순수하게 구리로 만든 것이고, 금으로 선 세공을 하여 강조한 곳에는 에덴동산의 전체 모습이 정교하게 새겨져 있다. 갈고리 모양의 끝부분은 입에 사과를 문 뱀으로 만들어졌고, 그 눈에는 에메랄드를 박았다. 루스가 들어올리려 해봤지만 잘되지 않았다고 말하며 웃는다. 마리의 힘으로만 다룰 수 있게 만들어진 것이다. 마리는 한 손으로, 한쪽 팔 전체로, 뱃심으로 그 무게를 가늠한다. 지팡이는 마리가 지난 세월 동안 맨땅에서 발버둥치고 노력하며 끌어모은 모든 힘의 무게 같다.

또하나의 선물은 크기가 작고, 푸른 실크에 싸여 있다. 마리가 천을 풀어보니 편지를 봉인할 때 쓰는 개인 매트릭스*다. 머리 뒤로 후광이 드리운 거인의 모습으로, 한쪽 손에는 책을, 반대쪽 손

에는 금작화꽃을 들었고, 수녀들이 마리의 허리 높이에서 마리를
에워싸고 있다.

스크리베 미히**, 왕비가 실크에 이렇게 수를 놓았다. 그것은 명
령이지, 제안이 아니다. 편지를 수녀원 매트릭스로 봉인하려면 부
수녀원장이나 부수녀원장 보좌가 읽고 동의해야 한다. 왕비가 개
인 인장을 선물함으로써 마리에게 준 것은 짜릿하고 금지된 프라
이버시다.

수녀원은 공동생활을 하는 곳이라 프라이버시는 규정에 위배된
다. 혼자 있는 시간은 사치이며, 필요한 모든 일과 묵상과 기도를
하다보면 생각할 시간은 언제나 너무 짧다. 수녀들에게는 글을 읽
는다는 것조차 소리 내어 읽는 것을 의미하고, 수녀들 사이에 내
면의 목소리를 끄집어내 발전시킬 만한 사적인 대화는 없다. 마리
는 사고력이 있는 수녀들이 몇 명 없다는 것이 놀랍지 않다. 이곳
에 도착한 첫 순간부터 마리는 이것이 수녀원 생활의 설계에 깊이
뿌리박혀 있다는 것을 깨달았다. 수녀원장으로서 마리는 자유롭게
생각하는 수녀가 얼마나 위험할 수 있는지 알고 있다. 여기 마리
같은 사람이 또 있다면 재앙일 것이다. 그녀는 이따금 죄의식이 날
카롭게 찌르는 것을 느낀다. 하지만 그녀는 자신의 수녀들을 일과
기도를 통해 그들의 성스러운 어둠 속에 가둬놓아야 한다. 그리고
이렇게 하는 것이 딸들을 순결하게 지키는 일이라고 혼잣말을 하
며 정당화한다. 그녀의 이곳이 두번째 에덴동산이다.

---

* 매트릭스에는 '각인기'나 '인장'이라는 의미도 있다.
** '내게 글을 써라'라는 뜻의 라틴어.

마리는 그저 자기 내면의 풍경만을 보호한다. 저 먼 수평선까지 날아가도 된다는 허락을 받은 것은 그녀의 영靈뿐이다. 저 아래 작은 움직임을 볼 수 있는 구름 속 매의 높이는 그녀만이 누릴 것이다.

마리는 이미 머릿속으로 왕비에게 보내는 첫번째 편지를 쓰고 있다. 당신은 제게 언제까지 당신의 얼굴을 숨길 건가요, 그녀는 마음속으로 노래한다.

그녀는 수녀들이 일을 하고 있는 숲속으로 혼자 말을 타고 간다. 몸안에서 뭔가가 문질러지고 벗겨져나간 느낌이다. 아주 오래 가슴속에 살아 있었으나, 이제 거기 있는 것조차 거의 잊고 지낸 길고 차가운 분노가 빠져나갔다.

그리고 분노가 있던 빈자리에 다른 훨씬 신비한 것들이 흘러들어오기 시작한다.

밤에 하늘이 빙글빙글 돌더니 여름 별자리가 나타난다.

수녀들은 밀의 씨를 뿌리고 정원에 식물을 심는 더 중요한 일을 하다가 잠시 숨을 돌린다. 밤에 비가 오고, 젖은 땅이 초록의 싹을 틔운다.

사람 없이 잠든 수녀원에서, 무거운 젖꼭지가 주렁주렁 달린 엄마 여우가 식자재 창고에서 말린 철갑상어 한 마리를 통째로 물고 어슬렁어슬렁 나온다. 부수녀원장 틸드가 문을 열다가 뒤로 물러서서 여우가 지나가게 길을 터주며, 도둑질한 것을 짐승의 용감함에 대한 선물로 준다.

6월에는 기적이 일어난다. 교미하는 뱀들을 넘어가다가 몸의 절반이 굳어버린 암펠리사가, 갑자기 마비된 얼굴과 손을 다시 쓸 수 있게 되었다. 이제는 한쪽 다리만 말을 잘 듣지 않아 절뚝거린다. 그녀는 그 공을 성인 루치아의 중재에 돌린다. 암펠리사는 간절한 마음으로, 멀쩡한 손을 이용해 성인 루치아에게 바치는 봉헌초를 만들고, 기도하는 동안 그것을 뜨거운 돌 위에 얹어 녹인다. 이제 완벽히 활력을 되찾은 그녀는 광기어린 부수녀원장 틸드의 영역이 었던 정원을 맡았고, 채소들은 통통하게 자란다. 그녀의 보살핌 아래 미나리, 회향, 감자개발나물이 무럭무럭 자란다. 양배추는 석 달 된 아기만큼 크다. 암펠리사는 벌들에게 노래를 불러주고, 덕분에 양봉장의 벌들도 그녀가 꿀의 상태를 확인하기 위해 연기를 피울 때만 가끔 그녀를 쏜다. 웨부아와 두블리나가 그녀를 도와서 나뭇가지를 피워놓은 불 옆에 옮겨다 놓거나 윗가지를 엮는다. 한 명은 단순하고 한 명은 정신이 오락가락해서, 몸이 충분히 피곤하면 정신이 평화로울 수 있기 때문이다.

이제 수녀들이 남동쪽으로 늪지 근처 귓불처럼 튀어나온 미로의 마지막 부분을 마무리하고 있다. 아스타가 숲에서 가장 먼 지점에서 수녀원을 향해 곧장 이어진 마지막 길을 다시 설계했다. 이미 아주 먼 길을 온 고단한 여행자는 나무들 사이로 언덕 위에 솟은 소성당의 첨탑을 보고, 숲속을 통과해 언덕을 향해 마지막으로 느리고 끝이 없는 듯한 걸음을 옮기면서, 과연 도착은 할 수 있을지 큰 절망을 느낄 것이다. 아스타는 작고 날카로운 얼굴을 환하게 빛내면서, 발끝으로 콩콩 뛰고 손가락으로 지도를 짚어가며 마리에게 자신의 획기적인 생각에 대해 말해준다. 여긴 가짜로 꺾인 길이고, 이 지형은 여행자에게 큰 피로를 안겨줄 것이다. 이 이상한 형태의 땅에는 머리를 굴려야 풀 수 있는 속임수가, 풀어야 할 게임이 아주 많다. 마리는 아스타의 이마에 키스한다. 그녀의 수녀들은 경이롭다.

마리는 내키진 않지만 서재로 돌아가 오랫동안 보지 않은 양피지를 살피는 일에 전념한다. 연체된 소작료, 유증을 약속받았으나 죽은 지 꼬박 일 년이 지났는데도 아직 받지 못한 상류층 귀부인의 유산, 곰팡이가 발견되어 어쩔 수 없이 돼지에게 먹여야 하는 맥아. 속상하다. 그녀는 일에 몰두하기 위해 창문을 계속 열어놓는다. 미로는 들판 가장자리에 우연한 침입을 더 철저히 방지하기 위해 블랙베리, 야생자두, 자두, 나무딸기, 헤더베리, 엘더베리, 산딸기, 퀵빔베리, 야생 커런트, 그리고 산사나무까지 심으면 완성될 것이다. 그렇게 하면 달콤한 냄새와 풍부한 열매도 덤으로 누릴 수 있다.

마리는 축하 잔치를 하면서 수녀 각각에게 시편 성경책 크기의 송어 한 마리씩과 개암과 꿀을 넣고 만든 케이크를 나누어준다. 그리고 정말로 양이 우는 소리로 툴툴거리며 말해서 아그네스 데이*라는 별명이 붙은 아그네스 수녀의 목소리를 들으면서 먹는데도, 그들은 장밋빛으로 들뜨고 행복하다.

그리고 그날 저녁, 아직은 돌아다닐 만큼 햇빛이 남아 있을 때, 수녀원장이 타오르는 횃불을 들고 농노들이 마차 가득 공급 물자와 편지를 싣고 오가게 될 비밀 통로를 통해 빠른 구보로 말을 달

---

* '신의 어린양'이라는 뜻의 라틴어인 'Agnes Dei'를 가지고 만든 별명.

린다. 이제 수녀원에 와서 미사를 집전하고 고해를 들어줄 신부들은 이 비밀 통로를 통과할 때 눈가리개를 해야 한다. 마리는 이런 양해를 구할 때 싸움을 예상했지만, 아무래도 마리가 대성당 소속 신부들의 가슴에 두려움을 일으킨 게 분명했다. 아침에 마리는 지름길로 말을 달리지 않을 것이고, 그 대신 자신이 침입자가 된 양 미로 전체를, 수 리그에 달하는 길을 다 돌아볼 것이다. 그녀는 앎의 영역으로부터 멀어진 느낌이 아주 좋고, 그것에 전율을 느껴 몸을 바르르 떤다.

마리가 마지막 터널에서 호스텔 뒤쪽 큰 마구간으로 들어갈 때는 완전한 밤이다. 그녀는 하인들을 귀찮게 하지 않으려고 간단히 포티지와 사과주만 달라고 한 뒤 왕비가 머물렀던 방에서 잠을 청한다. 몇 달이 지났지만, 그 여인의 묘한 향수 냄새가 여전히 공기 중에 떠도는 것 같다. 영혼이 남아 있다는 암시다.

마리는 잠을 이룰 수 없어, 새벽이 오기 전 추운 바깥공기 속으로 나간다. 그녀는 루스에게 편지를 남겼다. 오늘 동정 마리아에게 기도를 올리며 하루 동안 단식을 할 거라고. 그녀는 말에 안장을 채운다. 군마였던 이 암말은 마리가 종종 가는 솔즈베리의 가축 시장에 싼값에 나와 있었다. 말 주인이 굶기고 때리고 둔부와 복부에 생긴 상처가 곪아가는데도 방치한 탓에, 식용으로 팔리려고 시장에 나와 있던 것이었다. 구건연종과 비절내종이 생기고 비틀거리는데다 눈빛에서 광기와 절박한 슬픔이 느껴지는 가엾은 피조물, 그것이 지나가던 수녀원장의 발걸음을 붙잡았다. 나중에 그들은 그 말이 여러 번 새끼를 낳았고, 그 크고 강한 새끼들 역시 전쟁에 보내졌다는 증거를 발견한다. 마리는 그 짐승이 돌아가는 도중에 길에서 죽을지 모른다고 생각했지만, 먼 거리를 천천히 걸어 마침내 고다의 꽥꽥거리는 끔찍한 보살핌을 받게 되었다. 몇 달 안에 말의 피부에 윤이 났고, 땅딸막한 수녀 세 명, 또는 거인인 수녀원장 한 명을 거뜬히 태울 수 있게 되었다. 눈동자에 어려 있던 광기의 빛은 거의 인간다운 이해의 눈빛으로 바뀌었다. 그 말은 고통과 구원과 부활을 이해했으니, 마리는 그 말이 인간으로 치면 시성된 성인 聖人이라고 믿었다.

대성당과 구호품 배급소 사이 숲속에서 누구나 접근할 수 있는 눈속임용 새 길이 시작되는데, 진흙투성이에 말 한 마리만 지나다닐 수 있을 정도로 좁고 볼품없는 길이다. 마리는 말을 속보로 몰아 그 길을 따라간다. 몇 시간이 지나간다. 태양이 황금빛으로 떠오르고, 하루가 따뜻해진다. 말을 타고 가면서 그녀는 거듭거듭 놀라움에 사로잡힌다. 이곳에 처음 와 이런 식의 계략이 있으리라고는 꿈에도 생각지 못한 사람은 몹시 당황할 것이고, 대번에 포기하고 타운으로 걸음을 돌릴 것이다. 길은 거의 새 길처럼 보이지 않는다. 주위로 나무가 빽빽하게 자랐다. 첫번째 모퉁이에서는 심지어 마리의 방향감각도 흐트러지기 시작한다. 하지만 낮은 충분히 상쾌하고, 그녀는 오늘밤 수녀원 자신의 침대에서 잠들 것을 알기에 긴장을 푼다. 작업을 하느라 파헤친 숲의 몇몇 지점이 비어 보이긴 하지만, 다른 길은 잘 숨겨져 있다. 그리고 이 년이나 오 년 안에 나무와 관목이 마침내 완전한 높이로 빽빽하게 자라면 누구도 미로를 파괴할 수 없을 것이라고 그녀는 흡족해한다.

하지만 오전의 중반이 되어도 그녀는 여전히 첫번째 귓불 모양 영역 안에 머물러 있고, 바람은 스카풀라와 머리 가리개를 통과하며 차갑게 불어온다. 말은 계속 걷고, 그녀는 자신에게 이야기를 들려주며 시간을 보낸다.

마리는 곧 말의 흔들리는 리듬에 스르르 잠이 들고, 눈을 떴을 때는 우거진 나무들 틈새로 비스듬히 들어오는 햇살로 미루어 지금 적어도 제3시과가 되었으리라는 것을 안다. 그녀는 자신이 어디 있는지 알지 못한다는 것을 깨닫는다. 허기가 져서 배에서 꼬르륵 소리가 난다. 곧 밤이 되리라는 생각에 오싹 불안해지고, 늑대들과 어둠과 밤의 적대적인 신비가 수녀들로부터 몇 시간은 떨어진 거리에서 끝없는 길을 구불구불 걷고 있는 자신을 찾아올 것만 같다. 그녀는 말을 재촉하여 구보로 걷게 한다.

마리의 두려움을 느낀 말의 귀가 빳빳해지고 앞을 향해 뾰족해진다.

보폭이 빨라지면서 마리의 불안감도 커진다. 이건 좋지 않다, 길은 어두워지고, 태양은 구름 뒤에서 스스로의 빛을 가리고, 나무는 사악한 그림자를 드리운 채 그녀를 쏘아본다. 머리 위의 나뭇가지는 아래를 향해 반쯤 뻗은 퉁퉁한 팔 같고, 관목 안에서 뭔가가 움직이는데, 몸을 숨긴 검은 짐승이 배를 바닥에 붙이고 마리와 보조를 맞추며 스르르 빠르게 앞으로 미끄러지는 것 같다.

마리는 악마의 존재를 느낀다. 거대한 악이 지금 여기, 그녀와 함께 있다. 기억 속에서 이런 이야기가 떠오른다. 번들거리는 검은색 개떼와 나무에서 뛰어내려 지옥 같은 죽음의 독을 지상의 육신에 주입하는 거대한 거미, 불타는 눈동자와 염소의 뿔에 대한 이야기가.

그리고 마리는 잠시 자신이 저지른 가장 큰 죄를 본다. 그녀는 그 때문에 벌을 받을 것이다. 그녀가 그 죄를 미로 안에, 한때는 순수했던 동정 마리아의 선물 안에 밀어넣었다. 자신의 이름이 먼 훗날에도 명예롭게 되살아나기를 열망한 그 죄를.

말이 길 위로 돌진하고, 그녀 안에서 문이 열리는 것 같다. 거기서 진짜 기도가, 내면의 깊고 조용한 부분에서 그녀 고유의 언어로 된 단순한 기도가 쏟아져나온다.

고맙습니다, 그녀가 기도한다. 저를 용서하소서.

그리고 말이 길을 꺾어 돌고, 마리는 나무들이 그리는 윤곽선 위로 자주색 빛깔이 나는 언덕을 발견하고 안도감이 솟구친다. 이제 자신이 어디 있는지 다시 알겠다. 그녀는 속도를 늦춘다. 그리고 두려움을 느꼈던 것을 웃어넘기려 하지만, 손과 발에서는 여전히 두려움에서 비롯한 서늘한 충격이 느껴진다.

그녀는 자신이 죄로부터 놓여났다고 믿는다.

마리가 미처 보지 못하는 것은 수녀들이 숲속에 남겨놓은 교란이다. 다람쥐, 동면쥐, 들쥐, 오소리, 담비 가족이 허둥지둥 자신들의 집에서 쫓겨났고, 녹색 딱따구리가 살던 나무들이 쓰러졌으며, 소나무담비, 겨우살이개똥쥐빠귀, 긴꼬리오목눈이, 누른도요, 큰뇌조가 둥지에서 쫓겨났다. 겁에 질린 버들솔새는 한동안 이 땅에서 자취를 감출 테고, 그 작은 새들이 다시 돌아오는 데는 반세기가 걸릴 것이다. 그녀는 이 장소에 찍힌 인간의 발자국만 본다. 그리고 그게 좋다고 생각한다.

마침내 해가 지고 마리가 들판으로 들어설 때, 수녀원의 희끄무레한 돌은 언덕 위에서 빛나고 머리 위로 달은 파란 하늘에 차갑게 담겨 있다.

이 시간이면 그녀의 딸들은 손짓으로 소금, 당근, 우유, 포리지를 달라는 표시를 하며 말없이 저녁식사를 하고 있을 것이다. 마리는 그들의 머리가 검은 베일에 감싸인 채 음식 위로 기울어진 모습을 상상한다. 차가운 태양이 창문을 통해 비스듬히 들어와 줄에 꿴 진주알처럼 한 줄로 앉은 얼굴들을 비추는 장면을 상상한다.

마리는 말의 고삐를 잡아당긴다. 말은 마구간과 곡식과 물이 가까이에 있고 곧 쉴 수 있다는 것을 알자 조바심을 치며 춤을 추듯 움직이고, 그녀는 고개를 숙여 동정 마리아에게 감사의 기도를 올린다.

오늘 이 여정은 자신에게 주어진 첫번째 위대한 환시의 완성임을 그녀는 안다. 기도에 대해, 아멘.

바람이 불자 시든 풀이 물결처럼 출렁이고, 바람에 던져진 손바닥 같은 오크나무의 갈색 잎이 땅 위를 뒹군다. 들판의 풀은 바짝 잘려 수녀의 두피 같은 토양이 드러났다. 공중에는 흰 눈이 흩날리지만 눈이 쌓이기에는 날이 너무 따뜻하다. 하지만 눈송이는 바람이 움직이는 대로 춤추고 솟구친다. 그것이 바깥세상이 마리에게 안겨주는 행복이다.

마리는 수녀원을 1인치도 이동시키지 않았지만, 그럼에도 뱀과 딸들 사이에 큰 바다 같은 길을 만들었다.

마리는 자신의 마음과 손으로 세상을 움직였다. 뭔가 새로운 것을 이루어냈다.

이 감정은 창조에서 비롯한 전율이다. 그것이 그녀 안에 위험하게 살아서 팔딱팔딱 뛴다.

　마리는 그것이 자기 안에서 자라는 것을 느낀다. 그것을 탐닉한다. 그리고 서약을 했음에도 불구하고, 악마에게서 달아나야 한다는 공포 속에서 바친 기도에도 불구하고, 자신이 더 많은 것에 굶주려 있다는 것을 안다.

3

수십 년 동안 마리는 타운의 몇몇 미소 짓는 얼굴 뒤에서, 수녀
원에 지불해야 할 돈이나 공물을 미적거리며 내놓는 손을 통해서
부글부글 끓어오르는 반란의 기운을 알아차렸다. 이제 왕비가 경
고한 것처럼 분노가 끓는점에 다다르고 있었다. 양을 치는 소녀가
작은 수풀에서 낮잠을 자다 어떤 대화를 듣고 수녀원 하인으로 일
하는 친언니에게 말한다. 어느 미움받는 계모가 자기를 가구보다
못하게 보는 불같은 성미의 의붓자식들이 뭔가 계획을 짜는 소리
를 엿듣고 마리에게 편지를 써 보낸다. 타운의 여관에서 일하는 한
처녀는 수녀들에게 피비린내 나는 교훈을 주겠다고 떠벌리는 술
취한 남자들의 이야기를 듣고 겁을 먹어 치맛자락을 걷어들고 루
스에게 달려가고, 그 말을 들은 루스는 곧바로 마리에게 전령을 보
낸다.

마리가 그 계획을 추적해보니 아마 이십여 명의 공모자가 있는

것 같다. 음, 그 정도면 그리 나쁘지 않지만, 더 있을 수도 있다. 친구를 만들면 적도 만들어지는 법, 그녀의 무시무시한 평판은 더 큰 세상에 여전히 어둠으로 드리워져 있다. 마리는 군대를 지휘하는 젊은 알리에노르를 생각한다. 그녀 안에서 전사의 피가 요동치는 것 같다. 자문단을 소집한다. 아스타는 흥분해서 소리를 지르고, 루스는 울고, 울필드는 창백해져서 암담한 표정을 지으며 신중해지지만, 놀라운 것은 틸드다. 그녀는 의견이 아주 분명하고, 마음의 준비가 되었는지 얼굴이 상기된다. 마리는 여태 이 작은 동면쥐에게서 이런 면은 보지 못했다. 그것이 기쁘다.

루스가 회의 도중 뒤늦게 아니, 그럴 수 없다고, 이 모든 것이 죄라며 반대한다. 그들은 수녀다. 사람을 죽일 수는 없다. 그들은 반대쪽 뺨을 내줘야 하는 사람들이 아닌가?

음, 마리가 말한다. 그들이 스스로를 방어하는 것은 당연하다. 덴마크인이 탄 배가 미친듯이 날뛰며 강을 따라 올라왔을 때 늙은 수녀들이 얼마나 유약했는지 떠올려보라. 그 불쌍하고 성스러운 피조물에게 어떤 일이 일어났는가? 약탈과 성유물의 파괴와 강간이었다.

이 마지막 말에 방안에는 찬바람이 쌩 분다.

루스의 말이 맞다고, 마리가 이어 말한다. 경건한 여자들이 사람을 죽일 수는 없을지 모른다. 하지만 덫을 놓을 수는 있다. 탐욕과 욕망과 게으름을 이용하여 악한 죄인들이 스스로 파멸의 길을 걷도록 할 수는 있다고.

그리고 마리가 말한다. 무엇보다 미로가 파괴되는 것을 가만히 보고 있을 수는 없다. 바깥세상에서 미로에 공략할 틈이 조금이라도 있다는 이야기가 나돌아서는 안 된다. 만약 그렇게 되면 그동안의 작업과 독창성과 홍수처럼 쏟아부은 돈 전부가—음, 마리는 잠시 말을 멈추었다—그 효력을 잃는다.

울필드는 웃고, 우리 수녀원장님이 거의 마술 같은 이야기를 했다고 말한다.

가장 강력한 마술이라 해도 열심히 들여다보면 인간의 민첩한 손놀림을 볼 수 있다고, 마리는 말한다. 슬퍼라, 수녀들은 싸우고 검을 쓰는 법에 대해 훈련받거나 배울 시간이 없었다. 여자의 몸은 근육이 강하지는 않지만, 자궁에서 생명을 탄생시키는 힘보다 더 강한 힘은 없다고 말해야 할 것이다. 아니, 아니다. 그들이 수녀원을 안전하게 지키려면, 가장 불가능할 것 같은 싸움이라도 해야만 한다.

아침이 오고, 회의에 모인 사람들은 멍한 정신으로 각자 할일을 맡는다. 들판 수녀들이 수확에서 빠지는 대신 수련 수녀들이 그 일을 맡고, 싸움을 좋아하는 농노들은 노래를 부른다. 스물네 명으로 구성된 아스타 팀은 수녀원 주변에서 가장 취약하다고 모두가 동의한 지점, 거의 누구라도 낫이나 도끼로 어린나무와 관목을 제거하고 바깥쪽 길에서 안쪽 길로 밀고 들어올 수 있는 지점에서 땅을 파고 뭔가를 짓고 길을 굽어 돌게 한다.

마리는 더 민첩한 대응을 위해 이 지역에 정보망을 형성한다. 마리가 가르친 여학생들은 이제 숙녀가 되어, 마리에 대한 충성심에서, 그들에게 보낸 것이 아닌 편지를 읽는다. 마리의 법 아래 형편이 나아진 소작인들은 이웃들에게 술을 먹이고 슬쩍 유도하는 질문을 던진다. 마리가 좋은 집에 살게 해준 하인들은 문가에서 엿듣는다. 며칠 지나지 않아 네 명의 첩자가 각각 그날 밤 공격자들이 집합한다는 말을 전해온다. 농노와 하인들은 흥분해서 주변을 돌아다니고, 마리는 그들 모두를 이용한다. 세면소에서는 선발된 마흔 명의 수녀들이 옷에 걸려 넘어지지 않으려고 수녀복을 물에 빨고 치마를 걷어 묶는다. 나머지는 수녀원에 남아 기도하고 잠을 청할 것이다.

얼마나 어리석은가, 마리는 어머니가 제2차 십자군 원정 때 하고 나간 두꺼운 가죽 벨트를 조여 매며 생각한다. 얼마나 어리석은가, 보름달이 뜨고 바람 한 점 없고 개구리 울음소리가 가득한 밤에 수녀원을 공격한다는 것은. 반란자들이 침입 경로로 더 흥미로운 약점 한 곳, 심지어 두 곳을 고르지 않고 타운에서 가장 가까운 한 곳만을 골랐다니 얼마나 게으른가. 그녀의 여인들은 늘 저평가되었다. 마리는 가죽 벨트에 검을 차고 왼손에는 무거운 수녀원장 지팡이를 든다. 그리고 말을 타고 나간다.

수녀원 언덕 꼭대기에서, 마리는 말을 탈 줄 아는 수녀 열 명을 말 열 마리에 올라타게 한다. 그중 여섯 명은 이곳에 오기 전에 사냥을 해서 손에 쥔 활과 화살을 쓸 줄 안다. 말은 탈 수 있으나 활을 쏠 줄 모르는 사람은 낫을 들었다. 필요하다면, 이들이 마지막 방어선이 될 것이다. 마리는 말을 타고 숲으로 들어가면서 뒤를 돌아보는데, 등뒤로 환한 달이 떠 있다. 말을 탄 수녀들의 윤곽은 거대하고 검고, 그들의 그림자는 언덕을 무시무시한 형태로 그려놓았다.

이제 미로 안으로 들어가 영리하게 숨겨놓은 좁은 안쪽 길들을 통과하고, 그 길들은 바깥으로 나가는 여섯번째 큰길과 연결되는

데, 그 큰길이 교전이 일어나는 지점이 될 것이다. 그녀의 여인들이 벌써 그곳에서 숨을 죽인 채 기다린다.

마리가 말을 멈춰 세운다. 그리고 기도한다. 마리는 자신이 오늘 밤에 꼭 죽을 것만 같다. 목에 화살이 박히는 환시가 빠르게 지나간다. 숨이 막혀 공기를 갈구하고, 시야에 붉은색이 흘러넘친다. 그녀는 환시를 뒤로 던져버리고 여인들이 잠복하고 있는 숲으로 들어간다. 손이 떨린다.

저만치, 마리는 바깥쪽 길에서 침입자들의 목소리를 듣는데, 아마도 취했는지 웃으면서 나무를 베고 있다. 그들의 말이 쿠르렁거린다. 마리의 여인들은 침묵 속에서 기다린다. 민첩하고 호리호리한 수녀가 마리에게 달려와, 몸짓으로 그들은 모두 건장한 남자로 스물한 명인데 말은 네 마리뿐이라고 신호로 알려준다. 일부는 화살을 가졌고, 일부는 갑옷을 입었으며, 대부분은 곤봉과 검을 들었다. 그리고 그림자 수녀는 다시 망을 보러 어둠 속으로 사라진다. 바깥으로 통하는 길 하나가 뚫리고 그들이 숲을 통과해 가까워지는 소리가 들리자 울필드가 마리를 보며 얼굴을 찡그린다.

큰길들 사이로, 아스타와 그녀의 무리가 땅을 파고 돌멩이를 옮겨 일종의 도랑을 만들고 그들의 흔적을 관목과 이끼로 덮어두었다. 이성적인 사람이라면 누구든 힘들여 나뭇가지를 자르고 쳐내느니 옆의 길로 이동하는 더 쉬운 방법을 선택할 것이다. 도랑은 좁아져 큰길 근처에서 한 줄로만 지나갈 수 있고, 앞서 지나간 사람들의 몸이 보이지 않도록 날카롭게 꺾인다.

조금 더 가까이, 그녀는 기다린다. 조금 더 가까이.

마리가 마침내 손을 내리자 참호에 쭈그리고 앉아 기다리던 농노들이 조용히 그리로 몰려가, 다섯번째 사람이 알아차리고 비명을 지르기 전에 올가미와 재갈과 밧줄로 네 사람을 포박한다.

이제 남은 사람은 열일곱 명, 마리는 비장하게 생각한다.

뒤쪽에서 쿵 소리가 들리고, 고요한 밤에 나지막하지만 수런수런 상의하는 목소리가 들린다. 마리는 웃고 싶은 충동을 느낀다. 그림자 수녀가 돌아와 이번에는 말들이 앞서서 오고 있다는 표시를 한다.

마리는 고개를 끄덕이고 나무들을 올려다본다. 어두워서 보이지 않지만, 젊은 수녀들이 이미 거기서 돌을 잔뜩 담은 그물을 들고 있다는 것을 안다. 그녀가 주먹을 들어올린다. 수녀들은 순종하며 기다리고, 기다리고, 기다리고, 마침내 마리는 선두에 선 말의 눈에 달빛이 반짝이는 것을 본다. 그녀가 주먹을 펴자 수런 수녀들이 그물을 던지고, 그물은 아주 멋지게 천천히 아래로 떨어진다. 그것이 정확하게 맞아 말 두 마리의 발에 걸리고, 말들이 고꾸라진다. 농노들이 귀신처럼 어둠 속에서 몰려나온다.

이제 나무숲에서 돌들이 은색 비처럼 쏟아진다. 두개골에 돌이 부딪히는 소리가 멜론을 치는 소리 같다. 몸들이 굴러떨어지고, 이제 비명소리가 들리고 대혼란이 일어난다. 마리가 또 한번 수신호를 하자 수런 수녀들이 길을 따라 북쪽으로 올라가 나무가 한 그루도 없는 공터로 쏟아져들어간다. 어린 수녀들은 달빛에 푸르스름하게 빛나고 머리칼은 풀어헤쳐 은은하게 반짝거리는데, 어두운 길을 따라 달빛이 환한 공터에 있는 그들은 모두 아주 아름답고 아주 멀리 있는 듯하다.

한편 남쪽으로 내려가는 길에는 횃불이 밝혀져 그만큼 환하고,

들판에서 일하는 수녀들과 하인들 중 가장 건장한 여자들이 곡괭이를 들고 도리깨를 휘두르며 험상궂게 서 있다.

이제 남은 침입자들이 길 위로 쏟아져들어온다. 마리가 보기에는 열두어 명쯤인 것 같다. 함성소리와 함께 그들의 절반이 수련 수녀들을 돌아보고 달리기 시작하고, 말 두 마리가 앞서 나아간다. 나머지 절반은 들판 수녀들을 향해 달리고, 쿵쿵 땅을 밟으면서 와아 큰 목소리로 함성을 지른다.

길 위쪽과 아래쪽에 수련 수녀들과 들판 수녀들이 굳건히 자리를 잡고 대기하고 있다. 오 내 어여쁜 딸들, 마리는 생각한다. 오 내 용감하고 선량한 여인들.

곧 어둠 속 수련 수녀들이 있는 쪽에서 장선*이 당겨지고 말 한 마리가 비명을 지른다. 찔린 목 부위에서 피가 쏟아져나오고, 말은 뒷다리로 섰다가 뒤로 넘어지며 달려오던 세 사람을 덮친다. 다른 말도 달려오다가, 다음 장선이 제 역할을 해내자 수련 수녀들을 향해 아주 느린 속도로 천천히 머리를 튕기듯 흔들며 그들 쪽으로 피를 뿜는다. 여자들이 소리를 지르고, 말은 자기 몸에 올라탄 몸이 시체가 되어 기울고 떨어지는 것을 느끼자 속도를 늦추고 멈춘다.

길 아래 들판 수녀들은 예닐곱 명의 남자들이 성난 물결처럼 가까이 다가오자 소리를 지르고 포효한다. 마리는 충돌이 일어날까봐 마음을 단단히 먹지만, 흙으로 덮어둔 층층의 나뭇가지들이 마침내 우지끈 소리를 내며 부러지고, 남자들의 몸이 뾰족한 막대를 꽂아둔 깊은 구덩이로 굴러떨어진다. 이제 남은 건 다친 자들이 피

---

* 동물의 창자로 만든 줄.

를 흘리며 지르는 비명소리뿐이다. 농노들이 고함을 치며 나머지를 아래로 밀어뜨린다.

정적이 흐르고, 평화도 잠시, 곧 위로 올라오는 고통스러운 외침이 허공을 채운다.

다 끝났는가? 마리는 생각한다. 벌써? 전투에 걸린 시간이 서른번의 숨만큼도 되지 않는다. 그녀의 검과 지팡이가 실망한 듯 희미하게 반짝거린다. 그녀는 손도 까딱하지 않았고, 그녀에게 손을 댄 자도 없었다. 목을 찌른 화살도 없었다. 그녀의 종말은 다른 어딘가에서, 다른 시간에 찾아오리라.

울필드가 말한다. 오, 음, 잘 끝났군요.

만족스럽다고 해야겠지, 마리가 건조하게 말한다.

하지만 한 여자가 영어로 비명을 지르고 있어, 마리는 말을 속보로 몰아 나아간다. 송진을 묻힌 횃불의 불빛에 농노 하나가 길에서 몸을 비틀며 뒹굴고 있는 것이 보인다. 열 살이 되지 않은 아이 여섯을 둔 여자의 손가락 사이로 젖은 내장이 덩어리째 희미한 빛을 흘리며 흙 위로 쏟아져나와 있다. 네스트는 웨일스어로 욕설을 내뱉고, 이어 농노의 입에 가죽을 물린 뒤 손으로 내장을 집어 다시 뱃속으로 쑤셔넣는다. 농노의 눈동자가 돌아가 흰자위만 보이고 입은 벌어져 다물리지 않는다. 기절했거나 완전히 죽었을 것이다.

마리는 농노를 수녀원장 사택으로 데려가고, 자식들도 그리로 데려가라고 한다. 네스트는 마리에게 분노와 배신이 가득한 눈빛을 보내고, 옛친구에게 등을 돌리고 돌아선다.

농노들이 죽은 남자 둘과 부상당한 침입자 열아홉 명을 길에 내려놓는다. 이제 수녀원의 소유가 된 침입자들의 말에 각각 세 남자의 몸을 싣고, 남은 몸은 팔과 다리를 끌어 안쪽 들판으로 옮긴다. 거기 마차들이 기다리고 있고, 타운으로 돌아가는 통로를 비밀로 지켜내기 위해 침입자들에게 두 겹으로 된 두건을 씌운다. 네스트는 몸들 사이를 뛰어다니며 연고를 바르고 붕대를 감고 뼈를 바로 잡는다. 비록 이 죄인들이 처녀들의 공동체에 대항해 봉기하였으나, 누가 뭐래도, 수녀들은 자비로워야 하기 때문이다.

마리는 수련 수녀들이 차례로 던지고 받으면서 유딧* 놀이를 하는 잘린 머리를 구해내야 한다.

수녀원장은 자신의 수녀와 하인과 농노를 위해 기도한다. 그녀의 목소리가 어두운 들판에 크게 울린다. 내 딸들이여, 나는 여러분이 자랑스럽습니다, 그녀가 아멘으로 기도를 마친 뒤에 말한다. 달빛을 받은 그들의 얼굴은 행복해 보인다. 함께 웃고 이야기하면서, 그들은 언덕을 올라 뜨거운 포도주와 벌꿀 케이크가 기다리는 곳으로 간다.

마리는 말에 오르고 마차들을 이끌고 잠든 타운으로 간다. 대성당에 도착한 그녀는 납골당에서 돌을 끌어내고 부상당한 자들을 곰팡내 나고 냉랭한 공간 속, 죽은 자들 사이에 집어넣는다. 떠나기 전에 마리는 한 사람씩 두건을 벗겨준 뒤, 그들이 임종의 침상에서 가장 큰 죄를 기억해내야 할 때 자신의 얼굴을 떠올리기를 바라며 근엄하게 아래를 내려다본다. 마리가 직접 돌을 다시 밀어놓는데, 신음하는 소리와 입에 물린 재갈 사이로 소리를 지르려는 시

---

* 구약성서 외경인 「유딧기」에 등장하는 여성으로, 자신이 사는 도시에 쳐들어온 적장의 환심을 산 뒤 목을 잘랐다.

도가 간신히 들린다. 그들은 아침이 되기 전에 누군가가 와서 그들을 풀어주리라는 것을 모른다. 그녀는 산 채로 매장되는 이 시간의 고통과 어둠과 두려움이 그들에게 두번째 교훈이 되기를 바란다.

그리고 마리는 자신이 잘 아는 수녀원의 어느 영지로 죽은 자들을 데려가는데, 한때는 그곳의 여자들과 같이 앉아 에일을 마시고 견과류 타르트를 먹었다. 이제 그때 그 여인들이 조용히 시신을 거두러 온다. 그들은 마리를 차마 보지 못한다. 그들이 화가 난 것은 아니다. 그들은 슬프고, 죄의식을 느낀다. 마리는 그들에게 소리를 지르고 싶다. 하지만 그러지 않는다. 마리가 말을 타고 돌아간다.

마리는 도착하기 전에 검은딸기나무 근처 오두막에서 흘러나오는 곡소리로 다친 농노가 죽었음을 알아차린다. 어쩌면 많은 이를 구하기 위해 하나가 죽은 것이 지나친 희생은 아닐 것이다. 그럼에도 이 불필요한 희생이 마리의 영혼을 무겁게 내리누르고, 아주 젊은 나이에 저세상으로 간 어머니를 두고 아이들을 위로할 방법은 없다는 것을 안다. 음, 그래도 최선을 다할 것이다. 큰 딸들은 아동 평수녀로 데려오고, 어린 딸들은 죽은 여인의 친자매가 데려가 키우게 할 것이다. 그리고 이 시골 지역 전체에서 여자들이 이 이야기를 할 것이다. 여자가 여자에게, 하인이 하인에게, 귀부인이 귀부인에게. 이야기는 이 섬의 북쪽과 남쪽으로 퍼지고, 이야기는 전설로 바뀌고, 전설은 경고의 이야기가 되고, 그리하여 그녀의 수녀들은 가장 강력해진 이야기를 통해 두 배로 안전해질 것이다.

4

예수공현대축일 옥타브*가 지났다.

세상은 엄지손가락 두께의 반짝거리는 아름다운 얼음으로 뒤덮여 있다. 바람이 불어 칼같이 매서운 추위를 데려온다.

마리는 회랑에서 혼자 빠르게 걸으며 생각에 잠긴다. 빙판에 그녀의 발자국이 검은 선을 남긴다.

수녀들은 모두 허리를 굽히고 각자 맡은 일을 하고 있다. 치료소에서는 네스트와 그녀가 치료술을 가르치고 있는 수련 수녀 베아트릭스가 큰 사발에 약초를 넣고 막자로 빻고 있다. 베아트릭스는 만성절 직후에 수녀원에 왔는데, 그녀와 네스트 사이에 무언의 뭔가가 형성되고 있다. 그들은 그것이 다른 사람들에게 보이지 않는

---

* 예수공현대축일은 주현절이라고도 하며, 예수의 신성함이 드러난 날을 기념하는 축일로 1월 6일이다. 옥타브는 8을 뜻하므로 축일을 포함한 팔 일 동안을 가리킨다.

다고 생각하지만, 마리의 눈에는 그 자취가 보인다. 마리는 곧 인퍼매트릭스가 자신의 친밀한 애정을 위해 다른 수녀들 안에 축적된 체액을 방출시키는 일을 중단하리라는 것을 깨닫고 마음이 따뜻해지면서도 답답해진다. 그러면 조용히 인퍼매트릭스를 찾아가던 엘지바와 마리와 누군지 모르는 다른 수녀들은 찾아갈 곳이 없어 다시 몸의 고통을 느끼게 될 것이다. 마리는 벌써 그것이 슬프다.

필사실 수녀들은 허리를 숙인 채 필사를 하고, 실 잣는 수녀들은 실을 잣고, 천을 짜는 수녀들은 천을 짜고, 빵 굽는 수녀들은 저녁식사를 위해 맛좋은 빵을 굽고 있다. 거기서 하는 모든 것이 산업이다. 가마에서는 종일 그릇과 컵이 구워져 나온다. 고장난 것을 수리하고, 수녀복을 깁고, 긴 양말을 뜨개질하고, 뒷말이나 이야기들은 수녀들을 더 가까워지게 한다. 저멀리 넓은 세상에서는 앙주 왕가의 깃발이 먼지가 날리고 열기로 뜨거워진 성지 위로 나부끼겠지만, 마리는 올해가 가기 전에 세번째 십자군 원정이 끔찍하고 파국적인 결말을 맞으리라는 걸 안다.

알리에노르가 총애하는 새끼 독수리는 이제 완전히 자라서, 부리에 피를 묻히고 발톱은 날카로워지고 성미는 사나워졌다.

알리에노르에 대한 이야기가 떠돌고, 마리는 그 이야기에 분노로 불탄다. 사람들은 알리에노르의 성생활이 난잡하고, 만족할 줄 모르며, 빌빌대는 늙은이부터 가장 미천한 하인에 이르기까지 식솔 모두와 잔다고 수군거린다. 알리에노르가 말馬을 통해서만 만족을 느낀다는 소문도 나돈다.

마리가 조심하라는 뜻으로 이런 이야기를 써 보내면, 알리에노르는 웃어넘긴다.

왕비는 이제 이 세상을 아주 자유롭게 돌아다니고, 가고 싶은 곳은 어디든 당당하게 간다. 왕비는 그녀 역시 자기만의 수녀원을 끌고 다닌다는 것을 알지 못한다. 자신이 아는 사람들로 이루어진, 벽이 없고 보이지 않는 수녀원이 그것이다. 참으로 아주 크지만, 그럼에도 몸과 마음의 제한을 받는다. 모든 사람이 자신만의 이해라는 한계 안에 갇혀 있다. 적어도 마리는 자신을 가로막는 한계를 알고 있다. 알리에노르는 너무도 오만해서 자신이 자유롭다고 믿는 것이다.

마리는 고개를 들어 바깥을 내다보고, 살을 에는 매서운 바람이 멈춘 것을 깨닫는다. 반짝이는 얼음 껍질에 감싸인 나무들은 모두 그녀 쪽으로 몸을 숙이고, 겨울의 흐린 빛은 공중에서 맥박이 뛰듯 진동한다.

마리의 손가락에서 시작된 성스러운 불이 그녀 안을 통과하며 팔과 다리를 그슬고, 목구멍 안에서 모였다가 그녀의 시야를 둘로 가른다.

그리고 복되신 어머니 성모마리아가 자신의 충실한 딸에게 내려주는 세번째 환시가 마리 앞에 빠르게 펼쳐진다.

텃밭의 돌벽 너머로, 마리는 사과나무와 배나무와 살구나무의 잎이 다 떨어진 꼭대기를 선명하게 본다. 그 환시와 함께 마리의 시야가 공중으로 올라가 공동 침실 높이에 다다르고, 이제 그녀의 눈에는 과수원 전체가 보인다. 방치된 사다리가 나무 한 그루에 기대어 있고, 과수원 너머 길고 평평하고 높이 솟은 땅 위에는 잘라낸 나뭇가지들이 쌓여 봄의 장작으로 쓰이기를 기다리고 있다. 그리고 그곳에서 땅은 흙이나 돌이나 두꺼운 뗏장이 아니라 바다의 물처럼 요동치고 흔들리고 구른다. 그 진동이 회랑의 돌바닥을 단단히 디딘 마리의 발에까지 느껴진다. 이제 검은 구멍이 땅속 깊이 내려가는데, 그 구멍은 완벽하게 둥글고 믿을 수 없을 만큼 깊다. 그리고 그 구멍에서 구리 색깔의 기이한 어린나무가 위로 자란다. 나무는 빠르게 자라고, 점점 면적을 넓혀 그 뿌리가 평평한 땅의 가장자리 경계에 닿는다. 큰 줄기는 하늘을 향해 올라가고, 거기서 은과 금과 구리와 청동 색깔의 굵은 가지와 작은 가지들이 순식간에 자라난다. 나무 그늘은 수녀원 벽을 뒤덮고 언덕 아래 연못과 양을 치는 들판과 돼지우리까지 내려간다. 마리의 팔만큼 굵고 손가락 모양으로 생긴 마지막 가지에서 돛처럼 큰 잎이 밀고 나오는데, 각각의 잎에는 가운데 잎맥에 하얀색 십자가가 찍혀 있다. 이제 나무가 꽃을 피우기 시작한다. 종 모양의 커다란 흰색 꽃은 크기가 키 큰 여자보다 더 크고, 꽃잎이 퍼지자 그 안에서 꽃의 수술 같은 머리카락이 땅에 닿을 만큼 길고 발목에 펜던트를 매단 알몸의 소녀들이 나타난다. 어떤 꽃들은 그대로 있고, 어떤 꽃들은 꽃잎을 비처럼 땅에 뿌리며 날아간다. 소녀들은 열매를 맺으려는 듯 몸을 웅크리고 있고, 소녀들 주위로 배주胚珠가 석류석의 빨간색과 에메랄드 녹색으로 둥글고 통통하게 자란다. 꽃들이 아주 크게 자라자 나뭇가지가 휘더니 마침내 툭 부러진다. 꽃들이 땅에 떨어지고, 떨어지는 순간 두 개로 나뉘면서 눈 같은 펄프 안에서 일어나 앉으려고 애쓰는 얼굴 없는 여인들이 나타난다.

그리고 모든 광적인 성장이 멈추고, 열매 여인과 꽃 안의 소녀들이 머리를 동쪽으로 돌리고 귀를 기울인다. 그들은 다시 나무 안으로 뛰어들고, 나무는 가지와 꽃과 열매와 잎을 거두고 그것이 자란 구멍 안으로 들어간다. 나지막이 우르릉거리는 소리와 함께 구멍이 닫힌다. 세상은 다시 뒤척이고, 바람은 서늘하고 날카롭게 불어오고, 수녀들이 실내에서 움직이는 소리도 되살아난다. 수련 수녀들은 성가대에서 노래를 연습하고 있다. 그리고 그 목소리들과 함께 환시의 마지막 장면이 사라진다.

마리는 가벼운 걸음으로 은은한 빛이 새어나오는 작은 수녀원장실로 뛰어올라간다. 거기서는 부수녀원장 틸드가 소작인에게 보낼 편지를 쓰고 있고, 부수녀원장 보좌인 고다는 근친 교배를 피하기 위해 수녀원 짐승들의 가계도를 만들고 있다. 두 사람이 마리에게 뭐라고 말하지만 그들의 목소리는 공중으로 흩어진다. 마리는 환시의 책을 집어들고, 글을 쓰는 동안에도 새로운 의미를 깨닫는다.

동정 마리아는 미로 때문에 그들이 다시 가난해졌지만, 마리에게 수녀원장 사택을 짓는 일을 시작하라는 지시를 내린 것이다. 그 환시에서 마리는 앞으로 나아갈 길을 보았다. 수녀원장을 위해서는 더 큰 숙사를, 수녀원 업무를 위해서는 더 크고 밝은 방을 만들고, 코로디언*을 위한 숙소도 지어 부유한 귀부인들이 넉넉한 지참금을 내고 수녀원에서 더 경건한 방식으로 노년을 보낼 수 있도록 한다. 필사는 돈을 벌어들이는 아주 귀중한 방편이므로, 더 많은 원고 필사를 위해 크고 빛이 잘 드는 방을 만들어야 할 것이다. 필사는 마리가 젊은 부원장이던 시절에 시작한 것으로, 처음에는 필사란 여자들의 일이 아니고 특히 신성한 글에 대해서는 더욱 그러

---

* corrodian. 수녀원이나 수도원에 돈을 내거나 땅을 기부하고 그곳에서 숙식하는 노인들을 말한다.

하므로, 그 소문은 여자들의 세계 안에서만 귓속말로 퍼져나갔다. 사람들은 여자들에게 조금이라도 쓰는 능력이 있다는 사실을 믿지 않는다. 새 건물에는 소녀인 평수녀들을 위해 더 좋은 교실과 별도의 공동 침실이 마련되어야 하는데, 이 시골 지역의 귀족 소녀들을 수용할 만큼 충분히 커야 한다. 넉넉한 돈을 받고 그 아이들에게 읽기와 쓰기와 언어를 가르칠 것이다. 그렇게 함으로써 이 시골 지역에 글을 읽고 쓸 줄 아는 소녀와 여자들의 씨앗을 뿌리고, 그 과정에서 평생 수녀원에 충직한 여인들을 만들게 될 것이다. 건축을 시작할 돈은 마리가 부탁하여 충분히 모을 수 있고, 완성하는 데 드는 비용은 코로디언과 학생들이 내는 은화만으로도 충당할 수 있을 것이다.

어쩌면, 마리는 감히 생각해본다. 건물이 충분히 아름답고 충분히 편안하다면 알리에노르는 퐁트브로가 아니라 여기로 은퇴하고 싶어질지도 모른다.

곧, 오 그만, 마리, 그녀는 스스로에게 화를 낸다. 그 불꽃에 그만큼 가까이 있으면 너는 타 죽을지도 몰라.

부수녀원장 틸드가 근심 가득한 얼굴을 하고서 마리를 쳐다본다. 그리고 고다에게 낮은 목소리로 또다른 공사를 하자고 할까봐 두렵다고 말한다.

그러자 고다는 오, 하지만 자기는 자신이 해도 좋다고 허락이 내려졌던 숲 일이 그립다고 말한다. 왜냐하면 자신은 종종 결함 있는 수녀들과 뒤에 남아야 했고, 물론 누구도 고다처럼 닭이나 돼지, 염소, 암소, 거위 등을 돌보지 못하고, 모두가 고다는 동물을 다루는 데는 약간 천재적이라고 하니 어쩔 수 없지만, 자기는 그게 불공평하다고 생각했기 때문이다. 지금 수녀들이 새끼를 낳지 못하는 암소를 한 마리씩 잡아먹는 것은 얼마나 안타까운 일인지. 고다는 칼로 목을 가르기 전에 그것들의 큰 머리를 두 손으로 잡고 귓가에 기도를 속삭인다. 그것이 소들에게 위안이 될 거라고 생각하는데, 그들을 속세의 차원에서 다른 곳으로 데려가는 손이 다름 아닌 부수녀원장 보좌의 손이기 때문이다. 그녀가 턱을 자랑스럽게 내민다.

마리가 글쓰기를 마친다. 그녀의 입에 서서히 단어가 돌아온다. 그녀가 나지막이, 아스타와 울필드를 데려오라고 말한다.

고다가 마리를 쳐다보고, 모과같이 생긴 고다는 마리의 얼굴에서 본 뭔가에 표정이 달라진다. 신비주의자들을 대단히 존경하는 고다가 벌떡 일어나 뛰어간다. 틸드는 가슴에 두 손을 꼭 모아 붙이고는 절망적으로, 오 맙소사, 오 맙소사, 오 맙소사, 하고 혼잣말을 한다.

그날 아침 회의가 끝난 뒤 마리는 부엌 옆에 딸린 난방실로 가는데, 거기서는 수녀들이 각자 묵상하는 책을 들고 스툴에 앉아 나지막이 중얼중얼 글을 읽고 있다. 수녀원의 수녀들 중에는 마리만이 눈으로 읽는데, 그럴 때마다 고다는 몸을 부르르 떨며 그런 마녀의 마법은 쓰지 말라고 소리를 꽥 지른다. 하지만 내면의 독서가 없다면 어떻게 내면의 삶이 있겠는가? 마리는 부수녀원장 보좌의 가슴속에 펼쳐져 있을 차가운 바람이 부는 사막을 상상한다.

계급 서열에 따라 관리들이 불에서 가장 가까이 앉고, 불에서 가장 멀고 추위에서 가장 가까운 곳에는 아동 평수녀들이 앉는다. 마리는 문을 닫지만, 가장 따뜻한 자리인 자기 자리로 가서 앉지 않는다. 등에 나무의 서늘한 감각이 전해진다. 그녀가 수녀들 앞으로 나서면 수녀들은 새 계획을 들을 테고, 그녀는 자신이 방금 본 환시를 나눌 것이다. 하지만 당장은 속으로만 환시를 음미한다. 창문을 통해 들어오는 햇살은 물기를 머금고 있고, 빛의 각도 때문에 수녀들이 낭독하며 내뱉은 숨을 통해 빛이 반짝인다. 올라가는 숨은 은빛이 되고, 말의 흐름이 눈에 보이고, 단어는 입에서 올라갈 때 유령으로 변한다. 방안의 소리라곤 이제 중단 없이 들리는 낮고 달콤한 허밍뿐인데, 목소리들이 아주 아름답게 어우러져 목소리 하나하나가 실처럼 짜인 태피스트리가 아니라, 납작하게 두드린 금처럼 단단하고 얇은 평판 같은 인상을 준다. 이렇게 각자 책 위로 머리를 숙이고 있을 때 단어들은 희미하게 반짝거리고, 마리는 수녀원이란 그녀의 모든 착한 벌들이 겸손하게 헌신하며 함께 일하는 벌집이라는 것을 깨닫는다. 이 삶은 아름답다. 그녀의 수녀들과 함께하는 이 삶은 은총으로 가득하다. 마리는 감사하는 마음으로 동정 마리아에게 기도를 바친다. 그리고 앞으로 나선다. 그들은 책을 읽다 말고 고개를 들어 그녀를 본다. 이날의 환시 속에서 이상한 여자-나무가 남긴 광휘가 마리에게서 빛나는 것을 본다. 그리고 그 광휘는 불의 빛처럼 고개를 든 그들의 얼굴에 가닿는다. 마리가 방금 본 환시에 대해 말하기 시작한다.

부수녀원장 틸드가 밤에 침대에서 흐느낀다. 틸드는 수녀원의 그 모든 일을 다시 해야 한다면 죽을 것 같다고 생각하지만, 자매들을 깨우지 않으려고 소리를 내지는 않는다.

아스타는 뾰족한 아치형 구조물, 그녀가 아이 때 지어지는 것을 본 그런 부벽이 나오는 꿈을 꾼다. 파리에 있는 섬*에 지어진 대담하고 충격적인 그 건물은 창이 엄청나게 크고, 높이는 어마어마하게 높고, 파사드가 있었다. 사람들은 그 안에 밝게 칠한 조각상도 아주 많을 거라고 했다. 아스타는 무게를 감안해 어떻게 설계할지 머릿속으로 균형을 잡고 들어올리고 가늠하고 계획을 세우는 데 너무 신이 나서 일주일 동안 잠도 자지 않는다. 그녀가 아홉 살이나 열 살 때 한번은 보모에게서 달아난 적이 있었다. 그러고는 대성당을 짓고 있는 터를 돌아다니며 일꾼들에게 질문하고 답을 들으면 놀라서 입을 벌리고 바라보거나, 몸에 돌가루나 흙을 잔뜩 묻히며 오후시간을 완전히 만족스럽게 보내다가, 결국 자기를 책임지고 돌보는 보모—아스타를 찾는 동안 꼬집히고 희롱당하고 길에서 썩은 돼지 오물 위로 넘어지면서 신경질적이 된—에게 붙잡혀 귀를 잡힌 채 거리로 끌려나왔다.

울필드는 밤의 대부분을 수녀원 회계장부를 정리하면서 깨어있는다. 그녀는 일주일에 여섯 날을 말을 타고 나가 수녀원이 소유한 토지를 돌면서 마리를 대신해 회유하고 호통을 치느라 지치고, 타운은 물론 그 너머에서도 수녀원장의 목소리가 된다. 그러다 마침내 마리가 몸소 사람들을 찾아가면, 모두의 눈에 마리는 여느 여자보다 더 위대한 신화처럼 보인다. 누군가는 성인이라 하고, 누군

---

* 시테섬을 가리키며, 그곳에 노트르담대성당이 있다.

가는 마녀라 하고, 소문은 뒤죽박죽이 된다. 분노와 뜻대로 자연을 주무르는 힘을 지닌 요정 멜루신의 후손, 왕가의 핏줄, 군마를 탄 거대한 여인, 그리고 여자 같지 않은 얼굴과 몸과 지식과 의지력을 지닌 수녀원장.

울필드는 동정 마리아의 환시에 대해서는 아무 힘이 없어서, 자신의 신중함은 삼키고 한숨을 쉰다. 수녀들은 아주 많은 일—공사 발판을 만들거나 모르타르를 바르거나 이엉으로 지붕을 잇거나 나무를 깎거나 회반죽을 바르거나 페인트칠을 하는 소소한 일—을 할 수 있지만, 돌을 자르는 일을 가르칠 사람은 아무도 없다. 거의 모든 게 자급자족이 가능하지만 이 기술은 없다.

다음날 울필드는 수녀원장실로 간다. 그녀가 수녀원장 쪽으로 몸을 기울이고, 두 사람은 잠시 이마를 맞댄다. 마리가 울필드의 콧등에 애정어린 키스를 한다. 울필드는 곧 마리에게 가장 일 잘하는 농노 열두 명으로 팀을 구성해 양떼를 풀어놓는 목초지 너머 언덕에 석공들이 지낼 야영지를 만드는 계획을 말한다. 성별 간에 오염이 있어서는 안 된다. 수녀나 하인이나 농노에게 그들의 순결을 훼손하거나 약점을 자극할 수 있는 장면을 보여줄 수는 없다. 외부인을 데려와야 하므로 눈가리개를 씌우는 체계를 만들고, 일을 빠르게 잘하는 사람에게는 돈을 더 지급한다. 갈등이 마리의 마음 여린 수녀들에게 부담이 되지 않게 그 일은 자신이 직접 할 것이다.

울피는 참으로 현실적이구나, 마리가 소리 내어 말한다. 속으로는 이렇게 말한다. 너는 내 심장의 심장이란다.

아스타는 스스로 찬란한 환시를 보았기에 일 년 안에 완공될 거라고, 그렇게 믿는다.

마리가 편지를 쓴다. 그 편지는 아주 지혜롭고 매력적이다. 그녀는 왕비에게 노후를 여기로 와서 보낸다는 생각의 씨앗을 뿌린다고 생각하면서, 자신의 계획을 개략적으로 설명한다. 하지만 왕비는 모든 부를 자기에게 충직한 대성당에, 왕비의 봉인 뒤에 축적해놓고, 마리에게는 돈을 보내지 않는다. 대신 마리에게 경고의 글을 보낸다. 편지를 펼치자 왕비는 조심하라고, 마리가 수녀원을 아주 멋지게 짓는 것은 위험한 일일 수 있다고, 내년에 세금을 두 배로 매길 수 있다고 써놓았다.

마리는 그 생각에 흉골 쪽에서 숨이 멎는 것 같다.

들판 수녀와 농노들은 채석장으로 가는 더 좋은 길을 만든다. 큰 압착 바퀴를 사용해 나무가 없는 초원에서 하는 쉬운 일이다. 밤에 석공 기술을 가진 외부인들을 눈가리개를 씌우고 이리로 데려와 편안한 오두막에서 지내게 한다.

스노드롭의 싹이 꽁꽁 언 진흙을 뚫고 나온다.

수녀원장의 새 사택을 짓는 일이 시작된다.

이른 3월, 한낮의 식사가 끝난 뒤. 멀리서 돌 위에 돌이 떨어지는 소리와 목조 크레인에 매단 밧줄이 신음하는 소리가 들린다.

빵과 파스닙 포티지를 잔뜩 먹고 나른해진 몸으로 마리는 상인방上引枋에 대한 꿈을 꾼다. 밀과 사과 모양을 새긴 상인방, 포도와 양 모양을 새긴 상인방, 스팽글을 박아넣은 것처럼 벌들이 들어 있는 벌집 모양을 새긴 상인방.

그녀는 편지 봉인 아래 칼을 집어넣는다. 앉은 채로 몸을 앞으로 숙이고 조용히 편지를 읽는 그녀의 얼굴 위로는 미소가 어른거린다.

고다가 마리를 뚫어지게 쳐다본다. 그리고 시큰둥하게 뭔가 흥미로운 내용이 있는지 묻는다. 고다에게서 태반과 양똥 냄새가 난다. 오전 내내 암양 세 마리를 돌본 뒤, 깜박 잊고 작업복을 벗지 않은 것이다.

마리는 목욕을 하라고 말하려다, 고다가 좋게 받아들이지 않을 것 같아 관둔다. 그녀는 사흘 안에 아비스라는 이름의 새 수녀를 받을 거라고 말한다. 다급한 경우 같다고. 훌륭한 가문이다. 약속한 지참금이 아주 넉넉해서 거절하는 게 바보다.

고다는 희망어린 표정으로 그 처녀가 소명을 받았는지, 더 좋은 경우라면 신비주의자인지 묻는다. 고다는 말을 달려 하루 거리에 있는 다른 수녀원을 부러워하는데, 그곳에는 유명한 은자가 살고 있어 창문을 통해 거룩한 조언을 얻으려는 순례자들이 몰려든다.

마리는 그건 아니고, 새로 들어올 자매는 애정 행위에 너무 자유분방한 것 같다고 말한다. 여러 번. 간통하다 잡혔다. 채찍을 맞았다. 그래도 참회하지 않는다. 수녀원에 보내는 게 집안의 마지막 희망인 것 같다.

틸드가 쿵 소리를 내더니 얼굴을 붉히며 계속 일하는 척한다.

마리는 부수녀원장을 쳐다보고, 사실 그 처녀는 틸드의 친척이라고 말하는데 마리의 입에 살짝 경련이 일어난다. 팔촌? 아비스 드 셰르라는 사람.

음악적인 이름이야, 마리는 생각한다. 늙은 수녀원장 엠이었다면 그 이름을 좋아했을 테고, 노래하듯 조그맣게 자꾸 흥얼거렸을 것이다.

틸드는 신음하며 펜을 놓는다. 그리고 불가능하다고 말한다. 아비스는 제멋대로라고, 통제할 수 없다고. 아비스는 예전에 자기 친자매의 얼굴을, 그 자매가 죽은 척할 때까지 거름더미 안에 처박고 있기도 했다.

마리는 건조하게 음, 자신은 붙잡아두려고 노력해볼 뿐이라고, 궁극적으로 붙잡아두느냐 그러지 않느냐의 선택은 오로지 신이 하는 것이라고 말한다.

틸드는 필멸하는 이 땅의 존재들은 아비스를 수녀원에 붙잡아두는 데 성공하지 못할 거라고 말한다.

마리는 해보는 것 말고는 방도가 없다고 말한다. 그리고 이 이야기는 그만하자고.

아비스가 도착하는 날, 마리는 타운에 볼일이 있다. 할일을 다 마쳤을 때 바람이 부는 각도로 비가 쏟아지고 있어, 마리는 대성당에 기도하러 간다. 부수녀원장과 부수녀원장 보좌는 오전 내내 기도하면서 시간을 보냈다. 이제 그들은 거리에 그 수련 수녀가 나타나기를 기다리며 바람을 피해 문간에서 기다린다.

나중에 그들이 수녀원으로 돌아온 뒤 틸드는 수녀원장실 문을 닫고 날선 목소리로, 아비스가 친족 수행원단에게 얼마나 못되게 말했는지, 얼마나 쿵쾅거리고 화를 냈는지 이야기한다. 수행원단이 말에서 내리지도 못하게 하면서 폭력적으로 소리를 지르는 바람에 수행원단은 부수녀원장과 부수녀원장 보좌를 만나보지도 못하고 하얗게 질린 채 말을 돌려 돌아갔다고. 그리고 멀어지는 친족의 등에 대고 아비스는 이제 희생양을 도살했으니 악마에게나 가

보면 되겠다고 소리를 질렀다. 그 순간 아비스는 틸드가 얼굴을 찡그린 채 자기를 보고 있는 것을 알아차리고, 틸드에게 아주 저속한 욕을 하면서 수녀원장을 불러달라고 요구했다. 하지만 그들이 수녀원장은 대성당에 있다고 말했고, 아비스는 고다가 마리를 데리러 달려가는 것을 보고 자신이 더 빨리 달려, 나이가 많은 부수녀원장 보좌를 앞질러 대성당 계단을 먼저 올라갔다.

그리고 크고 육중한 목조 문이 삐걱 열리는 소리를 듣고 뒤돌아봤을 때 마리가 본 광경이 그것이었다. 나르텍스*에 한 젊은 여자가 있는데, 옅은 색 머리칼은 뺨과 목과 가슴에 들러붙었고, 드레스는 정숙한 여성이 입기에는 너무 얇고 하얀데다 흠뻑 젖어 몸의 날카로운 곡선이 뚜렷이 드러나, 한낮에 벌거벗고 걸어다니는 느낌을 주었다. 예쁘지는 않았다, 단연코. 눈, 코, 입이 몰려 있고, 이마는 너무 반짝거리고 커서 달걀 같고, 빛나는 로마네스크 양식의 창문처럼 보였다.

하지만 그 모습을 보자마자 마리의 안에서 뭔가가, 오싹한 뭔가가 올라온다. 그것이 쉬쉬거리며 부드럽게, 이 여자가 수녀원을 통째로 불태울지도 모르겠다고 말한다.

이제 그 여자가 마리에게 달려오는데, 눈은 뜨겁고, 창백하고 날카로운 얼굴이 젖은 것은 결코 눈물 때문이 아니다.

마리는 그녀가 빠르게 다가오는 것을 지켜보며 가만히 마음을 가라앉힌다. 두 손은 기도하듯 맞잡는다. 마리 앞에 다다른 아비스는 이제 수녀원으로 가자고, 당신의 포로가 여기 있다고 쏘아붙

---

* 교회 본당 입구 앞에 있는 넓은 홀.

인다.

마리는 고개를 들고는 숨을 헐떡이며 조바심을 치는 여자를 한참 쳐다보고, 그러는 중에 고다가 문간에 나타났다가 물러난다. 마리는 아멘이라고 말한 뒤 성호를 긋는다. 그러고는 최대한 천천히 일어서서 등을 펴고 가능한 한 몸을 크게 만들어 여자를 한참 아래로 굽어본 뒤 가까이 다가가 두 팔로 안아준다. 여자는 버둥거리지만, 마리는 가뿐히 안는다. 마리는 여자의 머리를 내려다보며 조용히, 그리고 찬찬히 말한다. 말할 때 아비스의 뺨에 소름이 돋고 작은 물방울이 머리칼 속으로 사라진다. 마지막 물방울이 귀와 목에서 말라간다.

피부를 통해, 마리는 여자의 빠르게 뛰던 심장이 느려지는 것을 느낀다. 여자의 차가운 살은 마리의 따스한 체온으로 따뜻해진다.

마리 안에서 뭔가가 크게 흔들린다. 마리는 그것이 경고라고 희미하게 이해한다. 지금 마리는 이 여자에게 설명할 수 없는 매력을 느낀다. 야성의 불꽃, 작고 각진 얼굴, 금발 머리칼이 시야에 선명히 들어온다. 한때 알리에노르의 젊었던 모습이, 그녀가 우트르메르의 천막 안에 알몸으로 누워 있던 모습이 보인다. 아이라인을 그린 그녀의 눈이 떠지고, 그 순간 어두운 지구 전체에서 밝은 것은 오로지 그녀뿐이다.

마침내 여자는 황홀경에 빠진 듯한 상태로 뭔가 중얼거리고, 마리는 여자를 놓아준다. 여자의 얼굴은 파리하고, 눈은 거의 감겨 있다. 소녀는 마리를 따라 중앙의 긴 성당 의자들을 지나 문으로 간다. 빗속으로 나서기 전에, 마리는 크고 두꺼운 양모 망토의 핀을 푼 뒤 아비스에게 둘러준다. 망토에 완전히 감싸인 채 다시 비내리는 거리로 나섰을 때, 여자는 마침내 자신의 원래 모습으로 돌아온 것 같다. 그저 겁먹고 분노한 열여덟 살 처녀로.

마리가 밤에 침대 옆에서 무릎을 꿇고 기도한 뒤에 보니, 베개 위에 낮에 약초 정원에서 따온 자주색 로즈메리 꽃이 한 움큼 놓여 있다. 사과의 표시다. 그녀는 수녀원장실 대기실을 통해 공동 침실에서 무슨 소리가 들리는지 귀를 기울이지만, 수녀들이 잠을 자는 소리만 들린다. 휘파람 같은 코 고는 소리, 한숨소리, 그리고 방귀 뀌는 소리. 저녁식사로 먹은 스튜에 양배추가 들어갔다. 마리 말고 뒤척이는 사람은 없다.

마리는 꽃을 자기 얼굴에 가져다 댄 채 꼭 쥐고, 그러자 꽃이 짓 뭉개져 손에서 로즈메리향이 난다. 곧 그녀는 그 무겁고 달콤한 향에 마음이 흔들려 덧문 밖으로 꽃을 던지고, 그 향이 사라질 때까지 세면기에서 손을 씻는다.

수녀원장 사택은 서까래를 하나둘 얹으면서 점점 커진다.

열기가 내려오고, 마른번개가 밤하늘에 나뭇가지를 그린다.

사도들의 사도, 성 막달라 마리아의 축일, 소성당에 있는 성 막달라 마리아는 마리의 얼굴을 하고 있는데, 미친 수녀 기타가 그린 것이다. 머리 위로 사방에, 그리고 측면에 계시록의 장면들이 그려져 있다. 기타가 피부 아래 두개골 뼈가 어떤 구조로 자리잡고 있는지 보려고 들개를 잡아 얼굴 털을 깎은 뒤 그것을 보고 그린 용을 바빌론의 창녀가 타고 있는 그림이 있다. 짐승의 몸은 구운 뱀장어이고, 날개는 암탉의 펼친 날개다. 더욱 나쁜 것은 바빌론의 창녀는 얼굴이 두 개인데, 두 얼굴 모두 왕비의 얼굴이라는 사실이다. 기타는 호스텔의 큰 방에 벽화를 그릴 때 왕비를 흘끗 봤을 뿐이고, 그때 왕비는 수행원단을 거느리고 타운을 통과하여 어디론가 가는 중이었다. 바빌론 창녀의 얼굴이 하나도 아니고 두 개나 왕비의 얼굴을 하고 있다는 것을 알았을 때 마리는 아무도 알아보지 못하게 그 그림을 자기 몸으로 가려버리고 싶었다. 그리고 기타의 붓을 잡고 그 위에 검은색 페인트를 획획 칠해버리고 싶었다. 그러다 마침내 마리는 눈물이 날 때까지 웃었고, 그림은 그대로 두었다.

마리는 밤에 눈을 뜨고 그녀 안에서 뭔가가 느슨하게 풀어지는 것을 느끼고 간절히 기도한다. 동정 마리아에게 도와달라고, 육욕의 열정 때문에 다시 혼란스러워지지 않게 해달라고 기도한다.

그리고 자신의 안인지 바깥인지 어느 쪽이 더 나쁜지 모르겠지만, 어디선가 어둠이 올라오고, 그녀는 그것이 두렵다.

여름의 열기가 아주 농밀해지자, 마리는 수녀들을 계속 바쁘게 만들 큰 일거리들을 생각해낸다. 시장에 내다팔 수 있게 비누를 충분히 만들고, 정원을 확장하고, 옷감을 짜고 신발을 만들고 새 건물을 짓기 위한 창문과 가구를 만든다. 과일도 따고 병조림도 만들다보면 거의 숨을 쉴 시간도 없다. 네스트와 베아트릭스가 서로 얼굴을 가까이 한 채 약초 정원에서 땅에 있는 뭔가를 보고 깔깔거린다. 베아트릭스의 손이 네스트의 허리에 닿는다. 마리는 자기 연민을 느끼며 소성당으로 가서 돌 위에 무릎을 꿇고 기도한다.

누군가가 달리는 발소리가 들린다. 그리고 아비스가 소성당 안을 잠시 빼꼼 들여다보고, 그 순간 아비스의 머리 가리개가 미끄러져 뒤로 넘어가면서 하얀 머리칼이 눈부시게 드러난다.

징조다, 마리는 그렇게 받아들이고 수련 수녀들의 마지스트라인 선한 토르케리 수녀에게, 수련 수녀 일곱 명에게는 어떤 이유로든 결코 자유시간을 주어서는 안 된다는 지시를 내린다. 토르케리는 그들이 반항하거나 울음을 터뜨릴 때까지 노래를 시키고 밀랍에 글을 쓰게 하고 라틴어와 그리스어와 프랑스식 프랑스어를 가르친다.

일을 하다 숨을 돌리는 시간에, 마리는 수녀들이 일하는 곳을 서성이다 만과가 되기 전에 세면소로 가서 손톱 밑에 낀 돌먼지를 비벼 씻는다.

관리 수녀들의 불평이 쏟아진다. 올해 사과는 주스를 만들기에 좋지 않다. 벌집 두 개에서 벌들이 사라졌다. 토끼들이 약초 정원에 들어가 운향과 헬리보어와 세이버리와 세이지와 페니로열과 쑥국화를 먹어버렸다. 거대한 독수리가 가장 작은 양을 물고 갔다. 모든 징조가 대체로 나쁘지만, 정확히 어떻게 나쁠지 마리는 궁금하다. 아마 건물의 소음이 벌들을 불안하게 만들었을 것이다.

아마 여왕벌이 뭔가 사악한 것이 오고 있다는 것을 감지하고 자신의 벌들을 더 안전한 곳으로 데려갔을 것이다. 하지만 수녀원장은 진정한 여왕이 아니라서 자신의 벌들을 데리고 달아날 수 없다.

이따금 밤에 바람이 잠잠해지면, 알아들을 수 없는 목소리들이 노래하는 나지막한 소리가 야영지에서 들려온다. 그 소리에 마리는 등과 목의 털이 곤두선다. 그 목소리들은 수십 년 동안 여자들만 보아온 이 장소에서는 부자연스럽고, 바다에서 밀려와 언덕들 사이에서 두 배, 세 배로 메아리치며 신의 분노만큼 커진 가장 요란한 천둥보다도 훨씬 무섭다.

마리는 관리 수녀들하고만 시간을 보낸다. 자신을 계속 외부와 분리시킨다.

하지만 식사시간에 고개를 들면, 마리는 아비스의 불타는 눈동자가 자신에게 머물러 있는 것을 본다. 찰나의 미소, 붉어진 뺨, 손에 쥔 나무 숟가락으로 황급히 되돌아가는 시선.

아비스는 에일을 제조하는 집안과 고급 초를 제조하는 집안 출신의 아동 평수녀 두 명과 함께 사과나무에 올라가 가엾은 마지스트라 토르케리를 내려다보며 웃다가, 마리가 조용히 나와 얼굴을 찡그리고 그들을 올려다보면 그제야 잘못했다는 얼굴로 나무에서 내려온다.

날이 더워서, 아비스와 수련 수녀들은 달아나 리넨 속옷만 입은 채 연못에서 헤엄친다. 그 일로 그들은 제3시과와 제6시과 사이에 면계실에서 각각 채찍을 세 대씩 맞고, 탈곡하지 않은 보리 위에 무릎을 꿇고 앉아 있는다.

마리는 그들이 수영하는 모습을 보지는 못했지만, 상상 속에서 그 모습이 너무 뚜렷하게 떠올라 자꾸만 그 장면을 생각하게 된다.

아비스와 여섯 명의 다른 수련 수녀들은 손을 내밀어 손바닥에 닿는 펠트천 같은 들판을 느끼면서 황금색 밀이 자라는 풀밭을 통과해 달린다. 소녀들은 하나로 뭉쳤다가 순식간에 들판의 표면 아래로 사라진다. 마리는 그 모습에 아찔한 행복을 느끼지만, 곧 토르케리 수녀가 빨갛게 격노한 얼굴로 달려나온다. 그러자 소녀들이 일어서는데, 대부분은 고개를 숙이고 뉘우친다. 하지만 아비스는 머리칼이 다 드러나게 머리 가리개를 벗었고, 머리칼은 뜨거운 바람에 나부낀다. 그리고 마리가 처음 봤을 때 투명하고 젖은 채 분홍색 두개골에 들러붙어 있던 머리칼은 이제 완전한 햇빛 속에서 거의 눈을 멀게 할 만큼 하얗다. 나머지 수련 수녀들은 머리를 가늘게 땋아 거기 작고 푸른 꽃을 보석처럼 박아넣었다. 바람은 소녀들의 골반께에서 땋은 머리의 가는 끝을 핥는다. 위험하다, 뭔가가 마리 안에서 속삭인다. 이 어린 여자가 그녀의 손에 들린 모든 것을 부술 수 있다. 마리의 몸이 떨린다. 고개를 돌려야 한다.

셀라트릭스인 마미가 불평한다. 야영지에서 지내는 석공들의 굶주린 입을 전부 먹이려면 일주일에 한 번씩 젖이 마른 암소 한 마리를 통째로 사야 한다.

코가 없어 이미 해골 같은 그녀의 얼굴이 순간 사라진다. 그 얼굴은 잠시 진짜로 말하는 해골이 된다. 메멘토 모리.

마리는 눈을 깜박이고, 그 여인은 다시 육신을 입은 존재로 되살아난다. 한 달만 더 참자고, 그러면 수녀들은 다시 평소 생활로 돌아갈 거라고, 마리가 그녀에게 약속한다. 하지만 잠시 보았던 환시에서 받은 예감 때문에 목소리가 떨린다.

밤은 참을 수 없을 만큼 뜨겁다. 독실에서 홀로, 마리는 머리 가리개와 나막신과 긴 양말과 스카풀라를 벗고, 창문으로 들어온 뜨거운 공기가 실내를 휘젓는 가운데 속원피스만 입은 채 잠든다. 그리고 그날 밤 이른 꿈 속에서 깨어나, 그림자 하나가 벽에 드리운 더 짙은 어둠에서 떨어져나와 가까이 다가오는 것을 어리둥절하게 지켜본다. 하얀 얼굴이 그녀의 얼굴 옆에서 희미하게 빛나고, 입술이 그녀의 입술에 가볍게 와닿는다. 마리는 자신이 잠들어 있다고 믿으면서, 그 입술을 마주 누르고 꿈속의 입술을 밀어올린다. 마리의 손, 자신은 잠을 자고 있는 손이라고 생각하는 그 손에 머리칼이 닿는데, 아주 부드러워 물처럼 무정형하고 얼굴에, 가슴에 닿을 때는 실크 같다. 이제 그녀의 몸에 어떤 무게가 느껴지고, 누군가의 골반뼈가 그녀 몸에 닿은 채 날카롭게 움직인다. 마리도 쾌락에 빠져들며 같이 움직인다. 마리가 입술을 맞댄 채 웃고, 그 누군가의 입술도 화답한다. 몸안에 쾌락이 커지면서 마리는 지금 자신이 자고 있는 게 아니라 깨어 있으며, 방안에 한 여자의 육신이 자기 위에 누워 움직이고 있다는 것을 깨닫는다. 하지만 공포를 느끼면서도 마리는 자신을 어떻게 할 수가 없다. 숨을 들이쉬고 내쉬고, 심장박동이 잠잠해지자 마리는 과감히 눈을 뜬다. 다른 존재는 사라지고 없다. 마리만이 혼자 자신의 독실에 있고, 드러난 다리와 등은 땀으로 축축하다. 불편하고, 수치스럽다.

그녀는 소성당으로 내려와 차가운 돌 위에 십자가 모양으로 눕는다. 하지만 몸을 움직여야 할 것 같아 일어서서 회랑으로 가고, 그곳에서 걸으면서 기도한다. 소리를 내지 않으려고 맨발로 간다. 들판에서는 반딧불이가 식물의 줄기에 붙어 반짝거리고, 백만 개의 깜박이는 눈이 그녀를 쳐다본다. 아주 이른 시각, 너무 이른 시각, 조과를 알리는 종이 울린다. 그녀가 밤의 계단에서 창문 안을 올려다보니, 어둠이 덧창처럼 드리워 있고 기도를 하러 하나씩 내려오는 수녀들의 몸이 어른거린다.

일곱 날 동안 마리는 자기 방의 바닥에서 문이 열리지 않게 문짝에 몸을 붙인 채 잠을 청하고, 여덟째 날이 되어서야 침대로 돌아간다.

그녀는 그때와 같은 쾌락을 느끼며 잠을 깨고, 그때처럼 가벼운 뼈로 몸을 움직이는 악령의 존재를 느낀다. 그 존재는 어둠 속에서 조용히 민첩하게 움직이고, 급하게 밀려왔다 거세졌다 고동치며 물러난다. 포도주보다 좋다. 취한 것만큼 수치스럽다.

제1시과가 끝나고, 회계장부가 있는 쪽으로 걸어가던 틸드의 시선이 마리의 얼굴에 머문다. 그녀는 주저하면서 수녀원장에게 괜찮은지 묻고, 마리가 왜 묻는지 묻자 부수녀원장인 틸드는 그냥 요즘 마리의 마음속에 어둠이 있는 것 같아서라고 말한다.

마리는 괜찮다고 말하지만, 거짓말인 것 같기도 하다.

그녀는 다시 문을 몸으로 막고, 바닥에서 잠을 잔다. 참회하고, 피한다. 9월이 지나간다.

마리가 과수원을 가로질러 지붕 없는 건물로 걸어가는데, 수녀원장님, 수녀원장 어머니, 잠깐만요, 하고 누군가가 다급히 자신을 부르는 소리를 듣는다. 마리는 그 목소리를 알아차리고 두려움을 느낀다. 쉰 살이 넘었고 덩치도 키도 큰 그녀지만 긴 다리로 거의 뛰다시피 걸음을 재촉한다. 그 목소리가 간청하는데, 신경질이, 고통이 배어 있다. 마리는 나무들 사이에서 그 목소리를 놓친다.

오르막에서, 저무는 햇살 속에 마지막으로 큰 돌이 놓일 때 나무와 바위와 밧줄로 만들어진 크레인이 신음하며 움직인다. 함성이 높아진다. 마리는 그 소리가 사그라질 때까지 가만히 두면서 곧, 곧 수녀원은 다시 평화를 찾을 거라고 생각한다.

그날 밤, 마리는 그날을 축하하고 또한 일꾼들이 취해서 해롱해롱하기를 바라며 맛좋은 보르도 포도주가 담긴 큰 통을 야영지로 보내고, 축복을 내리려고 새벽이 오기 전 어둠 속에서 밖으로 나간다. 땅에 토한 흔적이 보이고, 시큼한 날숨의 냄새가 난다. 그리고 눈가리개를 한 사람들을 실은 수레가 덜컹덜컹 지나가고, 태양의 첫 손가락이 땅을 만지기 전에 수녀원은 구조되어 다시 오로지 여성들의 것이 된다. 오 축복받았도다, 마음이 놓인다.

목욕하는 날이다. 아이들이 가장 먼저 하고, 그다음은 수련 수녀들 차례다.

욕조에서 물을 빼고, 관리 수녀들을 위해 다시 채운다. 마리가 깨끗한 물이 담긴 욕조로 불려가기 전에, 마지스트라 토르케리가 수녀원장실 문 앞에 서 있다. 그녀는 수녀원장이 방금 죽은 자들의 얼굴에서만 보았던 일그러진 미소를 짓고 있다. 토르케리가 빠르고 낮은 목소리로, 끔찍한 문제가 생겼다고 말한다.

마리는 고다에게 문을 닫으라고 부드럽게 말한다. 하지만 이미 그 재앙이 뭔지 알 것 같다. 그녀 안에 확신을 심어준 건, 대성당에서 비에 젖어 떨고 있는 아비스를 처음 안았을 때 봤던 알리에노르의 환시였다.

마리는 관리 수녀들을 수녀원장실로 소집한다.

부수녀원장, 부수녀원장 보좌, 칸트릭스, 사크리스타*, 셀라트릭스, 셀라트릭스 보좌, 구호품 배급 책임자, 취사 책임자, 취사 책임자 보좌, 수녀원장 전담 취사 책임자, 인퍼매트릭스, 인퍼매트릭스

---

* 성기실 책임자.

210

보좌, 호스텔러릭스, 스크루타트릭스*, 필사실 책임자, 마지스트라. 구 수녀원장실에는 공간이 부족해서 그들은 벽을 따라 선다.

　재산 관리인은 수녀원 소속 관리는 아니지만, 마리는 울필드도 부른다. 울필드는 적어도 여느 똑똑하고 고귀한 혈통의 수녀만큼 충직하고 지혜롭다.

　곧 모두 모이고, 그들이 조용히 그 성스러운 방에서 기다리는 동안 마리가 아비스를 부른다.

　아비스는 경멸이 가득한 얼굴로 들어온다. 턱을 앞으로 내밀었다. 토르케리의 말이 맞았다. 배가 불러 있다. 누군가는 한숨을 짓고, 누군가는 울기 시작한다. 토르케리가 소녀를 원 중앙에 있는 의자에 앉힌다.

　수녀원장의 거실은 모인 수녀들이 비좁게 붙어 앉아야 해서, 심지어 불을 피우지 않았는데도 어느새 덥다.

　마리는 차분하게, 그들의 소중한 수련 수녀가 아이를 가졌다고 말한다. 어떤 수녀들은 헉하며 놀라고, 또 어떤 수녀들은 손가락으로 숫자를 헤아려 아비스가 임신한 상태로 수녀원에 왔을 리는 없다는 것을 알아낸다. 마리는 이 젊은 여자를 쳐다볼 수가 없다. 뺨의 날카로운 뼈를, 섬세한 입술을, 그녀가 분명 마리에게 보내고 있을 배신감어린 표정을. 마리가 그럴 마음이 있었다면 자기를 구해줄 수 있었을 테니까.

　아비스는 화를 내며 아니라고, 자신은 임신하지 않았다고 말하지만, 모든 수녀의 시선이 그녀의 부른 배에 가 있어 여자는 두 팔

---

　* 조사 책임자.

로 배를 가린다.

고다가 이것은 불미스러운 일, 불경스러운 일이라고, 이 아이는 사악하며 이 아이에게 악마가 들렸다고 말한다.

루스는 슬퍼서 울음을 터뜨린다. 그리고 어떻게 이런 일이 일어났는지 묻는다. 고다가 일그러진 얼굴로 그녀를 쳐다보고 입을 열어 그 과정을 설명하자 루스는 얼굴을 붉히고 다급하게, 어떻게 일어난 일인지는 알겠는데 어떻게 이곳에서 일어났느냐고 묻는다.

마리는 여자가 말하기를 기다리고, 시간은 재깍재깍 흐르면서 기대감으로 무거워진다. 마침내 여자가 고개를 숙이고 나지막이 말한다. 그렇다고, 아이를 가졌다고, 하지만 기적이 일어난 거라고, 천사가 찾아와 자기 귀에 말씀을 전해주었다고.

셀라트릭스 마미의 얼굴에 놀란 표정이 떠오르더니, 그녀가 성호를 긋는다.

마리는 다 큰 어른인 수녀들에게 이 역시 거짓말인 걸 말해줘야 한다는 게 어이가 없다. 아비스는 짓궂게 웃고, 고다는 한숨을 쉬고, 부원장 틸드는 당장에라도 덤벼들어 친척 여자의 뺨을 할퀼 기세다.

마지스트라 토르케리는 울기 시작하고, 자신을 때리며 메아 쿨파*, 메아 쿨파, 하고 중얼거린다. 그리고 유감스럽게도 자기는 깊은 잠을 잔다고 말한다. 찬과 시간에 종종 수련 수녀들의 신발에 풀잎이 묻어 있는 것을 봤지만, 혼자 하는 상상이라고 생각했다는 것이다. 그녀는 이 불쌍한 어린 여자들을 보호하는 데 실패했다.

---

* '내 탓이오'라는 뜻의 라틴어.

충격에 휩싸인 침묵의 순간이 흐르고, 이어 마리는 토르케리에게 여러 명을 말한 건지, 아니면 이 여자 하나를 가리킨 것인지 묻는다.

아비스는 짓궂게 오, 자기만 그런 건 아니었다고 말한다. 여자는 궁지에 몰리자, 비열해 보인다. 마리는 개에게 잡혀 벽에 몰려 발톱을 내민 오소리를 생각한다.

이 말이 받아들여지는 동안 또 한번 침묵이 흐른다.

네스트와 베아트릭스가 같은 표정을 교환하고, 마리는 회의를 통해 이 불쌍하고 가여운 피조물에 대한 결정이 내려지면 곧바로 나머지를 조사할 거라고 말한다. 문제는 이제 아비스를 어떻게 할 것인가, 이다.

다른 수련 수녀들 앞에서 채찍으로 때리자. 가엾은 사생아를 낳을 때까지 면계실에서 빵과 물만 주자. 이 말을 하는 사람은 고다지만, 그녀는 자신이 돌보는 동물 중에서 가장 하찮은 동물이 그런 취급을 받는다 해도 견디지 못할 것이다.

울필드, 이 방에서 육신이 있는 자식을 둔 유일한 엄마인 그녀는 발칵 화를 내면서 안 된다고, 아기를 위해 건강한 상태를 유지하려면 몸에 좋은 음식과 우유가 필요하다고 말한다.

부원장 틸드는 불미스럽고 수치스러운 짓을 한 이 여자를 가족에게 돌려보내야 한다고 말한다. 그녀는 얼굴이 붉어졌는데, 자신의 친척인 아비스를 두고 이런 말을 하기 위해 큰 용기를 내야 했기 때문이다.

목소리들이 합창하듯 안 된다고, 큰 교회에서 이 일의 냄새를 맡으면 수녀원은 참혹한 결과를 감수하게 될 거라고, 교회 상위자들에게 벌을 받을 것이며 조심스럽게 쌓아올린 모든 권력과 부를 그들에게 빼앗길 거라고, 마리가 현재의 지위에서 쫓겨나는 것도 불가능한 일은 아니라고, 그러면 그들이 어떻게 살아가겠느냐고 말한다.

친절한 루스 수녀는 아비스를 면계실에 두고 아기를 낳을 때까지 충분한 양의 음식과 우유를 주자고 제안한다.

오, 하지만 면계실은 몹시 춥고 외풍이 심하다. 네스트는 자기가 노망 든 수녀들과 함께 치료소에서 지내게 할 수 있다고 말한다. 벌은 되겠지만 고통스럽지는 않을 것이다. 네스트는 긴장해서 어깨가 귀까지 올라간다. 베아트릭스는 네스트의 손을 꼭 쥐고 의식적으로 어깨를 아래로 내려준다.

고다는 다른 수녀들에 대한 본보기로 이 젊은 여자가 중한 처벌을 받아야 한다고, 맨살을 드러낸 여자의 등을 채찍으로 때려야 한다고, 수녀원 수녀들이 돌아가며 한 번씩 때려야 한다고 말한다. 이 말을 하는 그녀의 얼굴이 활활 타오르는 것 같다. 아비스에게 자신이 저지른 죄에 대해 피를 흘리라고 요구하는 것은 그렇게 지나친 일은 아니다.

하지만 칸트릭스인 스콜라스티카는 수정 같은 목소리로 임신한 여자에게 채찍질을 하는 것은 절대 안 된다고 말한다. 그건 그냥 잔인한 짓이다. 그렇게 하면 사산을 하거나, 송아지나 고블린을 낳을 것이다.

고다는 알겠다고, 그러면 물푸레나무 회초리로 손과 무릎을 때리면 되겠다고 말한다. 그건 꼭 그만큼 아플 것이다. 그리고 규칙이 존재하는 데는 다 이유가 있는 것이다.

그들은 여자의 손과 무릎을 회초리로 스무 번 때리기로 한다. 그리고 여자는 아이를 낳을 때까지 치료소에 갇혀 지내야 한다. 아기가 딸이고 살아남으면, 수녀원에 아동 수사로 넘긴다. 딸이 아니면, 아기는 떠나보낼 나이가 될 때까지 농노에게 보내진다. 아비스가 살아남는다면 가족에게는 그녀가 달아났다는 말을 전할 것이고, 그게 거짓말이 되지 않도록 아주 조심스러운 언어로 전달할 것이고, 그녀는 어느 충실한 기부자의 집에 하인으로 보내질 것이다. 그런 죄인을 다른 경건한 여인들의 집으로 보낼 수는 없고, 그들이 그녀를 파문하고 한푼도 쥐여주지 않은 채 세상 밖으로 추방한다면, 그건 구걸하는 삶, 혹은 더 가능성이 높은 것은 몸을 파는 비루하고 짧은 삶이라는 저주를 내리는 것이다.

이 말에 방안에 소름이 돋는다.

네스트는 부드러운 웨일스 억양으로 오래 걸리진 않을 거라고 말한다. 이 가엾은 아이는 자신의 상태를 놀랍도록 잘 숨겨왔다. 그들이 이제야 알아낸 게 신기하다. 네스트의 얼굴은 여느 때처럼 사랑스럽고 창백하고 충격받은 표정이다.

그리고 아비스는, 그들이 자신에 대해 말하는 동안 눈에 띄게 커져가던 분노를 폭발시키면서 이제 무슨 말인지도 알아들을 수 없을 만큼 빽빽 소리를 질러댄다.

네스트는 그만하라고 말한다. 회의의 결론은 자비로웠고, 아비스가 스스로 입을 다물지 않으면 그들의 마음이 바뀔 수도 있다고. 그리고 네스트는 여자를 회초리가 기다리는 계면실로 데려간다.

곧 관리 수녀들은 창문 밖으로 하얀 베일을 쓴 수련 수녀들이 양떼처럼 치료소로 몰려가는 것을 본다. 베아트릭스가 밖으로 나오고, 긴장이 풀려 안도하는 얼굴로 고개를 젓는다. 누구도 아비스만큼 심한 위기 상황에 내몰린 적은 없었다. 수련 수녀들이 파리한 얼굴로 비틀거리며 다시 밖으로 나오자, 마리는 수녀원 수녀들을 모두 식당으로 불러서 짧은 훈계의 말을 한다.

그리고 그들은 쌀쌀한 11월의 저녁 공기 속으로 나오고, 아비스는 머리 가리개 없이 얇은 속원피스 차림으로 회랑으로 끌려나와 무릎을 꿇는다. 사위어가는 햇살 속에 속원피스가 투명하게 비치고, 그녀의 죄는 모두에게 공공연히 드러난다. 그녀의 금발 머리칼 끝부분이 흙에 닿아 지저분해진다.

벌을 주는 것은 수녀원장의 의무이자 권리이기에 스크루타트릭스가 마리에게 회초리를 준다. 하지만 마리의 결심은 무너져, 왕비의 젊은 시절 모습과 같은 이 여자를 때릴 수가 없다. 그 반항적인 불꽃, 그녀는 자신이 할 수 없는 것을 대신해줄 다른 사람을 찾아 주위를 둘러본다. 틸드나 고다는 너무 분노하여 안 되고, 루스는 너무 마음이 여려서 안 되고, 네스트는 선하고 자비로워서 안 된다. 그래서 마리는 회초리를 마지스트라 토르케리에게, 이 소녀를 보호하고 이끌지 못한 책임이 그녀의 손에 무겁게 남아 있기를 바라며 건넨다.

마리는 그 장면을 간신히 지켜보고, 그녀의 기대는 무산된다.

아주 넓은 수녀원장 사택의 벽에는 이제 회반죽이 발리고 페인트가 칠해진다. 지붕이 덮였다. 수녀들이 건물 내부 작업을 계속한다.

새 아치, 큰 창문, 높은 천장이 있는 수녀원장 사택이 언덕 위에 우아하고 튼튼하고 웅장하게 들어섰다. 방들은 불빛으로 환하다. 여기가 아동 평수녀와 수련 수녀가 지낼 곳, 이곳엔 웃음과 노래로 격앙된 그들의 젊은 목소리가 가득할 것이다. 여기가 필사하는 수녀들이 책상을 놓을 곳, 여기가 새 코로디언들이 각자 지낼 방이 있을 곳이다. 부유한 귀부인들이 여기 수녀원으로 와서 은퇴 생활을 할 것이다. 그런 귀부인들은 화려한 옷과 보석, 작은 개, 새, 음악, 세속적인 하인들에 익숙하다. 이 모든 여인과 함께 수녀원장 사택은 영성이 충만한 곳이 될 것이다. 마침내 수녀원장만큼의 가치가 있는 건물이 완성되고, 마리는 회랑에서 부드러운 석조 건물을 올려다보며 생각한다. 마리만큼의 가치가 있는 건물이다.

거룩한 전례 의식. 전당에 욕망의 성수가 뿌려진다.

마리의 꿈에 어두운 전조가 찾아온다. 그녀는 말에 올라타고 언덕을 내려와 숲을 향해 달리고 있고, 구름과 짙은 어둠이 사방에 깔려 있다. 번개가 세상에 불을 켜고, 땅은 진동한다. 뒤에서 수녀원의 돌이 쩍 쪼개져 떨어지며 천둥 같은 재앙을 일으킨다. 지붕이 무너지고 수녀들이 비명을 지르지만, 마리는 지금 자기 등에 바짝 붙어 몸을 떠는 체온과 자신을 꽉 끌어안은 가녀린 팔 때문에 뒤를 돌아볼 수 없다. 그러다 그녀는 깨어나고, 혼자다.

아비스는 조산한다. 치료소에서 들리는 비명소리가 점점 커진다. 정원에서는 차가운 흙에서 마지막 양배추와 순무와 파스닙을 캐러 나온 수녀들이 원형으로 모여 무릎을 꿇은 채 두 손을 포개고 기도한다. 다리가 붉은 까마귀가 모과 위에 앉아 그들을 조롱한다.

과수원을 지나, 아직 완공 전이라 회반죽과 페인트 냄새가 나는 새 수녀원장 사택의 일층 수녀원장실에서 마리는 그 비명소리를 듣는다. 마침내 마리는 일어서고, 부원장 틸드가 무슨 말을 하려고 하지만, 수녀원장의 귀에는 한마디도 들리지 않는다. 마리는 추운 바깥으로 나가 처음에는 양을 치는 들판으로 가지만, 양들은 멍하고 놀란 얼굴로 쳐다볼 뿐 아무것도 말해주지 않는다. 이어 그녀는 방향을 틀어 개울을 따라 걷고, 곧 달리기 시작하여 빠르게 회랑을 통과한 뒤 치료소 안으로 들어간다.

실내는 답답하고 더우며, 녹과 땀 냄새가 난다. 아비스는 땀을 흘려 머리가 축축하고, 침대의 어두운 배경 속에서 짐승의 눈빛을 하고 있다. 고다가 여자의 다리 사이를 만져본다. 그녀는 인간의 몸이 자기가 돌보는 짐승의 몸보다 출산에는 구조적으로 더 민감하고 훨씬 열악한 것 같다고 말한다. 자기는 여자들이 아이를 낳다가 그렇게 빈번히 죽는 것이 종종 의아했는데, 이제 깨닫기로 골반이 좁고 아기의 머리는 비율적으로 훨씬 크기 때문이라고, 신이 왜 인간이라는 동물을 출산에 그토록 부적절하게 만들었는지가 수수께끼라고 말한다. 아닐 수도 있지만, 그녀가 한숨을 쉰다. 내가 네게 임신하는 고통을 크게 더하리니 너는 고통 속에서 자식을 낳을 것이다.[*]

네스트가 엄격한 목소리로, 고다는 그런 관찰은 혼자 속으로만 해야 할 거라고 말한다.

베아트릭스는 문간에 거대하게 들어선 마리의 모습을 보자 수녀원장의 도움은 필요하지 않다고 딱딱하게 말하지만, 네스트는

---

[*] 「창세기」 3장 16절.

베아트릭스에게 조용히 하라고, 어머니의 빛이 함께하는 것은 옳고 좋은 일이라고 말한다.

마리는 아비스 옆으로 스툴을 옮기고, 여자가 마리의 손을 피가 날 정도로 꼭 잡는 것을 그냥 둔다. 마리는 동정 마리아에게 간절히 기도한다.

제3시과, 제6시과, 제9시과가 지나간다. 여자가 어마어마한 통증을 느끼는 순간이 온 듯하다.

아비스의 숨은 얕고, 얼굴은 죽은 것처럼 파리하다. 여자가 의식을 잃고, 비명소리가 잦아들면서 갑자기 잠들자 그들은 마음이 놓인다. 여자가 피를 아주 많이 흘리는 터라 세번째 시트까지 버리지 않도록 그들은 기름에 적신 방수천을 그녀의 몸 밑에 깐다.

잠들어 있는 아비스의 몸에 경련이 일어나고, 가는 허벅지 양쪽 사이에서 아기의 끔찍한 자주색 머리가 나타난다. 경련이 한번 더 일어나더니 아기가 빠져나오는데, 미끈하고 죽어 있다. 아기는 딸이다.

아비스의 고해를 들어줄 사람은 아무도 없고, 마리는 비통하게 문을 쳐다보지만 아무도 오지 않는다. 그녀는 화가 난다. 자비를 보이지 않는 것은 끔찍한 죄다. 마리는 충격과 고단함 속에서 직접 하겠다는 생각도 하지 못한다.

아비스의 다리 사이로 피가 새로 터져나오자, 고다의 어깨까지 붉은색이 되고, 이마도 붉어진다. 네스트와 베아트릭스가 홍수처럼 쏟아지는 피에 천을 갖다대지만 천은 금세 붉게 물든다. 마리의 손을 잡은 아비스의 손이 경련을 일으킨다. 아비스의 숨이 몸에서 한숨처럼 빠져나와 다시 들어가지 않는다.

저녁에, 마리는 관리 수녀들을 소집한다. 촛불 속에서 둥글게 모인 얼굴들은 비장하다.

그녀는 어떻게 할지 함께 결정할 거라고 말하고 논쟁에는 의견을 내지 않다가, 마침내 공식적인 투표를 요구한다.

고다는 투표가 끝난 뒤에 일어서더니 정의로운 듯, 이겼다는 사실에 상기된 얼굴로, 이 조치는 나약함에 휘둘려 욕정의 죄를 저지르는 다른 수녀들에 대한 경고로만 활용할 거라고 말한다. 오, 마리는 다시는 석공을 부른 것과 같은 실수는 하지 않을 거라고, 이곳에 여자가 아닌 사람은 누구도 발을 딛게 하지 않을 거라고 생각한다. 하지만 고다는 누군가를 벌할 필요가 있고, 그래서 교회 마당 바깥의 축성받지 않은 땅에, 악의적인 느낌을 주는 주목나무의 가장 멀리 뻗은 큰 가지 아래 무덤을 판다. 아침에 의식 같은 것은 없이, 수의를 입힌 아비스를 얼굴을 아래로 하여 발치에 놓은 아기와 함께 무덤 안으로 내리는데, 그렇게 함으로써 그녀의 뼈는 계시록에 쓰인 대로 그리스도의 재림 때 결코 천사의 손에 들려 올라가지 않을 것이다. 육신의 죄에 대해 참으로 무자비하도다, 마리가 생각한다.

아비스가 죽었다. 정원은 입을 다물고, 샘은 멈추고, 분수는 봉인되었다.

그들은 매장식을 하지 않기로 합의했지만, 마리는 침묵을 참지 못하고 앞으로 나서서 소리 내어 짧은 기도를 올린다. 그녀는 처음 몇 단어는 들리지도 않을 만큼 매우 작고 빠르게 말하다가 목소리가 점점 커지는데…… 그곳에서 고통과 슬픔과 한숨은 멀리 달아나고, 당신의 얼굴에서 나오는 빛이 저들에게 가닿아 늘 머무르기를 바라옵니다. 아멘.

명예가 실추된 자매를 위해 마리가 기도한 것에 대해, 결국은 여자에 불과한 그들의 수녀원장이 그런 기도의 말을 한 것에 대해 다른 수녀들의 얼굴에 붉으락푸르락 분노가 드러난다. 아비스와 작은 아기 위로 흙이 떨어지고 수의가 흙에 덮이자 그들은 돌아서서 각자의 일로 돌아간다. 그리고 앙심을 품은 수녀들과 그들의 수녀원장 사이에 냉랭한 기운이 무겁게 감돈다. 마리에게서 뿜어져나오는 강렬한 빛도 그 기운을 태워 없애지는 못한다.

알리에노르가 편지를 써 보낸다. 그녀의 편지는 극도로 민감한 행위다. 내용은 과실이 열리는 수녀원의 들판에 대한 것과 어느 들판에서 병충해가 발생했다는 소문을 들었다는 것이다. 조심하라, 왕비가 말한다. 병충해 소식이 혹시라도 퍼지면, 가장 좋은 들판이 더 큰 교회의 손에 넘어갈 수 있다.

마리는 그건 사실이라고, 하지만 그 들판은 이미 다 불태워서 다른 들판을 감염시킬 일은 없고, 알리에노르가 작고 보잘것없는 들판 하나의 병충해에 대한 소문을 퍼뜨리지 않고 수녀원의 수확에 대해서는 칭찬해줄 것이라 믿는다고 답장한다. 일부 들판에 병충해가 생기는 건 자연스러운 일이다. 알리에노르는 농사에 대해 잘 알고 있으니 누구보다 더 잘 알 것이다.

마리가 무슨 말을 들었는지 몰라도 왕비의 들판은 병충해를 입은 적이 없다고, 알리에노르가 퉁명스러운 편지를 보내온다. 수확이 풍요로울수록 시장 가격을 낮추려는 사람들이 퍼뜨린 가짜 소문도 더 많아진다.

마리는 그렇게 말한 건 당연히 자신이 그 소문에 얽혀 있다는 뜻이 아니라 연대감의 표현이며, 알리에노르의 들판은 마리의 들판처럼 풍요롭고 둘 다 어떻게 그게 가능한지 알고 있다고, 그리고 둘 다 뒷말과 소문이라는 지긋지긋한 사나운 새*와 맞선 사람들이라고 답장을 보낸다. 혹 언젠가 알리에노르가 수녀원을 방문한다면 마리의 들판에서 함께 말을 달릴 수 있을 거라고. 마리는 가장 아름다운 방을 만들었고 거기 수녀들이 짠 유니콘 태피스트리를 걸어두었다고, 그리고 그곳을 섭정자인 알리에노르를 위해 남겨둘 거라고. 혹 왕비가 그곳이 아주 마음에 들면 세상에서 은퇴하려 할 때 그곳에 머물고 싶어질지도 모른다고.

답장을 기다리는 그달 동안 마리는 숨을 쉴 수조차 없을 것 같다.

오, 마리, 알리에노르가 마침내 답장을 보내온다. 심지어 두 사람이 아주 늙은 지금도 마리는 예전의 마음을 버리지 못하고 있다. 그녀는 기억하지 못하는가? 그들은 같은 장소, 같은 들판에서 말을 달릴 때 서로를 가장 사랑하는 그런 유의 친구는 아니다. 왕비는 쓴다. 그들은 거리를 두고 떨어져 있어야만 하는 친구다.

---

* carrion bird. 「에스겔서」 39장 4절에 언급된, 죽은 동물의 고기를 먹는 새.

5

편지들이 날개를 단 듯, 곡식을 쪼아먹으며 큰 소동을 일으키는 찌르레기떼처럼, 마리의 손으로 날아온다.

첩자와 친구들의 편지에서, 마리는 악이 세상에 내려앉는 것을 본다. 악이 심지어 신앙심 깊은 이들의 심장에서 선을 정복한다.

알리에노르의 자식들 중 가장 영리하고 가장 뛰어난 자식인 호전적인 사자왕*이 기독교 국가들이 공동으로 제정한 법을 위반했다는 이유로 붙잡혀 유폐되었다. 신성한 규정에 의하면 십자군 원정자는 유괴죄를 적용받지 않는다. 결정된 몸값을 수락하지 않으면 앙주 왕국은 축소되고 힘을 잃고 쉽게 정복되어 파국을 맞을 것이다. 하지만 요구되는 몸값은 정신이 아찔할 정도이며, 영국 왕실

---

* 리처드 1세를 말한다. 3차 십자군 원정에서 공적을 쌓았으나 같이 참전한 오스트리아 공작 레오폴트 5세의 원한을 사 포로로 잡혔다가 많은 몸값을 지불하고 잉글랜드로 돌아갈 수 있었다.

의 수입보다 네 배가 더 많다.

알리에노르의 편지에는 이제 서명이 '알리에노르, 신의 분노의 이름으로, 앙글르테르의 왕비'라고 되어 있다.

왕비는 마리에게 자신의 요구 사항을 써 보낸다. 마리는 수녀원에서 내야 할 돈의 액수를 읽으면서 크게 한 번 웃고, 그러자 틸드가 고개를 들어 마리의 얼굴 피부 안쪽 어딘가에 불이 붙은 건 아닌가 생각한다.

마리는 딱딱한 목소리로 부수녀원장과 부수녀원장 보좌에게 편지를 읽어준다. 고다는 얼굴색이 하얘져서, 새로 태어난 양들을 팔면 되긴 하겠지만 속상하다고, 양들이 올해 너무도 건강해서 그 양들을 어미 양들에게서 떼어내느라 잠도 안 자고 사흘 밤을 보내면서 적어도 그 보상으로 박하를 넣은 양고기를 한입은 먹어볼 수 있을 거라 생각했다고, 그런데 아쉽게도 늘 그렇듯 자신의 노력은 보상받지 못하게 되었다고 모호하게 말한다. 그러자 생각에 잠겨 있던 틸드가 아마 가장 멀리 있는 수녀원 땅을 팔면 될 거라고, 그 땅 정도의 크기면 필요한 돈을 충분히 만들 수 있을 거라고 말한다. 마리는 부수녀원장에게 그런 바보 같은 소리 말라고, 땅은 권력이며 수녀원에 있는 여자보다 힘이 더 약한 자는 없다고, 그들이 이 세상에서 느리고 고통스럽게 얻어낸 그 권력을 파는 것은 미친 짓이라고 말한다. 그 말을 할 때 심지어 부원장을 쳐다보지도 않는다. 틸드는 마리의 이렇듯 가혹한 말에는 전혀 익숙하지 않아서, 귀를 한 대 얻어맞은 것 같다.

마리는 생각해보더니 일어서서 전 수녀원장 엠과 엠 이전의 수녀원장들이 쓰던 그 지팡이를 찾아낸다. 지팡이는 선 세공을 한 순도 높은 은과 뿔로 만든 것으로, 여기보다 좀 못한 다른 수녀원에 하사할 목적으로 어느 후원자가 사겠다고 나설 수도 있을 것이다. 그것이 옮겨지는 것을 지켜보는 틸드의 얼굴에 슬픔이 어려 있다. 마리는 틸드의 표정을 보고, 틸드가 나중에 수녀원장 자리에 오르 리라는 기대를 품고 있다는 것을 알아차리고는 뼛속까지 놀란다. 틸드의 팔은 당연히 마리의 무거운 지팡이를 들어올리기에는 너무 나약하다. 마리는 소성당에서 최근에 어느 십자군 원정자 가족이 보낸 선물을 집어든다. 옥수와 오닉스를 박아 반짝거리는 작은 대 성당 모양의 성유물함에 넣은 성인 안나의 팔꿈치다. 고다는 그것 이 수녀원을 떠나게 된다는 생각에 운다. 그녀는 모든 어머니 중에 서 가장 위대한 어머니인 그 성인에게 무릎 꿇고 기도하며 긴 시간 을 보냈다. 그것만으로는 몸값에서 수녀원에 할당된 액수로 충분 치 않을 터라, 마리는 아주 오래전에 자신이 가져온 트렁크로 무겁 게 걸어간다. 텅 빈 그 안에는 원래 그녀의 할머니 것이었던 비잔 틴 양식의 오래된 히야신스석 반지만 남았다. 그 반지는 마리의 새 끼손가락 마지막 관절까지만 들어간다. 그 반지를 끼면, 그녀는 금 빛 새들이 들판으로 잠수하는 모습이, 넘실넘실 흐르는 강물이, 곱 슬곱슬한 회색 머리칼에 얼굴은 없지만 목소리가 부드러운 여인, 그녀의 할머니가 보인다. 목안에 뭔가가 걸린 것 같지만 삼킬 수가 없다.

마리는 혼자 런던에 갈 것이다. 혼자 가는 게 더 빠르기 때문이 다. 중간에 쉴 필요도 없고, 습격을 받아도 쉽게 잘 싸울 수 있고, 누구에게 맡겨도 자기만큼 돈을 받아내지는 못할 것이다. 그녀는 새벽이 오기 전에 말에 올라타고, 말은 부드럽게 신음한다. 마리는 말에게 엄한 목소리로 오늘은 아주 힘든 날이 될 테니 아주 강해져야 한다고 나무란다. 말은 다시 생각해보더니 발을 쿵쿵 구른다. 그들은 말이 유지할 수 있는 만큼 빠른 보폭으로 이동하는데, 수녀원장보다 덜 탄탄한 체격의 다른 누군가가 탔다면 엄청나게 빠른 속도였을 것이다.

마리는 이 시골 지역에서 유명하다. 물려받은 모든 마력을, 동정 마리아가 내려주신 모든 광휘를 지닌 거대한 수녀원장. 들판에서 일하는 일꾼들이 그녀가 말을 타고 지나가는 것을 보고 두려움에 무릎을 꿇고 고개를 숙인다.

하지만 그녀는 수녀원에서 멀어질수록 자신의 힘이 서서히 약해지는 것을 느낀다. 그녀의 편지는 기독교 세계에서 권력이 가장 센 자에게도 영향을 미친다. 하지만 이 유명하고 호전적인 수녀원장이 나타날 거라는 기대가 전혀 없이 살던 수녀원 땅 너머 평민들에게 그녀는, 그저 큰 말을 탄 완고하고 이상하고 늙은 덩치 큰 수녀에 불과하다.

황혼이 내리기 전에 마리는 런던에 도착해 연기 냄새가 짙게 나는 안개 속으로 들어서고, 안개는 피부와 폐에 스민다. 왁자지껄 소리치고 다투는 목소리들이 육체로부터 분리되어 비좁고 답답한 골목길 밖으로 흘러나오고, 젖이 나는 염소들은 말을 보고 깜짝 놀라 어둠 속 똥 무더기에서 뛰쳐나온다. 강물에 떠 있는 바지선은 어둡고 높다랗게 드리운 고리버들 윗가지와 엉켜 보인다. 끊임없이 겹쳐 들리는 종소리 때문에 머리가 아프다. 마리는 곧장 가게로 향한다. 그녀에게서 느껴지는 위엄은 어마어마해서 안에 있던 다른 몸들은 다 벽으로 밀려나는 것 같다. 마리는 침묵을 이용하여,

자신이 이 귀중한 물건을 팔기 위해 이곳을 선택한 것은 어마어마한 은혜라는 느낌을 풍긴다. 그녀는 검술을 쓰듯 협상하고, 자신이 얼마나 정확하게 벨 수 있는지, 손놀림을 자제한 것이 그들에게 얼마나 운좋은 일인지 보여주려고 검을 따끔하게 휘둘러 모두가 살짝씩 피를 보게 만든 뒤에야 가게를 떠난다. 혹여 있을지 모르는 긴급한 상황이나 그녀의 마음속에 이미 싹트기 시작한 수녀원 보강 공사를 위해 돈을 좀 남길 수도 있으리라는 생각에 마리는 정말로 기쁘지만, 얼굴에 기쁜 내색은 드러내지 않는다. 그녀는 어둠 속으로 훌쩍 들어가 곧장 재무상의 집으로 말을 몰아 가고, 주먹으로 문을 쾅쾅 두드려 하품하는 어린 여자 하인을 밀치고 들어가 집 안 전체를 깨운다. 잠옷 차림으로 깨어난 그들이 우왕좌왕 혼란에 빠진다. 마리는 움직이지 않고 가만히 있지만, 기품이 넘치고 앙주 왕가의 얼굴을 하고 있어 모두 겁을 먹는다. 그녀는 그들이 추가 부담금 장부를 꺼내 마리의 항목—왕비가 요구한 것보다 더 후하다—을 기재할 때까지 그 집을 떠나지 않는다.

이제 시간이 늦었다. 돈과 의무가 사라지니 마리의 마음은 한결 가볍다. 강물 위로 병약한 달이 노란 머리를 내밀고 있다. 그녀는 말의 안식처와 맛좋은 음식과 마리를 위한 좋은 침대가 있는 후원자의 집에서 잠을 청하기로 되어 있었지만, 이 소란스러운 도시를 더는 참을 수가 없는데다, 자기보다 훨씬 모자란 성별의 존재가 이렇게 많이 가까이 있으니 공격적이 되고 조바심이 난다. 숨을 쉴 때마다 몸속으로 악이 들어오는 것 같다. 그래서 그녀는 고단하여 눈을 감고 잠시 마리의 가슴에 얼굴을 대고 있는 시성된 말에게 속삭인다. 그러자 말은 눈을 뜨고, 역시 떠날 준비를 한다. 마리는 다시 거리의 검고 고약한 냄새를 통과해 마침내 타운 가장자리에 있는 개방경지*로 접어드는데, 그곳의 자유롭고 반역적인 바람이 마리의 드러난 피부에서 도시의 악을 벗겨준다.

그녀 안에서 어떤 목소리가 다시는 이 도시를 보지 못할 거라고 말하고, 도시는 등뒤에서 새까맣게 타버린다. 그녀는 도시에서 놓여나는 게 즐겁다. 나이를 먹는다는 건 끊임없는 상실을 경험하는 것이다. 젊었을 때 중요하게 여기던 모든 것이 시간이 지나면 그렇지 않다는 게 밝혀진다. 껍질이 벗겨지고, 그것을 길가에 두면 새로운 젊은 사람이 집어들고 삶을 이어갈 것이다.

미로의 숨겨진 비밀 지하 도로의 마지막 터널을 빠져나오자 언덕 위 수녀원 건물은 아주 멀게 느껴진다. 수녀원에는 거의 아침이 왔음을 알려주는 가녀린 빛이 반짝인다. 마리는 믿음이 거의 약해진 것 같다. 말은 고단한지 피부가 미세하게 떨리고, 머리를 아래로 푹 숙이고 걷는다.

마리가 다시 무사히 돌아온 것을 본 수녀들은 무척 기뻐한다. 그들에게서 빛이 난다. 마리가 안전하게 만들어준 이곳에서는 어떤 보호막도 필요치 않기에, 그들의 얼굴은 아주 취약해 보인다. 마리가 조금만 빤히 쳐다봐도 그들에게 상처를 입힐 수 있을 것처럼. 마리는 목욕물을 준비해달라고 부드럽게 부탁하고, 그동안 음식이 정원에 준비될 것이다. 그녀는 정원에서 기분좋은 햇살로 피부 속까지 태워 그 따뜻함으로 이 여정 동안 뼛속에 쌓인 냉기를 몰아내고 싶다.

---

* 토지를 명확히 구획하지 않고 공동으로 농사를 짓는 중세 유럽 봉건시대의 경작지.

늙고 약한 수녀들은 이렇게 이른 시간에 벌써 벤치에 나와 앉아 있고, 그 옆에는 동전이 쏟아지는 듯한 모양의 에키네시아 꽃이 노랗게 만개했다. 웨부아는 마리를 보자 개처럼 그르렁거리고 망가진 발로 그녀를 찬다. 암펠리사는 안타깝게도 뇌졸중이 재발했고, 버건도파라는 아무데서나 툭하면 넘어지더니 뼈가 너무 약해서 골반뼈가 부러졌다. 그리고 이디스는 밤에 더이상 잠을 자지 않고 유령처럼 돌아다니면서 어머니를 부른다. 정신이 이상해진 두블리나는 마리를 보자 손뼉을 치며 일어서는데, 곧 그 수녀의 얼굴 어딘가가 변하는가 싶더니 음흉한 표정이 지나간다. 이어 축축한 흙땅에 조그맣게 빗소리가 들리는데, 두블리나가 치맛단을 들어올리고 땅에 오줌을 갈기는 소리다. 그녀의 나막신 주위로 웅덩이가 점점 커진다. 마리는 몹시 피곤해서 달리 뭘 할 수가 없어, 깔깔 웃고 있는 정신이 이상해진 수녀와 같이 웃고, 나이가 들거나 장애가 있는 수녀들은 공포를 느끼며 뛰거나 발을 끌거나 슬금슬금 그들 아래로 점점 커지는 웅덩이로부터 달아난다.

비가 내리는 깊은 여름이다. 연못 근처 심하게 젖은 토양과 도랑과 웅덩이에서 불쾌한 공기가 뿜어져나오고, 나쁜 공기에 수녀들 절반이 병에 걸린다. 마리 또한 그 때문에 많이 아파서 치료소로 옮겨지고, 거기서 죽어가는 수녀들 사이에, 가끔은 죽은 수녀들 사이에 누워 몇 밤을 보낸다.

마리는 비가 그치는 소리를 듣고, 긴 열병을 앓는 동안 땅의 모든 수분이 심지로 빨아내듯 빠져나와 말라서 사라지는 소리를 듣는다. 며칠 동안, 뜨거운 일주일 내내 마른다.

그녀는 열이 너무 심하게 나서 발작을 일으키고, 깨어나면 작고 반짝거리는 푸른 악마가 불의 집게발로 혀끝을 꽉 집는 것을 본다. 정신을 차리면 발작이 일어났을 때 마리 스스로 혀끝을 물었다고, 네스트와 베아트릭스가 말해줄 것이다.

인퍼매트릭스 수녀들이 구석에서 목소리를 낮춰 말하지만, 일부 깨어난 마리의 정신이 그 말을 듣고 그들이 그녀가 죽을까봐 걱정한다는 것을 깨닫는다. 그리고 그들의 말과 함께 죽음이 치료소로 들어와 방안 구석에서 밤새 나쁜 불침번이 되어 서 있다.

밤에 마리는 다시 깨어나 죽음이 시빌라 수녀를 굽어보고 있는 모습을 본다. 시빌라 수녀는 마리가 수녀원에 왔을 때 이미 나이가 많았고, 열심히 일하면서도 불평은 하지 않았는데 어쩌면 그건 말할 수 있는 목소리를 갖고 태어나지 않았기 때문인지도 몰랐다. 죽음이 제 입술로 늙은 수녀의 입술을 누르고 생명을 뽑아낸다.

그런 다음 죽음은 여전히 목이 마른지 둘로 갈라지고, 두번째 머리가 젊은 글라더스 수녀를 굽어본다. 그녀는 웨일스의 공주였는데 반역자 집안이라 그 벌로 혼자만 끌려나와 수녀원에 보내졌다. 신에게 바쳐지지 않으면 위대하고 강인하고 똑똑한 웨일스 귀족들을 낳을 텐데, 그렇게 되면 그들 또한 필연적으로 잉글랜드 왕에게 위협이 되기 때문이다.

그리고 두 수녀 모두 벌어진 입을 통해 몸에서 빠져나와 그들을 빨아먹는 죽음의 검은 그림자와 합류한다.

나중에 마리가 일어나 앉아 학질로 인해 깃펜을 놓치는 일 없이 손에 쥘 수 있게 되면, 자신이 본 것을 환시의 책에 써넣을 것이다.

비록 죽음은 나를 데려가지 않았으나, 그녀는 쓴다, 나는 물살에 실려가는 깃털과 같았다. 죽은 그들이 천국으로 올라갈 때 나는 그 선한 수녀들 뒤에서 실려가고 있었다.

우리는 궁창을 뚫고 신의 따뜻한 손을 향해 올라가고 또 올라갔다. 내 몸에 닿는 그 따스함이 느껴졌다. 마치 작고 보이지 않는 돌풍이 매를 바람의 흐름에 싣고 데려갈 때 매가 느끼는 감각처럼. 날개를 휘젓지도 않고 그저 눈부시게 아름답게 떠갔다.

마침내 그들이 나를 두고 하늘로 올라갈 때 나는 평평한 구름의 층 위에 있었다. 구름 위의 그 방대하고 평평한 층에는 시야가 미치는 범위 안에 일곱 개의 탑이 있었다. 어떤 탑은 내가 바람 위에 누워 있는 곳과 더 가깝고, 어떤 탑은 눈에 거의 보이지 않았다.

가장 가까운 탑이 손닿는 거리에 있어서, 나는 창문으로 다가가 안을 들여다보았다. 그리고 오래전에 죽은 내 자매들을 보았는데, 일부는 금색 옷을 입었고, 일부는 반짝이는 빛을 입었으며, 일부는 수녀원장 엠처럼 머리에 큰 가시관을 쓰고 있었다. 모두 함께 소리 내어 기도를 올리고 있었다.

그리고 발아래 수십 수백 패덤* 밑에 있는 땅 위에서, 나는 계시록에 나오는 네 마리 짐승을 보았다. 사자, 암황소, 독수리, 여자 얼굴을 한 짐승. 모두 날개가 달리고, 몸은 깜박거리며 쳐다보는 눈으로 뒤덮여 있었다. 그 짐승들은 침을 흘리고 울부짖으면서 바위 아래 사는 도롱뇽처럼 탑의 측면을 스르르 기어오르고 있었다. 올라가는 속도가 어찌나 빠른지, 내 피가 얼음이 되어 굳는 듯했다.

---

* 깊이를 측정하는 단위. 1패덤은 대략 1.8미터이다.

짐승들이 다가올 때, 탑 안에 있는 자매들의 기도 소리는 점점 더 커지고 점점 더 달아오르다가 곧 거룩한 노래로 터져나왔다. 그리고 그들은 노래를 부르는 가운데 기도의 본질에 가장 가까워졌는데, 노래하는 것이 기도의 심장 중에서도 심장이기 때문이었다. 그들의 목소리는 하나로 융합되었다. 그리고 그 목소리 아래에서 큰 지진이 일어났고, 내 자매들의 노래는 탑의 돌을 진동시키고 흔들었다.

짐승들은 이를 갈고 으르렁거렸지만, 탑을 오르는 손이 불안정해지더니 길고 매끈한 돌 위로 주르륵 미끄러지기 시작했다. 그것들은 하나씩 떨어졌다. 사자, 암황소, 여자 얼굴을 한 짐승, 독수리. 그것들은 날개가 있었지만, 땅으로 곤두박질쳤다.

그리고 내가 지켜보는 가운데 자매들은 다시 고요한 기도로 돌아갔다. 하지만 그 짐승들로부터 전혀 안전하지 않았다. 그 짐승들의 피 흘리는 사체에서 같은 종의 더 작은 짐승들이 태어나 땅 위에서 끔찍하게 울부짖기 시작했고, 탑을 오르면서 점점 자랐기 때문이다.

깨어났을 때, 내 열은 사라졌다.

어둠이 수녀원 위로 내려온 뒤였고, 치료소에서 들리는 모든 잠의 소리는 깊어져 있었다. 나는 앓아누워 있는 동안 내게 주어진 이 환시를 선물로 간직했다.

왜냐하면 환시를 통해 성스러운 여인들이 모여 있는 여기 이곳 수녀원이, 계시록에 등장하는 맹렬하고 이를 갈고 폭력적이고 수염 달린 그 짐승들이 신의 어린양들에게 접근하지 못하도록 인간이 지어놓은 일곱 개의 거대한 기둥 중 하나라는 사실이 밝혀졌기 때문이다. 나머지 여섯 개의 기둥에 대해서는 알지 못하지만, 이 일곱번째는 모든 기둥과 맞먹는다.

그것은 밤의 공포를 물리치는 큰불이 되어주는 내 자매들의 밝음이고 신앙이며 경건함이다.

그리고 이 수녀원은 나의 보호 안에서 성장하고, 그러니 나는 돌탑처럼 단단하고 강하고 높이 서서 그들을 땅보다 높은 안전한 곳에서 붙잡고 있어야 한다.

도시 외곽의 미로 가장자리 너머 어느 헛간에서 바람에 넘어진 등불이 일으킨 작은 불이 순식간에 큰 화재가 되었다는 소식을 들은 것은 내가 밤에 열이 내린 그날 아침이었다. 불은 잠든 타운의 서부 지역에 있는 집들로 순식간에 번져나가, 사람들이 소리를 지르거나 강이나 우물에 물을 길러 달려갈 시간도 거의 없었다. 화재는 호스텔에서 잠을 자던 순례자들이나 그곳에서 그들을 돌보던 우리 수녀들은 피해갔지만, 길 반대쪽은 전부 삼켜버려, 나무와 이엉으로 대성당에 붙여 지은 가게들을 다 먹어치웠다. 더욱 나쁜 것은 그러고 나서 사제관 전체를, 그리고 그 안에서 자고 있던 성스러운 거주자 모두를, 교회에 자신을 봉헌한 그 모든 불쌍하고 경건한 영혼들까지 먹어버린 것이다. 호스텔러릭스인 루스 수녀는 잠에서 깨어 길 건너를 쳐다보았고, 까맣게 그을린 평원에서 연기가 피어오르는 것을 보았다. 잿더미 속에서, 그들은 스무 명의 뼈가 침대에 누워 있는 것을 발견했다.

그 화재 참사 이후 타운에는, 비밀 통로를 통해 수녀원으로 와서 미사를 집전할 자격을 가졌다고 우리의 상위자들로부터 인정받은 사람이 하나도 남지 않게 되었다. 내 딸들에게 고해성사의 위로를 줄 수 있는 사람이 없어졌다. 물론 나를 제외하고.

그리고 이 소식과 함께 나는 마침내 열이 났을 때 보았던 환시와 내게 주어진 명령을 이해하게 되었다.

나는 내 어깨에 수녀원장의 사제 의무를 짊어질 것이다.

수녀원장으로서, 나는 신이 내려준 부모의 모든 권위를 부여받은 이곳의 어머니이자 내 딸들의 부모이기 때문이다. 그리고 전교하고 많은 이들을 개종시킨 사도들의 사도, 막달라 마리아처럼 나는 딸들을 위해 미사와 고해성사를 주재하라는 소명을 받았다.

두 주가 지나자 마리는 혼자 몸을 일으켜 돌아다닐 수 있게 되었다. 근육 무게가 좀 빠져나가 수녀복이 펄럭거린다. 북동쪽에서 불어오는 바람에는 여전히 탄 고기 냄새가 배어 있고, 바람을 맞는 쪽의 사과나무 몸통에는 재가 묻는다.

수녀들의 밝은 얼굴 위로 어둠이 내려앉는다. 그들은 지도자를 잃었고, 대화재 이후 고해성사도, 영성체도 하지 못했다. 그들은, 비록 나이들고 서툴렀으나, 선의로 수녀들에게 위안을 주려 했던 떠나간 영혼들을 애도한다. 틸드가 매일 그 문제로 마리를 괴롭히지만, 수녀원장은 새로운 사람을 보내달라는 편지를 쓰지 않는다.

마침내 충분히 회복되었을 때, 마리는 가장 신앙심이 깊은 수녀이자 그 선함이 순수하고 겸손한 빛과 같은 칸트릭스 스콜라스티카를 부른다. 수녀들이 종종 서로에게 죄를 고백하는 규정대로, 마리는 그녀에게 고해성사를 하고, 칸트릭스는 마리의 손을 잡지만 차마 보속은 주지 못한다. 고해가 끝나자 미사를 드릴 시간이다.

마리는 소성당 옆에 딸린 작은 방에 가서 제의를 입는다. 옷에서 다른 이들의 체취가 난다. 아주 최근까지 살다가 화재로 죽은 자들의 몸이 남긴 양파와 살 냄새.

　마리는 미사전서를 들었고, 빵과 포도주는 자신의 손으로 준비했다. 마리는 제의를 입고 최대한 권위적인 모습으로 소성당으로 들어가면서 수녀들의 얼굴을 살핀다. 어떤 이들의 얼굴에는 충격이 떠오르고, 또다른 이들은 정말로 웃긴다는 표정을 감추지 못한다. 마리가 나타나 이곳을 장악하기 전의 수녀원을 알고 있는 가장 연장자인 수녀들의 얼굴에는 절망과 분노와 공포의 표정이 엿보인다. 고다는 소스라치게 놀란 표정을 짓고, 마리는 그녀가 지금 여기서 이승의 육신을 떠난다고 해도 놀라지 않을 것 같다.

　웨부아가 일어서서, 지팡이로 바닥을 탁탁탁 내려친다. 그녀는 다친 것처럼 고함을 지르는데, 깊고 우렁찬 짐승의 소리다. 대소동이 일어나고 혼란스러운 가운데, 루스가 일어나 마리를 신랄한 눈빛으로 쏘아보며 그 늙은 수녀를 데려간다. 마리는 이것이 그들의 오랜 우정의 끝이라는 것을 안다. 그녀는 루스를 잃었다. 루스는 어쩌면 영원히 떠날 것이다. 마리는 고개를 숙이고 파도처럼 통과하는 고통을 내버려둔다. 그리고 다시 나머지 많은 딸들을 쳐다보며 자신이 지을 수 있는 가장 완고한 표정으로 그 자리에 그대로 있으라고 명령한다. 복종에 아주 익숙한 그들은 그 자리에 그대로 있는다. 미사를 떠나는 것과 여자가 집전하는 미사를 드리는 것 중 어느 쪽이 더 작은 죄인지 고민하는 그들의 얼굴에 혼란의 소용돌이가 인다. 시간은 흘러가고, 시간이 그들을 위해 결정을 내린다. 입당성가가 시작된다. 마리는 미소를 짓고, 잔과 빵을 내밀어 축복한다. 퇴장성가. 수녀들이 일어서고, 조용히 하던 일로 돌아간다.

온종일 여기저기서 분노의 중얼거림이 들린다.

고다가 수녀원장 회의실에서 기다리고 있는데, 몸을 너무 심하게 떨어 나막신이 바닥에 딱딱 부딪히는 소리가 들린다. 그녀는 여자가 미사를 집전하다니, 그건 사악한 일이다, 사악한 일이야, 교회를 위반하는 일이다, 하고 말한다.

마리는 불쌍한 고다를 사랑하기로 한다. 이렇게 태어난 것은 고다의 잘못이 아니다.

그녀는 고다에게 여자가 더 열등한 성이라고 생각하는지 말해달라고 한다.

고다는 물론 여자는 더 나약하고 더 죄 많은 성이라고 쏘아붙인다. 타락했고 유약하다고.

마리는 고다가 암기하는 성경 구절이 거의 없다는 것을 알고 있기에, 증거가 뭔지 묻는다.

고다가 입을 벌린다. 치아가 없는 잇몸 자리에 큰 구멍이 뚫려 있다. 마침내 그녀가 주저하며 음, 그것이 이브의 교훈 아닌가요, 하고 말한다.

마리는 부수녀원장 보좌에게 자기를 쳐다보고 옆에 앉아 자기 손을 잡으라고 말한다. 고다에게서 접촉을 바라는 갈망이 느껴졌기 때문이다. 어쩌면 그것이 그녀가 동물을 돌보는 이유일 것이다. 그녀는 저항하지만, 곧 마리가 꼭 쥔 손을 펴주는 대로 가만히 있더니 수녀원장에게 천천히 몸을 기댄다. 마리가 고다, 비록 동정 마리아는 여자로 태어났으나 자궁에서 태어난 인간 중에서 가장 귀중한 보석이라고 생각하지 않나요? 하고 말한다. 우리의 동정 마리아는 자궁에서 말씀이 사람이 되도록 선택받은 가장 완벽한 그 릇 아닌가요?

고다는 당연히 그렇다고 화난 듯 말한다. 하지만 하지만 하지만.

그러자 마리가 잠깐, 좀더 깊이 생각해볼까요, 하고 말한다. 그 녀는 고다를 알고, 전에 다툰 적도 있었다. 하지만 딸이여, 솔직 히 말해보라. 고다는 남녀를 불문하고 마리와 대등한 인물을 만나 본 적이 있는가? 마리는 고다 안에서 치열한 전투가 끝날 때까지 기다리고, 부수녀원장 보좌가 마침내 아주 조용히 없다고 말한다. 뚱하고 근시안적이고 계급과 권위에 사로잡혀 있지만, 이 불쌍하 고 늙은 수녀는 자기 방식으로 순수하고 거짓말을 못한다.

마리는 동정 마리아의 탄생 축일 직후에 교구 주교가 수녀원을 방문하기로 되어 있는 것을 기억하라고 말한다. 여자가 미사를 집 전하는 것이 그토록 잘못된 일이라 생각한다면, 그때 따로 면담을 해서 마음의 짐을 덜면 된다고.

그러자 불쌍한 고다는 속이 뒤틀리는지 자리에서 일어나 마리 에게 토할 것 같다고 말한 뒤, 부원장 틸드와 마리만 남겨두고 밖 으로 달려나간다.

틸드는 마리의 시선을 피한다. 틸드의 뺨은 분노로 자주색이 되 었다. 마리가 그녀를 가만히 쳐다본다.

틸드가 마침내 이 모든 것은 지독히 불경스러우며, 끔찍한 죄라 고 말한다. 마리가 계속 고집을 부리면 새로 수녀원장을 선출해야 할 거라고.

오 그러라고, 오늘 투표를 한다면 자신이 쉽게 이길 거라고, 마 리는 말한다.

틸드는 그렇지 않다고 말한다.

마리는 틸드에게 세어보면 알 거라고 말해놓고 틸드가 머릿속으로 수녀들을 분류하는 것을 지켜본다. 마침내 틸드가 한숨을 쉰다. 그녀는 손에 쥔 펜을 부러뜨린다.

틸드는 마리를 반대하는 세력이 있다면 자신이…… 하고 말하고, 마리는 부수녀원장이 그 문장을 끝내지 않을 만큼 영리한 것이 다행스럽다.

바깥으로 나간 고다가 땅바닥에서 구역질을 하는 소리가 계속 들린다. 틸드는 이제 마침내 자신이 마리에 반대하는 입장이 되어 하는 말인데, 오래전부터 마리가 왜 고다를 부수녀원장 보좌 자리에 계속 두었는지 궁금했다고 말한다. 고다는 동물들의 주인으로는 아주 훌륭하지만, 라틴어 실력은 별로고 수녀원의 일에는 전혀 도움이 되지 않는다고. 게다가 수녀들 사이의 개인적인 문제를 다루는 데는 정말이지 형편없다. 고다는 감정에 대한 이해가 전혀 없다.

마리는 그 말이 옳다고 말한다. 그런 문제에는 고다의 조언을 들은 뒤 그 반대로 하는 게 최선이다.

하지만 틸드는 그건 답이 되지 않는다고 말한다. 마리는 왜 고다의 자리에 성기실 책임자나 칸트릭스, 아니면 필사자들의 지도자를 임명하지 않았는가? 그들 모두 지적이고 섬세한 사고력을 가진 사람들이 아닌가? 그들은 적어도 도움이 될 수 있다.

마리는 동물을 돌보는 의무와 함께, 수녀원 관리로서의 지위가 고다를 계속 바쁘게 만든다고 말한다. 늘 한결같이 격앙된 감정이 엄격한 태도와 결합되면 위험하다. 하지만 바쁜 고다는 어떤 위협도 되지 않는다.

마리는 틸드가 원하는 것이 무엇인지 안다. 부수녀원장은 침묵을 지키는 대가로 새 부수녀원장 보좌를 앉히고 싶은 것이다. 마리는 틸드가 먼저 물러서리라 확신한다. 두 사람 중에서 마리의 영혼의 힘이 훨씬 강하다. 두 여인은 방의 이쪽과 저쪽에서 얼굴을 찡그린 채 마주보고 있고, 한참의 시간이 지난 뒤 틸드의 눈에 눈물이 차오르더니 결국 황급히 뛰쳐나간다.

하지만 마리는 자신의 대답이 신경쓰인다. 오후에 독서를 하다 말고 자신이 부원장에게 한 말을 곰곰이 생각해본다. 고다의 독이 신속하게 퍼지면 마리의 권위를 매장시키는 작고 손쉬운 수단이 될 수 있기에 마리가 고다를 가까이 둔 것은 사실이다. 마리는 고다를 쳐다본다. 고다는 손가락에 잉크 얼룩을 묻혀가며 오래된 편지 뒷면에 암양과 어린 암소와 암탉의 수를 중얼중얼 헤아려 기록하고, 이어 줄을 그어 지우고 펜을 입에 물었다가, 다시 표시를 남기고 그걸 소리 내어 헤아리고, 다시 갈겨쓰고, 잉크로 검어진 혀끝으로 역시 검어진 입술을 핥는다. 아마 부수녀원장 보좌를 마리에게 끌어당긴 것은 오히려 고다에게서 나는 외양간냄새, 고다의 천박함, 큰 목소리, 자매들의 감정을 짓눌러버리는 오만한 태도였을 것이다. 고다처럼 까다로운 자매를 사랑한다는 사실에서, 마리는 자신의 선함을 더 확신할 수 있는 것이다.

그러니 마리가 딸들의 고해를 들으려고 하는 것은 스스로 죄인이기 때문일 것이다.

댐이 터졌다. 대부분의 늙은 수녀들이 분노했지만 그 분노를 소리 내어 말할 용기가 없어, 그저 중얼거리고 기도하고 마리에게 쌀쌀한 태도만 보인다.

처음에는 수련 수녀들과 아동 평수녀들과 젊은 수녀들만이 고해성사를 하러 오지만, 몇 주가 지나자 마리는 몇 시간이고 계속 앉아 있어야 한다. 그녀는 귀를 기울인다. 그들의 말을 듣는다.

수스키페 상크타 트리니타스 하스 오블라티오네스 콰스 티비 에고 페카트릭스 오페로*, 그들은 말하고, 종종 울음을 터뜨린다.

해를 거듭하면서 마리는 수녀원의 고해신부가 될 것이다. 고해를 들으면서, 그녀의 분노는 그들의 편에서 더욱 뜨겁게 타오를 것이다. 진심이 담기지 않은 기도를 한다거나, 거짓말을 한다거나, 쇠꼬챙이에서 구운 닭고기를 조금 떼어 먹었다거나, 작은 욕망과 특별한 우정―얼마나 많은 이가 불경한 키스로 자신이 더럽혀졌다고 생각하는가―같은 사소한 일 때문이 아니다. 이런 고해에는 가벼운 보속을 주어 돌려보내고, 그들은 마리의 목소리에서 미소를 느끼고 안심한다. 하지만 여기 오기 전 딸들의 삶은 그녀를 슬프게 한다. 수녀원에 올 때 끌고 온 보이지 않는 비밀의 무게. 열여덟 살의 수련 수녀는 흐느껴 우는데, 자신이 처녀가 아니기에, 여덟 살이 되던 그날부터 밤마다 침대에 그림자 형체가 앉아 있는 것을 알게 되었기에 운다. 그녀는 자신의 죄가 아닌 그 죄를 삼키고 자신의 죄로 마음속에 담았다. 비밀스러운 임신. 갑자기 복부에 주먹이 날아오고 머리가 발로 차인다. 얼굴이 땅에 처박히고 치마가 걷혀 올라간다. 어느 어린 목소리는 망설이며 언니의 결혼식 날에 자기

---

* '거룩하신 삼위일체이신 하느님, 죄인인 제가 당신께 바치는 이 기도를 받아주소서'라는 뜻의 라틴어.

방에 특정한 악마가 잠입하려는 계획을 세운 것을 알고 손에 칼을 들고 기다렸다고 말한다. 그 일이 예측대로 벌어졌을 때 그녀는 준비가 되어 있었고, 곧 갑자기 사방에 피가 낭자하고 크게 울부짖는 소리가 들렸다. 그는 나중에 내장이 썩어 죽었고, 언니는 신부가 되자마자 거의 곧바로 과부가 되었다. 그 살인 사건이 불쌍한 수녀의 가슴에 무겁게 걸려 있다. 그리고 마리가 들어줄 때까지 그 고해를 차마 누구에게도 하지 못했다. 그런 이야기를 들어줄 귀는 여자 말고는 없을 테니까. 마리가 고해신부가 되지 않았다면, 그녀는 죽어서 이 죄로 인해 지옥에서 불탔을 것이다.

이 수녀는 코에서 종종 각질이 벗겨지고 눈동자는 어떤 일에도 빛을 내지 않는 조용하고 신앙심 깊은 필로메나 자매다.

마리는 말한다. 과거의 그 사랑스러운 어린아이가 알고 있었던 것처럼 그건 방어였다. 진짜 살인자는 악한 의도를 품고 문을 열고 어린아이의 방에 들어간 그자였다.

하지만 침묵이 흐르고, 마리는 이 대답만으로는 결코 충분하지 않으리란 걸 안다. 필로메나는 스스로 상처를 입을 필요가 있고, 육신의 고통을 통해 자신을 정화할 필요가 있다. 그게 없다면 만족하지 않을 것이다. 마리는 보속으로 육체의 벌을 주는 것을 싫어하지만, 한숨을 쉬고 그 수녀에게 계면실로 가서 등에서 피가 날 때까지 스스로 채찍질을 하라고 말한다. 만과를 알리는 종이 울릴 때까지 추운 데서 무릎을 꿇고 있으라고 한다. 무릎을 꿇고 기도하고, 영혼을 전부 바쳐 기도하라고. 일어서면 고통과 기도가 그녀의 죄를 씻겨주었을 테니, 그녀는 그 죄를 계면실 바닥에 내려두고 그곳을 떠나 가슴의 짐을 덜고 더욱 완전한 기도를 바치라고.

마리는 다음날 내내 필로메나를 지켜본다. 그 젊은 여인의 얼굴 아래 뭔가가 빨라졌고, 어깨는 더 펴졌으며, 지난 세월 동안 불행이 돌처럼 차갑고 무겁게 놓여 있던 자리에 따스함이 스며들었다.

마리는 고해신부가 됨으로써 신과 더 가까워지지는 않았다. 그녀는 그 때문에 실망한다. 이렇게 하면서 소명의 근원을 발견할 수 있기를 바랐기에.

하지만 위로가 되는 게 있다면, 각자의 비밀이 공유될 때마다 수녀원장에 대한 수녀들의 사랑이 점점 커가는 것이 느껴진다는 것이다. 그녀는 태양이 하루하루를 도는 것처럼 그 사랑이 따뜻해지고 밝아지는 것을 느낀다. 그들은 이제 반역할 수 없다고, 마리는 생각한다. 그녀는 그들에 대해 너무 많은 것을 알고 있다.

그들의 슬픔이 마리를 너무 무겁게 내리눌러 잠을 이룰 수 없을 때, 마리는 종종 필사실로 내려가 라틴어로 된 미사전서와 시편을 여성형 단어들로 바꾼다. 여자들만 듣고 말할 글인데 안 될 게 뭐 있는가? 그녀는 그렇게 바꾸면서 혼자 웃는다. 남성형 단어에 줄을 그어버리고 여성형으로 대체하는 것은 사악하게 느껴진다. 재미있다.

알리에노르가 마리에게, 자신의 어린 첩자로부터 마리가 이단적인 역할을 또하나 스스로 맡았다는 말을 들었다고 써 보낸다. 고해성사뿐 아니라 미사도 집전한다고? 마리는 불속에 손을 집어넣고 있다. 살이 불타더라도 놀라서는 안 된다.

늘 그렇듯, 마리는 첩자라는 말이 몹시 거슬린다. 딸들 중에서 배신자가 누군지 알아낼 수 없다는 사실이 소름 끼친다. 마리의 갑옷에 알리에노르의 화살이 철컹하고 꽂힌다. 이번 화살이 제대로 맞은 것은, 마리도 자신의 위험을 잘 알고 있기 때문이다. 하지만 자신이 옳다는 것도 안다.

왕비가 비아냥거리는 투를 버리고, 마리가 이에 대한 벌을 어떻게 피할지 모르겠다고, 지금 있는 이곳에서 자신은 마리를 보호할 수 없다고 엄중한 말투로 쓴다.

편지는 왕비가 은퇴하고 남은 생을 보낼 생각이라고 말한 퐁트브로에서 온 것이다. 하지만 왕비에게 힘이 없다는 것은 과장이다. 그녀가 거기서 왕과 교황의 꼭두각시들을 조종하고 있다는 것은 모두가 아는 사실이다. 노르망디, 앙주, 푸아투, 아키텐에서 반란이 일어나는 것을 막고자 그 많은 전쟁이 일어나고 그 많은 돈이 앙글르테르에서 흘러나온다. 멀리 있는 다른 땅을 지키려고 앙글르테르에서 돈을 빼내는 일이 계속될 수는 없다. 잉글랜드인들이 반란을 일으킬 것이고, 마리는 그 반란이 머지않아 일어날 거라고 생각한다. 그리고 누가 왕위를 계승할지의 문제가 남아 있다.

그건 지치는 일이라고, 왕비는 그렇게 썼지만, 마리는 그 말 이면에서 글로 쓰이지 않은 에너지를 느낀다. 왕비는 크고 섬세하고 교묘하고 정치적인 사고를 가진 사람이다. 줄곧 그러했다는 것을 아는 것은 놀랍지 않다. 알리에노르는 앙주 가문의 배후를 버티는 힘이었으나, 그 제국은 이제 몰락 직전에 있다.

편지 후반에 왕비는 쓴다. 그리고 여기 퐁트브로에 있는 셀라트릭스의 신체 조건이 마리와 쌍둥이처럼 같다는 사실을 발견하고 아주 놀랐다. 미로로 숨겨져 있는 그 이상하고 작은 잉글랜드의 수녀원이 아니라, 프랑스의 수녀원에서 마리처럼 크고 우람한 체구를 보고 마리와 같은 깊은 목소리를 들었을 때 자신이 꿈을 꾸거나 헛것을 상상하는 줄 알았다. 마침내 왕비는 마리와 똑같은 이 인물이 누군지 추적할 수 있었는데, 맙소사, 이 키 큰 근육질의 수녀는 바로 마리의 친척인 위르쉴이다. 오, 왕비가 말한다, 자신은 십자군 원정에 나섰던 젊은 날의 위르쉴을 기억한다. 얼굴이 아주 아름답고, 황금 부츠를 신었는데, 귀부인 군대에서 가장 사냥을 잘했고, 거의 모두가 그녀를 보면 사랑에 빠졌다. 하지만 당시 위르쉴은 마리가 예전에 알리에노르의 궁정에 왔을 때보다 더 다루기 힘들고 더 촌스러운데다 사나운 흉악범 같았다! 시간이 그 아름답고 젊은 여인에게 해놓은 짓이 얼마나 충격적인지, 이제 위르쉴은 자신의 조카처럼 덩치 크고 무뚝뚝하고 평범한 얼굴이 되었다. 세상에 그토록 상상할 수 없는 두 여장부가 존재하다니! 아무튼, 왕비가 쓴다, 위르쉴이 알리에노르에게 마리에 대한 자신의 사랑도 전해달라고 간곡히 청했다고.

마리는 편지를 꼭 움켜쥐고 가슴에 갖다대는데, 이모가 오래전에 죽었을 거라고 생각했기 때문이다. 이모는 적어도 예순다섯 살은 되었을 텐데, 자신이 혼자가 아니라는 사실을 알게 된 것은 마리에게 예기치 못한 선물이다. 버드나무에 가려진 강의 굽이에서 헤엄치는 게 어떤 기분인지, 숲속으로 깡충깡충 뛰어가는 암사슴의 꼬리를 쫓아 뛰어가는 게, 위대하고 고요하고 지적인 존재인 마리의 어머니를 사랑하는 것이 어떤 의미인지 아는 다른 살아 있는 사람이 이 지상에 있다는 것은.

교구 주교가 감찰을 나오는 날이 되자 화려하고 장엄한 분위기가 감돌고, 간단한 식사로 낼 통돼지와 그 돼지의 새끼들이 구워져 맛좋은 고기 냄새가 이미 건물 사방으로 솔솔 퍼진다. 상위자들에게 눈가리개를 씌운다는 것은 아슬아슬한 일이지만, 마리는 아주 부드럽고 신속하게 움직여 그들에게 저항할 기회조차 주지 않고, 그래서 저항은 일어나지 않는다.

감찰을 대비해 수녀원 전체에 반짝반짝 광을 내놓아서, 언덕 꼭대기에 전복으로 만들어진 뭔가를 세워둔 것 같다.

수련 수녀들과 젊은 수녀들이 함께 연극을 준비한다. 〈미덕과 악덕〉. 미덕은 순수해서 통통한 팔과 가슴의 아름다운 살을 드러내고, 머리 가리개를 하지도, 묶지도 않은 길고 풍성한 머리칼을 풀어헤친 채 마냥 자유롭다. 마리는 감찰관들의 얼굴을 보지 않고도 이 연극을 괜찮은 수준이 아니라 성스러운 것으로 만들기 위해 이 나눔의 식사를 길게 끌어야 한다는 것을 안다.

식사를 마친 뒤, 마리는 식당 의자에 앉아 수녀들이 아동 평수녀부터 수련 수녀, 들판 수녀, 성가대 수녀, 관리 수녀 순으로 단독 면담을 하러 들어가는 것을 지켜본다. 수녀들은 전부 백팔십 명이다. 그리고 그들이 방에서 나갈 때 마리는 그들의 얼굴에 옴니아 베네* 라고 쓰여 있는 것을 본다. 모든 것이 좋다. 단 한 명도, 여전히 고해성사를 거부하는 수녀들조차도 수녀원장이 미사를 집전하는 것에 대해 말하지 않았다. 일부는 충직하여. 일부는 두려워서.

---

* '모든 것이 좋다'는 뜻의 라틴어.

하지만 곧 고다의 차례. 부수녀원장은 마리와 함께 힘겹게 문을 향해 걸어간다. 그녀는 마리에게 복잡한 시선을 보낸 뒤 턱을 앞으로 내민다. 고다의 등뒤로 문이 닫힌다.

마리는 이제 두고 보는 방법밖에 없다고 생각한다.

그리고 고다가 밖으로 나오고, 고다의 얼굴에도 돋을새김을 한 것처럼 옴니아 베네가 떠올라 있다. 고다의 마음이 마지막 순간에 흔들린 것이다. 그녀의 작은 눈에 물기가 어리고, 눈시울이 붉어지고, 어깨가 내려온다.

틸드가 일어서서 살짝 마리 쪽을 쳐다본다. 아니다, 부수녀원장은 전혀 위협이 되지 않는다. 틸드가 나올 때는 얼굴에 슬픈 옴니아 베네가 떠올라 있다.

이제 마리가 일어서서 안으로 들어간다.

그녀는 아주 깊고 엄숙한 목소리로 옴니아 베네라고 말하고, 그 말이 거짓이 아니므로 그녀의 가슴속은 투명하다. 그녀의 굳건한 손아귀에 잡힌 수녀원의 모든 것이 참으로 아주 좋다.

6

어느 날 마리는 자기 손을 쳐다보는데, 얼룩덜룩 반점이 생기고 여기저기 불거졌다. 늙었다, 그녀는 놀라서 생각한다.

늑대들이 언덕을 내려와 양을 훔쳐가는 것을 막으려고, 마리는 수녀들이 양떼를 풀어놓는 목초지 주위로 늑대들이 뛰어넘을 수 없을 만큼 돌담을 아주 높이 쌓게 한다. 그 일을 하면서 가을이 느긋이 지나간다.

엘지바가 양파를 잔뜩 들고 부엌을 통과하면서 불 너무 가까이 가는 바람에 수녀복이 불길에 휩싸이고, 설거지를 하던 수녀가 그 물로 불을 끄기 전에 거의 다 타버린다. 엘지바는 제6시과가 되기 직전에 숨을 거두고, 마리는 물집이 잡힌 그 여인의 눈꺼풀을 감겨준다. 마리가 엘지바의 붉고 부은 손에 손을 대자, 마리의 손가락이 누르는 힘에 엘지바의 피부는 구운 비트 껍질처럼 쉽게 벗겨진다.

들판의 잡초는 낫으로 베어지고, 피부가 가무잡잡해진 수녀들은 넓게 흩어져 그네를 탄다.

겨울은 새나 여우, 산토끼의 작은 발이 글씨를 쓴 양피지다.

해맑은 두블리나 수녀는 막 갈아엎은 봄의 고랑을 걷다가 희미하게 들리는 소리에 무릎을 꿇고 아기 토끼들의 둥지를 발견하지만, 그 절반은 분홍색으로 짓뭉개져 있고 나머지 절반은 털도 없는 민숭민숭한 모습으로 부들부들 떨고 있다. 그뒤로 몇 주 동안 두블리나는 움직일 때 몸을 극도로 조심하고, 어느 날 세면소에서 칸트릭스 스콜라스티카에게 붙들린다. 나머지 수녀들은 그 자리를 황급히 피한다. 스콜라스티카는 두블리나의 주머니 안을 들여다보고 그 어두컴컴한 곳에서 네 개의 코가 씰룩거리고 여덟 개의 눈이 반짝이는 것을 발견한다. 마음이 아주 따뜻하구나, 스콜라스티카는 생각한다. 고아가 된 이 아기들이 두블리나의 몸에 붙어 있어서 얼마나 따스했을까. 그리고 그 순간 그녀 자신이 두블리나의 마음 안에 잠시 안긴 것 같다. 경이와 선명한 아름다움과 몸으로만 느낄 수 있는 깊이 스며드는 사랑과 호흡으로 느껴지는 열기와 두근거리는 기쁨으로 가득한, 말이 필요 없는 세상. 스콜라스티카는 아무것도 보지 않은 척한다. 그리고 그것을 발견하고 얼마 지나지 않아, 밤에 쿵 소리가 들리더니 작은 토끼 네 마리가 밤의 계단을 미끄러지듯 내려간다. 스콜라스티카가 토끼들을 쫓아가려고 침대에서 빠져나오는데, 수녀들이 잠든 척 가까스로 웃음을 참고 있는 것으로 보아 다른 수녀들도, 아마 모두가 두블리나의 비밀을 알면서 한 사람도 말하지 않은 것을 알겠다.

뜨거운 여름이 오고, 아스타는 대장장이 수녀와 목수 수녀와 함께 크고 괴이하게 생긴 빙글빙글 돌아가는 기계를 만들어 그것을 여러 줄로 늘어선 포도나무의 각 줄 끝에 하나씩 박아놓는다. 이 새 장치는 바람이 조금만 불어도 빙글빙글 돌면서 햇볕을 붙잡아 그 빛을 포도나무에 눈부실 정도로 강하게 반사하고, 항상 여자의 목소리로 노래한다. 그 소리는 절대음감을 가진 칸트릭스가 조율한 덕에 끝없는 노래가 되어 하늘로 올라가는 목소리 같고, 밤에도 나지막이 들리며 위로를 준다. 어떤 밤에 마리는 스르르 잠이 들면서 자신이 엄마의 무릎에 앉아 흔들리며 졸음이 오는 아이 같다고 느낀다. 게다가 노래하고 빛을 반사하는 이 장치는 원래 새들을 겁주려고 만든 것인데, 그 기능을 아주 잘 수행해서 거의 수녀들이 감당할 수 없을 만큼 큰 수확을 안겨주었고, 그 바람에 목수 수녀는 나무통을 만드느라 아주 분주하다. 심지어 마리도 포도를 뭉개는 큰 통으로 가는데, 그곳에는 대체로 즐거움이 감돌아, 마리는 신발을 벗고 포도가 터지며 뿜어내는 달콤하고 풍부한 즙 속으로 발을 집어넣는다. 농노들은 노래하고 손뼉을 치고, 마리는 위엄을 벗어던지고 다른 수녀들과 함께 춤춘다. 뱃심이 약해진 마리가 포도 찌꺼기에 뒤덮인 채 부축을 받고 통에서 나올 때까지 수녀들은 젊었거나 늙었거나 미끄러지고 깔깔거린다.

그녀가 목욕을 마치고 깨끗한 몸으로 행복하게 수녀원장실로 가자, 알리에노르에게서 편지가 와 있다. 편지의 느낌이 묘한데, 고요한 단어의 이면에서 광기가 느껴진다.

마리의 첩자가 보낸 소문이 맞았다. 왕비가 총애하던 자식이 마침내 몸값을 내고 풀려났지만, 자신의 오랜 부재 동안 이득을 챙긴 자들에게 왕의 분노를 닥치는 대로 쏟아내다가 사고로 죽고 말았다. 잉글랜드인들을 향해 무작위로 날아온 화살이 왕의 척추에 맞은 것이다. 위대한 사자가 가장 미천한 벌레에 의해 끌려 내려온다. 왕비가 사랑하는 딸이자 시칠리아의 전 왕비였던 조안나는 무일푼으로 버려져 죽었는데, 심지어 아이를 낳다가 죽는 순간에 서약하여 급하게 수녀가 되었다. 그리고 조안나가 거룩하신 동정 마리아의 손으로 가기 직전에, 왕비가 프랑스 왕의 침대에서 앙글르테르의 침대로 달아날 때 두고 떠났으나 몹시 아꼈던 첫째와 둘째 딸이 죽었다.

알리에노르의 자궁에서 태어난 열 명의 자식 중 둘만 살아남았고, 그들은 지금까지 가장 사랑받지 못한 자식들이었다. 그리고 그들 중 최악이자 양심도 없고 힘도 없고 신의 사랑도 받지 못한 새끼 독수리가 위대한 잉글랜드섬을 상속받게 되었다. 그것은 재앙이 될 것이다.

늙은 왕비는 곧 마지막으로 살아남은 딸 알리에노르를 보러 갈 것이다. 왕비는 거의 여든 살이지만 딸이 통치하는 남쪽 카스티야*로 보내져 자신의 손녀들 중에서 프랑스의 젊은 왕비가 될 아이를 고를 것이다. 늙었으나 가공할 힘을 가진 늙은 알리에노르. 오로지 그녀만이 그것을 해낼 수 있다.

하지만 마리는 알리에노르의 글에서 아주 많은 슬픔을 보고, 그것에 전율한다.

알리에노르는 거의 쇠락했으나, 아직 완전히는 아니다.

나이가 든 왕비는 얼마나 인간다워졌는가. 어쩌면 마리와의 친밀한 관계에서만 그럴지도 모른다. 한때 왕비는 태양의 얼굴만큼 찬란하여 감히 쳐다볼 수 없었다. 이제 마리는 왕비의 얼굴을 통해 속마음을 들여다볼 수 있다. 마리는 알리에노르가 자신에게 이르는 길을 감지하고 자신을 찾아주길 간절히 바랐다. 하지만 알리에노르는 사실 마리와 멀리 있지 않다.

마리가 원한 것은 그것이었다. 그 사실이 상실로 다가온다.

알리에노르는 편지를 끝내는 부분에서 손을 더 허둥대며 자신은 이 여정에서 죽는 꿈, 다시 유폐되어 그 슬픔으로 죽는 꿈을 꾸었다고 쓴다. 그리고 신앙심 깊은 마리에게 왕비를 위해 기도해달라고 부탁하고, 자신의 꿈이 현실이 되는지 마리의 축복받은 통찰력으로 말해달라고 한다.

그래서 마리는 긴 회랑처럼 펼쳐진 환시를 들여다보는데, 스페인으로 갔다 돌아오는 길에 왕비에게는 어떤 죽음도 없다. 그녀는 왕비에게 그렇게 써 보내면서도 마음을 단단히 먹고 자신의 의무를 다하라고 단호하게 말한다. 그리고 알리에노르를 화나게 만들려고 일부러 어리석은 농담을 한다. 알리에노르라는 이름은 그녀의 어머니 아에노르의 이름을 따서 지은 것이다. 알리아* 아에노르, 어느 여인도 범접하지 못하는 권력을 지닌 왕비이나 태어날 때 이름은 '다른' 아에노르였다. 마리는 편지에서 카스티야의 왕비인 알리에노르 2세—알리에노르의 딸 알리에노르—를 알리아 알리에노르라고 부른다. 절박하고 겁에 질린 왕비보다는 괘씸해하는 왕

---

* 라틴어로 '다른(the other)'이라는 뜻이다.

비가 더 낫다.

마지막으로 마리는 누가 봐도 나이가 더 많고 더 아름다운 손녀가 선택될 것 같지만, 자기가 보기에 그 아이는 프랑스로 데려갈 아이가 아니라고 말한다. 우라카는 너무 여리다. 자신에게 요구되는 그 모든 것들로 인해 죽을 수도 있다. 대대손손 왕과 성인을 낳을 여자는 더 부족한 쪽인 블랑슈가 될 것이다. 누가 봐도 뻔한 선택은 아니지만, 블랑슈는 왕비의 영성과 지혜를 물려받았다.

마리는 이것이 환시에서 본 게 아니라고 말하지 않는다. 이것은 사랑하는 벗에게 들은 것이다. 그녀가 수녀원에서 가르쳤고 카스티아에서 결혼해서 잘사는, 그리고 왕가의 두 여자아이를 모두 친밀히 잘 아는 여자에게서.

아마 알리에노르 자신도 그 아이에게서 자질을 알아봤을 것이다. 왕비가 북쪽으로 데려가고 파리로 보내 프랑스의 왕비가 되게 하는 아이는 우라카가 아니라 블랑슈이기 때문이다. 그리고 늙은 왕비는 자신이 약해진 것을 느끼며 퐁트브로 수녀원으로 돌아간다.

그리고 얼마 지나지 않아, 마리의 이모인 위르쉴이 왕비의 명이라며 편지를 써 보낸다. 위르쉴만 편지를 쓰고 수녀원장은 쓰면 안 된다. 왕비가 죽음을 준비하고 있고 시간의 흐름을 오락가락하기 때문이다. 왕비가 때로는 위르쉴을 마리라고 생각한다. 위르쉴은 어린 마리와 알리에노르 사이에 그렇게 큰 우정이 존재했다는 사실을 모르고 있었다. 그럴 수 있다는 게 얼마나 신기한가. 사실 왕비가 요전날 위르쥘에게 이상한 목소리로, 자신도 그녀를 사랑하지만 동생으로서 사랑할 뿐이라고, 그래서 그녀를 멀리 보내야 하는 거라고 말했다. 마리와 알리에노르와 두 사람의 관계에 무엇이 숨겨져 있는가. 위르쥘은 마리가 이곳 자기 옆에 있으면 좋겠다고 쓴다. 새벽이 오기 전에 두 사람이 연못가에 아주 젊은 모습으로 함께 앉아 동물들이 밤에 물을 마시러 나오는 것을 기다리면 좋겠다고.

그 순간 마리는 무언가가 폐로 들어오는 공기를 차단한 것 같은 느낌을 받으며 일어서서 마구간으로 달려갈까 잠시 생각한다. 말을 타고 나가 자신을 해협 건너로 데려다줄 바크*를 빌리는 것이다. 노르망디에서 빠르게 말을 달려 왕비의 곁에 다다르고, 그 위대한 여인의 임종까지 시녀로서 그녀를 지킬 수 있게.

하지만 그 순간 마리는 고개를 들고, 자신의 승인을 받기 위해 의뢰받은 필사 원고를 들고 기다리는 틸드를 발견한다. 고다는 일부 소들에게 이해하기 힘든 온역이 발생했다는 소문에 조바심을 낸다. 소들이 열을 뿜고, 두껍고 축축한 잇몸에는 종기가 생겼다.

두 다리를 한쪽으로 모아 안장에 걸터앉은 듯한 모양새로 꽃가루를 붙인 벌 한 마리가 몸을 벽에 부딪힌다.

마리는 한숨을 쉬고 한 손으로 얼굴을 문지른다. 그리고 자신의 사랑을 돌려보낸다. 자신의 몸은 이 진흙탕 같은 앙글르테르에 둔다.

---

* 돛대가 세 개 이상인 범선.

마리는 왕비의 죽음을 기다린다. 기다림은 끔찍하다.

그녀는 하얀 회반죽이 발린 수녀원 공간이 주는 호사를 누리며 최대한 스스로를 위로해본다. 그녀의 방 벽난로는 약간 냉기가 느껴지는 밤에도 그녀를 따뜻하게 해주고, 부엌도 훌륭하고 자신의 뜻대로 음식을 만들어주는 취사 전담도 있으며, 교실을 그녀의 공간 바로 아래 두어 아동 평수녀와 학생들이 노래하는 달콤한 목소리도 들을 수 있다. 무시무시하게 값비싼 유리로 된 창문에서, 마리는 회랑과 정원을 내려다보며 자신의 수녀들이 무엇을 하는지 눈여겨본다.

하지만 식욕이 떨어진다. 취사 담당이 올려보낸 식사를 절반 이상 남긴다. 마리의 근육이 서서히 붕괴하기 시작해 뼈만 남는다. 그녀는 여전히 키가 크지만 더이상 덩치는 크지 않고, 수녀복은 단이 바닥에 질질 끌려 올려 입어야 한다.

이렇게 기다리며 여러 해를 보내는 사이 굉장한 아름다움을 지닌 스프로타라는 여자가 수련 수녀로 온다. 둥근 얼굴에 입술이 통통하고, 흰 피부를 가졌으며 금발 머리카락은 금색에 분홍색이 살짝 감돈다. 눈은 아주 크고 푸른색인데, 홍채를 알아볼 수 없을 정도로 색이 옅다. 그 눈을 보면 마리는 흰자에 노른자를 휘저은 것이 떠오른다. 처음 타운의 대성당에서 그녀를 만나, 마리는 여자의 굉장한 아름다움과 가족이 울고 몹시 슬퍼하며 작별인사를 하는 여린 모습에 마음이 움직인다. 하지만 곧 번개 같은 근심이 마음속을 스친다. 지난 세월 내내 또 한 명의 아비스가 오는 것을 두려워했다. 마리가 그토록 인내심 있게 수녀원에 쌓아놓은 토대 위에 또

하나의 충격이 가해지는 것을. 하지만 그 여자가 턱을 살짝 쳐들고 차분한 기대감으로 사람들의 애정을 받아들이는 방식, 하얀 손을 들어올린 채 한 사람씩 거기 입을 맞출 때까지 기다리는 방식, 마리는 그 여자의 무언가가 신경에 거슬리기 시작하고, 곧 이것이 아비스의 메아리가 아니라, 완전히 다른 것, 또다른 종류의 위협임을 알아차린다. 그리고 얼굴에 열망이 가득하고 풍만한 가슴을 지닌 소녀의 어머니가 수녀원장인 마리에게 다가와, 자신의 딸은 축복받았으며 성스럽고 장차 성인이 될 사람이라며, 신의 손으로 축복을 받았으니 그 무엇보다 존중받아야 하고 수녀원의 진주로 보석같이 귀하게 여겨져야 한다는 말을 귓가에 속삭일 때, 뭔가 훨씬 더 검은 것이 마리의 영혼 안에서 움직인다.

마리는 세월에 의해 훼손된 어머니의 모습을 보고, 다시 어머니와 닮았으나 더 싱그러운 딸을 보지만, 아름다움은 큰 속임수이며 아름다움을 지니고 태어난 사람이 성인이 되기가 더 어렵지 더 쉽지는 않다는 말과, 평범한 여자들이 몸에서 젊음의 이슬이 빠져나가고 작은 굴욕과 세월의 낙인이 피부를 통해 뼛속에 새겨졌을 때 더 성스러워진다는 말은 하지 않는다.

그녀는 그저 건조하게, 알겠다고, 스프로타는 다른 모든 수련 수녀들처럼 대우를 잘 받을 거라고만 말한다. 마리의 수녀원에 있는 모든 성스러운 수녀들은 진주처럼 귀하게 여겨진다고.

이제 스프로타는 수련 수녀의 하얀 베일을 쓰고, 높고 숨이 가쁜 목소리로 성경에 나오는 문구만을 이용하여 조금만 말한다. 그녀는 한결같이 미소를 짓고 있고, 마리는 가끔 그 미소에서 딱딱함을, 순간적으로 스치는 경멸을 본다. 젊은 수녀들과 여학생들과 그녀와 같은 수련 수녀들이 스프로타 옆에 붙어 다닌다. 마지스트라 토르케리가 그녀에게 다른 여자들과 함께 식당 바닥을 닦게 하거나 이른 시간에 어린 암소의 젖을 짜라고 보내면 하인들이 스프로타의 부드러운 손에서 그 일을 빼앗는 모습이 종종 목격된다. 토르케리가 이런 방만함에 대한 벌로 더 힘든 일을 시키면, 여자는 가냘픈 어깨에 물이 담긴 들통을 실은 물지게를 지고 세면소로 가는데, 가다가 넘어져서 물의 절반을 쏟고—아마, 토르케리는 나중에 마리에게 따로 말한다, 실수로 그런 게 아니라 무게를 덜려고 그랬을 것이다—그러면 그녀가 고통받는 것을 본 다른 수련 수녀들이 어떻게 저렇게 사랑스럽고 갈대 같은 여자를 무게에 눌려 비틀거리게 할 수 있느냐고 항의한다. 하지만 스프로타는 자신의 부드럽고 하얀 손을 들어올리며 아니라고, 자신은 나약함과 모욕과 고난과 박해와 곤경을 즐긴다고 말한다. 자신이 약할 때가 곧 강할 때이므로.

수련 수녀들의 얼굴에 빛이 비친다. 지나가던 마리가 스프로타의 말을 엿듣고, 수녀원에 광신적인 추종의 분위기가 형성되고 있는 것에 대한 걱정에 사로잡힌다. 예전 힘의 일부가 그녀에게 돌아온다. 마리는 싸울 상대가 있을 때 늘 최고의 상태가 된다.

그러던 어느 오후, 늙어서 골반이 틀어졌지만 여전히 수석 정원사인 폼 수녀가, 스프로타가 벌들에게 조용히 설교하는 소리를 듣는다. 그녀는 사막과 향이 좋은 향신료의 연기와 모든 향기에 대해 말하고, 검은딸기나무 사이에 핀 백합에 대해 말한다. 무엇보다 그녀는 사악한 옛날 노래를 통해 설교한다고, 폼은 언덕을 올라오느라 가쁜 숨을 몰아쉬며 마리에게 말한다.

오 하지만 그건 아주 경건한 노래이고 조금도 사악하지 않다고, 마리는 말한다. 그건 모든 성스러운 글 중에서 내가 가장 좋아하는 것이고, 노래 중의 노래입니다.

음, 그 노래를 들으면 제 뱃속이 이상해집니다, 폼이 말한다. 그 이상한 느낌이란 제 몸에서 느껴지는 사악함을 말합니다. 그리고 저는 그 느낌이 좋지 않습니다.

나 또한 그렇게 느끼지만, 나는 그 느낌을 아주 좋아합니다, 마리는 그렇게 말하지 않는다.

창문을 통해 마리는 두 팔을 뻗고 햇빛을 향해, 벌집을 향해, 고작 다섯 명이긴 하지만 스프로타를 흠모하며 서로 손을 꽉 잡고 어깨를 맞붙인 추종자들을 향해 손바닥을 펴고 있는 스프로타의 모습을 본다.

마리는 정원으로 내려가 스프로타가 있는 벽의 반대쪽으로 가서 듣는다. 여자는 명확하고 차분하게 말을 아주 잘하지만 메시지는 거의 혁명적이랄 게 없고, 벌들이 풀밭의 꽃을 사랑하듯 일 안에서 세상을 사랑하라는 내용이다. 하지만 류트 소리 같은 목소리로 말해서 듣는 사람의 감정을 움직인다. 스프로타는 말을 끝낸 뒤 손을 내리고, 추종자들이 그녀를 에워싸며 톡톡 가볍게 두드리자 눈을 깜박이고 수줍게 미소를 지으며 막 황홀경에서 깨어난 것처럼, 오 이런, 블리치필드*에 나왔던 것까지만 기억나는데 어떻게 꿀벌이 있는 곳으로 오게 됐는지 모르겠다고, 자기가 뭘 했는지 모르겠다고 말한다.

---

*과거에 옷이나 천을 햇볕으로 표백하기 위해 펼쳐놓았던 들판을 말한다.

하지만 마리는 자신의 시야 안에서 아주 분명하게, 조만간 스프로타가 자기만의 환시를 보게 되리라는 것을 알겠다. 그리고 스프로타의 환시는 스스로를 드높이는 것이 그 목적이 될 텐데, 환시를 보는 아름다운 여자에 대한 소문이 퍼져나가면 낯선 사람들이 성스러운 여자를 보러 오려 할 테고, 그들이 수녀원으로 오는 길을 찾지 못하게 하려면 여자를 타운으로 보내 설교하게 해야 할 테고, 그러면 그녀는 청중 앞에서 눈부시게 빛날 것이다. 그녀의 이름은 그녀가 속한 수녀원의 이름보다 더 커질 것이다. 스프로타가 자신의 명성에서 충분한 힘을 얻고 순례자들에게서 돈이 들어오면, 소녀의 환시는 마리의 환시와 힘을 겨루기 시작할 것이다. 수녀원장은 허리를 굽혀 러시리크 풀의 뾰족뾰족한 자주색 머리 부분을 어루만지며 어떻게 할지 고민한다.

인내하라, 마리가 자신에게 말한다. 분노한 채로 공격하면 네가 이곳에서 이룬 모든 것이 무너질 수 있다.

일주일 뒤 저녁을 먹는 시간에 스프로타는 음식을 먹지 않는다. 그리고 가만히 침묵을 지키며 앉아 있는다. 그녀와 같은 수련 수녀들이 손 신호로 단식을 하는지 묻자, 그녀는 다리가 네 개인 짐승의 고기는 먹지 않는다고 손 신호로 답한다. 규정에 어긋난다고.

다음날 저녁에, 수련 수녀들이 앉은 식탁 전체가, 그리고 일부 젊은 수녀들도 아몬드 소스로 양념한 양고기에는 손도 대지 않는다. 마리의 오랜 친구인 스완넥도 기도를 올리며 퉁방울눈을 감고 있을 뿐, 역시 먹지 않는다.

이것은 분명 한 방 맞은 것이다. 하지만 마리가 눈을 돌려 수녀들의 조용한 얼굴을 보고, 그들이 웃음을 참고 있는 것을 알아차리지 않았다면, 그들이 자신을 무례하게 흘끗거리는 것을 보지 않았다면, 스프로타가 눈을 가느스름히 뜨고 마리를 응시하는 것을 보지 않았다면, 마리는 이 새로운 전개를 자기만의 느린 시간 안에서 받아들였을 것이다.

마리가 소녀를 떠보느라 그 응시를 맞받고, 스프로타는 시선을 피하지 않는다. 마리는 소녀의 의지가 높고 강한 벽이며, 마리가 그것을 이기려면 좀더 유동적인 의지로 그 벽을 에워싸야 한다는 것을 깨닫는다.

더욱 나쁘게도, 다음날 마리는 취사 담당에게 일주일 치 식단에 대해 말하려고 정원에 나갔다가, 취사 담당이 시금치를 따는 척하는 스프로타를 흘끗 쳐다보고 스프로타가 작게 고개를 끄덕이는 모습을 본다. 그제야 취사 담당이 일어나 마리에게 다가오고, 고기가 전혀 들어가지 않은 식단을 보여준다.

황소 꼬리가 썩어야 한다는 게 아쉽군요, 마리가 눈썹을 치키며 말한다. 취사 담당은 두려움으로 얼굴이 하얗게 질리고, 손을 떨며 작은 목소리로 말한다. 아, 하지만 아시겠지만, 스프로타가 성스러워야 할 여인들 사이에서 규율이 끔찍하게 해이해져 있다는 것을 알아냈고, 앞으로 규율을 더 철저히 따라야 한다고 설교하고 있습니다. 스프로타는 우리가 방식을 수정하지 않으면 큰 벌이 있으리라 예견합니다.

영리하기도 해라, 마리는 생각한다. 수녀원에 불가피하게 일어나는 좋지 않은 일은 뭐든 스프로타의 증거가 될 것이다. 건초가 번개에 맞아 불이 난다거나, 늪지가 양을 삼킨다거나, 지붕에 구멍이 뚫려 비가 샌다거나. 그리고 안 좋은 일은 항상 일어난다. 그것이 이처럼 방대한 영지의 현실이다.

마리는 하인을 불러 말에 안장을 채우게 하고, 구호품 배급 책임
자이자 호스텔러릭스인 루스와 상의하러 타운에 간다. 루스는 현
명하지만, 또한 마리에게 솔직하게 말할 만큼 충분히 화가 나 있
다. 마리는 오랜 벗이 햇볕 속에, 호스텔의 담벼락 위로 자란 불타
오르는 붉은 장미 아래 앉아 있는 것을 발견한다. 루스의 배는 무
릎까지 닿는다. 얼굴이 너무 커져서 윔플 밖으로 삐져나왔다.

루스는 마리를 보지 못하는 것 같다. 마리가 더 가까이 다가선
다. 거의 그 수녀를 만질 수 있을 정도다. 마리가 루스의 얼굴 높이
로 얼굴을 내린다. 루스는 조용히 응시하고 있지만 아무것도 보고
있지 않다. 마침내 루스가 무언가가 앞을 가로막고 있어 뺨에 햇빛
이 닿지 않는다고, 상쾌한 공기를 마시고 사람들이 길을 지나가는
모습을 구경하려고 밖에 나왔는데, 마녀가 저주를 내렸거나, 그게
아니면 악마의 검은 구름이 눈에 보이지 않게 자기 앞에 드리워 빛
을 막고 있는 모양이라고 혼자 중얼거린다.

마리는 미소가 떠오르는 것을 억누르고, 아니, 자신은 악마의 검
은 구름이 아니라고 말한다. 오히려 루스의 어머니이자 그녀를 아
주 사랑하는 친구라고. 그들이 함께 수련 수녀로 지내던 시절, 엉
겅퀴 관모와 헝겊으로 작은 비밀 인형을 만들어 밤에 끌어안고 자
던 때에도 루스는 이렇게까지 유아적이진 않았는데 참 이상하다.

루스가 마리의 얼굴로 시선을 홱 돌리더니 오, 음, 유아적이라고
하니 하는 말인데, 수녀원장이 유아적인 것에 대한 이야기를 하고
싶어하니, 미사가 그냥 연극이고 영원한 영혼을 위해 절대적으로
필요한 게 아닌 것처럼, 사제 복장을 하고 자매들에게 가짜 성찬식

을 하는 것보다 더 유아적인 건 없을 거라고 말한다. 수치스러워라. 그녀는 분노로 몸을 부들거린다.

루스가 그토록 강한 반감을 느꼈다면 상위자들에게 편지를 썼어야 한다고, 마리가 온화하게 말한다.

하지만 루스는 마리의 말을 막고, 마리도 아주 잘 알고 있듯 자신은 편지를 보냈는데, 그것도 많이 보냈는데 어찌된 영문인지 모든 편지가 봉인이 뜯기지도 않은 채 마리에게 갔다고 말한다. 받아야 할 사람의 손에 직접 전달된 편지조차 제대로 가지 않았다고.

그렇다면, 마리가 말한다, 아마 루스는 기도에서 위로를 찾아야 할 거라고. 사실 자기는 루스와 같이 앉아 악을 행한 모든 자들이 영원한 대가를 받으라고 함께 기도할 수도 있다고. 아니면 기도는 나중을 위해 아껴두고 둘이 같이 이날의 즐거움을 누릴 수도 있다고. 피부에 닿는 따뜻한 햇볕, 장미, 오랜 벗과 함께 있는 순간을. 그런 지상의 즐거움을 누리는 것 또한 기도의 한 형태라고.

화가 나 있음에도 불구하고, 루스는 마리의 이 이단적인 논리에 미소를 짓는다.

마침내 그녀가 말한다. 수녀원장처럼 유명하고 성스러운 여인에게서 그런 세속적인 면을 발견하는 건 늘 이상하게 느껴진다고.

마리는 루스 옆에 앉고, 그들은 함께 장미 향기를 들이마신다.

마리가 스프로타에 대해 말하기 시작한다. 마리는 루스의 날선 분노를 느끼지만, 이 여인이 자신의 말을 듣고 있다는 것 또한 느낀다. 마리는 말하면서 거리의 느린 움직임을 본다. 하얀 거위가 새끼들을 거느리고 행진하고, 아이는 쌓아놓은 나무 막대 뒤에 쭈그리고 앉아 똥을 싸고, 순무와 넝마를 잔뜩 실은 수레가 지나가고, 말들은 오로지 앞만 보고 나아가고, 구호품 배급소 정문 앞에는 구호품을 받으려는 사람들이 우글우글 모여 있다. 골목 가장자리에서 갈색의 움직임이 보여, 마리는 그것을 유심히 바라보며 큰 쥐 아니면 쥐떼일 거라고 생각한다. 이어 그것이 움직여 햇살 속에 나서자, 숨어서 쭈그리고 앉아 있던 나병 환자 두 사람이라는 것이 밝혀진다. 그중 엄마는 병이 많이 진행되어 손가락과 발가락이 짧아지고 코는 문드러졌으며 얼굴에 큰 혹들이 생겼고, 자식은 눈이 멀어 눈동자가 하얗게 변하고 눈썹은 사라졌다. 그들이 붙어 있는 모습은 인간으로 된 덩어리 같다. 검은색 고급 리넨 옷을 입은 여인이 길을 지나다 이제 햇빛 속에서 기고 있는 그 두 사람을 보고 침을 크게 퉤 뱉고, 뒤따라가던 자그마한 두 딸 또한 어머니의 것을 본떠 작게 만든 드레스를 입고 지나가면서 침을 뱉는다.

마리는 말없이 지켜본다. 루스는 오랜 우정으로 만들어진 그들 사이의 창문을 통해 잠시 마리의 마음을 들여다본다. 미소가 떠오르는 것을 참으며, 루스는 마리에게 떠오른 이 영감이 성스러운 것이라기보다 악마적인 것으로 보인다고 말한다.

마리는 자신은 그것이 성스러운 것이라는 생각에 의심이 없고, 그 방법 말고 타운의 먼 끝에 있는 정원 딸린 그 작은 집을 빌려 쓸 선한 사람을 찾는 데 수녀원이 겪을 어려움을 누가 설명할 수 있겠느냐고 말한다. 그건 신의 섭리다. 그녀는 그들이 가야 할 길을 보았다.

그리고 두 여자는 엄숙한 얼굴로 터지려는 웃음을 참고, 구호품을 배급하는 것을 지켜본다. 나병 환자들이 마지막이고, 그들은 정문으로 기어와 그릇을 내밀며 절한다.

마리는 수녀원으로 돌아가기 전에 루스에게 지침을 남긴다. 그리고 그 여인을 포옹하지만, 여인은 마리를 포옹해주지 않는다. 마리는 마음의 상처를 삼키고 말에 올라타고, 루스는 마침내 조심스럽게, 자신은 친구 마리를 사랑하지만 수녀원장을 사로잡은 악마는 영혼을 다해 미워한다고 말한다.

저녁식사 때, 마리가 차분한 시선으로 다시 스프로타를 바라보고, 스프로타는 자기 안의 신성함에 대한 확신으로 은은히 빛난다.

아침에 마리는 특별 회의를 소집한다. 마리는 자기 앞에 늘어선 얼굴들을 쳐다보며, 수녀들이 아주 많다고 생각한다. 아마 수녀들의 숫자가 수녀원이 수용할 수 있는 한계에 다다랐을 것이다. 새 수녀를 받으려면 더 많은 수녀들이 죽어야 할 것이다. 음, 어쨌거나 죽음은 늘 이곳에 있다.

마리가 일어서고, 수녀들이 입을 다문다. 그녀가 자신이 타운에서 본 광경에 대해, 불쌍한 어머니 나병 환자와 그녀의 자식, 그들에게 침을 뱉던 사람들, 젖꼭지를 땅에 끌고 다니는 거리의 암캐보다 못한 인간의 삶에 대해 감동적으로 말한다. 성경에는 나병 환자들이 사랑으로 치유되었다고 나오지 않는가. 이 땅에서 가장 가엾은 사람들을 돌보는 것이 수녀의 의무가 아니겠는가.

수녀들의 얼굴이 선함으로 눈부시게 빛난다. 오 마리는 그들을 얼마나 사랑하는가.

마리는 마침내, 많은 기도를 한 끝에 타운 변두리에 있는 정원 딸린 집에 나병 환자들의 집을 설립하고 이 가장 가엾은 영혼들을 돌보는 책임을 수녀원에서 맡는 환시를 보았다고 말한다. 이 소식에 수녀들의 얼굴이 진지해지는데, 대부분은 진실로 신의 여인들이자 자신들의 신앙에 헌신한 사람들이기 때문이다.

마리는 말을 계속한다. 그리고 그 환시 이후 밤새 나병 환자를 책임지고 맡을 사람으로 누구를 앉힐지에 대한 인도를 바라는 기도를 올렸다고. 소성당에서 무릎을 꿇고 기도했고, 아침이 올 때쯤 응답을 받았다.

그녀가 잠시 말을 멈추어 긴장감을 높인다.

마리는 나병 환자들을 책임지고 맡을 사람은 우리의 소중한 수련 수녀 스프로타가 될 것이라고 말한다.

마리는 여자의 얼굴에서 핏기가 사라지는 것을 지켜본다.

여자가 일어선다. 그녀는 감탄스러울 만큼 침착한 목소리로, 수녀원장이 자기 머리 위에 너무도 큰 영예를 내려주셨다고 말한다. 하지만 슬프게도 자신은 여전히 수련 수녀에 불과하고 아직 정식 수녀가 되지도 않은데다, 신앙심 깊은 수녀들과 동등해지려면 더 배울 것이 많다고 말한다. 자신은 어찌할 바를 모르겠는데, 앞으로 여러 해 동안 여기서 지내면서 더 배워야, 황송하게도 그런 책임을 질 수 있을 것 같기 때문이다.

마리는 그것에 대해서도 역시 기도했는데, 스프로타의 특별한 광휘가 너무도 찬란해 다른 수녀들이 그 무지함의 깊이는 크게 개의치 않을 거라는 답을 들었다고 말한다. 여기 있는 모두가 그것을 보았다. 스프로타가 어떻게 지상의 곤충까지 보살피는지 다 보았다. 그런 신의 광휘로 인해, 그녀는 오늘 오후에 이 임무를 맡게 될 것이다.

스프로타는 오 그렇지 않다고, 자기는 벌레에 불과하다고, 자기는 쇠똥구리라고, 이런 큰 영예를 누릴 자격이 없다고 이의를 제기한다. 아마도 이미 힘을 입증한 수녀가 나병 환자들을 책임지고 맡아야 할 것이다. 단연코 부수녀원장 보좌인 고다가 이 지위에 걸맞은 성스러움과 적절성을 갖춘 최고의 적임자일 것이다.

고다는 그런 찬사를 받자 자랑스럽게 턱을 쳐든다.

마리는 부수녀원장 보좌 자리가 갑자기 공석이 되면 그 자리를 채우기 위해 선거가 필요하겠다고 생각하며 빙그레 웃는다. 그리고 스프로타의 교활함에 감탄하고, 머릿속에서 체스 말을 옮긴다.

음, 스프로타의 겸손에 대해서는 아주 잘 알겠다고, 마리가 말한다. 참으로 겸손과 품위를 갖추었다! 하지만 그들은 기억해야 한다. 누구든 자기를 높이는 사람은 낮아지고 자기를 낮추는 사람은 높아진다.

더이상 저항할 수 없어지자, 여자의 눈에 눈물이 차오른다. 여자를 사랑하는 사람들은 그 눈물을 성스러운 것으로 이해하고 감동한다.

제9시과가 되기 전에 에일과 포도주와 밀가루와 다른 식품과 리넨과 매트리스 커버가 수레에 실리고, 여자의 추종자들은 그녀가 승급하는 것을, 그것도 이렇게 일찍 승급하는 것을 보고 기쁨에 넘쳐 그녀 주위로 모여든다. 스프로타 옆에는 그 발표 이후 마리에게 뛰어와 자기도 같이 가게 해달라고 간청한 회갈색 피부의 비쩍 마른 하인이 앉아, 지금 이 아름다운 소녀 가까이 앉아 있다는 사실에 파도처럼 몸을 떨고 얼굴을 붉힌다.

하인은 나중에 풀이 죽은 얼굴로 루스에게, 그들이 도착하자마자 스프로타가 뒷방으로 들어가 문을 닫아버렸고—기도하러 간다고, 그녀는 문을 통해 소리쳤다—하인은 처음 나타날 나병 환자를 위해 포티지를 준비하다가, 여자가 들어간 방의 창문이 열려 있고 말이 마구간에서 사라진 것을 발견했다고 보고한다.

스완넥이 화가 나서 울면서 마리를 찾아온다. 소리를 지르고 싶지만 자기는 그럴 수가 없다고. 하지만 그녀의 작게 속삭이는 목소리는 더욱 나쁘다. 당신이 이렇게 했군요, 마리의 옛 벗이 말한다. 당신과 당신의 성스럽지 않은 자존심이 이렇게 한 겁니다. 이곳에 또다른 예언자는 받아들일 수 없었던 거지요. 당신은 경쟁심을 버려야 합니다.

어리석은 소리 마세요, 마리가 가볍게 말한다. 내가 스프로타의 창문을 연 것도 아니고, 말에게 가라고 발로 차지도 않았습니다.

마리는 슬픔에 잠긴 가족에게 그 배교한 수녀에 대한 편지를 쓴다. 실낱같은 행운이라면 스프로타가 나병에 감염되지 않은 것이다. 하지만 슬퍼라, 그녀는 자신이 성스럽다는 거짓된 생각에 감염되었고, 그것은 악마에 의해 그녀의 마음에 뛰어든 생각임이 밝혀졌다.

마리가 답장으로 받은 침묵은 그들이 도망자를 숨겨주고 있다는 증거이며, 또한 넉넉히 받은 지참금에 대한 권리를 포기하는 것을 의미한다. 마리는 그 돈을 나환자 구호소의 유지를 위해 쓸 것이다.

스프로타 대신 나병 환자들에 대한 책임을 맡겠다고 자원한 사람은 이제는 분노도 사라진 소박하고 조용하고 늙은 스완넥이다. 그녀는 마리와 둘만 있는 자리에서 자신에게 그 병에 걸려 죽은 친자매가 있었다고 말한다. 몸이 썩어갈 때 고통을 받는 것은 추한 일이다. 자신의 자매는 죽을 때까지 소중한 존재로 사랑을 받았지만, 비바람과 굶주림과 증오 속에 던져진 대부분의 나병 환자들은 상황이 더욱 안 좋다. 그녀는 자신이 나병 환자들을 깨끗이 관리하고 잘 먹여주고 사랑을 주고 안전하게 해줄 거라고 말한다.

마리는 스완넥이 진정으로 선하다고 말하며, 그 여인의 손을 잡는다.

스완넥이 미소를 짓는다. 슬프지만, 그녀가 말한다, 당연히 자신은 성인이 아니라고. 그저 가슴속에 연민을 지닌 늙은 여자일 뿐이라고. 그건 오히려 평범한 형태의 선이라고.

마리는 박혀 있는 가시를 뽑아내려고 부드럽게, 그런 선은 성스러움이 없는 곳에서 성스러움을 볼 수 있는 자들에게만 평범해 보일 수 있다고 말한다.

4월의 칼렌즈*에 눈을 뜨니 세상이 조용하고—정적 속으로 종이 울린 직후 다시 고요해진 공기 같다—마리는 밤사이 알리에노르가 죽었다는 것을 안다.

모든 것이 빙글빙글 돌고, 마리는 떨어져나오고 있다. 무엇에서? 그녀를 오랫동안 붙잡고 있던 손에서. 달빛이 단도처럼 가슴을 찌른다. 주위에서는 수녀들이 일어나 기도하고 빵을 굽고 있고, 귀로 듣는 세상에서는 그녀가 혼자가 아님을 알겠다. 그녀는 지독히 혼

---

* 고대 로마 달력에서 초하루를 말한다.

자다.

며칠 동안 세상에서 의미가 사라진다. 마리는 수녀원 침대에 누워 자기 몸이 솜털을 한 움큼 뜯어낸 깃털 매트리스 같다는 말도 안 되는 생각을 한다.

그녀는 누가 알리에노르의 첩자일지 결코 알아내지 못했고, 이제 그걸 해내지 못했다는 사실에 마음속에 화가 가득찬다.

일주일이 지난 뒤, 마리는 책상 앞에 앉는다. 왕비의 죽음을 확인해주는 편지가 그녀 앞에 펼쳐져 있다. 틸드는 눈을 찡그린 채 회계장부를 보고 있지만, 고다는 반대쪽에서 그녀를 빤히 바라본다. 고다는 고개를 들고 코를 킁킁거린다. 고다 안의 사냥개 같은 뭔가가 보이지 않는 감정의 냄새를 맡는다.

사람은 모두 풀과 같지요, 부수녀원장 보좌가 갑자기 말한다. 사람의 영광은 들판의 영광이며, 풀은 시들고 꽃은 지지만 하느님의 말씀은 영원합니다. 그녀의 목소리가 떨린다. 그리고 그녀가 눈알을 굴려 수녀원장의 서재 천장을 올려다보고, 마리는 지금 이 순간 천장이 너무 완벽하고 너무 높고 금간 곳 없이 하얀 것이 싫다.

고마워요, 고다, 틸드가 놀라서 말하지만, 마리는 굳이 대답하지 않는다.

어쩌면 시간이 지난 후 마리는 왕비가 죽고 그 슬픔 때문에 자신이 약간 미쳤다는 것을 생각하면서 놀랄 것이다.

자신이 탁자를 내던지며 필사하던 원고와 초와 잉크를 흩어버렸다는 말을 듣지만, 기억이 나지 않는다. 회랑을 지나면서 자기도 모르게 한쪽 발을 뻗어 고양이를 담벼락 위로 차 넘긴다. 그리고 아무런 양심의 가책을 느끼지 않는다. 그녀는 늘 고양이를 싫어했다. 한번은 수녀들에게 뭔가를 읽어주다가 중단하고, 천천히 백을 세는 동안 눈도 깜짝하지 않고 그들의 머리 위를 응시했고, 그들은 환시가 마리를 찾아올 때 늘 이런 식이었기 때문에 그냥 기다린다. 하지만 그들에게 강렬한 빛을 내뿜으며 뭔가를 선언하는 대신, 마리는 눈을 감고 나무처럼 풀썩 쓰러진다.

그러다 갑자기 알리에노르가 죽고 몇 주 지나지 않았을 때 울필드가 과부가 된다―그 비극적인 이야기는 이렇다. 처마 밑에 새 둥지가 있고, 사다리가 흔들거리고, 길로 추락하고, 빠른 속도로 지나가던 똥 마차에 짓밟힌다. 마리는 말을 타고 그곳으로 찾아가 울고 있는 여인을 품에 안고 정수리에 입을 맞추고, 심장의 자식인 이 여인의 슬픔까지 더해 자신의 슬픔이 두 배가 되는 것을 느낀다. 울필드의 딸들이 주위로 와서 선다. 마리는 그들 모두가 그녀와 울필드만 두고 잠들 때까지 함께 그들을 위해 기도하고, 울필드는 밤새 자신의 상실에 대해, 자신이 가장 사랑하는 동반자이자 이 지상에 태어난 가장 다정한 영혼이었던 남편에 대해 이야기한다. 마리는 귀기울여 듣지만, 마음 한구석으로는 울필드가 마리의 심정을 이해한다는 사실에, 자기 혼자 이런 고독감을 견디지 않아도 된다는 사실에 위로를 받는다.

그녀는 날씨가 좋건 궂건 매일 제6시과와 제9시과 사이에 말을 타기 시작한다. 끊임없이 내리는 4월의 비, 5월의 안개, 들판을 지나 돌고 또 돌고, 숲을 뚫고 달리고 싶다. 상처 입은 짐승이 지쳐 숨어 있는 곳까지 피의 흔적을 쫓아가는 며칠에 걸친 사냥을, 광기에 사로잡힌 살육을, 손에 묻은 뜨거운 피를 꿈꾼다. 불쌍한 말이 터벅터벅 걷는다.

그녀는 자신의 슬픔을 언어로 어루만지려 하지만, 그것은 구름을 잡는 것과 같다.

그러는 대신 마리는 말을 타면서 신을 생각한다. 문득 신은 분명 하늘의 태양과 같을 거라는 생각이 떠오른다. 낮에는 떠오르고 밤에는 잠들고, 무한히 자신을 새롭게 하는 태양. 태양은 온기와 빛을 쏟아내기에 따뜻하지만 동시에 이 땅을 생명으로 채우는 인간이 살고 죽는데도 지속되기에 차갑고 멀다. 인간이 살든 죽든 태양은 상관하지 않고, 자기 길을 바꾸지 않으며, 저 아래 땅 위의 소음에 귀기울이지 않고, 인간의 삶을 내려다보려고 멈추는 일도 전혀 없다. 우리가 태양에 터무니없는 이야기를 지어 붙이려 해도, 태양은 그것을 떨쳐버리고 찬란하고 멀고 무의미하게 그 자체로 조용히 존재한다.

저 아래 땅의 흙속에서 분쟁에 휘말린 인간들, 자신들의 웅장한 모습에 비하면 들리지도 않는 말로 울부짖는 작고 꿈틀거리는 벌레처럼 보일 인간들, 그 더럽고 작은 피조물을 위해 개입하는 것은 성인과 천사다.

6월이 지나고, 7월이 온다. 이렇게 말을 타고 달리던 어느 날, 마리는 양조장에 물을 대고 변소 아래로 똥을 실어나르는 냇물이 8월의 열기에 말라버린 것을 본다. 마리는 생각에 잠긴 채 냇물이 숲속에서 사라지는 지점까지 상류로 말을 달린다. 마른 냇물 바닥 위로도 무성한 베리 덤불이 뒤엉켜 있어, 가엾은 말은 덤불에 긁혀 피부에 작은 루비색 핏방울이 맺힌다.

마침내 검은딸기나무 너머에 가까운 숲이 보이고, 그 너머에는 미로에서 가장 가까운 길이 있다.

이곳의 냇물은 길 아래 굴 안에 아주 잘 숨겨져 있어 사람들은 냇물이 거기로 흐르는 줄도 모를 것이다. 길 건너에서 그녀는 다시 검은딸기나무 덤불 속으로, 마른 냇물 바닥으로 뛰어들어 반대쪽으로 밀고 나가는데, 숲이 아주 빽빽해서 통과할 때 다리를 뒤로 보내 납작하게 엎드려야 하고, 그녀의 뚱뚱한 말은 배를 집어넣고 몸을 비틀고 신음하면서 밀집한 나무들 사이로 간신히 지나간다. 그렇게 다시 길로 나선다. 자기 삶에서 용맹스러운 심장으로 피가 낭자한 전투에서 활약한 말이지만, 가시 숲에 세번째로 뛰어들 때는 주춤하며 가지 않으려고 한다. 하지만 마리는 달래고 거친 말을 해서 그 짐승이 수녀원장의 더 큰 뜻에 순응하게 만든다. 그런 빽빽한 숲을 네 번 더 지나고, 길을 네 번 더 통과해, 그녀는 미로 밖으로 나온다.

여기 나무들은 키가 작고, 땅은 질퍽거린다. 이곳은 분명 왕의 땅일 테지, 그녀는 말의 발이 진흙에서 미끄러질 때 혼잣말을 한다. 그녀는 말을 묶고 발을 차서 나막신을 벗은 뒤, 늪지가 그녀의 맨발과 정강이를 끌어당기는데도 계속 걸음을 옮긴다.

마침내 마리는 공터에 다다르는데, 그곳은 아주 넓고 묘한 느낌을 주는 곳이어서, 그녀는 눈을 비비고 다시 쳐다본다. 제대로 자라지 못한 늪지 나무들이 낮은 하늘을 긁는 손처럼 뻗어 있고, 녹색과 갈색의 갈대와 병든 풀이 뭉텅뭉텅 넓게 자라고 있는 습지대다. 그녀의 시선이 마침내 묘하게 우묵한 그릇 모양으로 지대를 감싸고 있는 푸른색 바위에 가닿는다.

그녀는 손끝에서 불을 느끼지만, 불은 그녀의 몸안을 빙빙 돌며 통과하다 스스로 물러난다. 그리고 나중에 쓰겠지만, 자신이 보는 것이 동정 마리아가 당신의 손으로 내려준 선물인지, 단순히 마리의 마음이 만들어낸 환시인지 그녀는 잘 모르겠다.

하지만 그녀에게 떠오른 생각은, 이 습기는 지금 그녀가 서 있는 지점에서 멈추어야 한다는 것이다. 습지의 물기가 진흙으로 스며들고 마침내 냇물이 되는 곳에, 문을 올리고 내리는 쇠바퀴가 달린 나무 수문을 만들 것이다. 그리하여 크고 우묵한 큰 바위에 물이 채워져 호수처럼 될 것이다. 그리고 물이 충분히 채워지면, 연중 어느 때건 냇물을 흘려보낼 수 있을 것이다. 더운 달에는 양들이 그 물을 충분히 마셔서 더이상 목마르지 않을 것이고, 무릎까지 적시며 물속에 들어가 몸을 식힐 수도 있을 것이다. 흐르는 물이 만드는 음악은 수녀원의 여름 소리를 가득 채울 것이다. 냇물은 양 조장 아래로 난 길을 조용하게 한결같이 흘러갈 것이고, 지금은 오래된 에일과 작년에 만든 포도주로 만족하겠지만, 앞으로 수녀원에서는 여름에도 새 에일과 벌꿀술도 마실 수 있을 것이다. 냇물은 수녀들의 배설물냄새 또한 데려갈 것이다.

이 환시는 성스럽지 않을지 몰라도, 좋은 것이다. 그리고 그것이 오래되고 뜨거운 야망으로 마리를 채워준다.

그녀는 쓸모없는 것에서 유용한 것을, 흙과 냄새가 진동하는 이 습지, 이 늪에서 호수를 만들 것이다. 그리고 물속에 잠기게 할 이 땅이 그녀의 땅이 아니라고 한다면, 그녀의 내면에는, 왕의 자리를 가장 잘 채워준 그분이 이미 신에게 불려갔는데 감히 그 자리에 아직 존재하는 왕에 대항해 자신의 힘을 발휘할 준비가 되었다고 느끼는 분노한 뭔가가 있다. 할 수만 있다면 그녀의 손으로 그 왕관을 부숴버릴 것이다.

아스타는 그런 공사는 당연히 가능하다고 말하고, 그녀의 말에서 예전의 영민함이 느껴진다. 그녀의 가냘픈 얼굴은 거미줄처럼 가는 눈가 주름에서만 나이가 엿보인다. 그녀는 흥분해서 몸을 바르르 떤다. 깡충깡충 뛴다.

틸드는 안 된다고 반대한다. 그들의 것이 아닌 땅을 물에 잠기게 할 수는 없다고, 그건 도둑질이라고. 하지만 마리는 이미 자신의 계획을 보여주는 도면을 그리고 있고, 누구도 부수녀원장의 말을 듣지 않는다.

울필드는 또 뭔가를 짓는 공사를 한다는 생각에 얼굴을 찡그린다. 그녀는 그것이 큰 부담이 될 거라고 말한다. 게다가 지금보다 규모를 더 키워야 할 이유가 있는가? 수녀원이 왜 더 많은 땅을 파괴해야 하는가? 마리는 이 곤죽 같은 땅 전체를 통제하게 될 때까지 쉬지 않을 거라고 말한다. 그녀는 이제 소리를 지르고 있다. 울필드는 이미 쉴새없이 일하고 있고, 수녀들은 이미 노여움을 살 만큼 많은 부를 쌓았다. 이번 겨울에 구호품으로 나눠주는 옷은 품질이 아주 좋은 모직으로 만든 것이라, 돈이 많은 주부들도 그런 옷은 감당할 수 없어서, 그들은 가난한 자는 정직한 사람들이 살 수 없는 것을 무료로 받아서는 안 된다고 불평했다.

시간은 울필드에게 친절하지 않았다. 수녀원을 대표해서 끊임없이 돌아다니고, 갈등에 휘말리고, 분노와 원한과 학대의 대상이 되고, 돈을 받아내고, 얼굴에 내리쬐는 햇볕을 견디며 수십 년을 보냈다. 새로운 슬픔을 겪으며 그녀는 더 빨리 늙었다. 눈 밑에는 깊고 검은 주머니가 생겼고, 입가에, 귀 아래, 턱 아래에도 이상한 주머니 같은 것이 달렸다. 과부가 된 뒤로 그녀는 가장 위의 딸 둘—영 울필드와 하와이즈—을 데리고 다녔는데, 그들은 어머니의 부관 역할을 하면서 어머니가 더이상 할 수 없는 과도한 일을 떠맡았다. 세 사람 모두에게서 사냥한 짐승 고기 냄새가 조금 나는데, 반질반질한 가죽옷에 그들의 체취와 그들이 타고 다니는 말과 궂은 날씨, 시골의 토탄과 눅눅함, 스스로를 지키기 위해 키우는 큰 개의 냄새가 배어 있기 때문이다. 마리는 울필드의 딸들을 잠시 빤히 쳐다보다 숨이 멎는 것 같다. 숱이 많은 검은 속눈썹, 장밋빛 뺨, 딸들은 어머니가 젊었을 때와 얼굴이 똑같다.

마리는 수녀원을 무엇에도 흔들리지 않는 장소로 만들려는 것임이 분명하다는 듯 말한다. 가뭄이 와도, 우물이 말라도, 수녀원에는 물이 있을 것이다. 수녀들은 외부에 오염되지 않고 그들만의 사회 안에서 잘 지낼 수 있다. 마리가 그들에게 자급자족의 규정을 일깨워준다.

아스타는 걱정하지 말라고, 그건 큰 공사가 아니라고, 정말로 아니라고 말한다. 미로나 수녀원장 사택을 짓는 일에 비하면 아무것도 아니라고.

울필드가 몸을 앞으로 숙인다. 한순간, 뭔가 고조되는 느낌이 든다. 재산 관리인의 의지가 마리의 의지에 대항해 봉기하려고 점점 힘을 모은다. 그 방에 있던 나머지 여인들은 그들이 상상도 하지 못한 장면을 보면서 숨을 멈춘다. 심지어 가공할 마리에게도 대적

할 상대가 존재할 수 있는 것이다.

그 순간 고다가 손가락 관절을 풀며 긴장감이 흐르는 그 방으로 쿵쿵거리며 들어온다. 고다는 방금 새끼 고양이 셋을 물에 빠뜨려 죽였다. 안됐지만, 고양이는 탐욕스러운 작은 죄인이니 그런 처우를 받아 마땅하다. 그녀가 깔깔거린다. 그러더니 주위를 둘러보고 무슨 문제가 있는지 묻는다. 울필드 안에 응집되던 힘의 감각이 사라진다.

울필드가 고개를 끄덕인다. 그리고 무겁게, 마리가 원하는 대로 하겠다고 말한다.

틸드는 약간 더 큰 목소리로, 왕의 것을 훔치는 것도 훔치는 거라고 말한다.

마리는 아무것도 훔치지 않는다고, 그 땅은 늘 있던 자리에 그대로 있을 것이며, 수녀들은 단지 그 땅을 유용하게 만드는 것뿐이라고 딱 잘라 말한다. 틸드가 입을 벌렸다 다물고, 다시 벌린다. 그녀의 용기도 풀이 죽는다. 그리고 다시 입을 열지 않는다.

공사가 시작된다. 채석장 벽에서 큰 돌을 쪼아내고, 수레에 실어 나르고, 나무를 베고, 그루터기를 제거하고, 작업을 하기 위해 습한 땅 위로 높고 판판한 지대를 만든다. 처음 깐 돌덩이는 진흙에 삼켜진다. 가장 강인한 수녀들이 열두 명씩 신속하고 말없이 땅 위를 이동하며 일하는 모습이 마치 개미 같다. 왕의 신하 누구도 그들이 무엇을 하고 있는지 보지 못하는 것 같은데, 보려면 미로 안으로 무단 침입하거나 우묵한 큰 바위 건너 사람들이 거의 지나다니지 않는 좁은 길의 어느 한곳에서 고개를 들어 날카로운 매의 눈으로 보아야 하기 때문이다. 한 걸음만 앞으로 가거나 뒤로 가도 벽을 외부의 시야에서 가려준다. 하지만 누군가가 발견하고 알려주는 것이 불가능하지는 않다고, 울필드가 마리에게 조용히 말했다. 주변 지역에서는 수녀원이 왕보다 더 사랑받지만, 이곳에는 늘 왕정주의자들이 있다고.

댐이 들어설 우묵한 바위 양면의 수문 가장자리에서부터 공사가 시작된다. 수녀원에서는 대장장이 수녀와 목수 수녀가 쭈그리고 앉아 흙에 도면을 그리며 연구하고, 곧 쇠고리를 주조하고, 뭔가를 쪼는 망치질소리가 종일 들린다. 메아리가 서늘한 공기를 채운다. 하늘에서 눈이 흩날리기 시작하고, 일하고 있는 수녀들의 몸에 떨어져 녹아 수녀복이 흠뻑 젖는다. 마리는 매일 말을 타고 나가 그들을 격려하고, 그들에게 뜨거운 음식을 가져다 나른다. 그리고 그들과 함께 기도하고, 가끔은 거기 남아 허리를 굽히고 수문 꼭대기에 접근하는 외부 계단을 만들기 위해 돌을 하나씩 맞춰 넣는다. 마리는 늙었지만 강인하고, 그녀의 몸은 근육을 쓰는 이런 형태의 고된 일을 갈망한다. 그리고 수녀들이 제1시과를 마치고 아침에 작업을 하려고 모이면, 울필드가 찡그린 얼굴로 두 손을 따뜻한 튜닉 안에 찔러넣은 채 더 빨리 일하라고 다그친다. 겨울이 깊어지기 전에 끝내야 하기 때문이다. 물은 종아리 깊이였다가, 이제 허리 깊이로, 이제 벌써 수문이 있을 자리를 막는 가벽에 닿을 정도로 높아졌다. 아주 많은 것이 이미 수면 아래 삼켜졌다. 풀도, 희귀한 늪지 새들이 살던 둥지도, 뱀의 소굴도, 비버가 만든 댐도. 이 축축한 땅에서만 발견되던 이상한 빨간 도롱뇽의 살아 있는 마지막 표본도 동면하던 보금자리에서 쫓겨나 소멸하고 새에게 내장을 뜯어먹힌다. 로마인과 데인족을 목격한 작지만 뒤틀린 고목들은 물이 저들의 가장 높은 나뭇가지를 덮어버리는 것을 지켜본다. 새 호수의 가장자리에 얼음이 반짝거린다. 수문을 설치할 자리까지 옮기려면 짐수레를 끄는 말 네 마리가 끙끙대며 어깨를 맞대야 하지만, 운좋게 땅이 꽁꽁 언 덕분에 한 달 전만 해도 그렇지 않았을 작업이 훨씬 수월해진다. 큰 눈보라가 쳐서 모든 작업이 중단되고, 수녀들은 어둡고 밀폐된 수녀원으로 돌아온다. 처음에는 그것이 안심이 되고, 마구간의 편안함으로 돌아온 고단한 역마役馬의 심정이 되지만, 곧 편안함은 감금된 느낌이 되고, 그들은 바깥공기가 그립다. 지붕에 매달린 고드름이 아래를 향해 자라는 것을 보면서, 그들은 봄을 생각한다.

마침내 기분좋은 안도감과 함께 겨울이 시작되고, 은은하게 반짝거리는 추운 날과 함께 눈이 내려 걸어다녀도 될 만큼 단단한 빙판이 만들어진다. 수녀들은 겨울을 따뜻이 지내려고 일의 속도를 높여 계단을 마무리하고, 수문은 견고하게 만들어져 아스타의 영리한 설계대로 무리 없이 조용히 올라가고 내려온다. 아스타가 물을 담아둔 가벽에 말들을 사슬로 묶은 뒤 끌어당기라고 소리를 지르자 말들이 벽을 부순다. 물은 포효하는 소리와 함께 갈색 소용돌이를 일으키면서 수문에서 쏟아져나오고, 마침내 아스타는 수문을 내려 물이 일정하게 흐르도록 조정한다. 한창 겨울인데도 물은 냇물 바닥을 즐겁게 흘러가고, 봄에 눈이 녹고 비가 내려 강물이 높아졌을 때처럼 세차게 흘러 길 아래를 지나 들판으로 간다.

수십 리그 떨어진 곳에서는 양을 치는 들판에서 양치기 수녀들이 천둥소리에 고개를 들고, 물이 콸콸 거품을 내며 쏟아져 흐르고 마른 냇물 바닥을 통과해 먼 거리를 이동하는 것을 본다. 그들은 사람을 태우지 않은 말들이 전속력으로 달리는 것을 상상하며 기뻐서 소리를 지른다.

울필드는 댐 꼭대기 마리 옆에 서서 칙칙한 회색을 드러낸 넓은 호수를 바라본다.

마리는 사방을 찬찬히 둘러본다. 그녀가 이것을 해냈다. 이것을 만들었고, 우묵한 큰 바위를 막고 거기 물을 채웠다. 마리는 자신의 손과 발과 배에서 찬란한 빛이 나는 것 같다.

스스로 왕이 된 것 같다. 교황이 된 것 같다.

하지만 옆에서 울필드의 씨근거리는 소리가 들린다. 울필드는 공사를 하는 이 몇 달 동안 계속 기침을 했고, 기침은 더 심해져 이제 쿨럭거리기 시작했다. 마리는 자신의 재산 관리인을 보고, 그녀의 팔을 잡고 햇볕에 가무잡잡하게 탄 피부 아래에서 파리함을, 강인한 몸안에서 가냘픔을 본다. 마리가 걱정이 되어 울필드에게 괜찮냐고 묻지만, 이제 울필드는 피부에서 열이 펄펄 나는 것 같다.

울필드는 조금 아픈 것뿐이라고 말하며 애써 미소를 짓는다. 폐에 뭔가 이상이 생겼다.

그녀가 일을 너무 열심히 했다고, 마리는 말한다. 집으로 가서 좀 쉬어야 한다고. 그리고 누군가에게 네스트를 데려오라고 하고, 인퍼매트릭스를 타운에 있는 울필드의 집에 보내 울필드를 보살피게 한다. 재산 관리인이 말을 타고 수녀원 일을 하며 돌아다니지 않으면 행복해하질 않으니, 그녀가 마리의 말을 듣게 하려면 그래야만 한다.

그리고 수녀들은 그곳에서 물러나고, 봄에 다시 돌아와 묘목과 관목을 심기 위해 미로의 지름길을 최대한 잘 손질한다. 그들은 개울 바닥과 나란히 난 길을 따라 수녀원으로 걸어 돌아간다. 어린 수녀들은 그들의 노력으로 이렇게 하얀 물이 콸콸 쏟아져 흐르는 것을 보고 신이 나서 춤을 추며 노래하고, 나이가 많은 수녀들은 그들을 보고 웃으며 손뼉을 쳐서 박자를 맞춘다.

셀라트릭스 마미는 오늘 공사가 끝나는 것을 알고 취사 담당들과 함께 계획을 세워 통통한 돼지를 잡아 굽고, 버터를 넣고 만든 리크 파이를 준비하고, 무엇보다 가장 맛있는 음식으로 우유에 좋은 약초들을 넣어 만든 수프를 마련한다.

이틀 동안 네스트는 방심할 수 없다는 소식을 전해온다. 울필드의 병세가 중하지만, 폐에만 이상이 있고 병이 진행되지는 않는다.

세번째 날에, 마리가 말을 타고 울필드의 집으로 향하자 네스트가 마당으로 달려나온다. 피곤해선지 얼굴이 늙은 것 같다. 그녀를 안정시켜줄 베아트릭스가 없으니 긴장해서 어깨가 다시 턱 높이로 올라갔다. 오 마리, 네스트가 말한다. 아쉽지만 수녀원장은 울필드를 만날 수 없다고, 울필드는 무엇보다 잠이 필요하다고.

출산이 이른 양들이 새끼를 낳기 시작하고, 고다와 그녀를 돕는 이들은 밤새 양을 치는 들판에 영리하게 지어진 작은 이동식 헛간을 떠나지 않는다. 아, 음, 그렇게 불편하지는 않다고, 고다는 그곳을 찾아온 마리에게 말한다. 적어도 수녀원 공동 침실에서처럼 발 냄새나 방귀 냄새가 나지는 않는다고. 부수녀원장 보좌는 여전히 축축하고 여전히 피가 흐르는 사산된 양의 털가죽을 고아가 된 새끼 양에게 밧줄로 묶어주고, 새끼 양은 몸을 바르르 떨며 새엄마의 코를 만진다. 엄마 양은 새끼 양의 냄새를 맡자 거의 진통하는 여인이 내는 것 같은 울음을 운다.

흩뿌리는 비로 공기는 습하고, 비는 점점 거세져 단단한 진눈깨비가 된다. 마리는 질퍽거리는 길을 통과해 수녀원으로 돌아가면서 죽은 새끼 양의 가죽을 덮어쓴 새끼 양을 떠올리고 그게 뭔가의 징조일지 모르겠다고 생각한다.

마리는 세면소에서 몸을 닦고, 두 번 생각한 뒤 목욕물을 받아달라고 지시한다. 그리고 울필드를 생각하면서, 울필드의 아픈 몸이 뜨거운 목욕을 하면 얼마나 기분이 좋아질지 생각하지만, 자신이 몸으로 느끼는 이 편안함이 울필드에게 가닿을 수 없다는 것을 잘 알고 있다. 그러면서도 한편 혹 자신의 옛 조상 멜루신의 마법이라면 이렇게 공기를 통과하여 가닿을 수 있으리라고 믿는다. 멜루신 또한 목욕을 사랑한 요정이었기에. 그런 마법이 어떤 보이지 않는 길로 가는지 누가 알겠는가.

비가 내린 탓에 밤이 너무 일찍 찾아오고, 만과가 끝날 무렵 종도를 시작할 시간이 된다. 마리는 자신을 너무 지치게 만들기 전에 홀로 잠자리에 든다. 뭔가가 새어나와 퍼지고, 어두운 안개가 땅을 뒤덮고, 뭔가 크고 검은 것이 마리의 시야 저만치서 슬금슬금 돌아다닌다. 비가 창문에 퍼붓는다.

마리는 침대에 누워 있다가 바깥에서 사람들이 뛰어가는 발소리와 댕댕 울리는 종소리를 듣고 일어나면서 자신이 두려워하던 일이 마침내 일어났음을 안다. 그녀는 수녀원 외부에 볼일이 있을 때 입는 낡은 물개 가죽 망토를 입고, 얼른 밖으로 달려나가 과수원을 지나 마당으로 간다. 어둠 속에서 소동이 일어났고, 누군가가 냇물이 넘쳐흐른다고 소리를 지른다. 농노들이 알아듣기 힘든 영어로 소리를 지르고 있다. 두건을 써서 얼굴이 잘 보이지 않는 누군가가 마리에게 특이한 발음으로 이런 비에는 양들이 죽는다고 말한다. 양을 치는 들판에서 잠자고 있는 고다와 다른 수녀들을 생각하자, 마리는 차가운 손이 가슴팍을 뚫고 들어와 심장을 정지시킨 느낌이다. 그녀는 아스타와 세 명의 힘센 농노들을 말에 태워 수문으로 보내고, 횃불 하나에 황급히 불을 붙이고 최대한 다리를 빠르게 움직여 어둠 속에서 사선으로 내리는 빗속을 뚫고 들판으로, 양을 치는 목초지로 달려간다. 발꿈치가 땅에 쑥쑥 빠지지만, 마리는 달리고 또 달리고, 끝이 없을 것처럼 달린다.

마침내 마리는 비탈에서 덩어리 같은 검은 형체를 발견하는데, 가까이 가니 구조된 양들이다. 수녀들이 더 많은 양을 구하기 위해 물이 허리 깊이로 차오른 들판으로 뛰어들고 있다. 어둠 속에서 둥둥 떠가는 희끄무레한 형체는 물에 빠져 죽은 양들이다. 마리는 얼음 같은 물을 헤치고 나아간다. 물은 허리 깊이에서 곧 갈빗대 깊이가 된다. 추위가 마리를 사로잡고, 젖은 수녀복이 다리를 붙잡는다. 그녀는 암양 한 마리가 죽은 자매 양 위에 올라서서 공포에 휩싸인 채 앞다리를 휘젓고 있는 것을 발견한다. 양은 일반적인 사람 아이의 두 배 크기로, 겁에 질려 미친듯이 버둥거리고 있다. 마리는 그 양을 두 팔로 번쩍 안아들고 비탈로 옮긴다. 어둑한 빛 속에서는 모든 것이 검어서, 마침내 멀리서 불을 밝힌 횃불이 가까이 다가오자 희미하게 빛나는 희끄무레한 양털이 갑자기 넓게 드러나는데, 언덕 높은 곳에서 양들이 복작복작 모여 구름을 이루고 있다. 이제 더 많은 횃불이 밀려오고, 마리는 수위가 수녀들이 무사히 빠져나가기 힘들 만큼 너무 높아진 것을 본다. 수녀들은 서로 꼭 붙어 한 덩어리가 되어 울고 있다. 마리는 예전만큼 힘이 세지 않다. 하지만 다시 가서 가슴 깊이의 물에서 양쪽 겨드랑이 밑에 한 마리씩 양 두 마리를 끼고 돌아온다. 가고, 가고, 가고, 다시 간다. 물이 목까지 차올랐지만, 그녀는 축 늘어졌으나 여전히 숨을 쉬고 있는 양을 번쩍 들어올린다.

하지만 그 순간 고다의 얼굴이 어둠을 뚫고 앞으로 불쑥 튀어나온다. 머리 가리개가 사라져 짧은 머리칼의 두상 위로 비가 쏟아져 내린다. 고다가 실눈을 뜬 채 소리를 지른다. 이걸로 충분하다, 이걸로 충분하다, 그들은 이미 많은 걸 잃었다. 수녀원장까지 잃을 수는 없다. 충분하다. 마리는 자신이 덜덜 떠는 소리가 들리는데, 몸안에서 신음소리가 올라와 목구멍을 통해 나오지만, 그 소리를 멈출 수가 없다. 혹은 이가 달달 맞부딪치는 소리를 멈출 수가 없다. 마리는 고다의 어깨에 머리를 기대고, 부수녀원장 보좌는 마리의 머리를 두 팔로 안아준다. 오 이제, 고다가 모국어인 영어로 마리에게 말한다. 이제 진정해요, 심장을 진정시켜요, 나의 소중한 이여, 나의 수녀원장이여. 마치 마리가 새끼를 낳은 적이 없는 불안정한 어린 암소인 것처럼. 차가운 비가 마리의 목에 쏟아진다.

동이 트자 참해의 양상이 드러난다. 양 서른여섯 마리가 익사했고, 몸집이 너무 작아 안전한 곳으로 헤엄쳐 피하지 못한 송아지

한 마리와 폐에 물이 찬 수녀 한 명이 죽었다. 수문은 물의 힘에 떠밀려 무너졌고 수리하는 데 사흘이 걸린다고, 아스타가 무거운 목소리로 말한다. 비에 젖은 불쌍한 양들은 과수원으로 안전하게 옮긴다. 기억력이 없는 어리석은 피조물. 그것들은 바닥에 코를 대고 썩어 떨어진 사과를 찾으면서 행복해한다. 이중으로 양가죽을 덮어쓴 그 양은 기적적으로 구조되었다. 그 양은 상실을 경험한 적이 없는 것처럼 활기가 넘친다.

울필드의 맨 위 세 딸이 예고 없이 수녀원을 찾아온다. 영 울필드, 하와이즈, 밀부르가. 그들이 마리 앞에 엄숙하고 파리한 모습으로 서고, 그녀는 슬픔과 죄의식에 그들 모두를 품에 끌어안고 싶다. 신이 그녀에게 손주를 주셨다면 울필드의 이 딸들일 텐데, 마리의 자부심이 이 아이들을 엄마 없는 자식들로 만든 것이다.

마리는 그들에게서 분노의 말이, 어머니에게 힘들게 일을 시켜 앓아눕게 만든 것에 대한 질책의 말이 나오기를 기다리지만, 젊은 여인들은 가까이 다가와 마리에게 키스한다. 마리는 왜 그들이 여전히 자기를 사랑하는지 모르겠다. 그녀는 그들의 사랑을 받을 자격이 없다. 자신의 사랑을 잃은 것에 대한 마리의 지극한 슬픔이 울필드를 병들게 했다. 마리의 어마어마한 자부심과 오만이.

그들은 자기들이 무너진 수문을 살펴보았는데, 왕의 신하들이 그렇게 만든 게 분명하다고 말한다. 누가 그랬는지 끝까지 추적하지 않으면 이 싸움은 계속될 것이고, 더욱 힘들어질 것이다. 그들이 그 일을 자기들에게 맡겨달라고 부탁한다. 그 일은 경건한 여인들에게는 걸맞지 않고, 댐과 수문은 어머니의 노력이 마지막으로 깃든 것이기에 자신들에게 위로가 될 거라고. 울필드의 고통스러운 호흡이 밤낮으로 집안을 채운다. 몸은 퉁퉁 부었고, 눈은 휑하다. 그들은 집을 벗어나는 게 기쁘고, 그러지 않으면 미칠 것 같다고 말한다. 수문을 파괴한 자를 찾아내 그런 일이 절대 일어나지 않게 할 것이다.

마리는 자신이 그들에게 그 일을 맡기면 수녀원을 대신해 죄를 짓게 만드는 걸 허락하는 셈이 된다고 주의를 준다.

영 울필드가 미소를 짓고, 딸의 송곳니는 어머니의 것처럼 날카롭다. 그녀가 지금 여기 있군, 마리는 생각한다. 울필드를 이루는 가장 어두운 조각이 이 아이 안에 살아 있다.

영 울필드는 고해성사는 마리가 해주면 되니 그건 운이 좋은 게 아니겠냐고 말한다.

다음날 만과 기도가 한창일 때 마리는 열이 나기 시작하고, 〈마리아의 노래〉를 부를 때쯤엔 리넨 속옷이 흠뻑 젖는다. 정수리에서 김이 나는 것 같고, 음식을 먹으면 토할 것 같다. 그녀는 더러운 물이 출렁거리는 들통을 들고 급히 지나가는 하인을 멈춰 세우고 그 겁먹은 아이에게, 자신이 타운으로 말을 타고 가야 하니 마구간에서 일하는 사람들에게 말에 안장을 채우라는 말을 전하게 한다.

마리는 자신의 열은 울필드에게 가보라는 뜻이라고 믿는다.

말을 탈 때 뺨에 닿는 차가운 공기가 기분좋다. 모두 먹고 자고 밤을 보내려고 가족이 있는 집으로 돌아간 뒤라 황혼의 타운은 고요하다. 어둠 속에서 얼굴을 알아볼 수 없는 누군가가 곁을 지나쳐 질주한다.

마리는 울필드의 집에 도착하자 누가 그걸 받아들든 상관하지 않고 고삐를 던진 뒤, 촛불이 켜진 위층 방을 향해 집안으로 뛰어 들어간다. 계단을 올라가는데 모루에 금속 줄을 가는 것 같은 꺽꺽 소리가 들리고, 그녀는 그것이 불쌍한 울피의 숨소리인 것을 알겠다.

방안에서 네스트는 젖은 수건으로 울필드의 퉁퉁 부은 자주색 얼굴을 눌러주다가 놀라서 고개를 든다. 사람들이 하는 말처럼 수녀원은 마법의 장소인가요, 그녀가 마리에게 말한다. 분명 바람을 타고 날아왔을 거라고. 네스트가 몇 분 전에 마리를 데려오라고 베아트릭스를 보냈다는 것이다.

베개에 누운 채 울필드는 겁에 질린 눈빛으로 마리를 쳐다본다.

울필드의 딸들이 어둠 속에 있고, 그들 역시 방금 들어왔다. 말의 체취와 땀냄새가 나고, 하와이즈의 긴 양말에 검은 얼룩이 묻어 있고, 밀부르가의 튜닉 단에는 흙탕물이 튀었다. 마리의 시선이 흘끗 그들을 향한다. 하와이즈가 엄숙하고 창백한 얼굴로 고개를 끄덕인다. 해치웠다.

마리는 머리를 숙인다. 그들은 다시 불쌍한 울필드에게 주의를 돌린다.

마리는 신발을 벗고 침대의 벽쪽에 올라가 눕는다. 그녀의 큰 발이 침대 모서리에 걸쳐진다. 그녀는 울필드를 안고, 그 여인의 고통을 자기 안으로 끌어오려고 한다. 울필드의 호흡이 점차 덜 고통스러워진다. 퉁퉁 부은 눈이 감긴다. 딸들이 앞으로 나온다. 가장 어리고 장미처럼 어여쁜 작은 이돈이 어머니의 뺨에 흘러내린 머리칼을 쓸어넘겨준다.

마리는 네스트를 뚫어지게 쳐다본다. 인퍼매트릭스는 처음에는 고개를 젓지만, 마리가 물러서지 않고 명령이라는 표정을 짓자 마침내 고개를 숙이고 말없이 수녀원장의 뜻에 따른다. 그녀가 돌아서서 바이알에 든 아편 한 통을 컵에 전부 따른다. 그리고 약이 흐르지 않게 울필드의 입 근처에 헝겊을 대주지만, 흐르는 것은 없다. 마리가 울필드의 목을 쓸어 만져주는 동안 그 여인이 눈을 감고 힘든 숨을 쉬면서 다 비워버렸기 때문이다. 약이 흡수되면서 울필드의 꺽꺽거리는 숨소리가 잦아든다.

영 울필드가 굳은 표정이지만 뺨은 젖은 채, 마리에게 이제 어머니에게 고해성사를 해줄 것인지 묻고, 마리는 자신이 낼 수 있는 가장 분명한 목소리로 고해성사를 해준다. 몸에 지니고 온 성수는 마리 자신의 열로 아주 뜨겁다.

고해성사가 끝나자 울필드의 딸들은 무릎을 꿇고 어머니의 몸 위에 그들의 머리를 얹는다.

방안에 존재하는 고통이 극심해서 마리는 참기가 힘들다. 기도가 도움이 되지만, 더 도움이 되는 것은 이야기다. 그녀는 딸들에게 어머니가 수녀원에 처음 아동 평수녀로 왔을 때 아동 평수녀가 한 명 더 있었는데 어머니를 미워했다고 말한다. 그 소녀는 어머니보다 나이가 두 배 많았고, 훨씬 훨씬 덩치가 컸다. 그 소녀는 대략 이 주 동안 성무일도를 하는 중간에 울피를 꼬집거나 울피가 침대에서 잠들 때까지 기다렸다가 침대 밖으로 밀어버리거나 발을 걸어 똥 무더기로 넘어지게 만들었다. 울필드는 그런 행동을 아주 침착하게 받아들였고, 단 한 번도 불평하지 않았다. 그래서 모두 그녀가 겸손의 본보기라고 생각했다.

이제 딸들의 얼굴에 미소가 떠오르기 시작한다. 그들은 어머니를 잘 알고 있다.

하지만 사실, 마리가 말을 잇는다, 그들의 어머니는 기회를 노리고 있었던 것이다. 마침내 어느 밤, 바람이 몹시 거세고 요란해서 수녀들이 자신들의 목소리도 제대로 들을 수 없는 밤이었는데, 미친 수녀 기타가 식사 기도 때 성경 봉독중에 일어서서 오늘은 늑대 인간이 큰 개의 형태로 변해 침대에 누워 잠든 기독교인을 창가에서 지켜보며 숨을 헐떡거리는 보름달이 뜨는 밤이라고 확신에 차서 말해, 모두 신경이 곤두서 있었다. 수녀원 공동 침실에서, 울필드는 침대에 누운 채 그 심술궂은 소녀가 일어나 변소에 가려고 초의 심지에 불을 붙이는 모습을 지켜보았다. 울필드는 날씨가 엄청나게 추웠음에도 맨발로 그 뒤를 살금살금 쫓아 밖으로 나갔다. 그 소녀가 변소 안에 들어갔을 때 울필드는 이 순간을 위해 잡초 속에 숨겨둔 말발굽을 가져와 그걸로 문을 잠가버렸다. 이제 그 소녀는 그 냄새나고 지저분한 장소에 꼼짝없이 갇히게 되었다. 그리고 울필드는 어둠 속에서 그 소녀가 문짝을 발로 차며 소리를 지를 때까지 인내심 있게 기다렸다. 하지만 바람이 너무 시끄럽게 불어 아무도 그 소리를 들을 수 없었다. 그리고 소녀의 초가 다 타버리자 울필드는 빗자루를 들고 벽을 치기 시작했고, 안에 있는 소녀가 기절할 때까지 겁을 주었다. 울필드는 다시 침대로 돌아가 잠을 잤다. 변소 안에 갇힌 그 불쌍한 소녀는 반쯤 언 몸으로 풀려났다. 마지스트라가 조과 시간보다 조금 먼저 일어나 소녀가 침대에 없는 것을 보았다. 아침에 마지스트라가 누가 그런 죄악을 저질렀는지 밝혀내려고 모든 소녀를 줄 세웠을 때 울필드는 앞으로 나서서 자신이 그랬다고 작은 목소리로 말했다. 이제 그들은 비겼다. 그리고 마지스트라가 이 범죄 행위에 대해 울필드를 가혹하게 때렸지만, 울필드는 참회하지 않았다.

딸들이 웃는다. 하와이즈는 어머니답다고 말한다.

밀부르가는 예전에 어머니가 수녀원 영지의 어느 소작인이 대접해준 견과류 케이크와 좋은 벌꿀술을 먹다가, 그들이 단순히 어머니의 시간을 허비하려는 것임을 깨닫고 창문을 통해 뛰쳐나간 걸 본 적이 있다고 말한다. 그 시간에 그 집 하인들이 그들의 진짜 재산을 숨기려고 양들의 절반을 목초지로 데려간 것이었다.

영 울필드는 자기도 그날 거기 있었는데, 물론 어머니가 생각한 대로였다고 말한다.

이돈은 그 못된 소녀에게 무슨 일이 일어났는지, 결국 둘이 친구가 되었는지 물었다. 누구도 어머니에게 오랫동안 화를 내지는 못한다면서. 그리고 자기들이 이 수녀를 만난 적은 있는지?

마리는 이돈의 머리에 손을 얹고 빙긋 웃는다. 그녀는 그 이야기가 슬프게 끝났다는 말은, 그 소녀는 불쌍하게도 몇 달 뒤에 말이 날뛰는 바람에 머리가 깨져 죽었다는 말은 하지 않는다. 그리고 딸들 중 누구도 잊지 않고 아무것도 잊어버리는 법이 없는 마리가 울필드에게 그런 상처를 준 그 아이의 이름은 잊었다는 말은.

촛불이 펄럭이다 꺼져, 네스트가 새 초에 불을 붙이는데 얼굴이 고단해 보인다. 이돈은 어머니의 가슴에 머리를 얹고 잠들고, 울필드는 콜록콜록 기침을 한다. 그녀의 긴 속눈썹은 뭉친 채 피부에 닿아 있다. 마리는 숨을 참고, 울필드가 다시 숨을 들이쉬기를 기다린다. 혹시 하는 바람에서, 마리는 터무니없을지라도 울필드의 가슴을 두 손으로 누르면서 자신의 힘이 울필드의 움직이지 않는 몸속으로 들어가기를 바란다. 마리의 모든 생각이 간청이다. 돌아와, 마리는 생각한다. 동정 마리아가 마리에게 기적을 보여준다면 이것이어야 한다. 울필드의 숨이 다시 폐로 돌아오는 것, 피가 울필드의 얼굴로 콸콸 흐르는 것, 울필드가 눈을 뜨고 그 크고 햇볕에 타서 갈라 터진 손이 마리의 얼굴을 다시 만지는 것이어야 한다. 하지만 침묵이 이어진다. 마리의 마음에 일어났던 두려움이 잦아들고, 마리는 마침내 여인의 가슴에서 손을 뗀다. 음, 그녀가 생각한다. 이렇게 했지만 내 어머니도 살아 돌아오진 않았어. 그녀안에 그 모든 힘이 있지만, 그녀의 손은 죽은 몸에서 생명을 만드는 기적을 이루는 손은 아니다. 그녀는 울필드 딸들의 얼굴에 어머니가 떠났다는 깨달음이 차례로 떠오르는 것을 지켜본다.

우리는 다음 생에서 그녀를 만날 것이다, 마리가 말한다. 마리의 고통은 너무 커서 그것을 믿지 않을 수가 없다.

네스트는 수녀원으로 돌아간다. 딸들은 슬픔 속에서 잠을 자러 간다.

조과 시간에, 마리는 수녀원장이라는 이름으로 빌린 심장이 아니라, 자신의 진짜 심장으로 사랑한 여인들 중 마지막 시신을 앞에 두고 앉아 있다. 모두 떠났다. 어머니도, 다섯 이모도, 세실리도, 왕비도, 울필드도.

밤이 서서히 조금씩 다가오고 마리의 열이 물러가면서, 마리 안에서 어떤 변화가 일어난다. 빛처럼 하얗게 반짝이는 복장도 없고, 하늘에서 근엄하게 말하는 구름도 없고, 오로지 그녀의 영혼과도 같은 이 딸의 죽음과 끝없는 어둠뿐이다.

마리는 살면서 줄곧 기도를 해왔지만, 오늘밤 이전의 기도는 물줄기 안으로 소원을 담은 동전을 던지는 것 같은 기도였다. 모호하게 바깥으로 퍼지는 희망이었다. 그녀는 그 기도를 자신에게 강요된 엄격한 삼위일체의 신이 아니라, 어머니의 얼굴을 한 동정 마리아에게 올렸다. 기도에서조차 그녀는 반역을 일으키고 있었다.

줄곧 자명했던 것이 이제야 보인다. 자신은 경건하게 살아왔고 죄를 짓지 않고 살았으며 늘 올바른 말만 했지만, 가슴속 깊이 자신의 반역적인 면을 탐닉하고 자부심을 느껴왔다.

마리의 오만함 때문에 울필드에게 이 치명적인 병이 생긴 것이다. 자신의 끝없는 허기가 그녀의 영적인 딸을 집어삼켰다. 수녀원을 확장할 필요성은 그녀 자신의 몸을 확장시키는 것과 같았다. 그녀의 행동은 늘 자신이 속세에서 살았다면, 자유가 주어졌다면 어떻게 했을지에 대한 대답이었다.

이제 마리는 죽은 여인 옆에 앉아, 늘 자기 안에서 불을 밝히고 있던 허기를 버린다. 그저 자신에게 주어진 것을 지키기만 할 것이다. 만족하는 법을 배울 것이다. 이 참회는 야망이 아주 큰 사람에게는 의지와 노력이 필요한 일이 될 테고, 그녀는 자신의 얼굴을 한 악마와 끊임없이 엉겨붙어 싸워야 할 것이다.

수녀원에서 아름다움의 중심이 되는 자를 밀어내려는 모든 싸움을 단념할 것이고, 자신의 에고는 그것을 가로막는 안 된다는 말에 삼켜질 것이다.

오, 그녀는 생각한다. 자신은 이미 늙었고 고단하다.

그리고 바로 그날 아침 슬픔에 젖어 수녀원으로 돌아가는 길에, 빛이 몇 번 깜박거릴 만큼의 아주 짧은 시간 동안 그녀는 나무 위로 산만큼 큰 돌로 된 독수리가 나타나는 것을 본다. 마리가 말을 달리는 숲은 햇살이 부드럽고 밝지만, 독수리 조각상 위에는 번개가 혈관처럼 뻗은 성난 천둥 폭풍이 걸려 있다. 그리고 쏟아지는 무거운 비에 새의 조각된 깃털이 순식간에 녹아버리고, 새의 얼굴에서 부리와 눈이, 돌이 아니라 푸석한 먼지로 만들어진 것처럼 회색 물이 되어 흘러내린다.

말은 계속 걷고, 환시는 사라진다. 하늘의 푸른색이 서서히 돌아온다. 마리는 다시 눈을 깜박이고 숨을 쉰다. 그녀의 환시는 제국에 관한 것이다. 앙주 왕가의 싸움은 마침내 그 끝을 향해 가고 있다. 곧 알리에노르가 조심스럽게 쌓아올린 모든 것이 허물어져 무로 돌아갈 것이다.

마리는 한숨을 쉬고 두 손으로 고단한 얼굴을 비빈다. 그리고 붕괴는 인류의 지속적인 상태라고 혼잣말을 한다. 피조물을 둘씩 짝지어 살린 홍수와 노아의 방주 이야기는 불리고 또 불릴 노래의 후렴구일 뿐이라고. 지구는 서서히 반복적으로 축소되고, 문명은 문명에 문명을 거듭하면서 몰락하여 먼지가 되고, 마침내 이브의 자손이 계시록과 함께 마지막 죽음을 맞이한다. 일곱 개의 봉인과 일곱 번의 나팔 소리와 일곱 명의 천사와 일곱 개의 대접과 함께. 결국 이 땅에는 균열이 일어나고, 사악한 자는 불의 호수에 던져질 것이다. 마리는 이 불의 종말이, 인간의 어리석음과 탐욕으로 지구가 그 위에 더이상 생명을 지고 견딜 수 없을 만큼 뜨거워져 돌과 토양과 물만 남게 되는 상태를 가리키는 것이 아닐까 생각한다. 그렇게 흘러갈 것이고, 그렇게 될 것이다. 마리에게 그것을 멈추고 싶은 의지가 조금이라도 남았다 하더라도, 마리는 할 수 없는 일이다.

7

삶이 느려진다. 시간은 바퀴 안의 바퀴다.

수녀를 꿈꾸는 이들이 여리고 어린 모습으로 이곳에 온다. 그들은 일하고 기도한다. 수녀들은 죽음을 통해 그들의 몸을 탈출한다.

템포랄레, 시간에 따른 축일, 주기적으로 돌아오는 성탄절, 주기적으로 돌아오는 부활절. 상토랄레, 성인의 축일. 계절에 따른 색깔, 비둘기 회색에서 녹색으로, 꽃의 무지개색으로, 금색으로. 칼렌즈 노네스 이데스.* 평일과 안식일. 밤과 낮.

조과 찬과 제1시과 제3시과 제6시과 제9시과 만과 종도.

성가대에서 수녀들이 특정 시편을 노래하려고 준비할 때, 마리와 상의할 게 있어서 나환자 구호소에서 돌아와 있던 스완넥은 아

---

* 고대 로마력을 기준으로 칼렌즈는 매달 첫날을, 노네스는 31일이 있는 3월, 5월, 7월, 10월에는 일곱번째 날, 나머지 달에는 다섯번째 날을 말한다. 그리고 이데스는 3월, 5월, 7월, 10월은 15일에 해당하고 나머지 달은 13일에 해당한다.

동 평수녀들에게서 우스워 죽겠는데 티 내지 않으려고 애쓰는 눈빛을 느낄 수 있다. 수녀들이 하늘에서 내려와 땅을 파괴하는 개구리들에 대해 노래하는 순간, 스완넥은 턱을 당기고 뺨을 부풀리고 눈을 부릅뜨고 혀를 날름거린다. 아동 평수녀들도, 수련 수녀들도, 심지어 젊은 수녀들도 큰 발작이 일어난 듯 콜록콜록 기침을 한다. 이것은 수십 년째 스완넥이 이 시편을 가지고 하는 농담이다. 전례력에서 젊은 사람들이 기다리는 해마다 돌아오는 작은 순간이고, 그들은 그 때문에 스완넥을 아주 많이 사랑한다.

모든 오래된 주기가 다시 반복된다는 것을 안다는 건 참으로 큰 위안이다.

고다에게 노년이 찾아온다. 천둥소리처럼. 그녀는 붉게 부은 관절에 연고를 발라달라고 네스트를 찾아간다. 네스트가 연고를 발라주자 부수녀원장 보좌는 한숨을 쉬고 눈을 감는다. 네스트는 고다의 굳게 다물린 작고 주름진 입을 쳐다보며, 지금과 네스트 자신이 슬픔에 젖은 젊은 과부가 되어 처음 수녀원에 왔을 때의 시간 간극에 놀란다. 그때 네스트는 고다를 보고 겁을 먹었다. 딱딱한 말투, 지위에서 비롯한 권위, 빠르게 말하는 영어와 프랑스어, 훌륭한 귀족 혈통. 하지만 세월이 흐르면서 네스트는 어떤 어른이라도 몸을 충분히 보살펴주면 그 안에 숨어 있던 겁먹은 아이가 나타난다는 것을 알게 되었다. 더 강한 힘을 발휘하려는 사람일수록 아이는 더 작아진다. 고다는 그저 젖먹이 아기다. 연고는 이미 효과가 나타났겠지만, 네스트는 고다의 손을 놓지 않는다. 그리고 제3시과를 알리는 종이 울릴 때까지 고다의 손에 연고를 부드럽게 문질러준다.

이제 무능함과 광기와 탐욕이 이끄는 새 어둠이 이 섬을 건드리고, 왕과 로마 사이에 싸움이 일어난다.

1208년, 교황의 성무聖務 금지령이 이 땅에 떨어진다. 아픈 자뿐 아니라 건강한 자에게도 고통이 가해질 것이다. 삶이 한창일 때도 우리는 죽음 안에 있기 때문이다. 미사도 드리지 못하고, 어떤 시신도 축성된 땅에 묻힐 수 없다. 아기들의 세례식과 임종의 침상에서 종부성사만 행해진다. 어디에나 슬픔과 공포가 있고, 모든 도시에서 사람들이 고통받는다. 고해성사를 할 수도 없고, 영성체를 할 수도 없고, 사랑하는 사람이 죽어도 썩어가는 것을 그냥 지켜봐야 하며, 푸트레신*의 악취가 공기 중에 가득하다.

마리가 그 해괴망측한 소식을 읽다가─그녀의 인맥이 훨씬 신속하고 더 뛰어나기에 전령이 그 소식을 들고 왕궁에 도착하기 며칠 전에 이미 알았다─화가 나서 양피지를 내려놓고, 분노는 그녀의 환시 귀퉁이를 까맣게 갉아먹는다.

자기들이 마리의 상위자인 줄 아는 그자들, 그들은 늘 얼마나 어리석고 불필요하게 잔인한 방법을 선택하는가. 왕을 다치게 하려고 무고한 사람들에게 큰 타격을 준다. 그와 같이 권력은 정신과

---

* 살아 있거나 죽은 유기체에서 아미노산의 붕괴에 의해 생성되는 물질로, 구취의 원인이 된다.

영혼을 부패시킨다고, 마리는 생각한다.

저 아래 수녀원장 사택에서는 하인이 음정이 맞지 않는 목소리로 조그맣게 슬픈 노래를 부르고 있고, 마리는 한동안 솔로 돌을 닦는 소리와 노랫소리와 소들이 목초지에서 나지막이 우는 소리를 듣는다.

묵은 증오가 그녀의 내면을 흔들더니, 위로 올라온다.

음. 마리는 딸들 누구에게도 성무 금지령에 대해 말하지 않을 것이다. 그들은 그에 대해 아무것도 모를 것이다. 그것은 그들의 삶에 아무런 영향을 미치지 않을 것이다. 그들의 평화를 교란하지 않을 것이다. 딸들은 늘 살아오던 대로 행복하게 살아갈 것이고, 자신들이 신에게 가장 사랑받은 존재라는 걸 알게 될 것이다.

섬처럼 고립된 수녀원은 오로지 마리만을 최고 권위자로 인정할 것이다.

그녀는 심지어 이 생각에 약간 전율을 느낀다.

며칠 뒤에 충격에 빠진 교구 주교가 쓴 편지가 도착한다. 오, 고결한 여장부여, 당신은 지혜에 있어서 동일한 성性의 모든 이보다 더 높이 숭상받는 여인입니다. 편지는 그렇게 시작되고, 금지령이 풀리도록 그녀의 수녀들에게 늘 기도하라고 당부하는 내용이 뒤따른다.

마리는 틸드가 뒤에서 그 편지를 같이 읽고 있는 것을 느끼고, 처음에는 그 양피지를 불속에 던져버리고 싶은 충동이 일었지만 부수녀원장이 보는 것을 허락한다.

지금 우리가 교황 성무 금지령하에 있습니까? 부수녀원장이 마리에게 아주 딱딱한 어투로 묻는다.

음. 앙글르테르 전체가 그렇습니다, 네. 하지만 수도원이나 수녀원은 여전히 성무일도를 할 수 있습니다, 마리가 말한다. 그걸로 모든 게 다 설명된다는 듯이.

부수녀원장은 앉아서 천천히 얼굴이 책상 상판에 닿도록 고개를 숙인다. 마리는 기다린다. 아래층에서 수녀원의 돌을 솔로 삭삭 문질러 씻는 소리가 들리고, 그 목소리가 노래한다. 하지만 틸드는 동요하지 않는다.

나는 수녀원의 모든 영혼들의 목자입니다, 마리가 마침내 말한다. 나는 여기서 우리 자매와 하인과 농노 모두를 보호하고 안내하는 어머니입니다. 우리는 우리 안에서 온전한 전체입니다.

마리, 당신이 교회 수장은 단연코 아닙니다. 틸드가 책상에 가로막혀 줄어든 목소리로 말한다.

교회의 상위자들이 보면 그렇겠지요, 아마도. 하지만 겸손과 온건함을 지키는 우리 신앙심 깊은 수녀들은 모든 인류 중에서 신의 손과 가장 가까운 자리에 앉을 것입니다. 게다가 우리 수녀원은 이 땅에서 신앙심이 가장 강하다고 알려져 있습니다. 세속의 차원에서 중재자가 필요하다면, 그 중재자는 제가 될 겁니다, 마리가 말한다. 에르고*, 나는 어떤 금지령도 인정하지 않습니다.

원장님께 그것을 알려준 환시는 어디에 있습니까, 틸드가 얼굴을 들며 말하고, 그 부드럽고 소심한 얼굴에 떠오른 분노는 마리의 심장이 덜컹할 정도다. 못 봤다고요? 이번에는 환시를 못 봤다는 말입니까? 틸드가 말한다. 아마 원장님이 지금 하시는 말씀이 사실

---

* '그러므로'라는 뜻의 라틴어.

이 아닌 것이겠지요.

사실이라고, 마리가 말한다. 이번보다 더 확신을 가져본 적은 없었다고.

틸드는 한숨을 쉬고, 다시 고개를 숙인다. 그녀가 말한다. 오 음, 그렇다면 그렇겠지요, 하지만 수녀들 모두 여기가 아닌 바깥세상에 성무 금지령으로 고통받는 가족이 있습니다. 그리고 그들은 적어도 가족이 고통받고 있다는 것은 알아야 합니다.

그러자 마리는 자신이 이긴 것을 알고, 승리감에 가슴이 뛴다. 틸드는 마리의 앞을 가로막지 않을 것이고, 수녀들이 잉글랜드의 성무 금지령에 대해 알게 되더라도 이 섬 전체에 떨어진 어두운 교황의 구름에 영향을 받지 않을 것이며, 그들은 마리의 밝고 따뜻한 보호 안에서 이렇게 그들끼리만 지낼 수 있을 것이다.

하지만 죽음은, 늘 그렇듯, 마리에게서 이런 승리감마저 빼앗아간다.

아스타가 외양간에서 펌프를 작동시키려고 손을 집어넣었는데, 그 안에 터를 잡고 살던 쥐가 그녀의 엄지를 문다. 참 이상도 해라, 아스타는 그렇게 생각하고, 물린 자리를 물끄러미 쳐다보면서, 하루 중 일어난 어떤 일이 예상 범위 밖에 있을 때 으레 그렇듯 점점 화가 난다. 그녀는 그것을 무시하고 계속 일한다. 일주일이 되지 않아, 불쌍하고 비쩍 마르고 사람을 빤히 쳐다보는 아스타는 침을 흘리고 입에 거품을 물면서 그녀 위에 다리를 벌리고 앉은 악마에 대해 헛소리를 한다. 그리고 극심한 갈증을 느끼며 몇 시간 동안 크고 검은 혀를 입 밖에 내밀고 있다가 죽는다. 마리는 울면서 안 짱다리가 된 시신의 장례를 준비시킨다.

그리고 주변에 여자들만 있는 것이 불만이었던 한 농노가 밤중에 품질 좋은 치즈와 진주가 달린 가장 고급인 제단포를 훔쳐 달아난다. 몇 달 뒤에 여자는 미로의 귓불처럼 튀어나온 비좁은 땅에서 얼룩지고 지저분해진 옷과 쪼아먹힌 뼈만 남은 채 발견된다. 아마 외로움과 공포로 죽었을 것이다. 치즈는 야생동물의 뱃속으로 사라졌거나 땅속으로 스며들었을 것이다. 하지만 제단포는 새것처럼 멀쩡하다. 기적이다! 다른 농노들은 다 그렇게 말하지만, 그건 기적이 아니라 그 여자가 성스러운 제단포를 훔쳤을 때 수녀원장이 그 여자에게 저주를 걸었기 때문이라며 숙덕거리는 소리가 마리의 귀에 들린다.

그리고 오전 내내 폭풍의 기운이 심상치 않게 위협적이던 어느 날, 광기에 들린 기타 수녀가 필사본 삽화로 자신의 눈알을 들고 있는 성인 루치아[*] 대신 사과도 아니고 나비도 아니고 벌어진 여성 성기 형상의 열매가 달린 나무를 그린다. 오후 내내 축적된 공기의 압력이 결국 광포한 여름 폭풍이 되어, 바람이 비명을 지르고 천둥이 쾅쾅거리고 검은 하늘이 울부짖을 때, 그 미친 수녀는 양을 치는 목초지로 가서 춤을 추다 번개에 맞아 죽는다. 번개는 두개골을 뚫고 들어가 작고 완벽한 검은 구멍을 낸 뒤 왼쪽 발꿈치로 빠져나간다.

---

[*] 시칠리아의 성인으로. 신앙을 버릴 것을 강요당하는 과정에서 눈알을 뽑는 고문을 당했다는 설과, 구혼자들을 물리치기 위해 스스로 눈을 뽑았다는 설이 있다.

마리는 밧줄 같은 그 마지막 시신을 직접 씻긴다. 그 미친 수녀가 없는 수녀원은 얼마나 단조로울 것이며, 수녀원의 색깔과 아름다움 또한 얼마나 빛을 잃을 것인가. 마리는 기타의 입을 다물려주지 않는다. 기타는 죽음의 길로 떠날 때 그 푸른 치아를 드러낸 채 즐겁게 떠날 것이다.

하지만 그후에, 마리는 아름답게 치러진 장례식과 수녀들의 목소리를 통해 다시 원기를 회복한 듯하다.

생각해보라. 젊었을 때 내면 깊이 존재하던 마리의 그 모든 증오는 시간의 압력을 통해 알게 모르게 사랑으로 변했다.

이 공동체는 소중하고, 여기엔 심지어 가장 많이 미친 사람, 버려진 사람, 까다로운 사람을 위한 장소도 존재하고, 이 울타리 안에는 가장 사랑받지 못한 여인들에게 줄 수 있는 사랑도 충분하다. 기타의 삶은 얼마나 짧고 외로웠는가. 잔인한 세속의 세상에서 길을 잃고 고립되어 살았던 사람. 여기 자신을 사랑해준 자매들 없이 살아야 했다면, 그녀가 이 결함 많고 힘든 삶에 가져온 아름다움은 아주 적었을 것이다.

이것은 좋은 것이다, 아주 좋은 것이다, 마리는 생각한다. 여자들과 일로 이루어진 이 고요한 삶은. 자신이 그런 삶에 그토록 화를 내며 저항했던 것이 그녀는 놀랍다.

1212년. 마리는 일흔한 살이다.

교황의 성무 금지령이 잉글랜드에 몇 년 동안 무겁게 드리워져 있었다. 금지령은 수녀원 바깥의 신앙심 깊은 사람들에게는 고문과 같았다.

런던의 궁정에 있는 첩자들이, 유럽 전역에서 부모들이 자식들을 위해 튼튼하고 좋은 신발과 옷을 사고 작은 가방에 소시지와 딱딱한 빵과 치즈를 꾸려 그 무고한 자식들을 성지로 가는 아동 십자군 원정에 내보내고 있다고 알려온다. 마리는 무고한 아이들이 우트르메르로 비처럼 쏟아져들어가 도중에 길을 잃고 굶어죽거나 납치되어 노예가 되거나 바다에 빠져 죽거나 고통을 받는 것을 상상한다. 그리고 집에서는 부모들이 자식들을 십자군 원정에 보냄으로써 천국에 자신들의 자리를 사놓았다고 생각하며, 행복한 희생에 대해 잔치를 벌인다.

한때 마리는 십자군 원정이 인간을 매개로 신이 날리는 주먹이라고 생각했다. 이제는 그것이 수치스러운 일이며 오만과 탐욕에서 비롯했음을 안다.

마리는 화가 치밀어 몸이 떨린다. 편지를 내려놓고 나이가 들어약간 사시 눈이 된 틸드에게 그것에 대해 뭔가 말하려고 한다. 하지만 바깥에서 부르는 목소리가 들리자 틸드는 벌떡 일어나 문 쪽으로 달려간다. 고다와 마리가 서로 표정을 교환한다. 마리가 말없이 다시 편지를 읽는데 문이 열리고 부수녀원장이 늙은 여인의 손을 잡고 들어온다.

틸드가 치아를 다 드러내며 웃는 얼굴로 말해서 마리는 그녀가어디가 이상해졌나 생각하는데, 틸드가 어머니, 여기 수녀원에 새로 코로디언이 왔습니다, 하고 말한다.

마리는 늙은 여인을 유심히 살펴본다. 분명 아는 여인 같다. 아마 정식 수녀의 길을 걷지 않고 결혼을 선택한 아동 평수녀가 이제 늙어서 돌아온 것일 테다. 아니면 수녀원에서 교육을 받은 소녀가 행복한 결혼생활을 마친 뒤 돌아왔거나. 여인의 옷은 소박하고 짙은 색깔이지만 옷감은 비싼 것이며, 드레스의 단과 보디스에는 곱게 수가 놓여 있다.

곧 여자가 미소를 짓고 마리의 이름을 나직이 말한다. 그러자 주름진 얼굴의 양쪽 뺨에 볼우물이 주먹 크기만큼 큼직하게 잡힌다.

세월이 이 늙은 여인에게서 지나치게 큰 귓불과 처지는 눈꺼풀을 뺏어간 것 같진 않다. 그래서 늙은 여인이 서 있는 바로 그 자리에 다른 여인이 서 있다. 마리의 세실리가, 금발의 세실리, 마리의 첫번째 친구가 서 있다. 둥글둥글하고 무뚝뚝하고 사랑스러운 세실리. 기억 속의 소녀이자 살집이 붙은 늙은 여인이 같은 모습으로 마리에게 손을 내민다.

마리는 그녀가 기억하는 한 처음으로 말을 잃는다.

세실리는 마리에게 돌아왔다고 말한다. 마침내. 자신이 약속했던 것처럼. 세 번 결혼했다. 매번 전보다 더 부유했지만, 이제 더이상의 결혼은 없다. 자식은 없고, 수녀원에서 코로디언으로 지낼 만큼 돈이 많다. 자신은 마리를 돌보기 위해 돌아왔다.

하지만 마리는 세실리가 한 번도 편지를 보내지 않았다고 말한다. 그 시간 내내. 자기는 세실리가 죽었다고 생각했다고.

세실리는 음, 그건 전적으로 마리의 잘못이라고, 그 바보 같은 소녀는 세실리에게 읽는 법만 가르치고 쓰는 법은 가르치지 않았다고 말한다. 세실리는 행복해서 울기 시작한다.

모든 문제는 부수녀원장 틸드와 이미 이야기가 끝났다고, 세실리가 설명한다. 틸드는 세실리를 위해 코로디언의 방을 준비해놓았다고 말한다. 하지만 이 늙은 하인이 그 방에서 지낼 일은 결코 없을 것이다. 세실리는 자신의 하인에게 짐을 수녀원장 사택 마리의 방으로 옮기라고 말한다. 마리는 막지 않는다. 그저 그 여인의 손을 잡고, 기분좋게 놀라서 웃을 뿐이다.

틸드는 다른 수녀들에게 엄격하게 말한다. 소문을 퍼뜨려서는 안 된다고, 새 코로디언과 마리는 자매로 자랐다고. 그녀가 그 말을 하는 것은 자기 안에서 일어나는 불편한 마음을 가라앉히기 위해서이기도 하다.

그리고 이 좋은 마지막 몇 달 동안, 마리에게는 침대에서 다시 자신의 뼈를 따뜻하게 녹여줄 세실리가 있다.

8

이번 환시는 어느 것보다 빠르게 찾아왔다, 마리는 자신의 책에
이렇게 쓴다. 동정 마리아가 하사하신 환시의 선물 중 열아홉번째
것이고, 그것을 받을 때 마지막이 되리란 것을 알았기 때문에 가장
달콤한 것이었다.

나는 일흔 살이 넘도록 살았고, 늙었으며, 봄에는 옹이진 줄기에
서 새싹과 꽃을 밀어내지만 가을에는 드문드문 열리는 열매 안에
수액의 모든 달콤함을 농축시키는 늙은 나무 같다.

환시는 우리가 소성당에 모여 기도할 때 찾아왔다. 나의 수녀들
이 시편 8장을 노래하고 있을 때였는데…… 손수 만드신…… 달
과 별들…… 한 단어를 말하고 다음 단어를 말하는 사이 묘한 불
이 내 피부를 건드렸고, 어느새 눈앞에 세상의 시작에 대한 환시가
펼쳐졌다.

그리고 이 환시는 바다의 어두운 수면 위에서 알을 품는 거대하

고 찬란한 모습의 신, 아주 커다란 암탉에 관한 것이었다.

그렇게 품어 탄생한 알들이 반짝거리며 떨어졌다. 알에 금이 가고, 각각의 알 안에 담겨 있던 것들이 껍질 밖으로 쏟아져나왔다. 첫번째 알에 담긴 빛은 낮과 밤이 되고, 두번째 알에서는 하늘이 나왔다. 세번째에서 땅과 바다와 육지의 열매들이 나왔다. 네번째에서 해와 달과 별이 나왔고, 다섯번째에서 하늘과 물의 짐승들이 나왔다. 여섯번째에서 땅의 모든 짐승과 우리의 첫 부모가 나왔다.

하지만 최초 인류의 작은 몸들은 신의 날개가 일으킨 바람이 새로운 땅과 바다와 숲 위로 불어올 때까지 진흙으로 만든 인형처럼 가만히 누워 있었다. 그리고 이 거센 바람이 그들의 몸안에 생명을 불어넣자, 그들은 몸을 뒤척이며 일어나 앉아 주변을 둘러보았다.

이것이 성령이며, 키스로 아기의 입에서 생명을 끌어내 아기를 자유롭게 숨쉬게 하는 산파와 같다.

신은 당신의her 알들로 이 세상에 선善을 낳았다.

신의 성령이 당신의 숨으로 우리를 채우고 우리를 살게 한다.

그리고 내 입이 시편의 다음 단어를 말하고 있을 때 나는 환시에서 빠져나와 내 몸으로 돌아왔다.

내 옆에서 밀랍 초가 성령의 숨으로 갑자기 빛을 깜박거리다 꺼졌고, 그것은 내가 본 것이 진실임을 확인해주었다.

그리고 어둠 속에 잠긴 채 나는 딸들에게, 내가 본 바로는 내가 곧 떠나게 될 이 세상의 아름다움에 대해 말하였다.

나는 또한 이것이 내 마지막 환시임을 알았다. 이제 내게서 환시는 다 사라졌음을 느낀다. 내 모든 것이 물처럼 다 쏟아져나왔다. 그리고 내 모든 뼈는 관절에서 탈골되었다. 그리고 내 심장은 밀랍

이 되었다. 내 안에서 녹아버렸다.

마리는 일흔두 살이다. 그녀 안에서 벌어지던 싸움은 알리에노르가, 이어 울필드가 죽고 난 뒤 사라졌다. 남은 것은 수녀원 바깥에 사는 자들에 대한 커가는 공포다. 그들은 악하고, 신을 모른다.

그녀는 고단하다. 젖가슴 사이의 알이 서서히 단단해지는 것을 느낀다. 그녀의 어머니에게도 이 알이 주어졌다. 어머니의 어머니에게도 주어졌다. 마리는 어머니가 죽어갈 때, 어머니의 큰 몸이 앙상하게 말라 뼈만 남았을 때, 피부색이 회색으로 변했던 것을 떠올린다.

부수녀원장 틸드가 종종걸음을 치며 수녀원을 관리한다. 틸드는 좋은 수녀원장이 될 것이다. 뛰어난 영감은 없겠지만, 이 습기 많고 더러운 섬에서, 마리가 자신의 주위에 건설한 보호막이자, 대성당이자, 집인 이 이상한 수녀원에서, 수십 년의 긴 세월 동안 싸우며 일군 것을 틸드가 지켜줄 거라고 확신한다.

마리와 세실리는 수녀원장실에 딸린 대기실에서 열린 창문으로 들어오는 쌀쌀한 4월의 바람을 맞으며 함께 앉아 있다. 세실리의 머리 가리개에서 빠져나온 하얗고 가는 머리 뭉치가 바람에 들려 올라갔다가 내려온다. 그녀의 손은 금색 실로 무無에서 생명의 나무를 만들고 있다. 세실리가 한참 동안 뭔가 이야기를 하지만, 마리는 자작나무 근처 따뜻하고 그늘지고 우묵한 곳에 만들어진 생강밭에 대한 희망에 부풀어, 창턱에서 작은 얼굴을 발로 비비며 몸치장을 하는 손가락뼈 크기의 녹색 벌레에 정신이 팔려, 언덕 아래 과수원에서 귀도의 손*을 배우는 수련 수녀들의 목소리와 세실리의 거칠고 따뜻한 이야기의 날실이 환상적으로 짜여 들어가는 것에 마음을 빼앗겨, 그 이야기는 듣고 있지 않다. 하지만 지금 세실리는 혼자 신나게 이야기를 하다 울음을 터뜨리며 거의 황홀한 카타르시스에 빠졌고, 마리는 얼른 정신을 차리고 세실리가 이제껏 해온 이야기를 들으려고 다시 귀를 기울인다. 그건 옛날이야기로, 요리사였던 세실리의 어머니가 작고 번쩍거리는 칼로 사과를 쓱쓱 빠르게 깎으면서 종종 들려주던 것인데, 아주 아름답고 우아한 숙녀에 대한 이야기다. 그녀의 눈빛은 반짝거렸고, 누구든 그녀를 보면 사랑에 빠졌다. 그녀는 밤이나 낮이나 평화를 얻지 못했는데, 사냥을 나가면 사냥을 당했고, 길을 걸으면 누가 따라왔고, 말을 타고 달리면 누가 쫓아왔고, 밤에는 누군가가 부르는 노래 때문에 잠을 이룰 수 없었으며, 그녀의 시녀는 밤에 나쁜 생각을 품은 이가 여자의 침실에 몰래 들어올까봐 손에 단도를 쥐고 잠을 자야 했다. 마침내 미쳐버린 여자는 저 아래 정원의 보이지 않는 곳에서 류트와 플루트 소리가 들리는 창가로 가더니 불을 밝힌 횃불 속에서 자기 눈을 뽑으면서 그렇게 갖고 싶으면 가지라고 소리를 질렀다. 그리고 피가 흐르는 눈알을 아래로 던져버렸다.

하지만 마리는 세실리가 그 이야기를 끝내고 평펑 울기 전에 쉿 소리를 내며 조용히 시킨 뒤, 자기는 늘 그 이야기가 놀랍도록 어리

---

* Guidonian hand. 왼손의 각 부분에 음이름을 써놓고 음계를 외우는 암기법.

석다고 생각했다면서, 그 이야기에서는 아름다워서 벌을 받지만 현실에서는 아름답지 않아서 벌을 받는 것이 더 진실이라고 말한다.

그러자 세실리는 발끈하여, 마리 스스로 더 잘 알지 않느냐고 날카롭게 말한다. 누구도 마리를 아름답다고 생각하지 않았지만, 못생겨서 벌을 받은 대신 위대한 사람이 되었다고, 그리고 이 섬에서 거룩한 여인 중에서도 가장 거룩한 여인이 되어 지금 여기 존경과 사랑을 받으며 앉아 있고, 왕의 봉신이자 이곳의 숱하게 많은 귀족보다 더 많은 땅을 가졌으며, 퐁트브로 북쪽에서 단연코 가장 부유한 수녀원장이라고 말한다. 마리가 아름다웠거나 지금처럼 못생겨도 부드럽고 온화한 여성성을 지녔다면 누군가에게 시집보내졌거나 아이를 낳다가 아마도 오래전에 죽었을 것이고, 이 세상에 유일하게 남겨진 그녀의 혈육은 너무 바빠 어머니의 얼굴에 생긴 주름살도 거의 기억하지 못하는 그저 하류층 귀족에 불과한 딸일 거라고. 사실 지금의 마리를 만든 것은 마리의 아름답지 않은 외모라고, 세실리는 말한다.

마리는 세실리를 약간 열띤 눈빛으로 바라본다. 그녀는 그들이 어린아이였을 때 그랬던 것처럼 몸싸움을 하고 싶다. 머리카락을 잡아당기고 싶고, 자주색 멍이 들 때까지 팔과 엉덩이 살을 비틀고 싶고 깨물고 싶다. 마리는 낮고 날카로운 목소리로, 그건 세실리가 잘못 안 거라고 말한다. 지금의 마리를 만든 건 누구도 아닌 마리 자신이었다고.

이제 세실리는 조롱 담긴 웃음을 웃고, 오 당연하죠, 지금의 마리는 스스로 만든 거죠! 하고 말한다. 오로지 진흙에서 태어난 벌레처럼. 그렇지 않다. 어머니의 자궁 안 씨앗이던 때 이후로 마리는 줄곧 다른 요소들에 의해 만들어져왔다. 어머니, 기가 센 이모들, 책, 돈에 의해. 그리고 왕비가 마리를 수녀원에 보냈으니 마리 자신보다 왕비가 마리를 만드는 데 더 기여했다. 마리에게는 모든 것이 주어졌지만, 못생겼다는 축복 또한 빼놓을 수 없다. 그리고 세실리는 마리가 추하게 태어나는 행운을 얻지 못했다면 흙으로 돌아가 지금쯤 그녀의 흉곽에서 기어다니는 유충과 함께 썩고 있을 거라는 말을 반복한다.

바람이 불자 양모로 된 짙은 색 머리 가리개를 배경으로 세실리의 하얀 머리칼 뭉치가 흩날린다. 세실리의 뺨이 붉어졌고, 그녀는 다시 솔직하고 무뚝뚝한 소녀가 되었다. 하지만 이제 그녀의 얼굴 위로 혼란스러운 표정이 지나가고, 그녀는 놀라 마리의 눈에 진짜로 눈물이 고였을 리 없다고 말한다. 자신은 이렇게 존경받는 늙은 수녀원장을 울게 할 만큼 심한 말은 하지 않았다, 안 그런가?

그러자 마리는 눈을 깜박거려 고인 눈물을 삼키며 냉정한 목소리로, 세실리가 그만큼 자기를 역겨운 사람으로 생각하는 줄은 정녕 몰랐다고 말한다.

세실리는 관절이 삐걱거리는 무릎으로 힘들게 마리 앞에 꿇어앉고, 마리의 손을 잡아 자신의 입술로 가져간다. 그리고 마리는 어쩌다보니 혈관에 왕족의 피가 흐르는 것뿐 그 나머지는 완전히 늙은 바보라고 말한다. 힘과 선함과 총명함과 부드러움과 영혼의 웅장함이 숨이 멎을 만큼 방대할 때 아름다움은 아무것도 아니라고. 아름다움은 산 위의 티끌이며, 불볕은 헛간 근처에서 타오르는 지푸라기에 불과하다고.

마리는 세실리에게 일어서라고 말한다. 정말로 미련하다면서.

하지만 마리는 얼굴이 새빨개지고, 거의 미소를 억누를 수 없다. 그리고 늘 자기가 보는 대로 진실만을 말해온 세실리는 고개를 들어, 구레나룻이 자라고 주름살이 생겼으나 갈색 눈동자만큼은 날카로운 빛을 내는 마리의 얼굴을 바라보고, 자신이 그 내면의 빛에 닿을 만큼 마리의 자부심을 달래주었음을 안다. 날카로운 말이라면 더 많이 할 수도 있다. 하지만 사랑하기에, 세실리는 말을 삼킨다.

이제 수녀원장은 잠을 아주 많이 자기 시작했다. 마리는 햇볕을 쬐면서, 분명 백 살은 넘었을 텐데 놀랍게도 아직 살아 있는 웨부아 옆에 앉아 있다. 웨부아의 입에서 언어는 사라졌다. 마리가 한평생 전에 웨스트민스터궁에서 봤던 원숭이처럼 끽끽거리고 얼굴을 찡그리기만 한다.

곧 마리는 바깥에 나가지 못할 만큼 너무 쇠약해져서, 침대에 누워 심장이 한 번 뛸 때마다 기도하려고 노력한다.

잠들어 있지 않지만 잠자는 척해서 혼자 침묵 속에 있고 싶을 때는 자기 삶에 대해 생각한다.

떠오르는 어떤 기억은 너무 생생해서 거의 환시처럼 느껴질 정도다. 그들이 르멘에 있는 영지에서 달아나 루앙으로 간 며칠 동안 들판에 있는 아주 어린 세실리, 갑자기 쏟아진 폭풍우, 침만큼 굵은 빗방울, 비가 세차게 내리자 빨리 달리라는 재촉을 받은 말, 건초 더미가 있는 들판, 건초 더미의 마른 내부로 들어가는 통로, 그 안에서 소녀들은 젖은 옷을 꼼지락꼼지락 벗고 양모 담요를 덮어 쓴 뒤 서로 몸이 가까이 있고 움직일 때마다 팔다리가 부딪친다는 사실에, 빗소리에, 코를 찌르는 건초의 향긋한 냄새에 깔깔거렸다. 그들은 등을 대고 누워 몸을 덥히려고 서로 꼭 붙었고, 마리는 세실리의 심장이 뛰는 것을 몸 전체로 느꼈다. 마리의 팔에 닿은 세실리의 관자놀이에서 맥박이 뛰었고, 세실리의 냄새는 강렬했다. 심장 모양으로 땋은 머리에서 레몬밤과 라벤더 향 비누 냄새가 났고, 피부에서는 꿀과 냉이와 건초 더미 안에서 썩는 잎의 냄새가 났다. 그들은 평소에 늘 옷을 입은 채로 몸을 비볐지만, 이렇게 완전히 벗었던 적은 없었다. 그럴 용기가 나지 않았을 것이다. 세실리가 눈을 깜박이자 속눈썹이 마리의 팔에 닿았다. 마리는 몸을 움직이지 않고 백까지 셌다. 백을 세면, 몸을 떼거나 세실리에게 키스할 것이다. 하지만 스물하나를 셌을 때 세실리가 고개를 돌려 마리의 목에 입술을 지그시 눌렀고, 마리는 손을 들어 세실리의 얼굴을 만지고 손가락으로 입술을 찾았다. 그들을 보거나 멈추게 할 사람은 아무도 없었다. 마구간 문이 빠끔 열리고 햇빛이 새어들어 하늘을 배경으로 어떤 실루엣이 나타날 때 숨을 참으며 몸을 떼어낼 필요도 없었다. 이 아래 지상에서는 누구도 그들이 어디 있는지 몰랐고, 세실리의 차가운 손은 수줍고 느리게 마리의 무릎 안쪽을 만진 뒤 긴 다리를 따라 허벅지 가장 깊숙한 곳에 닿았다. 왼손을 마리의 머리 아래 두고, 오른손으로 마리를 끌어안았다. 세실리는 표내지 않고 속으로 웃으면서 손을 빙빙 돌리지만 마리가 원하는 그곳은 만지지 않고, 대신 손을 위쪽으로 움직여 골반뼈로 우묵한 배로 갈빗대로 젖꼭지로 가져갔다가 마침내 힘을 빼고 다시 아래로 움직여 마리의 중심에 아주 부드럽게 갖다댄다. 마리가 전에는 차마 세실리에게 만져달라고 부탁하지 못했던 거기에. 마리 안에서 마리를 단단하게 구속한 벽이 무너지기 시작하고, 마리는 자신의 마음에서 빠져나와 자신의 중심에서 점점 확장되는 쾌락의 원들 속으로 가라앉는다. 닭장과 마구간에서 함께한 모든 순간과 몰래 한 키스와 강에서 작은 물고기들이 발목을 갈작거릴 때 서로 뒤엉켜 뒹굴던 순간의 정점이다. 그리고 마침내 그녀는 생각할 능력을 상실하고, 이제 존재하는 것은 그녀 안을 통과하는 기쁨, 풍요로운 몸안에서, 아름다움으로 충만한 놀랍도록 물질적인 세상 안에서 살아가는 황홀경의 감각이다. 낮이 그 경이를 숨으로 내뱉을 때까지, 그들은 밤새 그렇게 있다.

지금도 작은 쾌락의 메아리가 마리의 아픈 육신 안에서 빙빙 원을 그린다.

하지만 모든 것이 다 좋지는 않다. 거기에는 또한 고통이 존재한다. 보이지 않는 작은 짐승들, 여우나 족제비 같은 짐승들에게 씹히거나 물어뜯기는 것 같은 고통이.

그리고 그 고통 안에서 수녀원에 처음 왔을 때 스스로가 천국의 빛에서 지옥의 어둠 속으로 던져진 변절한 천사처럼 느껴졌던 그 몇 달이 떠오른다.

그녀가 수녀원을 장악하고 얼마 되지 않았을 때, 불안한 마음에 깨어나 별이 하나도 보이지 않는 칠흑 같은 어둠 속으로 나섰던 어느 밤이 떠오르고 또 떠오른다. 그날 송아지 한 마리를 엄마 소와 떼어놓았다. 어린 암소와 송아지는 오후 내내, 그리고 밤까지 울었고, 마음이 여린 수녀들은 식욕을 잃을 만큼 울었다. 마리가 부드럽게 항의하자 고다는 딱딱한 말투로 수녀들이 우유와 버터를 포기하지 않는 한 암소와 송아지를 떼어놓아야만 한다고 말했다. 마리는 우유와 버터를 좋아했기에, 우유와 버터를 얻으려면 그 짐승들이 괴로워하는 것은 어쩔 수 없다는 사실이 가슴 아팠기에 입을 다물었다. 새벽이 되자 암소는 조용해졌지만, 마리의 발걸음이 잠든 암소를 깨운 모양인지, 다시 사방을 둘러보며 송아지를 찾았다. 하지만 송아지가 옆에 없자 암소는 다시 음매 음매 울기 시작했고, 그 짐승의 몸 바로 근처에서 그 소리를 들으려니 그 울음에 비통함이 가득해 마리는 와락 눈물이 차올랐다. 암소의 고통이 어마어마하고 강렬하고 파도와 같아서, 그 안에서 마리 자신이 느끼는 고통은 휩쓸려 사라졌다. 그녀는 작은 방목장 안으로 들어가 어미 소를 찾아 등을 어루만지며 위로해주었다. 하지만 암소가 몸을 움직이더니 머리를 마리 쪽으로 돌렸고, 넓고 거친 정수리를 마리의 가슴과 복부에 갖다댔다. 마리는 무거운 턱을 두 팔로 안아주면서 송아지를 잃은 어미의 슬픔이 자기 안으로 급물살처럼 들어오는 것을 느꼈다. 이렇게 그녀는 다른 존재의 고통 속에서 자신을 형성하는 경계선을 잃었다. 그리고 시간이 지나 어둠 속에서 조과를 알리는 종이 울렸을 때, 캄캄한 가운데 눈먼 사람처럼 걸어 돌아가면서, 그녀는 사실 이것이 자신이 가장 신에 가까워진 순간이 아닌가 생각했다―신은 실제로 보이지 않는 부모가 아니라, 땅을 덮혀주고 밭에서 씨앗을 달래 싹을 돋우는 태양이 아니라, 자신의 중심에 있는 아무것도 아닌 신이며, 말씀은, 말이란 입 밖에 나오면 무한한 위대성을 제한하므로, 말을 초월하여 무한이 기거하는 침묵의 말씀이다.

그녀는 자기 안의 풍경이 다른 수녀들의 풍경과 크게 달라 보이는 것은 중요하지 않다는 것을, 그들은 복종을 열망하도록 배웠고 그녀는 그렇지 않다는 것을, 그들이 믿는 것을 그녀는 어리석고 여자의 품위에 어울리지 않는다고 생각한다는 것을 알고 있었다. 잔에 포도주가 채워지듯, 그들은 선함으로 채워졌다. 마리는 그렇지 않았고, 결코 그렇게 될 수 없을 것이다. 물론 마리 안에는 위대함이 존재하나, 위대함은 선함과 같은 것이 아니었다.

그리고 마리는 그 순간 그 위대함을 자신의 자매들을 위해 쓸수 있다는 것을 깨달았다. 자기 안에서 단 하나의 사랑을 불태우는 것을 포기하고 더 큰 사랑을 시작할 수 있고, 다른 수녀들을 추위와 비로부터, 그들을 집어삼키려고 기다리는 상위자들로부터 보호해주는 영성이 가득한 수녀원을 지을 수 있다. 그녀는 자신으로 만들어진 보이지 않는 수녀원을, 자신의 영혼이 담긴 더 큰 교회를, 아기들이 어둡고 단조로운 소리가 나는 따뜻한 자궁 안에서 자라듯 자매들이 커가는 자아의 전당을 지을 것이다.

마리가 등불 하나가 밝혀진 소성당에 들어갔을 때, 그림자와 수녀복이 만드는 어둠 속에서 노래를 부르고 있는 수녀들의 얼굴이 은은하게 빛났다. 그녀의 눈에 그들은 양수 같은 어둠 속에 떠 있는 연약하고 벌거벗은 아기들이었다.

그리고 이제 늙어서 답답하고 약초향이 나는 치료소에서 죽어가며 생각하니, 마리는 삶의 끝에 되살아나는 기억이 좋고 편안한 기나긴 행복의 시간이 아니라, 아주 짧은 황홀경과 어둠과 분투와 열정과 굶주림과 빈곤의 시간이라는 것이 참으로 신기하다.

그녀는 고통의 시간을 살아가던 자기 모습, 사랑 때문에 죽을 수 있다고 믿을 만큼 아주 순진했던 자기 모습을 떠올리며 미소를 짓는다. 어리석은 피조물, 늙은 마리는 그 아이에게 이렇게 말할 것이다. 손을 펴고 너의 삶을 놓아주어라. 삶은 결코 네 뜻대로 할 수 있는 네 것이 아니었다.

9

마리의 병세가 깊어진다.

어느 밤 그녀는 지옥의 개가 바깥의 어둠 속에서 땅 위를 빙글 빙글 돌고 있는 것을 본다.

그녀는 딸들에게 알려줘야 한다는 생각에 다급해져서 일어나 앉는다.

달콤한 목소리가 가만히 있으라고 말하고, 부드러운 손이 그녀를 다시 눕힌다. 그들이 그녀의 머리 가리개를 벗긴다. 그녀는 이 손의 따뜻함, 약초 냄새를 안다. 네스트. 오 사랑스럽고 불안한 여인이여.

젊으셨을 때는 숱이 아주 많고 머리칼이 아주 아름다웠죠, 누군가가 슬픔에 젖어 말한다. 그런데 이제 보세요. 얼음처럼 하얘요. 그녀는 그 목소리를 안다. 이름을 기억해내려고 애쓰지만 기억이 나지 않는다. 하지만 그 얼굴이 다가온다. 금색 지푸라기, 혹은 지푸라기 같은 머리칼 안쪽에 보조개가 있다. 입술은 뛰는 심장 같다. 젊다.

그녀는 왜 볼 수 없지? 눈에 보이는 모든 것이 희미해졌다. 그들에게 말해주고 싶다. 아직 뭔지 모른다고. 급하다고. 말해야 한다고. 마리는 아직 자신의 큰 날개가 수녀원 위로 넓게 펼쳐져 그들을 보호하고 있는 것을 본다.

그녀는 멀리서 으르렁거리는 소리를 듣는다. 그렇다, 그렇다. 지옥의 개들, 점점 더 많은 수가 다가오고 있다.

이제 마리는 개들의 소리를 들을 수 있고, 개들의 발이 땅 위를 아주 빠르게 달려가는 무거운 소리를 들을 수 있다. 개들은 수녀원의 땅에 구멍을 판다. 양을 죽인다. 울부짖고, 지옥처럼 음산한 저들의 자매들을 불러낸다. 그녀는 딸들에게 귀를 기울이라고, 십자가를 들고 나가 기도하라고, 사냥개들을 쫓아내라고 몹시 말하고 싶다.

이 위대한 곳에 있는 딸들이 세상을 악으로부터 막아주는 거룩한 일곱 개의 탑 중 하나를 만들었기에.

그들의 선함과 그들의 성스러움이 거룩하신 동정 마리아의 은총이 지상에 머물러 있도록 해주었기에.

그들의 기도가 천국을 떠받치는 버팀목이기에.

지금 누군가가 불쌍한 수녀원장은 스스로 인정한 것보다 더 오래 아팠다고 말한다. 여러 해 동안 통증 때문에 숨을 제대로 못 쉬었고 양쪽 가슴 사이 공간을 손으로 누르고 있었다고. 지금 만져보라. 돌이 만져진다.

아 그래도, 수녀원장은 그들에게 통증에 대해 말하지 않았을 것

이다. 딸들이 걱정하는 것을 원하지 않았을 것이다. 그녀의 어머니
도 그렇게 갔고, 그보다 더 전에 그녀의 할머니 또한 그렇게 갔다.
그것은 집안의 저주다, 슬퍼라. 마리는 할머니가 돌아가셨을 때는
아주 어렸지만, 어머니가 아픈 것은 지켜보았다. 그때 그들이 그랬
듯, 마리도 지금 얼굴이 회색이다. 그 일이 곧 일어날 것이다.

이 창백함과는 대조적으로, 그 누구의 호흡이 거칠고 요란하다.

고통이 마리를 산 채로 먹어간다.

입은 말할 수 없고, 눈은 볼 수 없으며, 손은 느낄 수 없고, 발은
걸을 수 없다. 목안에서 소리도 만들 수 없다. 온다. 온다.

마지막 때가. 바다가 올라가고, 바다가 내려오고, 괴물들이 바다
에서 포효하고, 물이 불타고, 나무가 피땀을 흘리고, 지진이 건물을
무너뜨리고, 언덕이 재로 변하고, 모든 사람이 달아나고, 죽은 자들
의 뼈가 일어나고, 하늘에서 별이 떨어지고, 하늘과 땅이 불타고,
땅은 죽은 선한 이들을 풀어주고 하늘로 데려가 심판을 받게 한다.
그렇다, 심판의 시간이 오고 있다.

차가운 물의 수증기 속에서 하얗게 불타는 사슴. 어머니, 왕비,
왕관은 사슴뿔.

딸들아, 준비하라, 마지막 때를 준비하라.

숨을 들이쉬기가 너무 고통스럽다.

그녀는 더이상 딸들을 보호할 수 없다. 그녀는 곧 자신이 받은
선물에 대해 동정 마리아에게 감사의 기도를 바칠 것이고, 딸들을
위해 그들 대신 기도를 바칠 것이며, 곧 자신의 어머니 옆에 누워
자기 살의 온기로 그 차가운 몸을 덥히고 어머니의 곱슬거리는 검
은 머리를 사랑으로 어루만질 것이다.

마지막 의식儀式.

주어진 모든 것으로 가능한 모든 것이 이루어졌다.

마리는 상자 안에 있는 한 여인을 본다.

아니, 그녀가 상자 안에 있는 그 여인이다. 그녀는 모든 각도에서 찌르는 검들을 피해 몸을 꿈틀거리고, 그토록 무자비하게, 그토록 날카롭게 들어오는 새 검들에 찔리지 않으려고 어둠 속에서 몸을 뒤튼다. 몸에 닿는 검 하나하나가 차갑지만, 어느 검도 피부에 피를 내지는 않는다.

그렇다. 그녀의 삶이 이러했다.

성가를 부르라.

내 포도밭, 내 것인 포도밭이 내 앞에 있다.

마리는 갈망한다, 갈망한다. 그녀의 몸 전체가 그것을 잡으려 한다. 황금을, 천상의 음악을, 놓여나는 순간을. 셋으로 나뉘지 않고 하나인 신을 보기 위해. 하나이며 여성인 신. 그녀는 공동체의 영원성을 누려왔고, 지금까지로 충분했다.

서둘러라, 내 사랑하는 이여.

그렇게 되어라, 그녀는 생각한다. 그리고 그렇게 된다.

장례식은 엄숙하고, 연회는 성대하다. 추모의 두루마리는 수녀들이 돌아가며 수를 놓아 표현한 마리를 칭송하는 티툴루스*로 가득 채워지는데, 이 세계에 속한 어느 여인도 이런 존경을 받으며

---

* 고전이나 중세 회화나 조각, 혹은 비석에 들어가는 인물이나 주제에 대한 설명문.

기억되지 못할 것이다. 마리는 위엄이 넘친다. 죽어서도 위대하고, 그녀의 명성은 그녀를 한 번도 보지 못한 사람들의 가슴속에도 두려움을 일으킨다.

마리가 권력을 잡기 전에 수녀원이 얼마나 가난했는지를 기억하는 사람은 몇 명 남지 않았다. 고다, 그리고 마리와 함께 수련 수녀로 들어온 루스와 스완넥뿐이다. 세 명의 늙은 수녀가 장례식 연회에서 그때 일을 이야기한다. 수녀 열네 명이 한 주에 전염병으로 모두 죽은 일, 마지막 남은 젖소를 잡아먹으려고 부엌칼을 들고 나타난 굶주린 수녀 네 명을 고다가 온몸으로 막아낸 일, 구운 순무로 때워야 했던 안타까운 식사, 굶어죽어가던 아동 평수녀들. 그리고 마리가 첫날 군마를 타고 말을 달려 학처럼 거대하고 야윈 모습으로 숲에서 나타난 일. 마리는 전혀 뜻밖의 구원자였고, 덧창 뒤에서 그녀를 지켜보던 병들고 굶주린 수녀들은 그녀가 다가오는 것을 지켜보며 밀려오는 희망에 눈물을 흘렸다.

하지만 수련 수녀들은 이제 초목이 웃자란 여름 정원과, 꽃들 사이로 날아다니는 꿀벌과, 노래하는 조각상 아래 포도덩굴과, 돼지와 양과 염소와 닭과 암소를 생각하며 작은 미소를 지으면서 이 이야기를 해주는 수녀들이 신앙심이 깊고 진실하다는 것은 알지만 그 이야기를 다 믿지는 않는다.

그들은 마리의 시신을 가장 영예로운 자리인 소성당 중앙 제단의 돌 아래 묻는다. 마리가 성인이라는 이야기가 나돈다. 이미 밤에 그녀 가까이 와서 기도하는 농노들이 생겼고, 종기나 부러진 손목, 치조농양이 나았다는 소문이 떠돌았다.

수녀원장으로 선출된 후 틸드는 여덟 번의 밤을 연이어 꿈속에서 마음이 어수선해지고 심장이 흉곽에서 빠져나갈 것처럼 빠르게 뛰는 것을 느끼며 깨어난다. 아홉번째 밤에도 같은 공포를 느끼며 잠을 깨자 일어나 소성당으로 가서 기도한다.

그녀는 초를 제단에 놓고 성단소에서 무릎을 꿇지만 마음은 편치 않고, 생각은 어디론가 날아간다. 눈길이 벽에 걸린 그림들에 가닿고, 그림들은 작은 햇살에 춤을 춘다. 계시록, 심판, 긴 머리칼을 허리께까지 풀어 내리고 길고 소박한 말상 얼굴을 한 막달라 마리아. 수태고지에서 동정 마리아의 얼굴에 홍수처럼 쏟아지는 강렬한 황금의 빛. 신의 계시, 용을 타고 나타난 머리 둘 달린 바빌론의 창녀.

그리고 틸드는 가까운 데서 훅 뿜어진 숨처럼, 작고 서늘한 바람이 목에 닿는 것을 느낀다. 누군가가 혹은 뭔가가 그녀 뒤쪽 긴 소성당 의자에 있다. 그녀는 숨을 삼키고 떨리는 손을 내려다보면서 천천히 일어나 기도한다. 그리고 손을 뻗어 초를 잡지만, 촛대에 손을 대는 순간 불꽃이 꺼져버린다. 어둠 속에서 연기가 그녀의 손 위로 실패에 감긴 실처럼 풀려 올라간다.

그녀는 마음을 단단히 먹고 뒤를 돌아보는데, 먼 데서 빛이 반짝거리고 있다. 빛은 마리가 묻힌 돌 아래 바로 그곳에서 반짝거린다. 틸드는 자신이 보고 있는 것이 옛 수녀원장의 유령이라는 사실을 의심하지 않지만, 시간이 지나면 바깥 오크나무의 매끄러운 잎사귀에 반사된 달빛이 창문으로 들어와, 그 반사된 빛이 공중에서 어른거렸던 게 아닌가 의문을 가질 것이다.

수녀원장 마리는 큰 야망이 있었고 성급했으며 종종 분노를 담아두지 못했으나 결코 악하지 않았다. 수녀원장 틸드는 이십 년 넘게 마리를 보좌해서 그 사실을 잘 안다. 그리고 그녀는 그 생각과 함께 두려움이 피부에서 빠져나가는 것을 느낀다. 그녀는 이제 진정되었다.

틸드는 뭔가가 흔들렸던 그곳을 향해 걸음을 옮기고, 가는 동안 그것은 그녀의 걸음보다 더 멀어지며 소용돌이치다 모양을 바꾼다. 그것이 그녀를 바깥으로 안내하고, 어두운 색깔의 나무들이 싸늘한 바람 속에서 움직인다. 틸드는 좁은 길을 지나, 썩어 땅에 떨어진 지나치게 달콤한 향을 풍기는 사과들을 지나, 다시 수녀원장 사택으로 돌아온다.

가물거리는 빛의 안내를 받으며, 그녀는 어둠을 통과하고 끝없는 일이 산더미처럼 쌓여 있는 책상으로 향한다. 그리고 달빛 속에서 낮에 눈이 보지 못한 것을 본다. 책장에는 몇 세기 동안 수녀원이 한 일을 기록하여 묶어둔 양피지가 가득 꽂혀 있는데, 아주 많은 페이지가 마리의 손글씨로 채워져 있다.

그녀가 책장 문을 열자 수녀원장을 에워싼 시간의 껍질이 벗겨지고, 수녀원장은 어둠 속에서 환시를 본다. 마리의 예전 모습이다. 마리가 수녀원장으로 선출되기 겨우 몇 달 전이고, 틸드가 수련 수녀가 되어 필사실에서 필사가로 마리의 자리를 대신한 직후인데, 왕비가 자신을 부수녀원장으로 승급시켜주리란 생각은 하지도 못했을 때였다. 그 무렵 마리의 당당하고 근엄한 얼굴은 이미 자연스럽게 자리잡혀 있었다. 마리는 비스듬히 비치는 오렌지색 아침 햇살 속에 서 있었고, 어린 틸드가 다른 수녀들이 풀지 못한 라틴어 문제를 들고 겁먹은 표정으로 문 앞에 선 것을 보며 미소를 지었다. 틸드가 문을 두드렸을 때 수녀원장 마리는 손에 들고 있던 수녀원장의 봉인 매트릭스를 가죽으로 장정한 작은 책 위에 의식적으로 놓아두었다. 마리가 틸드, 하고 불렀을 때, 틸드는 수녀원장의 입에서 자기 이름이 불렸다는 사실에 전율했다. 수녀원장은 틸드의 질문에 지체 없이 대답해주고, 애정어린 미소를 지었다.

그 순간 기억이 희미해져 수녀원장 틸드는 촛불을 하나 더 켜고 책들을 뒤져 그 봉인이 놓여 있던 작은 책을 찾아내는데, 그러고 나니 이제 기억이 너무도 선명해진다.

틸드는 조과와 찬과와 제1시과를 건너뛰며 계속 읽어나가고, 다 읽고 나서 관자놀이를 문지른다. 음산한 회색 새벽, 11월의 이데스, 창문 너머 꽁꽁 언 땅 위에서 희미하게 반짝이는 빛이 보인다. 그녀는 방해받고 싶지 않아서 문을 잠가두었고, 하인이 들어오지 못하게 벽난로 앞에 무릎을 꿇고 직접 불을 지핀다. 그리고 혼자 생각할 시간을 가지려고 물끄러미 불을 쳐다본다.

그녀는 수녀원장 마리가 뛰어난 전략가이고, 수녀원 일에서는 철저하고 영리한 관리자이며, 어느 곳에나 첩자와 동맹이 있는 빈틈없는 정치가에, 대단한 자와 보잘것없는 자 모두의 친구이고, 자기만의 신앙을 가졌던 선하고 지각 있는 여인이었다는 것을 알고 있다. 그녀는 마리가 거미줄에서 나비를 풀어주는 것을 보았고, 황홀한 석양에 깊이 감동하여 무릎을 꿇는 것을 보았다. 마법을 쓴다는 소문이 돌기도 했지만, 여자가 권력을 가지면 그런 소문은 막을 수 없다. 그럼에도 틸드는 동정 마리아가 마리에게 보여준 환시는 진짜 환시가 아니라, 마리가 자매들에게 건설 공사를 하자고 설득하기 위해 자기 생각을 환시의 형태로 바꾼 것이라고 믿었다. 틸드는 수녀원장이 정말로 신비주의자라고 믿지는 않았다. 신비주의

자는 천상의 피조물이지만, 마리는 천상의 느낌과는 정반대였다. 육중한 육신의 존재이며, 자기만의 굶주림에 지배당하는 사람이었다.

또한 그 환시에는 틸드를 당황스럽게 만드는 것이 있었다. 성경의 권위에 어울리는 신의 말씀처럼 잘 느껴지지 않는 뭔가가 있었다. 좀더 인간적인 뭔가가. 솔직히 말하면, 아마도, 주어진 게 아니라 완전히 만들어낸 것처럼 느껴지는 뭔가가.

하지만 분명 수녀원장의 유령이 그녀에게 말하고 싶어한 무언가일 것이다.

틸드는 열심히 생각하지만 어떻게 해야 할지 모르겠고, 어떤 만족스러운 방법도 생각해내지 못할 것 같다.

그녀는 다시 읽으면서, 이런 환시가 수녀원장 마리가 살았을 때 세상 속으로 흘러들어갔다면 마리는 이교도로 여겨져 말뚝에 묶여 불태워졌을 것이고, 수녀원의 모든 자매는 흩어졌을 것이며, 수녀원장이 그 세월 동안 축적한 부는 늘 그들 머리 위에서 빙빙 돌며 이곳의 재산에 눈독을 들이던 굶주린 상위자들에게 빼앗겼을 것이기에, 마리의 영리함에 놀라고 또 놀란다.

마리의 환시 속에서 이브와 동정 마리아는 서로 키스한다. 신은 세상의 알을 낳는, 성령이 깃든 거대한 암탉이다. 마리 자신은 여자로 태어난 어느 여자의 힘보다 더 강한 힘을 갖고 그것을 지키는 자이다. 하나씩 놓고 보면, 각각의 환시는 그리 이단으로 느껴지지 않지만, 같이 놓고 보면 일반적인 것과는 아주 동떨어져 있어서 틸드는 숨이 막힌다. 그녀는 자기 눈을 가리고 싶은 충동을 느낀다.

그 책을 세상에 내놓는 것은 불가능할 것이다. 그 사실은 이미 안다. 누가 그것을 썼는지 대번에 밝혀질 것이고, 남은 수녀들이 받아야 할 벌은 즉각적이고 가혹할 것이다. 수녀원장 틸드는 자신이 미사를 집전하고 고해성사를 해주는 것은 그만두고, 그 권리를 싸워서 지키기보다는 그들에게 돌려주는 것이 신중한 처사라고 생각한다. 그녀 역시 여자의 너무 작고 너무 연약한 손으로 그런 권위를 쥐고 있다는 것이 불편하기 때문이다. 그저 틸드는 마리의 신비주의적인 책을 수녀원에 보관하는 것이 위험하게 느껴진다.

그래서 그녀는 그 장정된 작은 책을 그냥 다른 책들 뒤쪽 깊이 넣어둘까 생각한다. 그것을 어떻게 할지에 대한 지혜를 얻을 때까지 숨겨두는 것이다. 하지만 그 순간 부수녀원장 보좌 고다의 무거운 발소리가 홀에 들리고, 그녀는 문손잡이를 잡으려다가 겁에 질려 생각 없이 그 작은 책을 집어 불속에 던져버린다. 그리고 불이 푸른 불꽃을 일으키며 순식간에 양피지를 먹어치울 때 마리의 조심스러운 글씨가 거미 다리처럼 구겨지는 것을 지켜본다.

틸드는 신비주의자의 시야를 갖는 축복을 받지 못해서, 그 불로 얼마나 많은 것이 사라졌는지 알지 못한다. 전 수녀원장의 자취, 다음 밀레니엄에 다른 길을 보여줄 수도 있었을 환시가 사라졌다. 새로운 공사를 위해 축적된 강력한 지식이 사라졌다. 선의가 마침내 꽃을 피우기까지 걸리는 시간은 참으로 느리게 흘러가고, 만개한 독성은 그것의 원래 생존 기간보다 몇 세기는 더 길게 이어진다.

수녀원이 무너지고, 땅은 뜨거워지고, 구름은 이곳을 버린다. 도롱뇽과 새들은 사라지고, 뜨거운 세상의 새로운 건조함 속에서 죽은 수녀원장이 지은 건물들의 흔적은 뒤덮어져, 성스러운 수녀들이 사라지고 이상한 모습으로 변한 장소의 풀밭 위에는 불에 타 그을린 갈색의 선만 남고, 미로의 선들은 더 뒤에 나타난 더욱 탐욕스러운 인간들의 길과 집 아래 묻힌다.

아니, 새 수녀원장은 아주 선하고 아주 순종적이고 아주 신앙심이 깊어서, 어둡고 타르처럼 검은 지독한 기쁨이 내면에 퍼지는 것을 느낄 뿐이며, 전에는 결코 파괴의 심오한 쾌감을 알지 못했기에 그 감정에 전율이 일기 시작한다.

시간이 지나 그녀가 이때를 회상하며 깊은 고뇌에 빠져 생각해보는 것은 파괴에서 느낀 쾌감인데, 그것은 자연스럽고 인간적인 것으로 느껴진다. 뱀이 이브의 귀에 처음 속삭인 것도 바로 이것이었을 것이다.

고다가 안으로 들어왔을 때 마리의 환시에 대한 모든 기록은 사라진 뒤다.

고다는 수녀원장은 자매들이 들어오지 못하게 문을 잠가서는 절대 안 된다고, 문을 잠그는 건 허락되지 않는다고, 그건 수녀원장이라도 마찬가지라고 고함을 지른다. 그녀가 고함을 지르는 건 아주 늙어서 거의 귀가 먹었기 때문이다.

틸드는 고다에게 고해성사를 할 때 보속을 달라고 하겠다고 말한다. 그리고 얼굴이 빨갛게 달아오르는 것을 느낀다.

고다는 그녀를 빤히 쳐다본 뒤 자신의 책상으로 가서 쌕쌕거리며 앉는다. 그리고 한숨을 쉰다. 그리고 두 손을 포갠다. 그리고 한숨을 쉬며. 아주 근엄하게 돼지, 하고 말한다.

틸드가 그녀를 본다. 돼지?

고다는 아주 안타깝지만 수녀원장에게 꼭 해야 할 이야기가 있는데, 갓 태어난 암돼지 세 마리가 등이 기형으로 태어나 오늘 아침에 도살할 거라고 말한다.

틸드는 선한 부수녀원장 보좌를 쳐다보며, 관용적인 사랑을 보여주기로 한다. 그녀는 고다가 수녀원 짐승들의 건강을 아주 훌륭히 관리하고 있어 고맙다고 말한다.

고다는 더 어린 이 여인이 자기를 비웃는 게 아닌지 확인하려고 틸드를 의심스럽게 바라보고, 마침내 간신히 입을 웃는 모양으로 만든 다음 고개를 끄덕인다. 고다는 이 수녀원장이 살아 있는 시간보다 더 오래 부수녀원장 보좌 자리에 있었다. 오십육 년 동안 부수녀원장 보좌였다. 그리고 한 마리의 병든 어린 암소에서 건강한 서른여섯 마리의 소로 가축이 늘어나는 것을 보았다. 넷이던 암탉이 수백 마리가 되었다. 돼지와 염소는 수를 헤아릴 수도 없다. 그녀는 자만심이 강한 여자는 아니나 꽤 괜찮게 일해왔다. 누구도 고다가 열심히 일해온 것에 대해 고마움을 표하지 않았지만, 아마 괜찮은 정도보다 훨씬 잘했을 것이다. 이제 그녀는 훨씬 낮아진 목소리로 말한다. 이 냄새는 뭐죠? 고약한데. 수녀원장이 몸이 안 좋나? 양배추는 고다에게도 안 맞는 음식이다.

수녀원장 틸드는 자신이 방금 뭔가를 태웠다고, 걱정하지 말라고, 아무것도 아니라고 말한다.

그리고 그건 거짓말이 아닌 게, 지금 벽난로 불 속을 들여다보니 그 책이 다 타버려, 한때는 중요한 것이었다 해도 지금은 아무것도 아닌, 더이상 책도 아닌 잉걸불과 재가 되었기 때문이다. 틸다는 이제 전 수녀원장의 이상한 환시를 어떻게 처리할지 결정하지 않아도 괜찮다. 불에 태워버림으로써, 마리의 모든 환시는 아예 존재하지 않은 것처럼 되어버렸다.

연기에서 연기로, 그녀는 그렇게 생각하고, 유령이 되어버린 오랜 친구를 실망시킨 것에 대해 아픔을 느낀다.

그런 불은 그 자체로는 아주 작지만 세상을 부지불식간에 달구어, 몇 세기가 지나면 인류가 견디지 못할 만큼 아주 뜨거워질 것이다.

교실에서, 수련 수녀들이 불완전 수동태 직설법, 제3동사 활용형을 중얼거리는 소리가 들린다. 카피에바르*, 카피에바리스, 카피에바투르, 카피에바무르, 카피에바미니, 카피에반투르. 주근깨가 돋은 수련 수녀 루시가 소의 눈처럼 눈이 큰 수련 수녀 그웬리언을 꼬집고, 두 소녀 모두 손으로 입을 가리고 웃는다.

수녀원장의 부엌에서는 취사 담당이 소매를 걷어붙이고 밀가루 반죽을 하고 있고, 밀가루는 공중에 안개처럼 떠 있다. 어떤 하인은 힘센 손으로 견과를 부수어 먹고 그 껍질을 불에 던져넣으면서, 새 수녀원장 틸드는 왕족 혈통에 수십 년 동안 부수녀원장을 지냈는데도 아직 자기 역할이 뭔지 잘 모른다고 떠들어댄다.

하인은 솔직히 틸드는 전 수녀원장과 달라도 그렇게 다를 수 없다고 말한다. 오, 돌아가신 수녀원장 마리는 자기가 평생 만나본 여인들 중 가장 강한 여인이었다. 사람들은 천사 세라핌이 마리의 어머니와 잠자리를 하여 마리가 그렇게 키가 크고 빛이 난다고 말한다. 아니, 옛 수녀원장은 어떤 바보도 참지 못했다. 마리가 들어오면 방안 공기는 북처럼 팽팽해졌다. 하지만 그 거인 같은 발로 고양이처럼 걸었으며, 노년에 이르러 관절이 삐걱거리고 병들었을

---

* capiebar. '잡히다'라는 뜻의 라틴어.

때도 열 살 소녀처럼 민첩했다. 모든 하인이 무서워서 한 번 이상 오줌을 지렸다.

아 맞다, 그분은 십자군 원정에도 나갔다, 취사 담당이 자기가 잘 안다는 듯 말한다. 예루살렘에서 수십 명의 이교도가 이 위대한 여인의 검에 베였다. 심지어 수백 명일 수도 있다. 마리로 인해 거리에 피가 무릎 높이까지 차올랐다. 굉장하고, 무섭고, 위대한 수녀원장이었다. 거룩하도다, 거룩하도다. 성인이시도다.

하지만 건방진 새 세탁 담당은, 자신이 여기저기서 듣기로 사실 전 수녀원장의 큰 수녀복 아래 숨겨진 건 여자가 아니었다고, 절대 여자가 아니었다고 말한다. 뿐만 아니라 전 수녀원장 마리는 수녀의 형태를 한 마녀나 악마라는 얘기까지 들었다고. 누가 그녀의 머리 가리개 아래를 들춰 뿔을 본 사람은 없나?

취사 담당이 그 여자의 이마에 밀대를 던지고, 그 혀를 잘라버리겠다고 소리를 지른다. 누구도 자신의 성인인 마리에게 불경스러운 말을 해서는 안 된다고. 자신이 비렁뱅이나 다름없었을 때 자기는 물론이고 다른 많은 이들을 진흙탕에서 구해내고 그들의 굶어 죽어가는 가족을 구해주었다고. 세상은 이보다 더 훌륭한 여인을 보지 못했을 거라고. 그녀는 씩씩거린다.

세탁 담당은 자신은 뭐든 아무 말도 안 했다고 중얼거리며, 이마에 난 혹을 문지른다.

과수원에서는 작고 민첩한 페트로닐라 수녀가 깨끗한 리넨더미를 가슴에 안고 수녀원장 사택으로 가는 길에 앨릭스 수녀를 따라잡고, 지켜보는 사람이 아무도 없는 것을 빠른 시선으로 확인한 뒤 얼굴을 붉히는 어린 수녀의 입에 얼른 키스하고는 뛰어간다.

양 치는 들판에는 어린 로헤즈 수녀가 허드렛일을 피해 무릎에 양을 앉힌 채 숨어 있고, 곧 동정 마리아의 품으로 불려갈, 집에 있는 병든 자매를 생각하면서 운다.

곧 작은 형체의 누군가가 나타나 줄을 잡아당겨 종을 치고, 성스러운 여인을 모두 제3시과로 불러모은다. 종소리를 들은 수녀들은 일을 중단하고 동사 활용형 암기를 끝내고 혼자 울던 것을 멈춘다. 그리고 줄을 지어 소성당으로 걸어간다.

서서히, 수녀들이 모여드는 가운데, 그들의 생각은 기도가 된다.

그리고 일도, 시간도 계속된다.

케이티 버기스 박사에게 감사한다. 그녀의 강의가 이 이야기의 첫 불꽃을 일으켰다. 그리고 그녀의 책 『수녀들의 관리: 중세의 중기에 잉글랜드에서 베네딕토회 여성의 사역』은 더 깊은 영감을 불러일으켰다. 그녀의 지성과 꼼꼼한 메모는 내가 이 책을 쓰는 동안 바른길에서 이탈하지 않게 해주었다. 모든 실수는 당연히 나의 것이다.

고급 과정을 열어주고 펠로십이라는 특별한 선물을 준 래드클리프 인스티튜트에 감사한다. 그 덕분에 이 책을 시작할 여유와 역량이 생겼다. 내 학부생 연구원인 퍼트리샤 리우에게, 그녀의 훌륭한 작업과 우정에 감사한다.

내 다정한 친구들인 코네티컷에 있는 레지나 라우디스 수녀원 소속 수녀님들께, 나를 게스트하우스에, 미사에, 노동에 너그럽게 받아준 것에, 그리고 수녀원 생활의 놀라운 아름다움을 보여준 것에 감사한다. 특히 루시아 수녀원장님과 앤절 수녀님께, 가슴을 열고 대화를 나누어주신 것에 감사한다. J. 코트니 설리번에게, 이곳을 소개해준 것에 감사한다.

애머스트대학 불문학과의 폴 록웰 박사에게, 내게 두 학기 동안 고대 프랑스어를 가르쳐준 것에 감사한다. 사랑하는 마리 드 프랑스를 그가 내게 처음 소개해주었다.

내 독자들인 로라 밴덴버그와, 엘리엇 홀트, T 키라 매든, 제이미 콰트로에게, 그들의 날카로운 코멘트 덕에 이 책을 다시 펴보고 또 펴볼 수 있었다.

리버헤드의 내 가족, 특히 세라 맥그래스, 진 딜링 마틴, 그리고 클라라 맥기니스에게 감사한다.

빌 클레그와 매리언 듀버트와 클레그 에이전시의 모두에게 감사한다.

내 부모님에게, 팬데믹이 넓은 세계를 유린하는 동안 뉴햄프셔에 있는 작은 유토피아에서 우리를 품어준 것에 감사한다.

리베카 퍼디낸드와 마리아 클레빈저에게, 우리를 보살펴준 것에 감사한다.

클레이, 베킷, 히스에게 감사한다.

내 독자들에게 감사한다.

이 책은 내 자매들, 육신의 자매와 영혼의 자매 모두를 위한 것이다.

모든 것이 참으로 아주 좋다

로런 그로프가 또 놀라운 소설을 써냈다. 마리 드 프랑스라는 인물을 중심에 놓고 12세기 수녀원을 배경으로 남자들은 이름도 없이 그림자 같은 형체로만 등장하는 거의 여자들만의 세상을 그려냈다. 하지만 놀랍다고 한 것은, 이런 뜻밖의 발상이나 작가의 뛰어난 글솜씨에 대해서는 아니다. 사실 나는 로런 그로프의 소설을 접할 때마다 매번 놀랐는데, 작가가 한 권의 소설에 담아낸 그릇의 크기가 늘 기대 이상으로 컸기 때문이다. 『운명과 분노』에서는 시대를 넘나들며 담아낸 문학과 신화의 범위가, 그리고 그것이 어떻게 작품 속에 현대적으로 짜여 들어갔는지가 놀라웠고, 『플로리다』에서는 옮긴이의 말에서도 언급했지만, 작가가 담아낸 우주적 시야의 광대한 크기에 놀랐다. 이번에 옮긴 『매트릭스』에서 놀란 것은 그 자체로 온전하고 굳건하며 완성된 하나의 '세계'를 창조해 끝까지 밀어붙이는 작가의 힘이었다.

소설의 주인공인 마리 드 프랑스에 대해, 로런 그로프는 대학생 때 처음 사랑에 빠져 "지난 이십여 년 동안 영혼 동물처럼 등에 업고 다녔다"는 말로 깊고 오래된 애정을 표현한다. 실존 인물이지만 헨리 2세의 궁정에 드나들었고 프랑스어로 시를 쓴 최초의 여성이라는 정도가 알려진 전부인 듯하다. 그리고 시를 포함하여 우화집 등의 작품이 남아 있다. 역사 속의 인물이지만 남은 기록이 거의 없는 것에 대해, 작가는 당시 여자는 아버지나 남편, 아들 등 남자와의 관계를 통해서만 그 중요도가 평가되었기 때문이라고 말한다. "그(사료가 얼마 없다는 사실) 덕분에 나는 마리 자신이 쓴 텍스트 안으로 들어가, 거기서 백 개에서 백오십 개의 이미지를 뽑아내, 그것을 바탕으로 그녀의 전기를 쓰는 큰 자유를 누릴 수 있었다." 작가의 말대로 기록의 살이 붙지 않은 역사적 인물의 골격에 붙일 수 있는 살은, 그야말로 작가의 상상이 얼마나 풍부한지에 좌우될 것이다. 하지만 이 소설에 등장하는 구체적인 사건과 내용이 오로지 상상에서 비롯했을 거라는 섣부른 예상은 곤란하다. 로런 그로프는 이 책에서 다뤄진 내용 중 기록에서 선례를 찾지 못한 것은 하나도 없었다고 말한다. 독일에서 12세기 수녀의 유골을 파냈을 때 치아 사이에 청금석이 박혀 있었다는 기록이 그림을 그리는 기타 수녀에게 특별한 이미지를 부여했다. 미사를 집전하는 수녀에 대한 기록도, 라틴어의 남성 어미가 여성으로 변경된 기록도 실제로 존재하기에 소설에 포함된 것이다. 작가가 포기할 수 없었다는 섹스 이야기도 "페니스가 관련되지 않으면 실제로 섹스가 아니라는 믿음이 있었다. 따라서 여성끼리의 섹스는 상상할 수 없는 일이었기에 법으로 제정할 수 없었다"라는 기록을 바탕으로 한다. 초안에서는 많은 음모가 묵주를 중심으로 이루어졌으나, 묵주는 13세기 중반까지 만들어지지 않았다는 지적을 받고 그 내용은 폐기할 수밖에 없었다는 뒷이야기도 있다. 그런데 묵주를 중심으로 한 음모는 어떤 내용이었을까? 문득 궁금해진다.

"당신의 소설에서 공통된 패턴 같은 것이 있는지"를 묻는 인터뷰 질문에서, 로런 그로프는 "오 맙소사, 또 공동체를 그린 소설을 썼어. 당신 말이 맞아요. 나는 공동체 이야기만 하는 것 같아요"라고 답했다. 대표적인 작품으로 히피 문화가 퍼져 있던 시절의 이야기인 『아르카디아』가 떠오른다. 『매트릭스』의 배경도 공동체다. 12세기의 수녀원, 여자들만의 공동체. 지금의 우리는 대체로 수녀원을 신의 소명을 받아야 가는 곳이라고 생각하지만, 중세에는 상황에 떠밀려 보내진 여자들을 받는 기관 정도였는지도 모르겠다. 여자들은 결혼할 수 없는 처지가 되어, 혹은 집안에 물의를 일으켜서, 혹은 정권 다툼의 희생양으로 수녀원에 보내졌다. "마미 수녀는 새 신부로 신혼집에 도착한 날 질투가 난 사냥개에게 물어뜯겨서 코가 없다." 그리고 "혹시라도 코 없는 아기가 태어날까봐" 수녀원에 오게 되었다. 마리는 심지어 자라면서 원죄, 삼위일체 등 교리에 대한 거부감까지 키웠는데, 그처럼 신앙심이 없는 상태에서 강제로 수녀원의 부원장으로 임명되었다.

그렇다면 공동체의 삶이란 어떤 모습일까? 가장 먼저, 사생활이 없고 모든 것이 공유되는 집단의 형태가 떠오른다. 이런 공동체 사회에는 불가피하게 이중적인 면이 존재한다. 개방성과 폐쇄성의 공존이 그것이다. 작가의 말을 빌리면, "수녀원은 여자들에게 믿을 수 없을 만큼 자유로운 장소이자 감옥", 즉 "금박을 입힌 우리"다. 서로와의 사이에 모든 것이 개방된 공간(하지만 이 또한 완전할 수는 없고, 어느 곳에건 비밀은 존재하며, 가끔은 두블리나의 토끼처럼, 네스트가 말하는 체액처럼, 그 비밀마저 비밀인 동시에 개방되는 역설의 상태에 놓인다), 하지만 그것은 내부에서만이다. 바깥세상에 대해, 수녀원은 철저히 폐쇄적이다. "그리고 그들은 수녀원이 늘 존재해온 이 땅에 계속 살겠지만, 그녀의 딸들은 세상과 멀리 떨어져 미로에 둘러싸인 채로 안전할 것이다. 그들은 그들끼리만 오롯이 지내며 자급자족할 것이다. 여자들의 섬이 되는 것이다." 이 폐쇄성은, 비단 수녀원에서만이 아니라 모든 폐쇄적인 조직에서 그렇듯, 외부의 집단과는 언제나 갈등을 일으킬 수 있는 위험 요소다. 그 갈등이 이 소설에서도 미로를 중심으로 흥미진진하게 펼쳐진다.

한편 자유에 대해서도 이중적인 측면이 존재한다. 작가의 말처럼 남자 중심의 속세에 사는 것에 비해 수녀원은 여자들에게 훨씬 자유로운 공간일 수 있다. 여자라는 이유로 바깥세상에서 구속되는 것보다 훨씬 많은 것을 할 수 있고, 아버지나 남편 등 남자와의 관계에 따라 지위가 규정되지도 않는다. 하지만 공동체란 결국 테두리가 있고, 그 테두리 안에는 규율이 필연적으로 존재하며, 규율이 우선하면 무엇보다 자유가 상실된다. 특히 생각의 자유가. 혹은 생각을 드러내는 것이 그렇다. "수녀들에게는 글을 읽는다는 것조차 소리 내어 읽는 것을 의미하고, 수녀들 사이에 내면의 목소리를 끄집어내 발전시킬 만한 사적인 대화는 없다. 마리는 사고력이 있는 수녀들이 몇 명 없다는 것이 놀랍지 않다. 이곳에 도착한 첫 순간부터 마리는 이것이 수녀원 생활의 설계에 깊이 뿌리박혀 있다는 것을 깨달았다. 수녀원장으로서 마리는 자유롭게 생각하는 수녀가 얼마나 위험할 수 있는지 알고 있다. 여기 마리 같은 사람이 또 있다면 재앙일 것이다." 사생활이 있어서는 안 되기에, 수녀원장실의 문이 잠겨 있어서도 안 된다. 생각은 반역으로 이어질 것이다. 따라서 생각한다는 것 자체가 죄악시된다. 무엇보다 생각할 시간이 없도록 일과가 짜여 있다. 바깥세상으로부터 자유로우나 자유가 제한된 공간. 여자들만의 생동적인 섬이나 고립된 왕국. 그와 같은 이중성을 지닌 공동체가 바로 마리의 수녀원이다.

　'매트릭스'라는 소설 제목도 중의적이다. 제목에서 먼저 영화가 떠올랐다면 그 생각은 잠시 접어두고, 우선은 매트릭스가 어머니를 뜻하는 라틴어 'mater'를 어원으로 한다는 사실에서 시작하는 것이 좋겠다. 더욱이 수녀원장을 '마더(어머니)'라고 부르니, 수녀원을 배경으로 한 소설의 제목으로서는 더할 나위 없다. 사전에서 찾아보면 여러 가지 뜻이 있지만, 매트릭스의 가장 근원적인 뜻은 '모체'다. 모체는 자궁을 연상시키는데, 자궁도 당연히 사전적인 의미에 포함되어 있다. 결혼하지 않고 아이를 낳지 않는 수녀들이 모여 사는 공간을 자궁으로 본다는 사실이 한편으로 역설적인데, 소설에서 묘사된 매트릭스는 이렇다. "그리고 죽음의 집인 이브의 자궁이 없었다면, 생명의 집인 성모마리아의 자궁도 없었을 것이다. 최초의 매트릭스가 없었다면, 모든 매트릭스 중에서 가장 위대한 매트릭스인 살바트릭스는 있을 수 없다."

죽음의 집으로서의 자궁. 우리가 자궁에서 생명의 집을 연상시키는 것은 어렵지 않지만, 작가는 이브를 소환해 자궁을 죽음의 집으로 만들고 거기서 구원이라는 단어를 끌어냈다. 생명도 죽음도 모두 매트릭스에서 만들어지는 것이라면, 그야말로 매트릭스는 탄생과 성장과 소멸을 아울러 인간사의 모든 것을 담고 있는 틀이다. 수녀원 바깥의 세상에서라면, 울필드의 세상에서 그러했듯, 아이를 낳고 그 아이가 커서 또 아이를 낳음으로써 생명과 죽음이 매트릭스 안에서 반복된다. 하지만 수녀원에서는 다르다. 진짜 아기는 태어나지 않고, 어쩌다 태어나더라도 여자가 아닌 아기는 배척된다. "아기들이 어둡고 단조로운 소리가 나는 따뜻한 자궁 안에서 자라듯 자매들이 커가는 자아의 전당." 수녀원의 매트릭스는 이런 곳이며, 마리에게 자궁은 수녀원이자 곧 마리 자신이다. 그런 맥락에서 마리가 마지막에 경험하는 암탉의 환시와 이어 회상하는 어린 암소와 송아지 이야기는 소설 전체를 매트릭스 안에 담아내는 의미 있는 삽화다.

한편으로 매트릭스는 벗어날 수 없는 순환의 바퀴를 연상시킨다. 어머니인 대지에서 싹이 트고 자라고 소멸하여 대지로 돌아가듯 우리는 모체 안에서, 그곳을 빠져나가지 못하는 한, 빙빙 돈다. 그리고 수녀들은 병들고 늙고 죽지만 "밤의 공포를 물리치는 큰불이 되어주는 내 자매들의 밝음이며 신앙이며 경건함"은 음악으로 끊임없이 살아나며, 그렇게 수녀원의 세상은 끊임없이 굴러간다. 아마도 이 소설에서 또하나의 숨은 배경인 계시록의 일이 실제로 벌어져 종말이 오는 그 순간까지 그럴 것이다. 우리는 어쩌면 그렇게, 마리가 알리에노르에게서 받은 선물인 매트릭스(또다른 의미의 매트릭스)처럼, 자궁이라는 매트릭스로 봉인되어 사는지도 모른다.

이 소설의 가장 핵심이자 흥미로운 한 축은 마리가 어떻게 수녀원을 장악하고 번영시켰는가일 것이다. 십자군 원정과 왕권을 둘러싼 앙주 가문의 권력 다툼이 존재하고, 기계를 제작하고 건물을 짓는 일뿐 아니라 필사와 재산 관리도 여자의 일로 여겨지지 않았던 중세 수녀원을 배경으로, 마리의 이야기에는 단지 여성으로서 어떻게 했는지가 아니라, 오늘날 시중에 떠도는 어떤 리더십에 관한 책보다 더 많은 지도자의 특성이 녹아 있다. 지도자는 자신뿐만 아니라 타인을 움직이는 힘을 지닌 사람이다. 그 힘에는 물리적인 힘만이 아니라 정신적인 힘, 그리고 혜안이 필요하다. 마리가 그냥 그런 강력한 지도자가 된 것은 아니다. 소설 속에서 마리가 지도자로 변모하는 과정에 대한 서술은 넘치지도 않고, 부족하지도 않다. 그리하여 마리의 모든 행동은 개연성을 얻는다. 그리고 그 개연성을 묶어주는 주제어가 바로 환시다.

마리는 애초에 수녀원에 어울리지 않는 사람이었다. 마리에게 수녀원은 회색이었다. "회색 영혼, 회색 하늘, 3월의 회색 땅 (……) 회색 마리." 하지만 이 회색을 풍요의 색깔로 바꿀 수 있는 힘이 마리에게 잠재해 있었다. 사람을 보는 눈(마미를 셀라트릭스로, 네스트를 인퍼매트릭스로 임명한 일), 문제 해결력(기술을 가르쳐서 식량 문제를 해결한 일), 합리적인 리더십(강점을 이용하여 업무를 분배한 일), 사사로운 정에 휩쓸리지 않는 추진력(미사와 고해성사를 집전한 일), 몸을 아끼지 않는 행동력(익사 직전의 양들을 구한 일), 소작농에 대한 공정한 평가(시시비비를 가리는 능력), 불쌍히 여기는 마음(아비스를 위해 기도하는 마음) 등 지도자로서 마리의 덕망은 찬양할 만하다. 심지어 가짜 회계장부를 만드는 꾀나 첩자를 심어둔다는 장기적인 작전까지 그렇다. 하지만 마리는 무엇보다 이 수녀원을 다스리는 데 정말로 필요한 것이 무엇인지를 알고 있었다. 바로 프로젝트다.

그 프로젝트를 구상하고 설득하고 밀어붙이는 것이 환시였다. 하지만 마리의 환시에서는 동정 마리아의 은총보다는 오히려 마리 자신의 강력한 힘과 원대한 구상이 엿보인다. 미로 만들기, 수녀원장 사택 짓기, 댐 축조 등의 일은 수녀들에게 일거리를 주고 육신의 노동과 즐거움을 알게 하고 수녀원에 활기와 생명을 불어넣는다. 그러한 프로젝트는 수녀원의 현재와 미래를 보호하며, 성무일도와 같은 시간 체계와 더불어 수녀원의 바퀴를 끊임없이 굴러가게 한다. 마리는 그것을 알고 있었다. 아니, 작가는 그것을 알고 있었다. 작가는 마리라는 잘 알려지지 않은 인물에 그런 지도자의 멋진 옷을 입혔고, 마리는 그 지도자 역할을 죽는 순간까지 인상적으로 해낸다. 가난하고 병든 곳, 모든 것이 기도가 되는 회색의 장소가 노래와 색깔이 가득한 찬란한 장소로 변모한다. 마리 스스로가 살바트릭스가 되었다.

한편 이런 지도자의 특성을 품고 있는 마리의 내면에는 감성적이고 감정적인 면 또한 존재한다. 그 감성적인 면이 시인으로서의 마리를 드러낸다. 알리에노르의 마음을 얻으려고 보낸 사랑의 라이, 우화집, 그리고 환시의 책은 실제로 시인이었던 마리의 모습을 상상해보게 한다. 마리는 대단한 지도자였으나, 사랑 앞에서는 흔들리고 또 그 사랑에 기대고 싶어한 한 인간이었다. 열일곱 살의 마리는 수도원에 도착해 눈물을 터뜨렸고, 아비스의 죽음 앞에서는 마음이 약해졌다. 로런 그로프가 이 소설에서 녹여낸 강한 마리와 약한 마리, 그 두 모습은 마리를 한 인간으로 보게 한다. 그리하여 이 소설은 마리의 성장소설이 되고, 더불어 수녀원의 성장소설이 되고, 한 세계가 지고 떠오르는 것을, 모든 것이 만들어지고 허물어지는 것을 담아낸 계시록적인 소설이 된다.

이 소설에는 마리 이외에도 많은 여자들이 생생한 캐릭터로 등장한다. 엠, 고다, 기타, 엘지바, 네스트, 울필드, 세실리 등 참으로 많은 인물이 등장하는데, 각 인물에 대한 안타깝고 서러운 사연을 통해 우리는 그 시대의 실제를 엿볼 수 있다. 그들에 대한 묘사는 현시대의 것이 아니기에 생소하고, 그러면서도 오늘날의 이야기처럼 와닿는다. 그 사연들이 여자들만의 세상에 다채로운 색깔을 불어넣고, 우리의 연민을 일깨운다.

로런 그로프를 읽는 재미는 심오한 통찰과 감각적인 묘사에도 있다. 옮겨놓고 싶은 문장들이 너무 많지만, 몇 개만 가져와보면, 새의 상상력을 말하는 부분("아마도 야생의 새에게 더 좋은 노래를 부르게 하는 자유로운 공기는 사실상 그 기도가 닿는 범위를 제한할 것이다"), 인간과 힘에 대한 이해("왜냐하면 지상에 존재하는 대부분의 영혼은 자기보다 훨씬 큰 힘을 가진 자의 손안에서 안전하다고 느끼지 않으면 마음이 편하지 않다는 것이 인간의 깊은 진실이기 때문이다"), 신의 필요성에 대한 관점("정말로 우리는 동물이 아니라고, 하지만 우리가 동물보다 더 낫다고 생각하는 것은 어리석다고. 당연히 동물이 신에 더 가깝다. 동물에게는 신이 필요하지 않기에")에서 보이는 통찰이 그렇다. "천 년이 더 지나면 인간은 들판에서 되새김질하는 소처럼 생각이란 게 없어질 것이다"라는 부분에서는, 생각이 많다는 말이 사고력이 있다는 뜻이 아니라 걱정이 많다는 뜻과 동의어가 되어버린 이 시대를 바라보게 한다.

그리고 이모 위르쥘과 함께 있을 때 본 사슴에 대한 묘사("안개가 모여 살을 이룬 듯한 이 피조물"), 〈오소서〉를 교송으로 부를 때 노래가 만들어낸 다채로운 색깔(너무 길어 옮기지는 못하나, 그 시각적인 잔상을 꼭 느껴보시길 바란다), 아스타 수녀가 고안한 새 기계에 대한 묘사("이 새 장치는 바람이 조금만 불어도 빙글빙글 돌면서 햇볕을 붙잡아 그 빛을 포도나무에 눈부실 정도로 강하게 반사하고, 항상 여자의 목소리로 노래한다") 등 로런 그로프의 감각적인 비유는 감미롭기까지 하다. 이런 감각적인 묘사가 이 작품에 신비로운 옷을 입혔다.

로런 그로프는 이 책이 삼부작 중 하나가 될 거라고 말한다. 『매트릭스』의 배경이 12세기라면, 올해 2023년에 출간될 예정인 『더 광대한 황야*The Vaster Wilds*』는 1609년이 배경이고, 2021년 당시에 집필중인 또다른 책은 현재가 배경이 될 것이다. 로런 그로프는 역사 소설을 '문학 관광literary tourism'으로 여겨 좋지 않게 보다가, 한 시대와 또 한 시대를 오가며 울리는 소리굽쇠의 공명처럼 그것을 현대에 대해 이야기하는 도구로 사용할 수 있다는 것을 깨닫고 『매트릭스』를 쓰게 되었다. 로런 그로프의 삼부작 중 남은 두 권의 소설이 기다려진다.

정연희

옮긴이 **정연희**
서울대학교 영어교육과를 졸업하고 미국 펜실베이니아대학교에서 석사학위를 받았다. 전문 번역가로 활동하고 있으며, 옮긴 책으로『운명과 분노』『플로리다』『오, 윌리엄』『다시, 올리브』『내 이름은 루시 바턴』『무엇이든 가능하다』『버지스 형제』『에이미와 이저벨』『사라진 반쪽』『디어 라이프』『착한 여자의 사랑』『소녀와 여자들의 삶』『엘리너 올리펀트는 완전 괜찮아』『그 겨울의 일주일』『비와 별이 내리는 밤』『커먼웰스』『헬프』등이 있다.

문학동네 세계문학

매트릭스

초판 인쇄 2023년 5월 15일 | 초판 발행 2023년 5월 31일

지은이 로런 그로프 | 옮긴이 정연희
기획 이현자 | 책임편집 윤정민 | 편집 이봄이랑 이희연 이현자
디자인 김유진 이주영 | 저작권 박지영 형소진 최은진 서연주 오서영
마케팅 정민호 김도윤 한민아 이민경 안남영 김수현 왕지경 황승현 김혜원 김하연
브랜딩 함유지 함근아 박민재 김희숙 고보미 정승민 배진성
제작 강신은 김동욱 임현식 | 제작처 (주)상지사P&B

펴낸곳 (주)문학동네 | 펴낸이 김소영
출판등록 1993년 10월 22일 제2003-000045호
주소 10881 경기도 파주시 회동길 210
전자우편 editor@munhak.com | 대표전화 031) 955-8888 | 팩스 031) 955-8855
문의전화 031) 955-1927(마케팅) 031) 955-2634(편집)
문학동네카페 http://cafe.naver.com/mhdn
인스타그램 @munhakdongne | 트위터 @munhakdongne
북클럽문학동네 http://bookclubmunhak.com

ISBN 978-89-546-9335-6 03840

www.munhak.com